微光

青年批评家集丛

理论的踪迹

汤拥华 著

“微光/青年批评家集丛”策划人语

金　理

在今天这样的时代里，尝试获取对于“文学批评”的共识，恐非易事。不过，既然我们的集丛以此为名义来召集，势必需要提出若干“嘤鸣求友”般的呼声——

首先，文学批评“能够凭借自身而独立存在”（弗莱：《批评的解剖》），其意义并不寄生于创作，批评与创作并肩而立，共同面对生机勃发的大千世界发言，“如共同追求一个理想的伴侣”——这个说法来自陈世骧先生对夏济安文学批评特质的理解：“他真是同感的走入作者的境界以内，深爱着作者的主题和用意，如共同追求一个理想的伴侣，为他计划如何是更好的途程，如何更丰足完美的达到目的。……他在这里不是在评论某一个人的作品，而是客观论列一般的现象，但是话

尽管说的犀利俏皮，却决没有置身事外的风凉意，而处处是在关心的负责。”（陈世骧：《〈夏济安选集〉序》）

其次，在理性的赏鉴与评断之外，批评本身是一门艺术，拒绝陈词滥调，置身于“陌生”的文学作品中，置身于新鲜的具体事物中。文学批评应该是美的、创造的，目击本源，“语语都在目前”。

再次，诚如韦勒克的分疏：“‘文学理论’是对文学原理、文学范畴、文学标准的研究；而对具体的文学作品的研究，则要么是‘文学批评’（主要是静态的探讨），要么是‘文学史’。”但他尤其强调这三种方法互为结合、彼此支持，无法想象“没有文学理论和文学史又怎能有文学批评”（韦勒克：《文学理论、文学批评和文学史》）。故而，凡在文学理论的阐释、文学史的建构方面有新发见的著述，均在本集丛收入之列。

丛书名中的“微光”二字，取自鲁迅给白莽诗集《孩儿塔》作序：“这是东方的微光，是林中的响箭，是冬末的萌芽，是进军的第一步……”借用“微光”大概表示两个意思：微光联系着新生的事物和谦逊的态度，本书是一套为青年学者开放的集丛；态度谦逊但也不自视为低，微光是黎明前刺破黑夜的第一束光，我们也寄望这套书能给近年来略显沉闷的学界带来希望。

此外，“微光”还让我们联想起加斯东・巴什拉笔下的“孤独烛火”，联想起巴什拉在《烛之火》中描绘的一幅动人图画：遐想者凝视孤独烛火，这是知与诗、理性与想象的结合。“在所有的形象中，火苗的形象——无论是朴实的还是最细腻的，乖巧的还是狂乱的——载有诗的信息。一切火苗的遐想者都是灵感丰富的诗人。”（《烛之火・前言》）——在这一意义上，“微光”献给“一切火苗的遐想者”。

我们期待有更多志同道合的师友加盟后续的出版计划。最后，集从出版得到上海文艺出版社陈征社长、毕胜社长前后两任社长及李伟长兄的鼎力支持，胡远行先生与林雅琳女史亦献策出力，尤其远行先生本是集丛策划者，但他甘居幕后不愿列名，这都是我们要特为致谢的。

目　录

第一辑　现代视域中的民族与美学

第二辑　传统的发明与中国现代性

第三辑　作为理论的文学史

第一辑

现代视域中的民族与美学

王国维的“美学劫”[1]

1907年，三十而立的王国维可谓意气风发。一方面，他的哲学修为日益精进，不仅对叔本华、尼采深研有得，还先后四次通读康德，自觉已领会无碍——纵有小碍，也应该是康德“其说之不可持处”。就现代哲学而言，懂得康德，百事可做。而在文学创作上，王国维的《人间词甲稿》《人间词乙稿》相继刊行，王氏自评曰：“虽所作尚不及百阕，然自南宋以后，除一二人外，尚未有能及余者，则平日之所自信也。虽比之五代、北宋之大词人，余愧有所不如，然此等词人，亦未始无不及余之处。”(《三十自序·二》)就当时文学界的热烈反响来看，这一评价并

〔1〕 本文原刊于《书屋》2013年第11期。

非孟浪。既入康德哲学之门,又在文学上获得成功,正是左右逢源之际,王国维偏偏彷徨起来。下面这段文字,中国学人早已耳熟能详:

> 余疲于哲学有日矣。哲学上之说,大都可爱者不可信,可信者不可爱。余知真理,而余又爱其谬误。伟大之形而上学,高严之论理学,与纯粹之美学,此吾人所酷嗜也。然求其可信者,则宁在知识论上之实证论,伦理学上之快乐论,与美学上之经验论。知其可信而不能爱,觉其可爱而不能信,此近二三年中最大之烦恼,而近日之嗜好所以渐由哲学而移于文学,而欲于其中求直接之慰藉者也。

这段感慨有相当合理的背景:19至20世纪之交,正是哲学转型的动荡期,德国古典哲学被讽为"泥足巨人",体系竞赛难乎为继;种种实证主义、经验主义哲学质木无文,面目可鄙;埋首做哲学史的梳理,虽成功可待,毕竟心有不甘。歧路亡羊,王国维大有苦闷的理由。

然而,玩味再三,又觉王国维的徘徊别有深意。可爱与可信的关系,很容易转换为善与真的关系,而两千年来哲学的自我期许一直是通过对真的追求达致善的境界。王氏既熟读康德,当知康德哲学的各个环节无不基于对他所认定的核心事实的描述,由此引发的美学及伦理学效应,只是逻辑上的自然推演,哲学家本人并无其哲学可爱与否的考量。王国维若以某哲学为可爱,就当认同此哲学所立之真;反之,如果王国维相信实证论、快乐论、经验论之真,就当接受此类真所派生出的善。王国维将可爱与可信视为不可调和的矛盾,是对哲学史的一次清算,大有叔本华、尼采那种截断众流的气势。不过,"余知真理,而余又爱其谬误”，却又不像是新锐哲学家的立场，而更接近于文学家。“由哲学而移于文学，而欲于其中求直接之慰藉”一语值得深究，此种转移的前提，是文学能够提供哲学所不能提供的慰藉，一种哲学难以使之落实的理想境界。王国维对自身才性的评价是：“欲为哲学家则感情苦多，而知力苦寡；欲为诗人则又苦感情寡而理性多。诗歌乎？哲学乎？他日以何者终吾身？所不敢知，抑在二者之间乎？”与其说这是自谦，不如说是自剖心曲，王国维已打定主意不做纯粹的哲学家或文学家，而要在理性与感性、哲学与文学之间寻求新的定位。这岂不就是要做美学家？

何谓美学家？王国维既已否定了“纯粹之美学”（当以康德美学为代表）的可信度，却又不青睐经验论美学，这美学家从何做起？要将此问题解说分明，须暂时回到叔本华。叔本华是德国哲学家中屈指可数的具有美学天赋者之一，与王国维可惺惺相惜。叔本华当然可以说是美学家，但他不是简单地继承了既有美学的传统，而是通过重构哲学与艺术的关系，极大地改造了美学的面貌。正是叔本华的著作将王国维领入康德哲学之门，先是为其解说作为经验直观之先验形式的时间与空间，然后向其证明因果性的认识本是第三种先验形式，最后却是引导其跳出种种先验形式的束缚，窥见不生不灭、自在自为的理念自身。叔本华的哲学被称为悲观哲学，其核心是一种悲剧情境：人生而为人，所谓自由只是幻象，个人意志无时无刻不受世界意志的掌控，主体也好，客体也好，不过是森罗大网中的某一节点；但是，人总有机会跳出此罗网，与世界形成通透明澈的对视关系，此时一即是全体，全体即是一，欲求关系转化为纯粹的认识关系，主客、物我不过是一念流转。叔本华试图使人相信，只要我们真正认识到自身所受束缚，就有机会摆脱这束缚,实现所谓涅槃。此一观念对王国维诱惑极大。1904年写作《红楼梦评论》时,王国维为自己设定的目标,是将《红楼梦》揭示为"彻头彻尾之悲剧"。所谓悲剧,要义不在于能否摒弃大团圆结尾,而在于能否摆脱尘世牵绊,求取真正的解脱。王国维认为,中国人的精神向来就是"世间的""乐天的",总是希望人间的矛盾能够在人间解决,所以不惜狗尾续貂,以餍阅者之心。哪怕是最具厌世解脱之精神的《桃花扇》,也摆脱不了现世计较,其超脱不过是"他律"的超脱,其性质终究是"政治的也,国民的也,历史的也",唯有《红楼梦》能够"大背于吾国人之精神",故其价值是"哲学的也,宇宙的也,文学的也"。王国维还区分了诗的正义与绝对正义,前者讲求恩怨分明,善恶有报,后者则超出既有世界人生,实现永恒的统治。作此探讨时,王国维拟定的论题是"红楼梦之美学上之价值""红楼梦之伦理学上之价值",令人耳目一新,而他立论的逻辑更是引人瞩目:是否追求彻底的超脱这一伦理问题,是衡量作品美学价值的标准;而能否助人达到超脱之境,是衡量作品伦理价值的关键。

要理解这两种价值,有一事实必先挑明。王国维虽为叔本华的超脱之境所吸引,但他并不相信个人真的可以实现彻底的超脱,换句话说,人可以死,但未必涅槃。在《红楼梦评论》中,他提出了一个非常有力的诘问:照叔本华的意志论,人与我的差别本是一种执念,我之意志本是世界之意志,如水之在川,那么仅仅一人如何实现超脱?身为词人的王国维,有两首词作正适合解说此一困境:

浣溪沙

山寺微茫背夕曛,鸟飞不到半山昏,上方孤磬定行云。

试上高峰窥皓月，偶开天眼觑红尘，可怜身是眼中人。

蝶恋花

百尺朱楼临大道，楼外轻雷，不问昏和晓。独倚栏杆人窈窕，闲中数尽行人小。　　一霎车尘生树杪，陌上楼头，都向尘中老。薄晚西风吹雨到，明朝又是伤流潦。

两首词皆是从高处俯瞰。“可怜身是眼中人”，自以为超脱者仍在尘世之中，有点像西西弗斯推石上山，成就感转瞬即灭，只有无聊的苦役日复一日。“闲中数尽行人小”，观世者仿佛跳出三界之外，然而风雨一来，上下同尘，最终被俗世时空俘获。王国维相信，“小宇宙之解脱，视大宇宙之解脱以为准故也”（《红楼梦评论》），所以解脱也是典型的可爱而不可信。但是，王国维话锋一转：

《红楼梦》之以解脱为理想者，果可菲薄也欤？夫以人生忧患之如彼，而劳苦之如此，苟有血气者，未有不渴慕救济者也。不求之于实行，犹将求之于美术。独《红楼梦》者同时与吾人以二者之救济。人而自绝于救济则已耳；不然，则对此宇宙之大著述，宜如何企踵而欢迎之也。

在王国维看来，艺术的救赎是面向个体的，既提供超脱的理想作为精神慰藉，又提供审美上的直接满足：“自已解脱者观之，安知解脱之后，山川之美，日月之华不有过于今日之世界者乎？”（《红楼梦评论》）此种期许或许只是一厢情愿，中国人未必能够从《红楼梦》中得到精神救济，他们能够理解何谓“出世的胸襟”，却未必能够理解悲剧式的毁灭。

然而,教化者,总需教而化之,然后习与性成。中国的读者将逐渐领会到,《红楼梦》所提供的审美愉悦不是感官刺激,即所谓魅惑,而是情绪的“净化”,灵魂的涤荡与精神的提升。王国维特别指出,叔本华“置诗歌于美术之顶点,又置悲剧于诗歌之顶点”,而于悲剧之中又格外看重那种生活内在的破坏力量,即并无罕见灾难,却使人间有价值之物无可挽回地走入毁灭的类型。悲剧的核心就是人间理想的破灭、世俗道德的失效,此种破灭与失效成就动人心魄之壮美(即崇高)。对王国维来说,悲剧可谓解说艺术本质的最好样板。事实上,王国维在写词成功之后,曾一度有志于戏剧创作,只是诗词与戏剧差异太大,中国自身的戏剧传统又相对薄弱,不免心有余而力不足。《三十自序》中对自身文学前景的疑虑,一部分正由此而生。

不过,王国维创作悲剧虽力有弗逮,以悲剧之精神解说艺术却能深中肯綮。此种解说的微妙处,是将艺术内蕴的悖论阐发分明:艺术是超脱之境的现实化,而此境界本是不可现实化的。由此,艺术批评的工作首先就是要解说艺术作品如何自成一世界。作为审美客体的艺术作品虽有特定载体(一首诗、一幅画等等),却非实存之物,不在时空之中,因为其本质是纯粹理念,“离充足理由之原则而观物之道也”(王国维:《叔本华与尼采》)。不在时空中并不是说我们在描述作品的形式与内容时完全摒弃时空框架,那意味着无法做任何描述,而是要在艺术作品中发现一个不同法则的世界,即跳出由欲求、功利构成的现实时空,另辟一个艺术时空,用清代大画家恽南田的话说即是:“灵想所独辟,总非人间所有。其意象在六合之表,荣落在四时之外。”这是一种典型的“美学批评”,它“理念先行”,非常明确地要以艺术作品的感性材料去证实哲学境界的存在。此种工作交给哲学家做容易穿凿附会,交给王国维,却正是本色当行。

但是,果真用“本色当行”四字,却未免让人低估此种美学批评的难度。对王国维来说,仅仅对文艺作品做静态的阐发是不够的,文学艺术不仅仅是描摹哲学之境,更要显示后者如何在现实时空中创生。在叔本华这里,美的显现始终带着涅槃的性质,涅槃是一个动作,一个瞬间,一种发生与实现。文学作品俯拾即是,真正的艺术却是可遇而不可求的机缘,王国维正是要以此美学的机缘度量具体的文学作品。为了进行此种度量,他还特别打造了一个概念工具,即古雅。古雅范畴在王国维《古雅之在美学上之位置》一文中问世,它有日常与学理两义,前者近似于古朴典雅,尤其适用于中国文艺,后者则主要包括两层内涵:其一,“天下之物,有绝非真正之美术品,而又绝非利用品者”,“其制作之人,绝非必为天才,而吾人视之若与天才所制作之美术无异者,名之曰古雅”;其二,“一切之美,皆形式之美也”,此为第一形式,“一切形式之美,又不可无它形式以表之”,此为第二形式,古雅即此第二种形式,“可谓之形式之美之形式之美也”。古雅虽为第二形式,但是把握这一范畴的难点在于理解何谓第一形式。王国维以康德主义者的口吻说:凡属于美之对象者,皆形式而非材质也。也就是说,一个对象成为审美对象,与一个对象的形式化是同一个过程,但是,第一形式不是特定审美对象所具有的外部特征,其哲学核心是理念与形式的同一,也就是理念与直观的同一,艺术存在的价值正是为了显示两者先天的、纯粹的同一性。与之相对的第二形式,则是意在美化、直接作用于感官而且可以有所分析的形式,接近——但不等同于——我们一般理解为“外在形式”或者“形式手段”的东西。仅仅在第二形式上用力,便只能成就古雅之作品,不能成就真正所谓艺术。

提出古雅说的最直接的效应，是第一形式被极大地神秘化。王国维认为，我们所加于雕刻书画之品评，如“神”“韵”“气”“味”等等，“皆就第二形式言之者多，而就第一形式言之者少”。这一逻辑在《人间词话》中得到贯彻，王国维宣称，“言气质，言神韵，不如言境界。有境界，本也；气质、神韵，末也；有境界而二者随之矣。”(《人间词话未刊稿》)无境界而仅有格调者，便是所谓“隔”。王国维不厌其烦地辨析说，词中之情景直接呈现为第一形式之美，是为“不隔”；一切艺术，如果第二形式与第一形式完全一致和谐，以至于让人不觉前者存在，也是“不隔”；相反，“蔽于其第二形式，因不能见有第一形式，或仅能见少分之第一形式，皆是隔也。”对于姜夔的作品，王国维既承认其美，又认定其隔，原因正在于他认为姜氏不过是以第二形式之美取胜，美则美矣，终不入第一流之境界。王国维作此类判断时，多是点到为止、不加分说，遂使后人怀疑他对姜氏的贬抑只是一己之偏见，进而怀疑到他的评价原则是否公允。其实，真正值得重视的，是王国维在对古今词人的评价中体现出的这样一种逻辑：能给人美感的，并不就是有境界、有精神、有生命的，因为我们所谓的美感有可能来自于第二形式。大多数审美判断其实都是针对第二形式做出的，之所以同一审美对象会引发不同评价，是因为我们只能依据“表出第一形式之道”去感知对象，这是一种经验性的判断，“由时之不同，而人之判断之也各异”。从第二形式到第一形式是本质性的跃进，感性的魅惑被否定，天地有大美而不言。“著一‘闹’字而境界全出矣”，用“闹”字能化物为人，化虚为实，化静为动，如此种种都可解，但何谓“境界全出”？无解。境界用于评说，境界本身无可评说。中国传统文学批评虽讲“会心”，并常有“羚羊挂角、无迹可寻”之类形容，但这仍然是以准确传达阅读感受为目的，而境界说的真谛恰恰是叫人超脱于感受之外。王国维以此维护了他所理解的文学批评的美学品格。

然而,此种美学乃是不祥之物。以境界论词,未必能让我们真切把握艺术的存在,却足以让“隔”成为一种精神创伤。王国维既由叔本华领入美学,便永远欠后者一个涅槃。“不隔”即真情真景的创生,创生即涅槃,故生与死同义。惟其如此,王国维激赏尼采之言:一切文学,吾爱以血书者。同样是美学家,同样做文艺批评,宗白华将美学引向对民族文化传统的礼赞,他所设立的矛盾关系在个体与传统之间展开,由此展示出艺术在特定文化中的内在超越。王国维则俨然是在做外在超越,要从传统中突围而出。他所强调的是,社会上之习惯,杀许多之善人;文学上之习惯,杀许多之天才。而所谓突破习惯,就是冲破那个有能力将文学重新俘获的现实世界,或者说,文学的陈套积习本身构成了另一层面的现实世界。作为词人,王国维自负地说,“余自谓才不若古人,但于力争第一义处,古人亦不如我用意耳。”他不是要依循现成的格调去表现“中国文化的美丽精神”,而是孜孜以求那种“境界全出”的创生。必须承认,王国维的一些代表作的确翻出新意,堪为绝响,然而,如果整个词的传统自成一世界,而此世界的原则由古雅所承担,那么“境界全出”只是暗夜中的一瞬光明。王国维只肯向第一义用力,等于是要以萤火照亮长夜。此种用力的结果,固然有可能收获杰作,但也有可能被推入两种境遇:其一,境界的戛戛独造,最终使词越出古典文学的阈限,转为现代文学,王国维的《人间词》中许多篇什正是如此;其二,现代人越是苦心孤诣,与古人生死相搏,越是使经典卓尔耸立。“池塘生春草”、“西风残照,汉家陵阙”、“大漠孤烟直,长河落日圆”、“采菊东篱下,悠然见南山”,此种作品的境界无法超越,不只是因为才能高低，更因为它们既定义了何谓境界，又使境界无可定义。王国维的词作曾引发友人感慨：不胜古人，不足以与古人并。然而，从另一个角度看过来，果真能“与古人并”，恐怕会甘心向古人低头；果真能在创造中挑战传统，恐怕会主动臣服于传统。艺术境界的每一次现代创生，不过是对原初之物的模仿；个人独创的意志，终究要消融于艺术世界的整体意志。或许那“境界全出”的紧张之后，未必就是永恒的超越，而是一种从未有过的放松？

在写于 1905 年的《论哲学家与美术家之天职》一文中，王国维对一贯讲求实际的中国人循循诱导：“今夫人积年月之研究，而一旦豁然悟宇宙人生之真理，或以胸中惝恍不可捉摸之意境，一旦表诸文字、绘画、雕刻之上，此固彼天赋之能力之发展，而此时之快乐，决非南面王之所能易也。”而在此之前两三年，德国哲学家格奥尔格·西美尔对一群天真烂漫的中学女生提出了这样的警告：“艺术所完成的对存在，亦即对痛苦的美学解脱，按其性质仅仅适用于审美升华的刹那；当此解脱发生时，存在和痛苦仍然留存于我们的本质的基底。”(《叔本华与尼采——一组演讲》)艺术现身的瞬间带给我们的究竟是超脱的快乐，还是存在的沉重与痛苦，这快乐或痛苦能否以及以何种方式持续，显然不是某个“美学导论”就可以解决的问题。至少对叔本华和王国维来说，美学不是学问，而是一种现代特有的纠结。此纠结并不“可爱”，却让人沉迷，因为就在此纠结之中，真理之澄明与遮蔽的永恒争执，一层深过一层地展开。徘徊于哲学与文学之间的王国维，最终堕入“美学劫”中。此劫的后果，直到一代国学大师于知天命之年毫无征兆地纵身一跃，方才毕现人前。

宗白华与“中国形上学”的难题

一

某种程度上，“宗白华”这个名字就代表了中国美学。二十多年前，叶朗教授有言：“宗先生对中国美学的理解和把握，精深微妙，当代学术界没有第二人能够企及。”〔1〕这一判断似乎尚未过时。不仅宗白华的一系列观点仍被广泛引用，“宗白华范式”也越来越成为学界的共识。我曾概括出这种范式所包含的五个要点：“形上体系”，宗白华以

〔1〕 叶朗：《胸中之竹》，安徽教育出版社 1998 年版，第 291 页。

中国形上学为基础构建了一个沟通文史哲的相对完整的体系;"比较方法",宗白华通过中西美学不同规律的比较探求中国古典艺术的独特意境;"文化关怀",宗白华以对中国乃至全人类的文化关怀作为其美学的精神内核和最后归宿;"诗性文体",宗白华开创了贴近艺术、紧扣体验的"散步美学",以诗性的体悟而非抽象的思辨展开他对艺术规律的深刻探询;"知行合一",宗白华的生活是艺术化的生活,他的美学思考是与他日常生活中的审美体验紧密结合在一起的。〔1〕这样一种范式契合于人们对中国美学之中国性的想象,要研究中国美学,就要接着宗白华讲。

但是范式不是一天建成的。1996 年 9 月,北京大学哲学系、德国波恩大学汉学系等联合召开纪念朱光潜宗白华诞辰一百周年国际研讨会,会上虽以"美学的双峰"作为对朱光潜、宗白华美学贡献的评价,但是叶朗教授在《从朱光潜"接着讲"——纪念朱光潜、宗白华诞辰一百周年》一文中指出,美学必须接着朱光潜讲,以求实现中国文化与西方文化、古典文化与现代文化之间的沟通与融合。即便朱光潜并没有最终摆脱主客二分模式,即便"宗先生本人的立足于中国古代'天人合一'思维模式的美学思想"是古今、中西美学的一种"更加自然,不露痕迹"的融合〔2〕,叶朗教授还是认为朱光潜的美学才是真正意义上的现代体系。章启群教授《现代的与古典的——朱光潜与宗白华的一种比较研究》一文,则为古典与现代的区分提供了雄辩的解说:"现代性不

〔1〕参看汤拥华:《宗白华与"中国美学"的困境——一个反思性的考察》,北京大学出版社 2010 年版,第 21—22 页。

〔2〕叶朗在"朱光潜、宗白华美学思想国际讨论会"上的用语。参看《纪念朱光潜宗白华诞辰 100 周年国际学术研讨会综述》,《文艺研究》,1997 年第 1 期。

仅是一种时间性的概念，还包含了一种学术内在尺度的要求，它至少是对古典学术的一种超越。与古典学术的思辨特征相比，现代学术的一个根本标志是经验的、实证的、分析的。”〔1〕据此判断，章启群教授认为朱光潜的现代意识在当代中国美学界“可谓绝无仅有”；至于宗白华，则主要接受的是西方古典思辨哲学、美学的启迪，所以应该归入古典。也就是说，判断是古典还是现代，主要看思维方法，或者说哲学的方法论。不过这一判断在1996年的这次会议上引起了争议。邹华先生针锋相对地指出：宗白华所感应的是现代审美意识的情感骚动和现代人的浪漫精神，他所建立的美学是现代主体美学；而朱光潜受到传统的儒家思想影响，强调美是一种价值，倒是可以读出“古典性”的内容。〔2〕而汪裕雄先生认为，宗白华美学上承19至20世纪德国浪漫主义哲学，下接21世纪追求人与自然和谐共处的文化精神，理所当然是现代的。〔3〕这种争论并非只是简单的“排座次”，而是关涉到20世纪中国学术的一个大问题：一种思想何以既是中国的，又是世界的；既是古典的，又是现代的？

我们发现，解决此问题的关键，是“体系”一词。早在20世纪40年代，冯友兰就曾对当时担任《哲学评论》业余编辑的冯契说，中国真正构成美学体系的是宗白华。〔4〕体系性显然是现代学术的自觉诉求，将中国古典美学思想体系化，正是一个现代的工作。章启群教授承

〔1〕参看叶朗主编：《美学的双峰》，安徽教育出版社1999年版，第324—325页。

〔2〕参看《纪念朱光潜宗白华诞辰100周年国际学术研讨会综述》，《文艺研究》，1997年第1期。

〔3〕汪裕雄先生的意见可参看其2002年出版的《艺境无涯——宗白华美学思想臆解》（与桑农合著）第286—290页，安徽教育出版社。

〔4〕转引自林同华：《宗白华美学思想研究》，辽宁人民出版社1987年版，第14页。

认,宗白华以古典思辨哲学、美学返观中国古代艺术,发掘出中国艺术不同于西方的独特精神,并把中西艺术的方法论差别上升到哲学和宇宙观的高度。[1] 这显然不是"古典"一词能够概括的。有此铺垫,数年之后,章启群教授果然在《重估宗白华——建构现代中国美学体系的一个范式》(2002 年第 4 期《文学评论》)一文中更新了说法,他指出:在中西广博深厚的学术背景下,宗白华确立了他对于中西哲学和美学思想研究的比较意识和观念,并在这一基础上建立了一个贯通古今中外,汇通文史哲,勾连艺术、宗教甚至科学的中国形上学体系。其所展现的高妙的学术境界和研究范式,在现代中国美学界,不仅前无古人,至今也无来者! 宗白华不仅是"20 世纪中国唯一可以称为有自己思想体系的美学家"[2],而且他的思想体系是真正意义上的"中国的",所以《重估宗白华》一文呼吁:"如果说在 20 世纪,中国青年们从阅读朱光潜的书进入美学之门,那么在 21 世纪,让我们从阅读宗白华的思想为起步,来建立真正的中国美学体系吧!"

真正的中国美学体系,就是属于 21 世纪的美学体系。这个呼吁相当有力量,但我们的疑惑是,既然宗白华是"在中西广博深厚的学术背景下","确立了他对于中西哲学和美学思想研究的比较意识和观念",那么所建构的"中国美学体系"就应该是一个比较美学的成果,也就是说,正是因为建立了比较的格局,这才有了中国美学体系,似乎并不需要强调"真正的中国美学体系"。不过章启群教授可以反驳说,宗白华的美学诚然是以比较为方法,但它是比较基础上的创造,是一种

〔1〕 参看叶朗主编:《美学的双峰》,第 330 页。

〔2〕 章启群:《百年中国美学史略》,北京大学出版社 2005 年版,第 168 页。

新形态的美学，不是跟着西方近现代实验科学研究审美问题，而是将美学还原为一种以特定文化传统为根基的形上学体系。或许我们可以称之为文化诗学，一种艺术特质与文化特性的双向阐释。[1] 所谓“真正的中国美学体系”，只是这种美学在中国语境中的现身方式而已。

我同意这样看问题，但还是要提请注意几个问题。首先，作为在比较中建构起来的新的美学逻辑，文化诗学不能只适用于中国，理论上同样可以将“西方思辨美学”还原为文化诗学（即有所谓“真正的西方美学体系”或“真正的德国美学体系”）；其次，这一范式不能明显偏向中国，也就是说，不能随时用来显示中国文化的优越性；再次，如果承认文化诗学是在比较中建构起来的，那么我们应该以同样的眼光看待所谓“形上学”。中国当然有独树一帜的哲学思考，但是我们在整理这种思考时，如果时时刻刻都能将其与中国文化的总体特征互为阐发，那么这也就是一种“文化形上学”。我认为章启群教授使用“形上学”这种说法非常有眼光，这是一种新的哲学范式，从一开始就被用来应对中西比较的复杂语境。假如说哲学与美学可以归入同一种“知识型”或者说同一套学术语汇（显然有强烈的西学色彩），那么形上学和文化诗学则是另一套，后者在应对跨文化语境方面有独特的优势。虽然它们未必能够一揽子解决中西比较所带来的难题，但至少可以更深刻地进入难题，并使这些难题成为新的美学逻辑的生长点。不过这样一来我们可能就要说，宗白华以特定的美学逻辑比较中西艺术，他的

---

〔1〕 参看欧阳文风：《现代形态的文化诗学——论宗白华的美学思想》，《文艺理论研究》2002年第2期。

美学思想的体系性其实是他中西艺术比较方法的体系性，而不是说他先行有一个成熟的美学体系，然后再来进行中西艺术比较。事实上，在系统地进行中西艺术比较之前，宗白华并无成体系的美学论述。反过来，我们当然也不能说是“中国艺术的独特精神”造就了他美学研究的体系性，而只能说，如果宗白华的美学从一开始就是比较美学，那么这种比较美学的体系性与中西艺术的独特性，或许是互相造就的。

二

反复说“美学体系”，其实非我所愿。在我看来，与其说宗白华是美学家，不如说他是批评家（“诗性文体”由此也就不难理解），或者说批评理论家，其突出贡献不是对所谓美学基本原理的研究，而是参与确立了中国文艺研究中的“美学批评”范式。这一范式以王国维为发端，以宗白华为高峰，以徐复观为余绪，其核心理念是将以“艺术”（或“美术”）为关键词的理论话语——包括本体论、认识论和价值论——应用于对中国文学艺术及文化精神的阐释与评价中。[1] 三人之中，王国维仍着眼于批评，做的是在中国文学内部品评优劣的工作；宗白华与徐复观则着眼于阐释，整体地言说中国，前者用中西比较的方法，后者则是思想史的路数，且较多地让中西理论互相解释。通过他们的工作，源出于西方的美学不仅真正进入中国文艺批评的理论现场，而且得到了创造性的阐发与重构。也就是说，所谓中国美学，其实就是

〔1〕 参看汤拥华：《艺术超越的中国难题——略论王国维的美学批评范式》，《社会科学战线》2013年第12期。

美学的中国化，这不是将现成的西方美学体系翻译为中国美学，而是以西方美学的某些概念、逻辑为契机，在中国文艺批评的实践中构建起一个沟通形上（抽象的哲学探讨）与形下（经验性的形式品评）的理论维度。〔1〕

此处我们说美学批评，但是必须指出，最关键的范畴不是美而是艺术。宗白华的德国老师玛克斯·德索在所著《美学与艺术理论》(1906)一书中强调，艺术并非只是以美为追求，有必要在美学之外另立“艺术科学”，其“责任是在一切方面为伟大的艺术活动作出公正的评判”。〔2〕德索将自己的研究归于“艺术科学”名下，以充分占有具体的艺术经验为前提，强调对艺术不同“感觉形式”的细致分析，以求为艺术批评打造更“贴身”的概念工具，比方他提出，“每一种艺术——严格地说——都以一种特殊的形成方式而且以否则即不存在的方式去改造真实，去表达内心生活”。〔3〕但是德索并未取消艺术研究的形上学维度，所谓“以一种特殊的形成方式而且以否则即不存在的方式去改造真实”，核心问题仍然是真、形式、存在等美学基本范畴之间的关系。艺术有其特殊的存在方式，无论我们对特定艺术门类的形式手法

---

〔1〕徐复观的《中国艺术精神》及《石涛之一研究》，是以美学话语言说中国艺术和中国文化的范例。特别典型的是他在研究石涛的“一画”说时，批评他人对石涛的研究要么求之太高，高到形而上学的本体论上面去；要么求之太低，低到作画时的一个线条。而他则强调“一切伟大的艺术家只是由人格的修养以开辟艺术的精神境界；更由技术的修炼，把自己开辟出的艺术精神境界表现了出来。把开辟出的艺术境界，经过反省后，而将其用语言加以表达，这就是他的哲学，就是他的美学，就是他的艺术的最高根据”。徐复观《中国艺术精神　石涛之一研究》，九州出版社 2014 年版，第 471 页。

〔2〕玛克斯·德索：《美学与艺术理论》，兰金仁译，中国社会科学出版社 1987 年版，第 2—3 页。

〔3〕玛克斯·德索：《美学与艺术理论》，第 407 页。

有多熟悉,艺术的存在始终有一种神秘性。事实上,当我们试图对艺术的普遍本质有所言说时,“艺术”一词的超越性就会显现出来。在德索这个时期(19 至 20 世纪之交,价值论哲学与心理学针锋相对的时期),主导性的逻辑是在对具体艺术门类的经验研究中反思性地把握艺术之为艺术的独特价值与存在。这当然不是回归机械的本质论,而是反复提出和回答一个深具魅力的问题:使特定物象、质料、形式、语言、事件成为艺术的那个飞跃是如何发生的?

为了帮助理解相关逻辑,不妨引入另一美学著作,即法国人维隆的《美学》(1878)。之所以要特别提到这本书,是因为正是这本书在日本经中江兆民翻译后,使 Ästhetik(感性学)获得“美学”之定名(书名定为《维氏美学》)。[1] 维隆本人不妨说是“反美学”的,他认为“百学之中最卖弄理学幽奥之说的莫属美学”,“皆为臆构妄架之说”[2],对艺术有害无益。那些曾被用来定义艺术的“美”“模仿”之类对他来说都空洞无物,美学家唯一需要注意的是艺术家的天才,美学就应该是“以研究和解说艺术家天才的表现为对象的科学”。[3] 强调天才与创造本是当时的流行话语,问题是在什么意义上强调。维隆的核心主张是艺术乃“人类个性直接与随机的显现”[4],创作必须打破陈式、不拘一格,此一主张并非无的放矢,却未免老生常谈。当时日本知识界重要

---

〔1〕参看神林恒道:《“美学”事始——近代日本“美学”的诞生》(日文初版题为《“美学”事始——艺术学的日本近代》),杨冰译,武汉大学出版社 2011 年版,第 1—2 页。

〔2〕参看神林恒道:《“美学”事始——近代日本“美学”的诞生》,第 46 页。

〔3〕译文根据 Eugene Veron, *Aesthetics*, trans. by W. H . Armstrong, London, Chapman & Hall, 1879, p109. 其法语原文或应译为“以对艺术家天才的哲学探究为对象的科学”。

〔4〕Eugene Veron, *Aesthetics*, p389.

人物森鸥外尖锐地评价道,维隆美学与其说是“非形上学派”的,不如说是“非学问派”的,它对日本文学、美术几乎没有产生任何影响。[1]森鸥外本人所推崇的美学体系,是德国哲学家爱德华·冯·哈特曼(1842—1906)的“具象理想”说,即美立足于感性世界,“美唯一的所在是触及到感官的假象,而这一假象同时又是极为具体的”,从抽象到具象有“类想、个想、小天地想”三个阶段,最后一个阶段实现个体与全体的贯通。[2] 这个抽象与具象的辩证关系的实质,仍然是言说艺术在感性世界中的超越性存在。森鸥外以此美学为理论工具参与批评实践,并在日本绘画界和小说界引发激烈争论。[3] 森鸥外的论争对手基本上持写实主义(甚至自然主义),这在民族文艺蓬勃发展的时期本是强势话语(甚至森鸥外本人也常被视为自然主义作家),但是森鸥外的“具象理想说”在辩论中占据明显的理论优势。这与其说是因为他有更好的西方哲学素养,不如说他掌握了一种极为实用的美学,一种可以用来辩证地探讨艺术之独特存在的美学。

森鸥外的批判范式对王国维、宗白华直接影响有多大,此处不能给出可靠的实证分析;[4]但是王国维、宗白华共同的哲学导师叔本华,却可与哈特曼产生学术上的共鸣。[5] 以哈特曼的“小天地想”而

---

〔1〕 参看神林恒道:《“美学”事始——近代日本“美学”的诞生》,第 47 页。

〔2〕 同上,第 53—54 页。

〔3〕 同上,第 47—57 页。

〔4〕 森鸥外、大村西崖编译的哈特曼《审美纲领》一书于 1899 年在日本出版。参看韩书堂:《中日近代美学学科生成源流考——兼论王国维美学新学语的来源》,《理论学刊》2011 年第 3 期。

〔5〕 梯利将叔本华和哈特曼都放在“唯意志哲学”的章节下讨论,哈特曼基本上被视为叔本华哲学的引申。参看梯利《西方哲学史》增补修订版,葛力译,商务印书馆 2005 年版,第 534 页。

言，其要义是具象与整体的统一，而叔本华有十分相近的看法："艺术的本质却在于它的以一类千，因为它对个体的精心、细致的个别描绘，其目的就是揭示这一个体的总类的理念。"〔1〕叔本华虽以康德为师，但他更像是柏拉图理念论的现代传人，作为审美对象的艺术作品，是一种非对象的对象，非实存的存在，"理念现在是，将来也依然是直观的，所以艺术家不是在抽象中意识着他那作品的旨趣和目标；浮现于他面前的不是一个概念，而是一个理念。"〔2〕借用艺术实例来言说哲学理念的存在方式，是叔本华常用的论述手段；而对实际的艺术批评来说，如何以超越性的理念度量艺术形象，却是棘手的工作，王国维为此颇受诟病；但如果针对的不是单个作品，而是"中国"或者"艺术"这类理念性的对象，则情况又有所不同。

既然说到柏拉图的理念论，不妨来看看宗白华如何理解柏拉图。在成型于20世纪30至40年代的《形上学讲稿》中，宗白华对柏拉图有极高的评价："西洋化'命运'为名定之自然律，中国推天人合一于'保合太和，各正性命'之形上境！柏拉图则欲融化两境以成其大！"〔3〕这是要用柏拉图哲学来融会中西。对宗白华来说，柏拉图最重要的思想是他有关"象"的论述。这个象也就是"观念"(即理念)，它是作为原型被"纯粹给与"的实在之物，即所谓"由中和之生命，直感直观之力，透入其核心，而体会完形的、和谐的机构"，"超时空因果之机械的限制，而乃为直接欣赏体味(赏其意味)之意象"，"由序秩数理中聆出其内在

〔1〕《叔本华思想随笔》，韦启昌译，上海人民出版社2003年版，第50页。
〔2〕叔本华：《作为意志和表象的世界》，石冲白译，商务印书馆1997年版，第326页。
〔3〕《宗白华全集》第1卷，第585页。

的节奏和谐”。〔1〕简而言之就是:自足的,完形的,无待的,超关系的,代表全体的。〔2〕宗白华有时将柏拉图和亚里士多德对照,柏拉图为音乐性的精神,亚里士多德则为建筑性的理论、逻辑性的体系;〔3〕有时又赋予亚里士多德同样重要的美学价值:“亚氏引‘法象界’之‘形式’入于物质底可能性界,遂能贯通上下,以解释生成之境,最近于中国之中庸。”〔4〕宗白华甚至认为,中国之象数即亚里士多德之“创造底知识”,而他所谓象者,即有层次,有等级,完形的,有机的,能尽意的创构。〔5〕

此种形上学当然首先是文化的形上学,但其美学效应显而易见,它可以毫无障碍地转化为一种艺术形上学。在某些场合,这种艺术形上学以中国式的“意境”论出现:“在一个艺术表现里情和景交融互渗,因而发掘出最深的情,一层比一层更深的情,同时也渗入了最深的景,一层比一层更晶莹的景;景中全是情,情具象而为景,因而涌现了一个独特的宇宙,崭新的意象,为人类增加了丰富的想象,替世界开辟了新境,正如恽南田所说‘皆灵想之所独辟,总非人间所有!’”〔6〕像“景中全是情,情具象而为景”这样的“独特的宇宙”,已不仅仅是说艺术形象的主客观问题,而是在描述一个理想境界的诞生。在另一些场合,艺术形上学又现身为更具西学色彩的形式本体论。在《论中西画法的渊源与基础》一文中,宗白华首先指出,美与美术的特点是在“形式”、在

〔1〕《宗白华全集》第1卷,第627页。
〔2〕同上,第628页。
〔3〕同上,第599页。
〔4〕同上,第608页。
〔5〕同上,第621页。
〔6〕《宗白华全集》第2卷,第360页。

"节奏",而它所表现的是生命的内核,是生命内部最深的动,是至动而有条理的生命情调。宗白华引用了瓦尔特·佩特的名言:一切艺术都趋向音乐的状态。在此基础上,他将形式的作用分为三个层次:(一)美的形式的组织,使一片自然或人生的内容自成一独立的有机体的形象,引动我们对它能有集中的注意、深入的体验;(二)美的形式之积极的作用是组织、集合、配置,即所谓构图,使片景孤境能织成一内在自足的境界,无待于外而自成一意义丰满的小宇宙,启示着宇宙人生的更深一层的真实;(三)形式之最后与最深的作用,就是它不只是化实相为空灵,引人精神飞越,超入美境;而尤在它能进一步引人"由美入真",探入生命节奏的核心。〔1〕这样一种形上学,综合了柏拉图理念论与德国生命美学,以之评说中国艺术,较之中国传统艺术批评,气象自然不同;相比于朱光潜那种文艺心理学的进路,也显得更加单刀直入。但是我们必须马上说一句,这不是作为美学批评哲学基础的形上学,而是作为美学批评之内在要素的形上学。也就是说,此处的形上学,本身就是一种美学境界。

三

宗白华《形上学讲稿》的主题是中西哲学比较,宗白华明确地把中国哲学和西方哲学区分为形上学之两大体系:唯理的体系与生命的体系。前者的真理以数表之,后者则以乐示之。这一对立还可以表述为"西洋的概念世界与中国的象征世界"的对立。既然有此对立,就要对

〔1〕《宗白华全集》第 2 卷,第 99 页。

柏拉图等西方哲学家有关象的观念再作分析，以说明它与中国之象的差异。宗白华的一种说法是，中国哲学的象取之于鼎象，最后却达于正位凝命之生命法则；柏拉图取象于人体之相，最后反达于数理序秩之境。[1] 希腊几何学求知空间之正位而已，而在中国哲学中，鼎作为一种器，并非只是某种物理实体，而是载道之象，是“生命之空间化，法则化，典型化”，亦为“空间之生命化，意义化，表情化”，“空间与生命打通，亦即与时间打通”。[2] 此外，宗白华设立了西方之数与中国之数的对立。他说，西方的数强调比例、秩序、完形，而“中国之数为生成的、变化的、象征意味的”，“流动性的、意义性、价值性的”，“以构成为鹄的”的，[3]遂将中国哲学中的“现象之数”与“本体之数”打通。宗白华指出，周易的卦象是由阴爻阳爻数目的变化引起象的变化，“此数非与空间形体平行之符号，乃生命进退流动之意义之象征”，“其位时不能分出观之”。[4] 由此时间与空间的统一，“中国之数，遂成为生命变化妙理之‘象’矣！”[5]宗白华强调数的生命力，意思就是强调象本身的生命力，因为所谓数，正是象的符号形式。周易之象本身即是生命充盈之象，它是以有限的生命之象象征无限的精神整体。这样一来，中国哲学之象实际上就转化为审美之象、艺术之象了。艺术之象正是本身自成一生命体，其内在的结构关系都被带入一种整体的生气之中。中国文化之象天然地就是审美之象，或者说是“宗教的、道德的、

---

〔1〕《宗白华全集》第1卷，第623页。

〔2〕同上，第612页。

〔3〕同上，第597页。

〔4〕同上，第597页。

〔5〕同上，第597—598页。

审美的、实用的溶于一象”。[1] 倘若我们承认艺术与文化的亲密关系是艺术生命力的源泉,那么中国艺术具有比西方艺术更为充沛的精神活力,就是合理的推论。宗白华借助于“象”这一可以沟通中西哲学、美学的范畴,使中国艺术/西方艺术的差等关系自然地融进其美学逻辑之中。换句话说,此处的形上学,是一种天然适合制造差等的形上学。

我们还可以从另一路径探测这种差等的形上学。前面说到,宗白华以三层次的形式美学作为中西艺术比较的理论前提,而所谓形式美学,要义在于将活跃的感性生命注入抽象的、合规律的形式,所以需要一系列矛盾范畴,如形与神、实与虚、静与动、具象与抽象、物质与精神等等;而在中西艺术比较中,美学家又往往将矛盾的两元分开,以便在不同艺术对象之间构建对立关系——不仅仅是不同,而且是对立,而且是并不平等的对立。我们来看两种情况,第一种我称之为“倾斜的对等”:

> 希腊艺术除建筑外,尤重雕刻。雕刻则系模范人体,取象“自然”。当时艺术家竞以写幻逼真为贵。于是“模仿自然”也几乎成为希腊哲学家、艺术家共同的艺术理论。
>
> 中国绘画的渊源基础却系在商周钟鼎镜盘上所雕绘大自然深山大泽的龙蛇虎豹、星云鸟兽的飞动形态,而以卍字纹、回纹等连成各式模样以为底,借以象征宇宙生命的节奏。它的境界是一全幅的天地,不是单个的人体。它的笔法是流动有律的线纹,不

---

〔1〕《宗白华全集》第1卷,第611页。

是静止立体的形象。[1]

上面这两段话的价值评判不言自明。所谓“它的笔法是流动有律的线纹,不是静止立体的形象”,这是中国艺术扬弃了希腊艺术的形式规则,由此成就真正有生命力的艺术。再比如说,“西画的景物与空间是画家立在地上平视的对象,由一固定的主观立场所看见的客观境界,貌似客观实颇主观。就是近代画风爱写无边天际的风光,仍是目睹具体的有限境界。”[2]这是对西画“虽工亦匠”的形象解说。“主观”“客观”“有限”“无限”当然可以被理解为中性的词汇,而当宗白华说中西艺术是“华堂弦响与明月箫声,其韵调自别”时,也可以声明只是风格的差异,就像“芙蓉出水”与“错彩镂金”是两种不同风格的美,不能相互取消。但如果据此认为它们在价值上无分高下,也就难以领会中国文艺批评的逻辑。换句话说,正是中国批评话语中这种隐性的等级关系,支持了宗白华将一种风格学的考察转换为艺术的本体论。

另一种隐性的等级关系,是片面对统一。在《抽象与移情》一书中,沃林格分析了希腊古典装饰艺术和埃及装饰艺术的区别,他认为前者“在几何的合规律性这一点上,展现出了一种有机的合规律性,它的最典型的美就是动中之静,就是生命的韵律或有韵律的生命,我们所有欢快的活力感都来自这种美”。[3] 以这种所谓“动中之静”对照埃及装饰艺术那种单一的静,高下立判。宗白华也善用这种修辞技

---

〔1〕《宗白华全集》第2卷,第104页。

〔2〕同上,第110页。

〔3〕参看W.沃林格《抽象与移情——对艺术风格的心理学研究》,辽宁人民出版社1987年版,第72页。

术,比方他以“有限之无限”对比“有限”:“西洋油画先用颜色全部涂抹画底,然后在上面依据远近画法或名透视法幻现出目睹手可捉摸的真景,它的境界是世界中有限的具体的一域。中国画则在一片空白上随意布放几个人物,不知是人物在空间,还是空间因人物而显。人与空间,溶成一片,俱是无尽的气韵生动。”或者,以“极空灵又极写实”对比“写实”:“中国宋元山水画是最写实的作品,而同时是最空灵的精神表现,心灵与自然完全合一。……他是超脱的,但又不是出世的。他的画是讲求空灵的,但又是极写实的。他以气韵生动为理想,但又要充满着静气。一言蔽之,它是最超越自然而又最切近自然,是世界最心灵化的艺术,而同时是自然的本身。”[1]这是一种更为微妙的等级关系,只有富有活力的辩证结构才能体现美学逻辑的精髓,一元的形象,无论是空灵还是写实,都很容易被物化或者程式化,而宗白华让中国艺术独享了这种辩证结构,由此中西艺术不仅仅有高下之别,而且这种高下是有逻辑上的可说性的。

然而,这样一种中西之间的等级关系虽然从艺术的形上学那里得到支持,却也在后者那里遭遇抵抗。在宗白华的形式美学中,美与真的辩证法不是以美为终点的,美仍然需要向真飞跃:

> 然而中国画趋向抽象的笔墨,轻烟淡彩,虚灵如梦,洗净铅华,超脱喧丽耀彩的色相,却违背了“画是眼睛的艺术”之原始意义。“色彩的音乐”在中国画久已衰落。……
>
> 艺术本当与文化生命向前进;中国画此后的道路,不但须恢

〔1〕 该段引文皆取自《介绍两本关于中国画学的书并论中国的绘画》,《宗白华全集》第2卷。

复我国传统运笔线纹之美及其伟大的表现力，尤当倾心注目于彩色流韵的真景，创造浓丽清新的色相世界。更须在现实生活的体验中表达出时代的精神节奏。因为一切艺术虽是趋向音乐，止于至美，然而它最深最后的基础仍是在“真”与“诚”。〔1〕

在这番议论之前，宗白华通过中西比较，为中国绘画量身打造了一套美学话语。他已有这样的判断：“中画趋向水墨之无声音乐，而摆脱色相。其意不在五色，亦不在形体，乃在‘气韵生动’中之节奏。一阴一阳，一开一阖，昼夜消息之理。”〔2〕这分明是以“气韵生动”为中介，实现形下向形上的飞跃，而且此处的形上境界，以阴/阳、开/阖的二元论语汇进行描述，正是本色当行的中国形上学。其次，宗白华既已指出中国艺术的气韵根源于中国人独特的宇宙观，那么这就是一种根深蒂固的气质，它本不应该失落，失落了也很难找回，倒是忽然出现一个“时代的精神节奏”，不免让人感觉突兀。也就是说，宗白华对形式主义的批评既不符合他的形式本体论，也有违他有关“中国文化美丽精神”的描述，要坚持这种批评，唯一的可能性是接受这一命题：为了达到真的本体，必须整体地超越美的形式，或者更确切地说，特定的形式传统(比方说，中国文人画)。此处并不是“哲学代艺术”的问题，宗白华在其美学论述中制造了一个本体论的鸿沟，但他希望由艺术自身越过这个鸿沟。

总结一下宗白华所面对的形上学的难题：作为“中国美学”的建构

〔1〕《宗白华全集》第2卷，第112页。
〔2〕同上，第76页。

者,宗白华同时为“中国”和“艺术”所吸引,对他来说,“中国”是所谓“内在超越”的目标,必须有“中国”,各类传统艺术才有最深的生命节奏,而且这个中国作为价值目标,应该是普世性的而非地方性的;而另一方面,“艺术”同样是超越的目标,这个超越可以认为是“外在超越”,它设定了真与美的本体论差异,必须经由对有形之美的超越,艺术才能实现其最深刻的价值。这两类超越或者说两类艺术的形上学本身都是难题,而它们的碰撞,又使问题的难度成倍增加。比方说,宗白华有可能需要在以下几种命题中做选择:A)中国艺术的抽象形式之美飞跃至中国艺术特有的真;B)中西艺术的抽象形式之美飞跃至人类艺术普遍的真;C)中西艺术的抽象形式之美飞跃至人类艺术普遍的真,但是,中国艺术比西方艺术更能实现此种飞跃;D)中西艺术的抽象形式之美飞跃至人类艺术普遍的真,但是,西方艺术比中国艺术更能实现此种飞跃;如此等等。无论哪一种选择都不能令人满意,那个中国美学的形上学体系由此显露危机。

四

如果我们将宗白华美学放置在中国现代学术的基本困境中,并且回到本文前面所说的哲学与形上学的区分,那么有理由认为,两种超越或者两种形上学(“艺术”的与“中国”的),都在“古今中西”的复杂纠葛中发生。所谓宗白华“建立了一个贯通古今中外,汇通文史哲,勾连艺术、宗教甚至科学的中国形上学体系”,正是一个典型的现代学术工作,它之所以是必要的和可能的,与其说是继承于中国古典美学或者借鉴于西方美学(不管是古典还是现代),不如说是源出于多元文化的语境。事情从来不是宗白华拿独立自足的中国形上学为中国美学定位,从而获得与西方美学相抗衡的体系性力量,而是“中国”“艺术”乃至“形式”“意境”“气韵”这些范畴,在他所开辟的理论空间里,形成了一系列生气勃勃的形上学问题。倘若我们放下对“中国形上学”“西方形上学”这种身份标识的执着,便可将艺术的形上学理解为跨文化语境中的创构,并对此创构过程中不同来源的美学话语的杂糅渗透保持敏锐的观察。宗白华有这样一段话,来自于他的《中国艺术意境的诞生》一文,是其著述中最美的段落之一:

> 尤其是在宋、元人的山水花鸟画里,我们具体地欣赏到这“追光蹑影之笔,写通天尽人之怀”。画家所写的自然生命,集中在一片无边的虚白上。空中荡漾着“视之不见、听之不闻、博之不得”的“道”,老子名之为“夷”、“希”、“微”。在这一片虚白上幻现的一花一鸟、一树一石,都负荷着无限的深意、无边的深情。(画家、诗人对万物一视同仁,往往很远的微小的一草一石,都用工笔画出,或在逸笔撇脱中表出微茫惨淡的意趣。)万物浸在光被四表的神的爱中,宁静而深沉。深,像在一和平的梦中,给予观者的感受是一澈透灵魂的安慰和惺惺的微妙的领悟。〔1〕

此段的主题是揭示“以追光蹑影之笔,写通天尽人之怀”的境界,这一表述虽源出于王夫之,却很难说它是否专属于中国艺术。接下来,宗白华以虚实逻辑解说画中之境,所谓自然生命皆集中于无边之

〔1〕《中国艺术意境之诞生(增订稿)》,《宗白华全集》第2卷,第371页。

虚白。但是,在中国美学话语中,虚白所产生的是生气,而宗白华却由虚白导向了深情。类似“万物浸在光被四表的神的爱中”这样的表述,完全是西方式的;而所谓“对万物一视同仁,很远的微小的一草一石都用工笔画出”也并非是“以大观小”的画法固有之义,倒有很强的泛神论色彩。在《中国诗画中所表现的空间意识》一文中,宗白华对“以大观小”曾有这样的论述:“画家的眼睛不是从固定角度集中于一个透视的焦点,而是流动着飘瞥上下四方,一目千里,把握全境的阴阳开阖、高下起伏的节奏。”〔1〕这样的解说才是所谓“以生命本身体悟道的节奏”,而上面这段话却似乎以一种德国浪漫主义式的天人关系收束。我们可以把这理解为宗白华在论述中放松了警惕,未能抵挡住西方美学话语的侵袭,但更可以将之理解为中西美学话语在同一主题下的“聚集”,也就是说,中西美学话语的合力,成就了一种艺术本体论。这种艺术本体论在某种程度上背离了论者的初衷,因为它与其说是展示中国艺术的独特意境,不如说是借中国这个场域让“艺术意境”诞生。“艺术意境”或者说“艺境”不等于中国传统诗学中的“意境”,它从“艺术”一词获得了新的力量。当它在宗白华笔下以极其明亮的方式诞生(恰如悲剧在尼采笔下诞生)时,我们看到的是艺术之本体如事件般成就自身,此时宗白华所熟悉的神学话语不招自来。我们可以将之理解为中国文化/西方文化的“体系性对立”阻挡不了西方理论的旅行,但这毕竟不是西方话语一头独大;我们也可以说中国传统文艺研究所显露出的艺术形上学的“空档”一定会被填补,但是争辩这个空档是本来存在还是西方权力话语的虚构却并非切要。关键问题不是中国文化

---

〔1〕《宗白华全集》第 2 卷,第 422 页。

传统中是否本来就有艺术或者与艺术相对等的范畴(王国维认为没有而宗白华、徐复观相信有),而是当艺术这一现代美学范畴进入中国文艺批评语汇后,能够为自身争取多大的空间,能否持续地产生理论效应。

如果说在宗白华的著述中出现的“中国形上学”不是现成的,不是所谓民族文化的本质规定性,而是在跨语际的美学书写中涌现的超越之维,那么本文的最后结论是:我们应以新的眼光看待哲学、美学与文化的关系。今天相当多的论者仍然相信,中国美学研究应该“从一些哲学美学的原点出发,考察中国艺术的特点,再从具体的艺术特点出发,进行哲学的总结”。〔1〕我完全赞同这种哲学与美学的互动,但有两则保留意见:一则,如我们对宗白华的研究所显示的,哲学的总结所获得的形上学体系未必只是着眼于民族的,艺术的形上学有可能比民族文化的形上学更为重要;二则,“哲学美学的原点”未必一定适合考察民族艺术的“特点”,因为“哲学美学的原点”与“中国艺术的特点”往往会相互强化。在这个问题上,我倾向于理查德·罗蒂的看法。在

〔1〕参看高建平:《从“东方美学”概念出发:当代中国美学的学科处境和任务》,《艺术百家》2015年第4期。高先生认为,宗白华在比较中国与西方美学时,尝试从《周易》出发来探讨中国美学的特点,又从中国书法与绘画的关系,探讨传统中国绘画致力动态的书法线条,而非静态的几何线条,说明中国艺术与传统欧洲艺术的不同之处,这是有益的尝试。我同意这一尝试是有价值的,但还是要说,“抽象形式的美学”未必以中国哲学为“基础”,相关的中国哲学表述倒很有可能是经由此种美学而被赋予新的含义。彭锋教授认为,宗白华早年接受西方的生命哲学以建立一种积极向上的人生观,后期从中国哲学中发掘的生命精神,才是他的美学和艺术观的基础,也就是说,作为宗白华美学基础的生命哲学,是中国式的生命哲学。而我认为,所谓“中国式的生命哲学”,不是现成的,而是在跨文化的美学言说中建构起来的现代体系,它与中国传统哲学中有关“生”“命”“气”等问题的讨论并不是一回事。参看彭锋《宗白华美学与生命哲学》,《北京大学学报》(哲学社会科学版),2000年第2期。

《哲学与未来》一文中，罗蒂特别讨论了哲学与文化的关系，他说，哲学家并不善于表达本民族、国家独一无二的经验，那是小说家和诗人的工作，后者能够有益地创造出一种民族的文学，在那种文学中融入了关于他们生活于其中的民族的产生和发展的叙事。但是哲学家不善于讲这类故事，他们往往会把故事讲得很僵硬，就像黑格尔和海德格尔告诉德意志人关于他们自己的故事那样。罗蒂所认可的哲学家的工作，是放松对体系的执著，努力"在民族之间建立起桥梁，在世界范围的创造性之间建立起桥梁"，对新鲜之物保持开放的态度，"把古老的信念和新的信念融合到一起去"。[1] 这种融合并不是通常说的"调和"，而是让各类语汇彼此交错、碰撞，进而产生相互激活、相互置换以及解构与创构等一系列反应。假如先行根据某个哲学原点将民族特点本质化，要想保持美学对话的开放性将非常困难。总而言之，只有中国形上学才能真正深刻地解说中国艺术，这是美学中国化过程中出现的一种假设，但它并非最后的假设。我们当然可以借助哲学的研究探测中国美学未来可能的形态，但不是作为后者的理论前提甚或文化根源，而是作为中国现代学术持续更新的过程中相互应和的声音。[2]

---

〔1〕参看海尔曼·J.萨特康普编：《罗蒂和实用主义——哲学家对批评家的回应》，张国清译，商务印书馆2003年版，第264、269页。

〔2〕本文的部分内容，结合其他论述，以《重审宗白华范式：通向作为世界美学的中国美学》为题，发表于《文艺美学研究》辑刊2017年上半年春季卷。

从“风景的发现”到“临照的美学”

——“诗人宗白华”的另一种读法

一

宗白华是20世纪中国美学研究的标志性人物，其对中国艺术意境的研究独步学林，作为《流云小诗》作者的“诗人宗白华”本是其青春面相（《流云小诗》初版于1923年，彼时宗白华26岁），影响力不能与“美学家宗白华”相比，却为宗白华美学思想的研究者所看重。宗白华本人说：“诗文虽不同体，其实当是相通的。一为理论的探究，一为实践之体验。”〔1〕

〔1〕宗白华：《〈艺境〉前言》，《宗白华全集》第3卷，安徽教育出版社1994年版，第623页。

据此,宗白华研究者提出:"要完整地理解'艺境',就极有必要做从《流云》看'艺境'的工作。通过这方面的深入细致的考察,不仅可以完善我们对理论中的'艺境'的认识,也可以深化我们对作品中的'艺境'的体验。"[1]这一思路颇具启发性,但是论者言之不详的是,在《流云小诗》的写作时期,宗白华的"艺境"理论远未成熟,该如何认识这个理论与创作之间的时间差?而进一步的问题是,《流云小诗》如何能够既支持有关中国古典艺术意境的论述,又使自身具有足够的现代色彩?

在此细节上"小题大做",当然不是无的放矢。长期以来,"宗白华"这个名字代表了中国美学,甚至俨然形成了一种"宗白华范式"。[2] 而在对宗白华的研究中,一个棘手的难题是如何看待宗白华美学思想中的西学成分。常见的看法是"本末论",即宗白华的美学体系是真正意义上的中国体系[3],西方资源并无内在的重要性;还有一种是"转换论",即宗白华是将西方生命美学转换为中国生命美学,从而打造出中国自己的艺境论[4];也有一些论者持"融合论",认为宗白华是熔铸中西。[5] 不管哪一种都是就理论谈理论的比较多,即便联系到《流云小诗》,也主要是以诗歌创作来解说美学命题,而这些命题,论者已成竹在胸,只需按图索骥。本文则想从这样一个设想开始:或许,我们能在《流云小诗》中发现宗白华美学理论一些未曾被充分注意

〔1〕 参见彭锋:《从流云看"艺境"》,《安徽师范大学学报》(哲学社会科学版)1997 年第 1 期。

〔2〕 参看汤拥华:《宗白华与"中国美学"的困境——一个反思性的考察》,北京大学出版社 2010 年版,第 21—22 页。

〔3〕 章启群:《百年中国美学史略》,北京大学出版社 2005 年版,第 168 页。

〔4〕 参看彭峰:《宗白华美学与生命哲学》,《北京大学学报》(哲学社会科学版)2000 年第 2 期。

〔5〕 参看陈望衡:《宗白华的生命美学观》,《江海学刊》2001 年第 1 期。

的维度？换句话说，或许宗白华的美学理论中有些地方难以索解，需要联系他的诗歌创作才会比较明白？果真是这样，我们再回过头去考察所谓中西问题，或许就会有不同的认识。

通过文学阐释发现美学理论中的隐秘信息，而不只是验证现成的理论命题，这既是美学的工作，又是文学批评的工作。要将两者统一起来，显然颇费周章，既需要敏锐的文学感觉，也需要更具反思性的美学观念。我们当然可以在美学学科之内寻求这种反思性，但既然“它山之石可以攻玉”，倒也不妨放宽理论的视野。本文正标题中“风景的发现”一语，透露出本文与柄谷行人教授《日本现代文学的起源》一书的联系。柄谷行人此书在中国现代文学研究界享有盛誉，被认为是后殖民主义批评的代表作之一，而对笔者来说，后殖民种种不是本文所关心的话题〔1〕，重要的是柄谷行人提供了一条重要的思路，即并非先有文学的现代化，然后美学以相应方式现代化，而是美学作为一种“认识论装置”的发生与现代文学的起源互为表里。此一论断虽针对日本文学提出，但柄谷行人相信同样适用于中国。〔2〕循此思路，美学家宗白华的诗作或可获得另一向度的阐释。而反过来，“风景的发现”在柄谷行人这里不仅标示出文学发展的特定节点，还激活了有关审美对象和审美知觉的性质、形态与构成的讨论，使我们可以凭借熟悉的美学话语，对中国美学的现代逻辑进行新的探讨。所以本文虽以“诗人宗

〔1〕有关柄谷行人从后殖民视角对美学尤其是日本美学所作考察，可参看汤拥华：《民族的美学逻辑：由柄谷行人引发的思考》，《沈阳师范大学学报》2018 年第 2 期。

〔2〕在《民族与美学》中文版序言中，柄谷行人有此表述：“我在《日本现代文学的起源》中，于日清战争之后的文学里发现了‘起源’……近些年我发觉，这一时期同样也是‘中国现代文学的起源’。”柄谷行人：《民族与美学》，薛羽译，西北大学出版社 2016 年版，第 7 页。

白华”为研究对象，却从柄谷行人说起。

有关“风景的发现”，柄谷行人以下几段论述最为醒目，故常被征引：

> 中国自古以来有自然风景的描写，但那是山水画中的山水，与单纯存在于此的自然对象不同。这是一种宗教的对象。画家们描写的并非实际的自然，而是作为意识的山水。……我所谓的“风景”并不是这些东西，而是通过还原其背后的宗教、传说或者某种意义而被发现的风景。〔1〕
>
> 这个风景从一开始便仿佛像是存在于外部的客观之物似的。其实，毋宁说这个客观之物是在风景之中确立起来的。主观或者自我亦然。……就是说，并不是一开始就存在着的，而是在风景中派生出来的。〔2〕
>
> 风景是和孤独的内心状态紧密连接在一起的。……换言之，只有在对周围外部的东西没有关心的“内在的人”(inner man)那里，风景才能得以发现。风景乃是被无视“外部”的人发现的。〔3〕

柄谷行人有关日本现代文学之“起源”的考察，在研究方法上显出文学史方面的训练，有大量史料的发掘与爬梳，力求“回到历史现场”；但其提问方式却是福柯式的“考古学”，重点不在于“发现未受蒙蔽的真实”，而在于探究现代知识如何发生。柄谷行人认为，现代文学中的

---

〔1〕 柄谷行人：《日本现代文学的起源》，赵京华译，中央编译出版社 2013 年版，第 2 页。

〔2〕 柄谷行人：《日本现代文学的起源》，第 20 页。

〔3〕 同上，第 13 页。

写实主义是在风景中确立起来的，而所谓风景，乃是一种认识论装置（装置一词来自于海德格尔）。[1] 我们知道，写实主义要求艺术家描写真实的外在景观，风景不是“模山范水”，而必须是“真山真水”；但是，一个画家并非天然知道绘画所需要的“真山真水”是什么，后者与其说是客观事实，不如说是在另一种眼光下形成的新的审美对象。那被认为天然地存在于那儿等待发现的，其实是被发明出来的，发现正是发明的结果。这样一种“认识论的颠倒”，柄谷行人称之为风景的发现。举例而言，“（中国和日本的）山水画家描写松林时，乃是把松林作为一个概念（所指）来描写，而非实在的松林”，为了看得到作为对象的实在的松林，必先改换眼光，然后才用得上透视法，而不是掌握了透视法后便知道如何描绘“存在于那儿”的风景。[2] 柄谷行人认为，要获得这种眼光，就要敢于将自我从意义太过饱满的世界中分离出来，这就是所谓“内在的人”。这并非说风景的发现只在内心，而是说只有与熟悉的世界保持足够距离的人才能够发现风景，这就好像亦步亦趋地紧跟旅行团只能看到“名胜”而看不到“风景”，倒是那些踽踽独行的背包客往往有得于心。正因为如此，风景的发现意味着世界的“陌生化”（柄谷行人甚至借用了什克洛夫斯基的相关论述），所谓风景，就是“作为与人类疏远化了的风景之风景”[3]，现代文学因此常常给人以震惊感，因为它敢于破坏情调，颠倒主次，混淆雅俗。

由此引出风景的发现的第二重内涵。在《日本现代文学的起源》的中文版（2003）的序言中，柄谷行人坦言自己在 20 世纪 70 年代开始

---

〔1〕 柄谷行人：《日本现代文学的起源》，第 10 页。

〔2〕 同上，第 14 页。

〔3〕 同上，第 16 页。

相关写作时,并未注意到有关风景的讨论直接关系到康德所论美与崇高的区别问题,三十年后他意识到,根据康德的区分,被视为名胜的风景应归属于美,而如原始森林、沙漠、冰河那样的风景则为崇高,因为如康德所论,美是通过想象力在对象中发现合目的性而获得的一种快感,崇高则是在怎么看都不愉快且超出了想象力之界限的对象中发现合目的性时所获得的一种快感,崇高不在对象之中而存在于超越感性有限性的理智之无限性中。柄谷行人还引证了《判断力批判》中这句话:"是我们的心灵把崇高性带进了自然之表象中的",他认为康德在这里点出一个问题:崇高来自不能引起快感的对象,而将不快感转化为快感的是无限的主观能动性,然而,人们却认为无限性仿佛存在于对象而非主观性之中。也就是说,如果风景是通过某种"颠倒"即对外界不抱关怀的"内面(内在)之人"而发现的,那人们所感到的恰恰是风景之崇高存在于客观对象之中。〔1〕所以在某种意义上,风景的发现是对世界之为崇高的发现,只有当世界真正显示其无限性时,它才能成为现代审美观照的对象。换句话说,风景始终在发现之中,没有现成的风景,只有"在发现中发生"的风景。进一步说,这样一种超越特定对象的审美模式,正体现出一种现代感受力,我们不妨将其称之为"美学感受力"。着眼于创作实践的文学与着眼于理论概括的美学,正是通过此种美学感受力彼此建立关联。

将此感受力命名为"美学感受力"而非"审美感受力",与"风景的发现"的第三重内涵直接相关。在柄谷行人这里,美学是一个"现代装置",因为对他来说,支撑美学的基本结构是主客对立,后者作为认识

〔1〕柄谷行人:《日本现代文学的起源》,第 14 页。

论装置必须是现代的。这一认识论装置不仅意味着艺术家和文学家要在原有的审美范式之外寻求艺术和文学的新样式,还意味着"艺术之为艺术""文学之为文学"第一次作为问题提出来。柄谷行人甚至为此提供了一个相当明确的时间点:明治20年代。[1]明治20年代是美国艺术史家费诺罗萨与日本美学思想家冈仓天心开始联合打造日本绘画的"东洋美学"的时代,正是在东方艺术与西方艺术的比较中,风景之为风景才成为问题。但并非所有人都能够意识到这个问题的要害,柄谷行人指出,费诺罗萨和冈仓天心都相信存在与西洋绘画不同的东洋绘画,将其视为理所当然的事实,然后着手建构独立的东洋美术史;但是文学家夏目漱石却没有这般肯定,他没有提出正面的东西,却也没有逃遁到任何一个极端里去,而只是在东洋和西洋"之间"不停地思考。[2]柄谷行人之所以将对夏目漱石文学观的讨论置于首章,正是因为他认为夏目漱石的《文学论》并非现成化地对待"文学",而是与"文学"保持一定距离,保持一种"反现成化""反自然化"的批判眼光。[3]"文学论"也好,"文学评论"也好,都以"文学是什么"为归宿,夏目漱石所念兹在兹的,正是一种探本之思。[4]

这种探本之思是反思性的,借用柄谷行人稍嫌晦涩的表述就是,我们是站在现代的地层上追问现代的起源,"为了弄清楚将我们封闭在内的是什么,我们必须追究这个起源,关键在于更进一步探讨'语

[1] 柄谷行人:《日本现代文学的起源》,第9页。
[2] 同上,第34页。
[3] 同上,第7页。
[4] 同上,第2页。

言'刚一露头又被隐蔽起来的这个时期。"〔1〕这并非一个编年史问题，所以我们当然不能说夏目漱石之所以拒绝现成化是因为他"记得"文学是作为现代之物在日本"发生"的，而只能设想是历史的因缘际会——曾在英国接受现代文学教育的日本作家——使他保持住了一种反思的可能性。柄谷行人批评一些日本学者在说"汉文学"时，往往已先行确立了文学的存在，直接拿"汉文学"同诸如"英国文学"相比较，而忽视了文学自身的历史性以及文学或风景等范畴的出现使我们的认识装置发生了变化这一事实。〔2〕我同意这一判断，而且要补充说，虽然在西方美学、文学理论的传统中，美是什么、文学是什么的问题一直存在，但这不等于说夏目漱石照搬了这类问题，而应理解为在东西传统的碰撞中这一问题被重新提出，新的语境赋予其新的内涵与功能，使之仿佛被第一次提出来一样。不过我认为，与其说汉文学与西洋文学的比较是对"文学是什么"这一问题的遗忘，不如说这类比较既激活了"文学是什么"的问题又遮蔽了它。而进一步的想法是，提出这类问题并非只是作抽象的哲学探讨，而是与想象现代的方式直接相关。回到中国语境，我想接着柄谷行人讲的是，所谓中国现代美学，或许不是以现代学术话语重整中国本土美学资源，而是以美学这种现代认识装置改造中国人的文艺生活，换句话说，问题的关键不是与中国古典美学相区别的中国现代美学，而是与古典中国相区别的"美学之现代中国"。"中国是否有美学"的问题，其重点便由中西之辨转向古今之争，美学的历史面向由此打开。而我们所要讨论的"诗人宗白

---

〔1〕 柄谷行人:《日本现代文学的起源》，第 25 页。

〔2〕 同上，第 2 页。

华”，不妨从此处登场。

二

照宗白华自己的说法，他真正接触诗，是从中学时代开始。正像大多数少年人一样，宗白华钟情于唐人绝句，他少年时代写的旧诗，显出他对古典文学语言和古典诗词意境的领悟力与驾驭力非同一般。但他很早就“悔少作”了，认为自己的旧诗创作太“老气”。1920 年，在《新文学底源泉——新的精神生活底创造与修养》一文中，宗白华对“旧文学”进行了严厉的批判，说中国旧式的文学，大都徒具形式，不讲实情，但有因袭，缺少创造。一般诗家文人，徒矜字句的工整，不求意境的高新。他相信文艺的底面若缺乏真实底精神、生命底活气，势将破产。〔1〕同年，他又在《新诗略谈》一文中提出，新诗的基本逻辑，应该是“用自然的形式，自然的音节，表写天真的诗意与天真的诗境。”〔2〕参考前文有关风景的讨论，仅仅强调“自然”与“天真”，似乎不如宗白华后来在《论〈世说新语〉与晋人的美》一文中的说法更为到位：向外发现了自然，向内发现了自己的深情。〔3〕所谓“发现”自然是要看到新东西，若将旧诗的体式比作审美的框子，风景的发现就意味着摆脱框子去看世界，使世界作为崇高的无限之象呈现自身。

中学阶段，宗白华曾在青岛待过半年（由于日本侵占胶东半岛，他回到上海继续学业），这似乎成为他发现风景的契机。宗白华说自己

〔1〕宗白华：《宗白华全集》第 1 卷，第 117 页。
〔2〕同上，第 168 页。
〔3〕宗白华：《宗白华全集》第 2 卷，第 273 页。

彼时常常独坐看海,“我欢喜海,就像我以前欢喜云”,“青岛的半年没读过一首诗,没有写过一首诗,然而那生活却是诗,是我生命里最富于诗境的一段。”[1]这种不写诗而能使生活充满诗意、诗境的体会,未必就不符合以“内在的人”成就“风景的发现”的逻辑。只不过仅仅说“内在的人”毕竟过于笼统,果真要化孤心为风景,还需要更为具体的法门。1920 年,宗白华远赴德国,开始了他为期五年的留学生活。他坦言自己这五年没有攻读什么学位,最大的收获就是心胸情操的陶冶。他原本就热爱德国古典文学,现在来到德国本土,原本模糊的观念变为真切的体验,再加上孤身一人云游海外,情感细腻而浓烈,一切都新鲜而有趣味,“对于近代各问题,我都感到兴趣,我不那样悲观,我期待着一个更有力的更光明的人类社会到来”;然而与此同时,“莱茵河上的故垒寒流、残灯古梦,仍然萦系在心坎深处,使我常时做做古典的浪漫的美梦。”[2]这段话非常重要,它表明宗白华已自觉利用现代与古典、光明与梦境、进步与浪漫的对立结构来支撑他与世界的审美关系。我们不必总在萧山古寺中寻找诗,走进现代生活的深处,自然会发现新的风景。这种发现不是单一的除旧布新,而是现代与古典的交响。表面看来,白天与黑夜截然对立:白天是“生活的节奏,机器的节奏,/推动着社会的车轮,宇宙的旋律。/白云在青空飘荡,/人群在都会匆忙!”黑夜则是“雅典的庙宇,莱茵的残堡,/山中的冷月,海上的孤棹。/是诗意、是梦境、是凄凉、是回想?”[3]但是细细品味,现代的黑夜又分明与现代的白昼相辅相成,“窗内的人心,遥领着世界深秘的回

---

〔1〕 宗白华:《我和诗》,《宗白华全集》第 2 卷,第 150 页。

〔2〕 同上,第 153 页。

〔3〕 宗白华:《生命之窗的内外》,《宗白华全集》第 2 卷,第 64 页。

音”,即便是夜里,这个世界依然无限广大。正如宗白华在《我和诗》中所回忆的:

> 往往是夜里躺在床上熄了灯,大都会千万人生归于休息的时候,一颗战栗不寐的心兴奋着,静寂中感觉到窗外横躺着的大城在喘息,在一种停匀的节奏中喘息,仿佛一座平波微动的大海,一轮冷月俯临这动极而静的世界,不禁有许多遥远的思想来袭我的心,似惆怅,又似喜悦,似觉悟,又似恍惚。无限凄凉之感里,夹着无限热爱之感。似乎这微渺的心和那遥远的自然,和那茫茫的广大的人类,打通了一道地下的深沉的神秘的暗道,在绝对的静寂里获得自然人生最亲密的接触。〔1〕

白昼的激情与夜晚的忧伤相互激荡与相互克服,而非黑夜与白天哪一方取得胜利,造就了一种诗的张力。现代诗不是古典意境的复活,而是在现代与古典的碰撞中把握现代生活特有的节奏,并由此重构世界的意义,这才是所谓风景的发现。体验到这一发现后,宗白华便看到现代诗歌之门向他敞开。从一开始,他就不能像好友郭沫若那样发出普罗米修斯似的呐喊,他没有那样狂放恣肆的激情,也把握不住这种激情内在的节奏;他所有的是另一种崇高,此种崇高依托于一种想象的凝视:巨大的城市“在一种停匀的节奏中喘息,仿佛一座平波微动的大海,一轮冷月俯临这动极而静的世界”,这是有限之无限,却又是无限之有限。“俯临”一词极为要紧,这是一种通明的凝视,而此

〔1〕 宗白华:《我和诗》,《宗白华全集》第2卷,第155页。

凝视本身又成为凝视的对象。对诗人宗白华来说,这显然是一种他未曾体验过的风景。我们来看《流云小诗》的序言:

> 当月下的水莲还在轻睡的时候,东方的晨星已渐渐地醒了。我梦魂里的心灵,披了件辞藻的衣裳,踏着音乐的脚步,向我告辞去了。我低声说道:“不嫌早么?人们还在睡着呢!”他说:“黑夜的影将去了,人心里的黑夜也将去了!我愿乘着晨光,呼集清醒的灵魂,起来颂扬初生的太阳。”

“晨”与“夜”,两个概念之上的象征意味是诗人无法漠视的,晨代表光明,代表正义,代表希望与进步;夜则与黑暗、罪恶、消极逃避等值。诗人或许曾在黑夜之中迷离,徘徊,沉醉,但他终究要奔向光明,“呼集清醒的灵魂,起来颂扬初生的太阳”。在一首名为《信仰》的诗中,诗人写道:“红日初生时/我心中开了信仰之花:我信仰太阳/如我的父!我信仰月亮/如我的母!我信仰众星/如我的兄弟!我信仰万花/如我的姊妹!我信仰流云/如我的友!我信仰音乐/如我的爱!我信仰/一切都是神!我信仰/我也是神!”这首诗情感诚挚,气魄宏大,平等地拥抱万物的姿态令人动容,但是太近于对泛神论的图解,激情有余而诗性不足。诗味浓的篇什,则往往与夜晚相关:

> 心中无限的幽凉,/几时才能解脱呢?!/高楼底月,照我床上。/笛声远远传来——/月的幽凉,/心的幽凉,/同化入宇宙的幽凉了。(《流云·读冰心女士繁星诗(三)》)

在白天,“森罗的世界/又笼罩了脆弱的孤心!”(《晨》),夜晚则能让心得到解脱。这首诗本是要传达读冰心诗时的感受,所谓“以诗解诗”“以象解象”,贯穿全篇的是一种古典的、怀旧的格调,但是“宇宙”二字引入,却使气势为之一振。诗人因晨光升起的激情,很快化为纷扰之下的烦闷,而当夜晚重新到来时,他把心交给了无限的宇宙。夜的静寂让人平抑欲念,在欲念的止息中心灵获得了自由,于是诗人有可能形成对世界的审美观照。此处有两点值得注意:首先,这种审美观照不是二元对立的静观,而是要将心与物同时化解;其次,对一个现代诗人来说,他对夜的爱总是与对白昼的爱叠合在一起,这与其说是既爱黑夜又爱白昼,不如说是因为黑夜其实是白昼的纯粹形式或者审美形式,因为所谓黑夜,即一种可供凝视的无限。必须借黑夜遮蔽“白昼之物”,才能使“白昼自身”显露出来:

> 伟大的夜,/我起来颂扬你!/你消灭了世间的一切界限,/你点灼了人间无数心灯。(《夜》)
>
> 啊,/美的世界!/动的世界!/伟大的夜,如诗人的眼光,在上面临照你了。(《柏林之夜》)

“伟大的夜”如诗人之眼“临照”美的世界、动的世界,这是唐诗宋词中绝少出现的主题。这不是说《流云小诗》绝对不能套上中国古典批评术语如“静观寂照”“动静相生”之类,也不是说唐诗宋词中从未注意到夜与“朦胧”的审美意味,而是说在中国古典诗词中,作为时空背景的白昼与黑夜本身基本上不会成为主题,成为主题的只是白昼或者黑夜中的某些事物或者景物(如月、星、云之类)。[1] 只有现代诗才会郑重其事地讨论白昼与黑夜本身,因为所谓白昼与黑夜本身,其实就是“通过白昼看”和“通过黑夜看”。值得注意的是,郭沫若 1920 年曾在《时事新报·学灯》上发表题为《夜》的一首诗,其结尾的几句是“黑暗的夜!夜!/我真正爱你,/我再也不想离开你。/我恨的是那些外来的光明:/它在这无差别的世界中/硬要生出一些差别起。”[2]颇能与宗白华同气相求。只不过,郭沫若重在说理,宗白华则重在崇高意象的呈现;郭沫若的情感更为明朗,宗白华却显出一种纠结。宗白华之所以赞美夜,并不只是因为要批判白天的非审美化,甚至也不只是因为夜晚有布洛所说的营造审美距离的效果,更重要的是,他从夜中找到了一种现代审美方式,即所谓临照:

> 高楼外/月照海上的层云,/仿佛是一盏孤灯临着地球的浓梦。/啊,/自然底大梦呀!/我羽衣飘飘,/愿乘你浮入无尽空间的海。(《题歌德像·三》)

这个“仿佛是一盏孤灯临着地球的浓梦”,显然不同于“笛在月明楼”这类精致、唯美的有限意象,它所遵从的是一种崇高的美学,所谓“自然底大梦”,所谓“无尽空间的海”,正是宗白华对歌德精神的理解。不过在此之外,特别值得注意的是月与地球的审美关系,一方面,月临

[1] 杜甫《旅夜书怀》当然是一个杰出的例外,“星垂平野阔,月涌大江流”,视点设置不同凡响。不过在这首诗中,月光与星光作为感知形式的正面呈现仍是非自觉的、局部的,宗白华的诗作则是自觉的、全体的。

[2] 郭沫若:《女神》,人民文学出版社 1998 年版,第 130 页。

照人间,使后者成为整体的、梦境般的存在;另一方面,这种临照本身成为地球上的人看的对象。这个临照一切的月,使"我"完全忘却了白天与黑夜所负载的光明与黑暗的象征,以至于要乘自然之梦浮入无尽空间。这样的沉醉当然有伦理压力,诗人很难使自己向世界进行审美求索的行为,不被视为自我麻醉与放逐,他必须从梦境中醒来。然而,诗人最多也只能让白天与黑夜形成平衡或者交响:"太阳的光,/洗着我早起的灵魂。/天边的月,/犹似我昨夜的残梦。"(《晨兴》)这个"月的残梦",并不就是"宝帘闲挂小银钩",而正是那种临照的想象,既是以临照的方式想象,又是想象临照本身:

为什么,/我的双眼,/总是不停留地,/向着天边那颗星儿看着?/啊,在这四周的黑夜中,/只有灼烁的他,/映着了我的心中的一点光明。(《诗[二]》)

黑色夜空中的明星——这一意象充分尊重了"黑夜"与"光明"的象征功能,巧妙地与高蹈的激情达成和谐。另一方面,它又服从于宗白华那种临照的美学逻辑:我看着黑夜中的那颗星,那颗星在高处临照万物,此刻我也就是那颗星。在宗白华这里,作为特定"认识论装置"的白昼与黑夜成为诗的对象,或者换句话说,为了使之成为风景,显然需要一个认识论的颠倒,不是通过黑夜或白昼的框子看世界,而是通过世界反观作为认识框架的黑夜与白昼本身。于是《流云小诗》中随处可见这样的意境:

城市的声,/渐渐歇了。/湖上的光,/远远黑了。/灯儿息

了,/心儿寂了,/满天的繁星,/缤纷灿着。/听呀!听它们要奏宇宙底音乐了。(《流云·读冰心女士繁星诗[六]》)

门外夜雨深了,/繁华的大城,/忽然如睡海底。/我披起外衣,/到黑夜深深处,/看湖上雨点的微光。(《雨夜》)

生命的河,/是深蓝色的夜流,/映带了几点金色的星光。(《生命的河》)

夜抹去了白昼之下世间一切的界限,朗朗人寰结成了一个整块,而星光或者灯光从上面临照着它。这种照耀不会使黑夜变成白天,但它会使夜变得生气勃勃。在“深蓝色的夜流上”,明亮的光点静谧安宁、自在自为地闪耀着——诗人藉此在功利象征与唯美意境的激烈碰撞中获得了平衡。当然,这是一个不易保持的平衡,宗白华由此自问:“流云啊!流云!/天宇寥阔,天风怒吼。/你一刻不停地孤飞,/是要向黑暗么?要向光明呢?”但是他接下来的回答是:“满天的繁星,/燃着无数情爱的灯,/指点你上晨光的道路了!”(《夜中的流云》)对这种“满天的繁星”的新的理解,正是宗白华对风景的独到发现。可以说,这是诗取得了胜利;或者说,这是临照的美学的胜利。凭借此种美学,宗白华既可以最大限度地保留其古典气质,又可以做一个现代诗人。

三

临照的美学是否意尽于此?我们不必急于作答,先来讨论另一重要问题:这种临照的美学,能否为宗白华有关“中国艺术意境”的理论建构提供助力?要回答这一问题,一个十分关键却尚未得到正面探讨的理论环节是:中国如何出场?

让我们仍然围绕《流云小诗》展开相关讨论。首先要指出的是,在《流云小诗》中,中国并未出场[1],出场的是东方。东方当然是与西方相比较而成立的,正如宗白华这首诗:“森林中伟大的沉郁,/凝成东方的寂静。/海洋上无尽的波涛,/激成西欧的高蹈。”(《泰戈尔哲学》)“东方”能够成为流行的共同体想象,泰戈尔功不可没。而柄谷行人认为,泰戈尔本人是从日本思想界得到启发。中日甲午战争爆发之后,日本和中国关系中断,虽然夏目漱石等人坚持汉文学传统,但是福泽谕吉的“脱亚论”的论调已甚嚣尘上。此时冈仓天心与美国人费诺罗萨一道强调亚洲的整体性,提出“亚洲是一个整体”,正是这种泛亚洲主义对泰戈尔产生了极大的影响。[2] 究竟谁影响谁并非柄谷行人关注的重点,他所关心的是民族与美学的关系。在写于 1992 年的《书写语言与民族主义》一文(后收入《日本现代文学的起源》)中,柄谷行人引用了厄内斯特·勒南的说法,民族并非植根于“种族、语言、物质利益、宗教亲近感、地理或军事的必要性”中的任何一项,而是植根于共有的光荣与悲哀,尤其是悲哀。换句话说,民族的存在基于同情(sympathy)或怜悯(compassion)。柄谷行人指出,这不仅是西方浪漫派“美学”所关注的范畴,也成为构建日本本土美学的重要一环,本居宣长(1730—1801)的“物哀”论正是因此而受到特别的重视。柄谷行

---

〔1〕 在 1919 年 8 月 29 日的《学灯》上,曾发表宗白华第一首白话诗《问祖国》:“祖国!祖国!/你这样灿烂明丽的河山,/怎蒙了漫天无际的黑雾?你这样聪慧多才的民族,/怎堕入长梦不醒的迷途?/你沉雾几时消?/你长梦几时寤?/我在此独立苍茫,/你对我默然无语!”这是唯一一首直接写祖国的白话诗,感情强烈,却似乎缺少《流云小诗》那种风味。

〔2〕 柄谷行人:《日本现代文学的起源》,第 33 页。

人由此给出一个十分醒目的判断:假如美学是指“感情”优越于知识、道德而为最基本的东西的话,那么,本质上民族就是“美学”的。[1]

倘若在同情问题上展开讨论,我们很容易就能回到宗白华。本文前面提到了叔本华,后者可以算是青年宗白华的精神导师。叔本华最欣赏的是那些知性特别发达以至于能超脱意志控制的人,这种人能保持其宇宙观察的本真状态,纯然客观,不动于心,不生私念,“然后著之书册,形之歌咏,笔之图画,写之小说,宇宙现象之真,于焉以得,此天才之有益人世者也”。[2] 正是受叔本华思想的影响,加之对国内诸多看似热闹却无非短命的“运动”“主义”的失望,宗白华鼓吹超然的人生观,劝广大青年人不要卷入黑暗浑浊的政治斗争。[3] 具体来说,有两种事情最可为,一是以科学的精神钻研学理,一是以审美的眼光欣赏世界。但这马上会带来一个问题,倘若人们炽热的情感,经过审美心胸的冷却全都变成超然的静观,那么对人类的进步事业来说到底是积极的还是消极的呢?好在,宗白华还有歌德的一面,满怀热情,向往能够以爱与创造塑造民族精神。1922 年,宗白华曾在《乐观的文学》一文中呼吁同心人起来“多作乐观的,光明的,颂爱的诗歌,替我们民族性里造一种深厚底情感底基础”。他觉得“爱”和“乐观”是增长“生命力”与“互助行动”的,悲观与憎怨是灭杀“生命力”的,所以中国青年必须赶紧创造乐观的精神泉,以恢复我们民族的生命力。[4] 他身体力行,写出充满爱与同情的诗:“我把这颗心,/散入春风,/流遍人间;/桃李花开了,/春波

〔1〕 柄谷行人:《日本现代文学的起源》,第 201 页。

〔2〕 宗白华:《萧朋浩哲学大意》,《宗白华全集》第 1 卷,第 8 页。

〔3〕 宗白华:《说人生观》,《宗白华全集》第 1 卷。

〔4〕 宗白华:《乐观的文学——致一岑》,《宗白华全集》第 1 卷,第 419 页。

泛澜了,/森森的石壁里,/也开同情之花了!"(《大城的情绪》)

然而,这种审美主义者的自信并不常有。作为一个诗人,在把整个世界放到对面来观照时,他更多的时候是体验到一种言说的困难:"彩虹一弓,/艳绝天地,/我欲造一句之诗,/表现人生,/始终不能。"(《彩虹》)在诗人面前,世界以超越性的姿态冷冰冰地站立,拒绝诗人与它亲密地融合。世界对诗人心灵的排斥,也就是对"同情"的排斥,这让诗人感到痛苦,因为世界分明自成秩序,但它拒绝被理解:"宇宙的诗,/他歌了千百万年,/只是自己听着。"(《宇宙的诗》)诗人试图为世界立法,他要命名这个世界,但是,世界早已自我命名,即宇宙,然后自我封闭。此时已经不只是白天与黑夜之争,宇宙包纳万有,却让诗人无法走进。对诗人来说,成为"世界之心"可能恰恰意味着让世界超出心外,也许放弃命名的企图,主动维护世界的自在性,一个真正的敞开状态反而得以建立。正如阿多诺在《美学理论》一书中所言,"作为不确定的东西,自然美敌视一切界说。"〔1〕既然如此,艺术家该如何表现自然美呢?阿多诺引用瓦莱里的话说就是:"优美之物兴许要求依样画葫芦似的模仿事物的不确定性。"〔2〕

啊,/诗从何处寻?/在细雨下,/点碎落花声!/在微风里,/飘来流水音!/在蓝天空末,/摇摇欲坠的孤星!(《诗[一]》)

以上这三个意象共同的特征在于它们都是把一种动态的、"不确

〔1〕〔德〕阿多诺:《美学理论》,王柯平译,四川人民出版社1998年版,第129页。
〔2〕同上,第129页。

定”的自然物——康德认为这些不能作为优美之物——突然推到诗人面前。这些意象分开来看，各成动静相生的诗境；而它们彼此连缀，便构成世界之无限与崇高。诗人仿佛什么情绪都没有表达，而就在无声的描摹中找到了诗。但是，对不定性的描摹并非消解而是加强了忧伤。这种忧伤是“落花”“流水”“摇摇欲坠的孤星”之类意象本身携带的符号性意味，却又不止如此。诗人发现，更深刻的忧伤源于他在自然中的存在状态：一方面，“天地有大美而不言”，诗人无法走进自然的深处，为美而生起的忧伤源于对美言说的困难；另一方面，诗人惊觉自己在这无限而永恒的天地之间，只是即起即灭的存在：

> 我低了头/听着琴海的音波，/无限的世界/无限的人生/从我心头流过了，/我只是悠然听着。/忽然一曲清歌，/惊堕我手中的花，/我的心杳然去了，/泪下如雨。(《听琴》)

也就是说，世界似乎并不需要诗人理解，诗人反倒非常需要世界的同情：

> 花儿，你了解我的心么？——/她含羞低着头，默默无语。/流水，你识得我的心么？——/他回眸了几眼，潺潺而去。/石边倚了一支琴。/我随手抚着它，/便一声声告诉了我心中的幽绪。(《了解》)

宗白华本人所向往的是建立一个“少年中国”，“而且极私心祈祷中国有许多乐观雄丽的诗歌出来，引我们泥涂中可怜的民族入于一种愉快舒畅的精神界",[1]所以他虽远在德国,也为汪静之《蕙的风》这类"颂扬光明,颂扬恋爱,颂扬快乐"的诗作出版而深受鼓舞,[2]可他自己写出来的诗却多为悲调。有理由说,这不是特定的主体为某一具体的遭际而悲鸣,而是一种特定的心物关系所造就的忧伤。诗人把自己作为孤独的主体放到世界面前,他使自己同世界分离,但这似乎只是为了将它抓得更紧,反过来说也一样。作为诗人,存在与言说的困境造就了诗的忧伤,忧伤又成为诗的表达。"我的心/是深谷中的泉/他只映着了/蓝天的星光。/他只流出了/月华的残照。/有时阳春信至,/他也幽咽着/相思的歌调。"(《我的心》)诗人曾经检讨:"我自己受了时代的悲观不浅,现在深自振作。我愿意在诗中多作'深刻化',而不作'悲观化'。宁愿作'骂人之诗',不作'悲怨之曲'。"[3]然而,这个反思即便是真诚的,也是无效的,因为诗人并非因为看到世间特定的罪恶和痛苦而悲观或悲怨,他只是在写诗中体会到一种忧伤。他不必也无法为这种忧伤道歉,因为这种指向无限宇宙的忧伤,本是诗人体验和描摹世界的"先验形式":

> 宇宙的核心是寂寞,/是黑暗,/是悲哀。但是/他射出了/太阳的热,/月亮的光,/人间的情爱。/我爱朦胧,/我尤爱朦胧的落日。/落日的朦胧中,/我与宇宙为一。(《流云·宇宙》)

诗的忧伤不仅超越了诗人的忧伤,而且在美学逻辑中得到了重新

---

〔1〕《宗白华全集》第1卷,第417页。

〔2〕同上,第431页。

〔3〕同上,第418页。

定位。在“落日的朦胧中”,“我”与宇宙同一,投入与静观的纠葛暂时中止。此种忧伤显然可以召唤出中国古典诗词的意境,却不再只是“哀吾生之须臾,羡长江之无穷”,而是内蕴于对无限世界的临照之中。我们来看:

> 宇宙的灵魂/我知道你了,/昨夜蓝空的星梦,/今朝眼底的万花。(《宇宙的灵魂》)
>
> 一时间,/觉得我的微躯,/是一颗小星。/莹然万星里,/随着星流。/一会儿,/又觉着我的心,/是一张明镜,/宇宙的万星,/在里面灿着。(《深夜倚栏》)

诗人在宇宙中存在,他既在宇宙之中又在宇宙之外,既投入又静观,既临照又返照,正是这种内在超越的处境——是又不是自身——制造忧伤,但同时也创造了一种新的审美境界。此时的临照就不再只是从高处照临万物,而是以心为镜,以镜为心,但这不只是一个主体与一个客体的变换,而是将整个宇宙包纳其中,既通过我之心看宇宙,又通过整个宇宙看我。至此,临照的美学才算基本完成。

现在,我要由此推进到这一结论:如果我们将此种临照的美学视为柄谷行人所谓“认识论装置”,那么正是这种装置成就了“中国艺术意境的诞生”。这一结论可能马上会引起质疑:“中国”从何处来?我要说的是,此处讨论的并非那个作为现代民族国家的中国,甚至也不是那个汇聚了一系列醒目特征的文化中国,简而言之,不是与西方相对立的中国,而是让临照的美学得以发生的中国。倘若参考柄谷行人讨论“汉文学”“东洋美学”时的思路,我们可以说,学者们将中国美学与西方美学对立时，往往已将美学现成化，实际上中国与西方的对立只是中介，作为现代之物的美学的发生才是真正的主题。在这个美学中，我们既可以看出西方古典思辨美学、近代生命美学以及现代艺术科学的影响，也可以看出中国传统那种以“玄览”“妙悟”为中心的鉴赏论的渊源，但它又超越了任何现成的学术传统，而必须被视为现代之物，因为其核心是一种新的审美眼光，只有在此眼光之下，“艺境”才得以作为“非对象的对象”诞生；而“艺术之为艺术”这一问题，作为一种思之可能性，也才真正确立。

就此，宗白华写于 20 世纪 40 年代的《中国艺术意境的诞生(增订稿)》(1944)一文提供了经典的阐发。文中论中国画中的“虚白”，说这是“空中荡漾着‘视之不见、听之不闻、博之不得’的‘道’，老子名之为‘夷’‘希’‘微’”，但他又借用神学语言，“万物浸在光被四表的神的爱中，宁静而深沉”，以此解说“在这一片虚白上幻现的一花一鸟、一树一石，都负荷着无限的深意、无边的深情”。[1] 似乎单凭中国道家或西方神学的概念范畴，都不足以成就艺术之“有情的天地”，必须是在两种不同来源的语汇的碰撞中，以艺术为关键词、以艺术意境之超越性为核心观念的美学才宣告诞生。所谓“画家、诗人对万物一视同仁，往往很远的微小的一草一石，都用工笔画出，或在逸笔撇脱中表出微茫惨淡的意趣”，便不只是以中国古典批评的话语解说中国古典艺术，而是以熔铸中西的现代美学感受力重新观照中国古典艺术，并使一种美学的凝视(以对世界的无差别的爱成就一种临照)成为真正的主题。

---

〔1〕《宗白华全集》第 2 卷，第 371 页。

此种凝视也完全符合宗白华所理解的叔本华的同情观,即他在《萧彭浩哲学大意》(1917 年)一文中所言:“无限之同情,悲悯一切众生,为道德极则。此其意志中已觉宇宙为一体”,“故我心意志与万物意志,本是一体,此时将不伤一生,不害一物,其行为无非公正仁爱,意志虽非消灭,已同消灭。”〔1〕此种理论来源的分梳自有其趣味,但不免流于琐屑;而作为研究对象的宗白华美学,也有可能会被认为是东西杂糅,不能一以贯之。此时需要的是一个聚合性的感觉结构,此感觉结构正是临照。天才超然于自身欲望之外,将自己和宇宙众生视为一体,因而具有了一个广大的、无所不包的同情心,由此才有所谓临照。说天才以同情之心临照万物,不如说临照本身就是艺术的伦理,是作为认识形式的临照,派生出艺术的同情心。这既是临照的美学,以这种非主客对立的临照为基础,可以吸纳和熔铸中西各类知识话语,求取理论体系的创构;同时又是美学的临照,因为此种临照的发生,原本就与现代美学意识的发生互为表里,如前所说,它是一种美学感受力,或者说,一种美学想象力。〔2〕

需要强调,临照不是为了体认那个“作为意识的山水”,即承载着明确的文化意味的山水,而是要重新获得发现风景的可能性。准此,我们才能理解为什么宗白华《论中西画法的渊源与基础》一文(1934),在通过比较中西为中国绘画量身打造了一套从形式传统到哲学思想、

---

〔1〕《宗白华全集》第 1 卷,第 8—9 页。

〔2〕柄谷行人认为,亚当・斯密强调的同情是为他人设身处地考虑的“想象力”,此时情感中已经存在理性的东西,是一种道德(理性)的感性化/美学化(aesthetization)。柄谷行人将其称为“美学的”思考,而且他特别强调,这已经不单单是关于美的学问了。柄谷行人:《民族与美学》,第 24 页。

从地理环境到民族性格、从生活方式到文化精神的美学话语后，会忽然转身，批评自近世以来“中国画趋向抽象的笔墨，轻烟淡彩，虚灵如梦，洗净铅华，超脱喧丽耀彩的色相”，却违背了“画是眼睛的艺术”之原始意义，中国画此后的道路，“不但须恢复我国传统运笔线纹之美及其伟大的表现力，尤当倾心注目于彩色流韵的真景，创造浓丽清新的色相世界，更须在现实生活的体验中表达出时代的精神节奏”。〔1〕宗白华反复强调色彩的重要性，当然是受到日本近代绘画和西欧印象派的刺激，但这并不只是单纯的技法或风格问题，而是发现真景的可能性问题。从行文逻辑上说，宗白华既已指出中国艺术的气韵根源于中国人文化的深层机理，忽然出现一个“时代的精神节奏”，要求艺术“与文化生命向前进”，不免让人感觉突兀。若要破解这一论述困境，就必须明白，宗白华对“中国艺术意境”的阐发并非只是要还原古典，亦非仅仅强调“特色”，而是要发现风景，所以才会有“真”之重负。宗白华解决这种重负的方法，从简单地诉求于色彩主义，很快就转回他更有把握的逻辑，即从中国文艺里寻找“意境高超莹洁而具有壮阔幽深的宇宙意识生命情调”的作品。这本是提出了一个新问题，合用的作品自然稀少，所以在《中国艺术意境的诞生》(1944)一文中，宗白华拿出自己写于 1939 年的律诗《柏溪夏晚归棹》，以求传达中国心灵的宇宙情调，于是发现自然成为发明：

飙风天际来，绿压群峰暝。云罅漏夕晖，光写一川冷。
悠悠白鹭飞，淡淡孤霞迥。系缆月华生，万象浴清影。

〔1〕《宗白华全集》第 2 卷，第 112 页。

最后两句“系缆月华生,万象浴清影”,正是我们熟悉的《流云小诗》中的临照的美学。宗白华重新解读李白杜甫,强调的是两者的高、大、深,既强调宇宙境象的大和高,又强调以深情发掘人性的深度,仍与他早年的诗学思想和诗歌创作一脉相承。[1] 而在《中国诗画中所表现的空间意识》(1949)一文中,宗白华对中国诗画“以大观小”的空间意识有这样的论述:“画家的眼睛不是从固定角度集中于一个透视的焦点,而是流动着飘瞥上下四方,一目千里,把握全境的阴阳开阖、高下起伏的节奏。”[2]这是“以生命本身体悟道的节奏”,大可与西方式主客二元对立的模式形成对照,以凸显中国美学的独特逻辑;但若我们以临照的美学逻辑重审这段话,则所谓“流动着飘瞥上下四方”,又何尝不是以“光被四表的神的爱”观看世界?我们当然可以说宗白华是对中国古典艺术意境进行现代阐释,但这个现代,既非从西方简单移植,也非被动地与时俱进,而是必须要有新的审美眼光或者说新的认识论装置,然后才有艺术意境的诞生,才有所谓中国艺术、中国美学。此时当然可以进行中西比较,但已是第二层次的问题。

我们来回顾一下“诗人宗白华”的美学启示。本文“强征”柄谷行人极具反思性的概念“风景的发现”来讨论中国美学问题,又试图以对美学家诗作的重新解读,寻找重新理解美学论述的契机,其间有种种跨越,论证未必周详。不过本文原本就不是论证性的,而是叙事性的。

〔1〕《宗白华全集》第2卷,第374页。
〔2〕同上,第422页。

有关诗人宗白华，本文所展示的是这样一个“故事”：首先，宗白华抛弃了旧体诗从形式到意境的窠臼，以白话诗的写作来体验现代情感、拥抱现代生活，从而有可能实现风景的发现；然后，宗白华敏锐地抓住现代诗的逻辑，即它总是交织着对进步的热爱和对古典情韵的留念，现代诗人将以其孤寂的体验，为进化中的世界守护意义；接下来，诗人陷入彷徨与忧伤之中，他强烈地感受到沉入寂静的审美世界的冲动，却又同时希望回应光明的象征，为此他打造出一种临照的美学，它意味着诗人超越于世界因而可以临照世界，同时又超越于自我从而使自身成为临照对象。这既实现了风景的发现，又成就了美学的创生。这是一个相当完整的故事，但这个故事所要展示的不是一个诗人如何成为成功的美学家，而是一个年轻的中国人如何因为对美学的执着探询，无可避免地成为现代人，从而能够表达“对生活、对人生、对自然、对广大世界和无垠宇宙的新的感受、新的发现、新的错愕、感叹、赞美、依恋和悲伤”。〔1〕诗人与美学家之所以可以互相造就，不是因为诗人的创作符合美学家的理论，而是因为诗人与美学家都面对同样的现代境遇，诗与理论，或者说隐喻与论证，不过是他们应对此问题的不同手段。倘若现代中国美学的创生作为一个故事，其前因后果还有诸多扑朔迷离之处；那么某一中国美学的理论体系，则必然内蕴结构性的张力，在光滑的外表之下，产生种种裂纹。由此，我们不必将美学体系的建构作为探究的终点。仅以本文论题而言，所谓临照的美学，既有充分的理论自觉，又有饱满的感性，但它并非终结，而是始终保持为一种

---

〔1〕李泽厚：《宗白华〈美学散步〉序》，见李泽厚：《走我自己的路》，安徽文艺出版社 1994 年版，第 128 页。

潜能状态。此种潜能状态先于美学家就中国艺术意境的“特征”所做的任何明确的理论概括;而即便出现了此类概括,也不能取消和代替感受力的生长与更新。以此感受力作为基础,理论与创作、西方与中国才能相互支持。作为现代理论方案的“艺境论”,也才能以其对新的美学感受力的塑造,成为中国现代文学的一部分。

民族的美学逻辑：由柄谷行人引发的思考〔1〕

在后殖民主义理论谱系中，柄谷行人自有其特殊位置。他与爱德华·萨义德、佳亚特里·斯皮瓦克和霍米·巴巴一样，都是接受西方理论教育的东方知识分子，既适合现身说法，将后殖民主义由西方精英大学课堂上的高头讲章带入“民族国家文学”的批评实践；又能够凭借其在东西之间“交叉跑动”所获得的跨越性视野与异质性体验，深入分析“理论旅行”过程中的种种复杂关联。但是柄谷行人与萨义德等人的情况毕竟不同，他虽来自东方，却并不属于第三世界，他所能提供的最具现场感的描述，似乎不是关于被殖民的经验而是关于殖民的经

〔1〕 本文原载《沈阳师范大学学报》2018年第1期。

验,更确切地说,他既作为东方人有面对西方霸权的抗争记忆,也有责任反省日本一度陷入殖民主义泥潭的历史。这当然会使柄谷行人所面对的问题更为复杂,却也增加了理论原创的可能性。

要对柄谷行人的后殖民论述做出全面评析,非笔者力所能及。本文的目的是梳理柄谷行人有关美学与民族之相互关系的探讨,看看这一探讨是否已经形成有价值的论题和有启发性的思路。本文针对的材料首先是柄谷行人 2004 年出版的《民族与美学》一书(2016 年译为中文,2017 年译为英文),但在论述过程中会随时引入柄谷行人的其他著述。需要说明的是,柄谷行人并非只是处理了文学、艺术这些传统的美学相关领域的某些具体问题,更考察了作为现代理论建制的美学学科或者学问本身,后者才是本文的关切点所在。我们当然不可能将讨论封闭在某一学科框架之内,但保持“何谓美学”“美学何为”“美学何以发生”这类问题的在场,却是整个讨论的前提。

一、民族何以美学?

我们的讨论从柄谷行人的成名作《日本现代文学的起源》开始。有关这本形成于 20 世纪 70 年代的书(1980 年日文初版),柄谷行人自己的评价颇有反复,他一度对之有各种不满意,认为很多地方未能阐发到位,但是随着视角和思路的转变,又觉得这本书虽然缺乏足够的理论自觉,却反而避开了一些观念陷阱。这方面的心路历程可见他的一篇小随笔《重读之后痛感“近代文学”已然终结》(此处近代文学即现代文学,下同),此处摘录三段如下:

> 我在此书中指出:我们觉得理所当然不言自明的东西(如文学中的风景、言文一致运动、小说的自白等),都是某个特定时期(明治二十年,1890 年)确立起来的现代文学装置而已。……
>
> 出版英文版的时候,我更多地考虑到文学特别是言文一致以后的小说,在现代民族国家形成过程中所发挥的重要作用问题。这恐怕是受到安德森《想象的共同体》或者 90 年代初学术思潮的影响所致。……
>
> 现在自己的关注重点与此前已大不相同,或者说我又回到最初写作此书的观点上去了。比如,当今的民族主义并不需要文学,新的民族之形成也不必文学参与。民族主义虽然没有结束,但现代文学已经终结。我深深感到,现代小说这东西实在是一段特殊历史下的产物。〔1〕

这几段话构成了一个完整的有关"转向"的叙述:首先,柄谷行人之所以写作《日本现代文学的起源》,是因为意识到日本现代文学并非自然承袭于日本古典文学,而是在特定的认识论装置的现代发生;然后,柄谷行人受到安德森的启发,意识到这种现代文学的起源与现代民族国家的生成互为表里,开始重点阐发日本现代文学对于塑造民族这个"想象的共同体"的价值;最后,柄谷行人意识到文学的功能可能被夸大,文学与民族的联姻只是历史的片段,有其他更为本质的要素决定了民族的生成与发展,与其说现代文学促成了民族意识的形成,

〔1〕 柄谷行人:《日本现代文学的起源》,赵京华译,中央编译出版社 2017 年第 2 版,第 316—317 页。

不如说现代民族的形成造就了现代文学的诞生和短暂的辉煌。这种认识上的反复当然可以视为“螺旋式的上升”,如果说最初柄谷行人是以理论人的敏感发现日本现代文学起源的偶然性,那么现在是在更大的历史结构中——某种意义上的“扬弃”——更为深刻地认识到这种偶然性。转向正如终结,是典型的现代性叙事范畴,换句话说,它们都是用来讲述现代之为现代的故事的。现代文学既然是一个现代方案,就应该随现代的发生而发生,随现代的终结而终结,这既合乎逻辑,也可为对现状的观察所证实。柄谷行人沮丧于今日日本文学的衰落,并且意识到自己在 20 世纪 70 年代追问现代文学的“起源”时,这个文学已经走向终结了。他反躬自问,倘不是因为预感到“终结”的到来,谁会想到去追问“起源”呢?〔1〕

以“转向”来把握柄谷行人的思想脉络自成其理,不仅头绪清晰,也显出“正—反—合”的逻辑力量。不过,单纯以线性发展的时间逻辑来把握一个思想家毕竟有其局限性,我赞同一些学者的观察,柄谷行人从未彻底改弦易辙,而只是根据特定的论述目的调整重心。〔2〕倘

〔1〕柄谷行人:《日本现代文学的起源》,赵京华译,中央编译出版社 2017 年第 2 版,第 317 页。

〔2〕赵京华教授在《日本现代文学的起源》2013 版的“译者重版后记”中介绍道,直到 1999 年前后,柄谷行人仍然十分重视安德森的理论,所以才将自己 1992 年写的带有明显安德森色彩的《书写语言与民族主义》一文放入《日本现代文学的起源》中文新版中。(柄谷行人:《日本现代文学的起源》,赵京华译,中央编译出版社 2017 年第 2 版,第 320—321 页)《民族与美学》的英文译者乔纳森·E. 阿贝尔在译者前言中,也着重讨论了柄谷行人前后期思想的同一性,认为与其强调转变,不如将其理解为视差(parallax),即从不同角度来看待同一现象。阿贝尔认为《民族与美学》的意义正在于使柄谷行人的美学反思得以与其哲学反思呈现出一种对话关系(而非打通或者综合),让我们看到它们原本就是一个整体。Kojin Karatani, *Nation and Aesthetics*: *On Kant and Freud*, translated by Jonathan E. Abel, Darvin H. Tsen, and Hiroki Yoshikuni, New York: Oxford University, 2017, “preface”.

若他是要强调民族主义如何建构现代文学，柄谷行人的结论可能会落在“文言一致和风景的发现等，在根本上乃是民族国家的一种装置”[1]；“欲自立于国家的‘内面’‘主体’正是因为有了国家的确立才得以成立的”。[2] 而且他有可能会显露出一种萨义德式后殖民理论家的敏感，如“发生于明治 20 年代的‘国家’与‘内面’的确立，乃是处于西洋世界的绝对优势下不可避免的”。[3] 甚至推而广之说，“我们所知道的佛教是一种现代性的东西……现代日本的佛教都是以西洋哲学为媒介的。”[4]倘若柄谷行人是要强调现代文学如何建构民族主义，可能就会特别重视言文一致的“积极意义”，因为“声音中心主义与现代的民族国家问题无法分离开来”。在日本，“民族主义的萌芽主要表现于在汉字文化圈中把表音性的文字置于优越位置的运动中。”[5]他会像安德森那样说，民族唯有通过本国固有语言之形成才得以确立起来，而对此发挥了重要作用的是报纸小说等，因为报纸小说提供了把从前相互无关的事件、众人、对象并列在一起的空间，在民族形成过程中起到了核心作用，造就了国家机构、血源、地域性的纽带——这些只能提供自然的、原始的共同体——绝对无法提供的“想象的共同体”。[6] 他还会进一步立论：现代的民族国家是分别从“世界帝国”中分化出来的，但是我们不能仅从政治这一面来观察这种现象，毋宁说，

〔1〕 柄谷行人：《日本现代文学的起源》，第 275 页。
〔2〕 同上，第 133 页。
〔3〕 同上，第 111 页。
〔4〕 同上，第 135 页。
〔5〕 同上，第 242 页。
〔6〕 同上，第 272—273 页。

民族国家是由于文学或者美学而形成的。[1]

此处文学好理解,美学如何落实?在《书写语言与民族主义》(1992)一文中,柄谷行人分析了厄内斯特·勒南《什么是民族》的演讲,指出民族并非根植于"种族、语言、物质利益、宗教亲近感、地理或军事的必要性"中的任何一项,而是根植于所共有的光荣与悲哀,其中特别是悲哀的"感情":

> 换句话说,这意味着民族的存在基于同情(sympathy)或怜悯(compassion)。不用说这是历史性的东西,表现在浪漫派的"美学"中。这并非为西洋所仅有,本居宣长也是以"物哀"这一共感为出发点的。假如美学是指"感情"优越于知识、道德而为最基本的东西的话,那么,本质上民族就是"美学"的。[2]

在这段话中的确出现了有关"美学"的理论自觉。美学本身是一种认识论装置,是将感情视为优越于知识、道德的观念体系,而民族也无非如此,所以民族本质上就是美学的;反过来,在美学获得特定的民族身

---

〔1〕 柄谷行人:《日本现代文学的起源》,第243—244页。有关德国浪漫派的美学理念尤其是其自然哲学的维度,可参看黄金城的论文:《浪漫派自然哲学:一种美学现代性方案》,《外国美学》第27辑,江苏教育出版社2007年版,第1—20页。另可参看恩斯特·贝勒尔:《德国浪漫主义文学理论》,李棠佳、穆雷译,南京大学出版社2017年版。前者着重阐发浪漫派自然哲学的诗性意蕴的现代性价值,后者则力求从浪漫主义文学理论中发掘一种生动活泼的批判精神。

〔2〕 柄谷行人:《日本现代文学的起源》,第249页。物哀之哀并不等于哀伤,亦可以是喜悦,它所强调的是人与物直接照面时的真情流露,柄谷行人强调感伤一面,当然是为了对接西方伦理学中的同情、怜悯等概念,虽以偏概全,但无关大体。大西克礼强调本居宣长物哀论的重点在于"遇到应该感动的事情而感动,并能理解感动之心"。参见大西克礼:《幽玄·物哀·寂》,王向远译,上海译文出版社2017年版,第70页。

份成为“某某民族美学”之前,美学的逻辑已经与民族的逻辑相互贯通。如果我们觉得这一美学与民族的等式不够稳固,那么柄谷行人已经为其加上了历史这一支点。他让我们看到,现代浪漫派以及日本复古国学的美学对情感尤其是“共通感”的强调,其内在动力是现代民族国家对民族内部共同情感的强调,而这是在特定时期出现的,若非是在这个时期,美学便不会获得现代理论形态,成为一个醒目的学科或者“科学”。这样一种美学、民族、历史的相互定位,是柄谷行人最重要的方法论。

有关民族之美学性、美学之历史性的探讨,在 2004 年出版的《民族与美学》一书中充分展开,此时论述的重点又发生了转移。柄谷行人显示出更具马克思主义特征的观察视角,认为要从根本上思考现代的国家和民族,必须将它们当作广义上的经济问题来看待;但是他并没有摒弃情感维度,事实上他认为民族的基础是国民的连带感和负疚感,只不过这种情感基础与经济基础并不矛盾。〔1〕民族建立在感情的基础之上,并不意味着它是非经济的上层建筑或者纯精神性的问题,而是说民族是建立在与商品经济不同的交换类型——互酬性交换之上的,这是它从根本上与国家或资本主义市场经济相对立的要素。〔2〕他别具慧眼地指出,法国大革命鼓吹的口号——自由、平等、博爱,某种意义上象征了三种交换类型:自由是市场经济,平等是国家的再分配,博爱是联合。〔3〕所谓联合,靠的是联通并综合国家与市场

〔1〕柄谷行人:《民族与美学》,薛羽译,西北大学出版社 2016 年版,第 6 页。
〔2〕柄谷行人:《民族与美学》,第 10 页。
〔3〕同上,第 13 页。

社会的“想象力”,它所指向的正是现代民族。[1] 他还有一个更严密的理论设计,认为民族有着与国家的“掠夺与再分配”、原始共同体(氏族社会)的“互酬”、市场的“商品交换”都不同的第四种交换类型即联合。[2] 但是柄谷行人并不是要以对交换关系的分析代替哲学思考,而是要将哲学历史化。在他看来,对情感理论做出重要贡献的亚当·斯密等人所谓同情(sympathy),完全能够与利己之心共存,那是一种站在对方立场上考虑的“想象力”,这正是对已有交换原则的补充与整合。[3] 柄谷行人进一步得出结论,民族的成立与哲学史上以想象力沟通感性和悟性几乎处于同一时期。[4] 在 2010 年出版的《世界史的构造》中,柄谷行人将这一点阐发得更为明确:民族之感情的形成与想象力概念的地位提高,在历史上是平行发生的;[5]想象力是在怜悯与慈悲的原则已经衰败、商品交换原则占据主导地位的社会里出现的,它不是旧有社会里已然存在的东西,而是现代民族国家的黏合剂。[6] 以上讨论中的感性、悟性、感情、想象力等等,本是架构美学的关键语汇,但是柄谷行人所要考察的美学,却又绝非笼而统之的“关于美的学问”,而是以鲍姆加登为代表的“感性的科学”,其基本诉求是情感的理性化,或者反过来是理性(道德)的感性化,此种美学的重点不在知识

---

〔1〕 柄谷行人:《民族与美学》,第 10 页。

〔2〕 同上,第 11 页。

〔3〕 亚当·斯密的《道德情操论》“论同情”一章始终围绕想象力讨论同情的发生机制。参见亚当·斯密:《道德情操论》,蒋自强等译,商务印书馆 1997 年版,第 5—7 页。

〔4〕 柄谷行人:《民族与美学》,第 16 页。

〔5〕 柄谷行人:《世界史的构造》,赵京华译,中央编译出版社 2012 年版,第 193 页。柄谷行人指出,想象力的问题在哲学上最先得到主题化,是在资本主义市场经济最早发展起来的英国尤其是苏格兰。

〔6〕 柄谷行人:《世界史的构造》,第 195 页。

而在教化，换句话说，美学的要义就是美学化(aesthetization)。[1] 此种美学之所以引起柄谷行人的特别注意，是因为他有此判断：当理性美学化时，民族也就实体化了。

从审美主义到殖民主义

从政治角度解读从鲍姆加登直至浪漫派的美学，柄谷行人并非首创，不过柄谷行人始终抓住民族问题做文章，自有其独到之处。在柄谷行人这里，如果作为现代之物的美学是可能的，现代民族认同就是可能的，问题只在于是何种美学。柄谷行人所描画的近代美学谱系，戏剧化一点说，主要就是两大阵营，一方是康德，另一方是其他人。他在初版于 2001 年的《跨越性批判——康德与马克思》一书中指出，康德以前的古典主义者认为艺术性存在于客观的形态，康德以后的浪漫主义者认为艺术性存在于主观的情感，康德则是在古典与浪漫"之间"思考。就此"之间"，柄谷行人强调两点：首先，康德既在古典与浪漫之间思考，也在经验论和理性论(此处理性不是指悟性或知性，而是强调主体的想象力)之间思考，两者完全是一回事；其次，康德并没有试图折中两者，而是始终保持两者的区分。[2] 也就是说，康德一方面怀疑艺术性在于客观对象，另一方面也不承认艺术性在于主观性(感情)，因为康德根本不认为存在"美之领域本身"。柄谷行人相信，如果说康

---

〔1〕 柄谷行人：《民族与美学》，第 24 页。

〔2〕 柄谷行人：《跨越性批判——康德与马克思》，赵京华译，中央编译出版社 2011 年版，第 72 页。

德确实强调主观,那也只是因为他所说的主观性就是怀疑本身,就是一次次将被规范化的艺术还原到艺术作为艺术发生的"原初场域"。[1] 某种程度上,柄谷行人将康德重新描述为一个"反自然化"或者说"反现成化"的现象学家。他甚至借用俄国形式主义学派的"陌生化"概念来解说康德的审美判断实际上是一种打引号(他有时用更具现象学色彩的"打括号")的活动,也就是说,"在审美判断的情况下,可以把事物的虚构或者恶的一面放入引号中,这时候,艺术对象就出现了"。这并非自然而然进行的,人是"被命令"——某种审美的律令——而如此来打引号的,但是习惯了之后,打引号这一行动就被忘却了,仿佛美的对象原本就存在着似的,科学和道德乃至政治领域的情况也是如此。[2]

这一解说让我们联想到《日本现代文学的起源》中所谓"风景的发现"。后者不是游览"名胜古迹",而是在无风景处通过主体的努力创造出风景。但是柄谷行人此处不是要讨论艺术的创造性问题,而是要强化所谓"之间"的立场。康德通过打引号来避免陷入一元论,柄谷行人以现象学的术语解释说,这个打引号是"悬置"而非否定的意思。在审美问题上,康德将现成的主观性和客观性同时打上引号,然后才有所谓审美判断;而在道德问题上,康德又把现成的共同体的规则和个人的感情、利害都打上引号,然后才有所谓道德判断。[3] 这一思路马上显出政治效应,柄谷行人认为,之所以说康德是一个世界主义者,是因为他始终希望能够从国家或共同体中寻求自由的个人联合的可能

---

〔1〕 柄谷行人:《跨越性批判——康德与马克思》,第 73 页。

〔2〕 同上,第 73 页。

〔3〕 同上,第 74 页。

性，以对抗那种压倒性的民族主义倾向，也就是说他既不希望个人完全以国家或共同体的原则为原则，又反对将个人的感情、利害确立为原则，他宁愿保持在“之间”状态，而这就使得他只能寄希望于一个未来的世界共同体。[1] 但是这种态度为后来者所摒弃：

> 赫尔德和费希特等浪漫派学者否定了康德的联合主义，并将其转化为民族主义。哲学史上通常认为，康德执着于感性和悟性的二分，浪漫派则超越了这一点。康德停留于二元论是因为他执着地认为感性和悟性是通过想象力综合起来的，而这种综合仅仅是想象的东西。但超越了康德的一元论并不认为这种综合是想象，而认为它是原本就存在的东西。这种情况下，从康德的二元论到浪漫派的一元论的变化，显然就是法国大革命前后所发生的从联合主义向国家主义的转变。[2]

柄谷行人认为，这一转变的趋势完成于黑格尔，黑格尔以“理性国家”代替“悟性国家”，后者缺乏民族所拥有的那种情感契机，前者是情感和权力的统一，足以使“合理”的成为“现实”的。这样一来，悟性、感性、想象力三者，就像国家、市民社会、民族三者一样，形成了一个难以拆解的博罗梅奥之环。这是三个环的组合，三环完好则彼此不可分离，剪断其中任何一环，另外两环随之分离。黑格尔思想的力量就来自于让三个环相互支持，从而让国家被美学化。但是柄谷行人说，黑

---

〔1〕 柄谷行人：《民族与美学》，第 26 页。

〔2〕 同上，第 25—26 页。

格尔遗忘了这一事实:民族并不是实体而只是“想象的共同体”,这组博罗梅奥之环本身就是在民族这种形式的想象力中形成的,也就是说,民族是一个想象的环,如果将它理解为实在的环,联系着感性和理性的想象力本身就被取消了,同时,扬弃这一圆环的可能性也就被忽视了。[1]

应该说,柄谷行人这番分析仍然利用了安德森“想象的共同体”的观念,只不过他把重点放在了对想象本身的偶然性的强调上,也就是说,想象必须始终被当作想象看待,它未必等同于虚假或者说虚构——作为一种“社会事实”[2]——却也不是必然的。柄谷行人认识到,民族主义是在美学的意识中得以成立的,这件事之所以值得关注,不是因为民族本身只是一个美学的虚构,而是因为美学与民族的关系有可能被现成化,“民族何以美学”的问题会太过理所当然地转化为“美学何以民族”的问题。也就是说,当我们习以为常地接受“日本美学”“东洋美学”这类说法时,有可能忘记了所谓“日本”“东洋”,本身就与某种美学的认识论装置互为表里。正是基于这重考虑,柄谷行人特别重视夏目漱石。他说漱石不承认西洋的普遍性,但也不想将“东洋”

---

〔1〕 柄谷行人:《民族与美学》,第 29 页。汪行福教授的解释十分到位:“在柄谷看来,康德为人们打开了一个超越的视域,让我们可以想象一个不被束缚于当下现实和共同体的超越性立场,这一立场不仅为科学和道德提供基础,而且让我们能够设想一个不束缚于资本—民族—国家体系的目的王国,而黑格尔哲学则处处显示出与康德哲学的差别,他的哲学不仅把理性理解为对视差的扬弃,而且把资本主义社会理解为不可超越的终结状态,因而封闭了通向未来的道路。在这个意义上,黑格尔哲学是康德哲学的退行性演变。”参见汪行福:《视差之下的批判与政治——对柄谷行人另类反抗逻辑的解释与批评》,《哲学研究》2017 年第 6 期。

〔2〕 参见吴叡人所撰《想象的共同体》中译本导言,本尼迪克特·安德森:《想象的共同体》,吴叡人译,上海人民出版社 2016 年版,第 8 页。

作为普遍性而理念化,其思想既不是"诗化"的,也不是"信仰"的,而是"科学"的,但他并没有提出任何有积极意义的东西,而只是不肯逃遁到任何一个极端里去,就这样在东洋和西洋"之间"不停地思考。[1]如果不愿意坚持在"之间"思考,民族主义就很容易转化为帝国主义,柄谷行人赞同汉娜·阿伦特的观点,帝国主义不同于帝国,而不过是民族—国家的延伸。[2]换句话说,帝国主义是现代国家自我扩张、像帝国一样行动的时候形成的。就此自省意识而言,21世纪的柄谷行人与20世纪70年代的柄谷行人,其实是一以贯之。

柄谷行人以他所熟悉的材料,尽可能地使这种自省意识落到实处。他毫不客气地说,日本艺术尤其是视觉艺术,往往是在日本人自己意识到之前,西方已有好评,即在获得了"他者的认知"之后,才在国内获得崇高声望(从早年的浮世绘到后来小津安二郎的电影等)。他尤其提到创建于明治二十二年(1887年)的东京美术学校,这所学校在柄谷行人看来简直就是日本进入现代的标志(也是"风景的发现"的开始),其创建被认为是日本传统派的胜利,但柄谷行人认为这并非胜在传统本身,而是有赖于西方的好评。然后在文学上,谷崎润一郎、川端康成、三岛由纪夫等人都由现代转向了传统,但是柄谷行人稍嫌刻薄地说,这与其说是对传统的乡愁,不如说是因为他们认为这样看起来更"前卫",而且,他们对传统日本的印象是建立在西方的观感之上的,

---

〔1〕柄谷行人:《日本现代文学的起源》,第34页。

〔2〕柄谷行人:《民族与美学》,第31页。柄谷行人指出,勒南写作《民族是什么》一文时,民族已经向"种族、语言……"等的实体同一性物象化了,由此,民族国家本身亦开始了内部性的瓦解。因此,勒南所感到的危机在于,19世纪的民族主义可以说反映了民族国家向帝国主义转化的过程。参见柄谷行人:《日本现代文学的起源》,第250页。

这种印象甚至并不是来自文学，而是来自美术，更准确地说，西方作家笔下的日本美术。〔1〕很显然，这其实就是一种美学东方主义。

对于此种美学东方主义，柄谷行人同时从几个方面展开阻击。首先，他引用萨义德的话说，抱有东方主义思想的西方人对待非西方人往往同时抱有科学和美学的态度，即一方面将他者仅仅看作科学分析的对象加以轻蔑，另一方面又将他者看作美学的对象加以吹捧，两方面并行不悖。拜倒在对方艺术之美的面前，绝不等于尊重其为对等的他者。这是质疑美学东方主义的道德立场。〔2〕其次，柄谷行人揭示了美学东方主义的审美机制。柄谷行人从康德有关美与崇高的讨论中提炼出一个理论，他认为审美的态度“不是从对象那里，而是从将从对象那里接受的各种反应放入括号这一行为本身获得快感的”。也就是说，“假设审美主义赞美某种对象，那往往不是因为对象本身的舒适，反而是因为它给人带来不快”，“假如审美主义者朝拜某种对象，那绝不是真的对其屈服，而是因为屈服于实际可支配对象带来的不快可以被放入括号，从这当中获得快感。”〔3〕所以，西方人之所以会以审美的态度看待非西方人，正是因为后者让前者感性上不愉快，而如果将这种不愉快放到括号里，就会在理性上获得崇高感。相反，如果他者

---

〔1〕柄谷行人：《民族与美学》，第101页。

〔2〕柄谷行人：《民族与美学》，第119页。莱昂内尔·特里林对相关现象有一看法应该会得到柄谷行人的赞同。特里林指出，当我们以某些戏剧化的仪式定义所谓“爪哇文化”和“巴厘文化”时，我们会从它们接近于艺术的样态中获得一种复杂的满足感，但与之并存的却是一种确定无疑的轻蔑态度。特里林认为不应该将某种“他者的生活”艺术化，而应该坚持生活与艺术那种摇摆不定的辩证关系，这一看法显然可以应用于殖民主义问题的讨论。参见特里林：《知性乃道德职责》，严志军、张沫译，译林出版社2011年版，第533—534页。

〔3〕柄谷行人：《民族与美学》，第123页。

一点也不能提供“陌生”的惊奇,也就很难引起审美关注。[1] 其三,柄谷行人揭露了美学东方主义背后的权力关系。回到浮世绘的问题,柄谷行人指出,浮世绘作为 16 世纪前后发展起来的日本“民众文艺”,确实震撼了 19 世纪后半期的法国印象派画家,但这并不是因为“japonism”(“日本风”)本身有什么特别之处,而只是因为它们可以被吸纳进西方艺术,而这又是因为制作它们的人们已经或随时都可以被殖民地化才得以可能。[2] 柄谷行人进一步指出,审美态度上的“无利害”是在经济的“利害”占优势的情况下才成为可能的,果真某物被认为具有艺术价值,那也就会具有商品价值,会被收藏家和美术馆所购入[3],这一判断转到殖民语境中,则不过意味着来自殖民地的某些物品“有资格”被掠夺而已。这些分析都是既深刻又尖刻。柄谷行人不仅反感东方主义,也反感审美主义。他的立场是,审美的态度是将其他要素放入括号才得以成立的,但这种括号必须随时能够被去除,也就是说必须能够自我祛魅;而审美主义者的特点就是容易忘记括号这回事,而将在放入括号的前提下所见到的他者与他者本身混同起来,将对美的尊敬与对他者的尊敬混同起来。于是在审美主义者那里,殖民主义就被忘却了。[4]

柄谷行人之所以对审美主义持强烈的批判态度,对日本帝国主义历史的反省显然是动因之一。以中日甲午战争为界,日本开始从民族

---

〔1〕 柄谷行人:《民族与美学》,第 125 页。柄谷行人说,康德本人也是以美学的眼光来看待非西方世界的。参见《美学与民族》,第 203 页。

〔2〕 柄谷行人:《民族与美学》,第 124 页。

〔3〕 同上,第 204 页。

〔4〕 同上,第 125 页。

主义转变为帝国主义，柄谷行人试图从美学的角度对此进行分析。在柄谷行人看来，以冈仓天心为代表的美学中的“亚洲是一体”的观念，恰恰发挥着美化日本在亚洲的统治的意识形态功能。〔1〕冈仓盛赞在日本过去没有被当成艺术看待的手工艺品，并将此推广到整个亚洲，从美术史的角度来确认亚洲的同一性，并从美学的立场鼓吹东洋的优越性，号召从西方殖民主义及其背后的工业资本主义中解放出来。〔2〕但是在柄谷行人看来，冈仓这种鼓吹反现代、反工业资本主义，高度赞赏土俗文化产品的态度，与现代的、殖民主义的态度其实只是一体两面。〔3〕这一逻辑在对日本“内殖民”历史的分析中也得到体现。柄谷行人在《日本现代文学的起源》1997 年韩国版后记中指出，日本殖民地政策的原型在北海道。北海道原本居住着阿伊努族人，但是当国木田独步以从军记者的身份来到北海道时，完全排除了此地的历史和他者，北海道对他来说不过是一个壮丽的“风景”，可以安慰现代人空寂的心灵。然而正如柄谷行人所说，开发北海道不仅是原野的开拓，还有对表示抵抗的土著(阿伊努族)的杀戮与同化。风景的发现延伸到哪里，杀戮和同化就延伸到哪里，就这样一直扩展到冲绳、台湾，进而至于朝鲜、满洲、东南亚。〔4〕正是有这番反省，柄谷行人才会念念不忘“日本现代文学的起源”，因为这个“文明的记录”同时就是“野蛮的纪录”。由此无怪乎他会对那种追溯传统的历史主义的态度满怀戒心，他颇为痛切地说：“民族主义者跑到现代以前的时代里追寻日本文

〔1〕柄谷行人：《民族与美学》，第 129 页。
〔2〕同上，第 127 页。
〔3〕同上，第 130 页。
〔4〕柄谷行人：《日本现代文学的起源》，第 280 页。

学的特殊性,实际上是对起源的忘却。"[1]

到底有没有某种属于日本文学的特殊本质和传统呢?在这个问题上,柄谷行人的态度耐人寻味。首先,他的确认同丸山真男有关日本思想缺乏"坐标轴"的看法[2],或者像竹内好说的"没有需要抵抗的自我",这种状况往坏里说是缺乏决断的众声喧哗,往好里说则是"纤细和柔软"的"大和之心"(本居宣长)或者"宽容性"这种"日本式的东西"(和辻哲郎)。柄谷行人甚至引用了法国哲学家科耶夫有关日本与西方世界的接触会导致"西方人的'日本化'"的说法,指出科耶夫所谓的"日本"并非实际的存在,而是"没有历史理念,没有知识、道德内容,奔命于空虚的形式的游戏的生活样式。这不是传统指向,也不是内部指向,而是他人指向的极端形态,不仅没有内面,也没有他者。"[3]在柄谷行人看来,日本满足于做一个符号帝国,完全没有对实体性的自我的执着,所以才会那么容易走入后现代。但这还不是柄谷行人讨论的重点,引起他特别注意的是冈仓天心的说法。冈仓将日本标榜为亚洲的"蓄水池"和"博物馆",这看起来与前面诸种说法并无二致,但柄谷行人一针见血地指出,日本的精神确实可以与美术馆互为阐发,但不是因为日本有美术馆的传统,而是因为现代的"世界史"本身就是美术馆这样一种装置[4],而日本也就是以这种方式进入了现代。冈仓天心、费诺罗萨等人在日本建立美术馆来搜集和展示东洋艺术的举

---

〔1〕 柄谷行人:《日本现代文学的起源》,第6页。

〔2〕 参见丸山真男:《日本的思想》,安益民、吴晓林译,吉林人民出版社1991年版,第1—2页。

〔3〕 柄谷行人:《民族与美学》,第189页。

〔4〕 同上,第110页。

动，吊诡地表达出一种“当其无，有室之用”的逻辑，这与其说是日本一直没有实在的自我(这个问题可以悬搁起来)，不如说是日本以收集和展示亚洲之物为自我(柄谷行人认为这一点与美国相似)；与其说这是某些日本人的意愿，不如说这是美术馆——用于收集和展示——这种现代认识论装置在发挥作用。所以问题不在于日本能否通过美术馆的建立重塑东洋的传统，而在于现代日本已自觉或不自觉地以美术馆的精神作为自己的精神。当日本用审美的眼光看待那个被对象化、图像化甚至程式化了的亚洲时，它自己的精神也从这样一种认识论装置中派生出来的，用柄谷行人辛辣的表述就是“没有所谓‘东洋的理想’，东洋就是理想”。〔1〕正是由于美术馆这样一种认识装置塑造了日本对自身与亚洲的关系的认知方式，审美主义便再一次成为殖民主义的折光镜，换句话说，前者既是后者的柔化剂，又是其原动力。假如民族本质上就是美学的，而民族意识又很可能发展为民族主义，进而发展为殖民主义、帝国主义，那么美学便绝不仅仅是中立的、以追求智慧、爱与美为目的的学问，而首先是一种审美主义或者说美学主义。

美学如何反殖民主义？

应该说，柄谷行人上述分析并非无懈可击，最令人生疑的是感性、悟性和想象力的三元，究竟如何同构于市民社会、国家和民族的三元？这会不会太过于“后见之明”？对此，柄谷行人语焉不详，我们纵然深受启发，也还是不能照单全收。而也许最要紧的问题是，民族主义本

〔1〕柄谷行人：《民族与美学》，第108页。

身并不是单一的，既有摹仿欧洲模式的语言民族主义，也有所谓官方民族主义，但还有同时作为救亡和启蒙的民族主义（安德森称为“克里奥尔民族主义”），而柄谷行人在讨论美学与民族的关系时，似乎主要讨论的是欧洲模式与官方模式，批判立场虽然明确，却未免有些单一。如果我们换一个视角，不是站在柄谷行人这样一个曾在西方精英大学任教的日本知识分子的超越立场，而是站在一个身在中国接受维新思想的革命志士的立场，那么整个故事或许又会有所不同，民族、民族主义、殖民主义、帝国主义之间的关系会呈现更多变数。

虽然柄谷行人对美学的批判颇有值得商榷之处，但这当然不是说美学就不可以批判。不过，我们在讨论“如何批判美学”之外，也不妨来看看“美学如何批判”，也就是说，既然美学并不等于“审美主义”，那么美学中或许也蕴藏着批判殖民主义的因子。柄谷行人在这方面确有洞见，下面我们选取几组关键词，分而论之。

其一，民众、他者与视差之见。

有关民众与美学的问题，以柄谷行人对柳宗悦的讨论最值得注意。柳宗悦（1889—1961）是日本著名民艺理论家、美学家，因为开启了“民艺运动”而广为人知。柄谷行人对柳宗悦的判断是，虽然后者有着与冈仓天心同样的反现代、反工业资本主义的姿态，但是两人的立场不同。冈仓在赞赏土俗文化产品之时，其立场是殖民主义的，因为他是将土俗艺术的生产者贬低为被支配的他者；而柳宗悦却是反殖民主义的，因为一则，柳宗悦从冈仓所忽视的朝鲜发现了“美”；二则，他支援了朝鲜的民族独立，不仅批判了对其统治的日本，还批判了招致日本殖民统治的朝鲜等级社会。审美情感在冈仓那里是对殖民意识的掩盖，在柳宗悦这里则成为正面的力量，用柄谷行人的说法是，柳宗悦虽然不是为了“美”才谋求朝鲜民族的解放，但如果没有“美”，恐怕就不会有这么深的介入。[1] 如此对立的两种评价，对冈仓未必公平，但是柄谷行人的理由却值得重视，他认为冈仓在审美之外并不关心民众的命运，而柳则通过艺术作品发现了其背后一直被忽视的生产者个体的存在。柄谷行人并不打算深责冈仓将民众的实际生存放在括号里的行为，但他却不能谅解后者始终未能去除括号。[2] 重要的不是审美态度是否不可避免地会将某些东西放入括号，而在于这括号什么时候重新打开，获得一种审美态度并非故事的终点，毋宁说正是反思的起点。

由民众问题会很自然地过渡到他者问题。柄谷行人指出，使民众回归“既非作为认识对象又非美的对象的个体的存在”，就是使民众回归作为他者的存在。[3] 他联系到萨义德对东方主义的批判，他认为萨义德既不是说只有东方才有资格谈论东方，亦非说绝对不能将东方作为美的对象，而是说在审美化的同时保持他者的持续在场，与压抑他者与个体的东西展开不懈的斗争。[4] 更给人启发的是柄谷行人对

---

〔1〕柳宗元在美的问题上的表述耐人寻味。他反对理论性地定义美，而主张凭直觉把握美。他以此逻辑来讨论朝鲜的陶器，他说后者“并不是刻意于美的器物”，但是“器物本身就隐藏着茶人们没有看到的最涩的美”。朝鲜的陶工们是在“美与丑没有区分前的境地中工作”，“他们在自然的工作场所中自然地工作，自然地生活，自然地信仰，一切产生于其中”，“他们若是以美为目标，马上就会出现错误”，而且他们没有资格那样去意识，因为工作是已经被决定了的。简而言之，柳宗悦认为朝鲜的陶工们是在没有明确的美的观念的前提下从事美的创造，这正体现了器物之美的精神，因为所有的器物均产生于美丑分化之前。柄谷行人的相关讨论尚未及此。参看柳宗悦：《工艺文化》，徐艺乙译，广西师范大学出版社 2018 年版，247—248 页。

〔2〕柄谷行人：《民族与美学》，第 130—132 页。

〔3〕同上，第 132 页。

〔4〕同上，第 132 页。

康德的解读。他说康德的超越论就是他者的哲学,因为康德承认那种因理性自身所产生、靠反思无法排除掉的假象,即作为他者的“物自体”。[1] 柄谷行人认为康德导入“物自体”,隐含了可以作为反证的未来的他者。因为有物自体不可消除,我们的认识就不是绝对的,即便现在无法否定自身,未来也有可能遭遇挑战。柄谷行人随即指出,这并不是说因为有他者存在,我们的认识就无法成为普遍的,恰恰相反,如果我们不设定他者的存在,普遍性就无以成立。[2]

柄谷行人借用弗洛伊德的理论来说明自己对康德的理解。弗洛伊德指出,无意识只存在于分析者和被分析者的关系特别是后者的反抗之中,在没有他者介入的独自一人的反省中不可能展示出无意识,也就是说,真正要“talk out”(说出来)什么东西,需要有他者的激发。而柄谷行人认为,康德的反思中就有他者介乎其间。康德的《纯粹理性批判》之所以能够成为哲学史上真正的事件,是因为它一面停留在内省上,一面又试图砸碎内省之共谋性,也就是说,康德之所以注意内省,恰恰因为人在内省时,并不总是能够舒舒服服地在“我”和“我们”之间进行置换。康德的主观性总是被“他人的视角”所纠缠着,正因为这种“视差”的存在,主观性才不可消除。但这并没有带来相对主义,相反,只有坚持此种主观性,才有可能讨论普遍性。[3] 而在《判断力批判》中,柄谷行人指出,对审美判断进行反思的活动,只有在本人视角与他人视角出现“强烈的视差”时才能产生。[4] 具体来说,所谓“不

---

〔1〕 柄谷行人:《民族与美学》,第 14 页。

〔2〕 同上,第 23 页。

〔3〕 同上,第 2 页。

〔4〕 柄谷行人:《跨越性批判——康德与马克思》,第 1—2 页。

依赖概念而能普遍令人愉快的”，不是要别人都来认同我，而恰恰是意识到别人有可能不会认同我，而我又没有绝对的理由说别人是错的，这时才需要对自身的审美心理展开分析。视差与他者的存在，于是成为美学的原动力。

在一定程度上，柄谷行人将视差作为方法看待。比方柄谷行人认为马克思的视差体验是他在英国期间，“第一次逃离德国话语而获得的某种带有冲击性的觉醒之体验”，“即并非从自己的视角也不是从他人的视角来观察，而是直接面对因差异（视差）而暴露出来的‘现实’”，简而言之，“马克思的批判产生于不断的‘移动’以及作为其结果的‘强烈的视差’”。〔1〕柄谷行人此处显然有夫子自道的意味，他一再强调，自己的研究虽然有现象学的色彩，却并不是通过阅读胡塞尔得来的什么方法，而是作为异邦人而生存这一事实本身。〔2〕他之所以能够在康德和马克思、康德和弗洛伊德之间建立同构关系，也正是要利用这种视差之见。他为此特别打造了一个术语，跨越性批判（transcritique），其要义就是同时从自我与他人的视角进行批判，既从自我展开反思，又对他者之见的强烈介入保持开放的态度。值得注意的是，柄谷行人还有一个时间上的视差之见，早在20世纪80年代末，他便宣称要考察我们根据不同的时代划分方式所看到的不同历史图景之间的“视差”——比方按照西历思考和按照日本年号思考所

〔1〕柄谷行人：《跨越性批判——康德与马克思》，第1—2页。

〔2〕柄谷行人：《日本现代文学的起源》，第265页。柄谷行人近年来也一直同时任教于大阪京畿大学和美国哥伦比亚大学。弗里德里克·詹姆逊也指出了柄谷行人区别于欧美学者的得天独厚的优势，他说在科学领域“局外人原理”可以解释为什么非专业旅游者与特定学术领域的见习者具有推断出基本范式变化的能力，在艺术领域亦如此。参见柄谷行人：《日本现代文学的起源》，第232页。

产生的“视差”——找出历史的某种反复性结构。[1] 空间也好,时间也罢,以“视差之见”平衡“审美主义”,以他者的在场重构群体认同,或许能够成为对付殖民主义意识的手段。至于效力如何,因人因事而异。

其二,批评、批判与经验主义。

康德被柄谷行人视为批判者的楷模,这本身倒不算奇怪,值得注意的是柄谷行人认为康德这种“批判”的彻底性,是基于他对鉴赏判断上的普遍性问题及所谓“批评”的思考。也就是说,康德的批判,所要求的只是鉴赏判断式、批评式的普遍性,而非绝对的、永恒的普遍性。[2] 柄谷行人说,批评本身与理论不同,可以说批评乃是对理论与实践、思维与存在之脱节的一种批判意识。[3] 柄谷行人认为,康德的批判就是批评,而且这个批评并非基于某个有着绝对可靠原则的古典美学,而是建立在商业性新闻业上的批评,来自于谁也无法做出定论性评价的竞技场。[4] 他还特别引用了 19 世纪德国哲学家汉斯·费英格的说法,说康德虽然自己没有提到过,但使其“觉醒”的乃是苏格兰思想家亨利·霍姆(Henry Home, 1696—1782)所著《批评的原理》(Element of Criticism)一书。康德在《逻辑学》讲义“绪言”中写下:“霍姆将美学命名为批判是正确的。因为,美学并不给我们带来充分规定判断的先天性规则。”这句话表明康德的“批判”一词来自霍

〔1〕 柄谷行人:《历史与反复》,王成译,中央编译出版社 2011 年版,第 51 页。

〔2〕 柄谷行人:《民族与美学》,第 23 页。

〔3〕 柄谷行人:《日本现代文学的起源》,第 278 页。

〔4〕 柄谷行人:《跨越性批判——康德与马克思》,第 9 页。

姆的那本书。[1] 柄谷行人对费英格的了解主要来自于他在法政大学的同事滨田义文的著作，他赞同滨田义文的说法，康德是将“批评”一词转化为从根本上思索人类理性能力本身的“批判”概念，而且他更进一步，认为康德是以鉴赏判断作为他整个哲学思考的范型。这包括以下几个方面。首先，从事文艺批评的时候，我们不能以任何特定原理为前提，而恰恰应该把质疑批评的根本原理乃至固定的标准作为自己的工作重点。其次，鉴赏判断不是有关是否“快适”的私人语言，而是属于共同的语言游戏，由于语言游戏有多种存在，所以鉴赏判断上的普遍性就是具有不同规则体系的人们之间的对话沟通问题。与鉴赏判断相关的对普遍性的“要求”，不是要求那种独立自足的普遍性，而是试图在所有的综合性判断之间实现联通。[2] 这不是如何规定的问

---

〔1〕柄谷行人：《跨越性批判——康德与马克思》，第 9 页。康德《逻辑学讲义》中相关段落如下：“法兰克福哲学家鲍姆加登曾制定了作为科学的美学计划。只有霍姆较正确地称美学为批判，因为美学没有充分规定判断的先天规律，像逻辑那样，而是后天地取得它的规律的，我们据以认识不完备和完备（美）的经验的法则，仅仅是通过较普遍地比较出来的。”康德在《逻辑学讲义》中并没有将逻辑和批判混为一谈，而是明确地指出逻辑不是批判，而只是服务于批判。参见康德：《逻辑学讲义》，许景行译，商务印书馆 1990 年版，第 5 页。另外值得注意的是，在从英语 Critique 或 Criticism 翻译为德语（Kritik）的过程中，康德并不会像中文使用者那样区分批评和批判，他所注意的是批评与美学（Ästhetik）的区别，重点不在于这个词是否从英语中来，而在于应该如何看待有关审美方面的“学问”。休姆所反对的是在常规科学的逻辑内处理批评这一概念，他认为这必然不得其法。参见 Henry Home, *Elements of Criticism*, *Volume Ⅰ*, Indianapolis: Liberty Fund, INC., 2005, p15. Critique 和 Criticism 在德语、法语中没有区别，在英语中则稍有差异。Criticism 一般是指文学批评，而且也比较能够接受个人偏好，而 Critique 适用于更为抽象和非个人的场合，研究、分析的意味更强。柄谷行人本人也利用了批评与批判的差别来言说自己的工作重心从文学批评向哲学研究的转变。参见柄谷行人与关井光男的访谈：《柄谷行人：向着批判哲学的转变——〈日本现代文学的起源〉》，收入《新文学》第 5 辑，大象出版社 2006 年版。

〔2〕柄谷行人：《跨越性批判——康德与马克思》，第 12 页。

题,而是如何协调的问题。其三是一个更为大胆的判断,柄谷行人认为,我们既不能说康德的《判断力批判》是在艺术上发现了固有的特殊问题,也不能说它是以在美的领域的论述使有关认识、道德的论述得以完善,倒应该说《纯粹理性批判》是在已经意识到文艺批评所面临的困境的前提下写作的。〔1〕 也就是说,逻辑上是先有《判断力批判》,再有《纯粹理性批判》。前者对美的领域的解说,其实就是为了打造一个博罗梅奥之环,使认识、道德和美彼此联结,但是正如上文所论,这并不是为了使三者都变成牢不可破的东西,因为康德的起点是经验性的。或如柄谷行人所说,康德并非要通过美学建构使哲学体系更为稳固,而恰恰是要使哲学体系暴露出其作为语言游戏的本质。这一说法颇有德·曼式解构主义——柄谷行人将《日本现代文学的起源》英文版题赠给德·曼——的风采,令人耳目一新。我虽不认为将先验论还原为经验论是解说康德哲学的不二法门,但是一种聪明的经验主义的确可以成为本质主义偏执的解毒剂。

其三,乌托邦、理论与文学的终结。

柄谷行人并非只是说康德的哲学以美学为基础,他对黑格尔的理解也是如此:"在黑格尔那里,艺术是位于哲学认识之下的,但实际上,他的整个哲学是美学性的。"〔2〕所以,康德和黑格尔的哲学分歧,首先是一种美学分歧。柄谷行人指出,康德对理性的"建构性使用"和"整合性使用"做了区分。建构性理念是即将被现实化的理念,这是黑格尔极具蛊惑力的逻辑,而冈仓天心将亚洲的历史理解成作为理念自我

〔1〕 柄谷行人:《跨越性批判——康德与马克思》,第 13 页。

〔2〕 柄谷行人:《民族与美学》,第 107 页。

实现的美术的历史，显然可以与黑格尔同气相求。[1] 至于整合性理念，则是绝难实现的、仅仅作为目标而逐渐向其迈进的理念。我们可以说这个整合性理念是一种假象，但没有这个假象便无法前行。[2] 柄谷行人认为马克思否定建构性理念，却肯定整合性理念，这让我们明白，所谓整合性理念是一种既有批判力度又有引领能量的乌托邦。柄谷行人对此乌托邦的设想，是在民族、国家、资本分别代表的交换样式“互酬制”“掠夺—再分配”“商品经济”之外，另建一种新的交换样式，他称之为“新联合”。此种联合不仅是在更高的维度上对互酬性的恢复，而且是对资本、民族、国家的原理提出异议并与此对抗的东西。柄谷行人自陈进入 20 世纪 90 年代以后，他的思考并没有发生特别的变化，立场却完全改变了。他认识到理论不能简单地停留在对现状的批判性阐释上，必须提出改变现实的某种积极的东西。于是他在日本发起了新联合主义运动(NAM)，希望以“和而不同”甚至“不同才和”的方式，将各自为政的社会运动联合到一起。虽然因为准备不足，该运动两年左右就宣告结束，但它仍然是一次有意义的实践。[3] 我们之所以需要实践，与其说是因为理论只有落实于实践才有用，不如说是因为实践就像乌托邦，本身就构成视差之见，既是对试图以某种理念完美地解释一切、统领一切的做法的批判，也是对“括号内”与“括号外”的界限的突破。而支持这种批判与突破的，或许是一种新的美学逻辑，一种不以和谐为旨归的美学，一种永远保持反思性的美学，一种

---

〔1〕 柄谷行人：《民族与美学》，第 107 页。

〔2〕 柄谷行人：《跨越性批判——康德与马克思》，第 2 页。

〔3〕 参见柄谷行人：《新联合主义运动原则》中文版导言，https://book.douban.com/review/8770130/.

向他者开放自身的美学，一种否认某一民族文化的传统或者现实足以让某一审美理想完全实现的美学。

在这个意义上，美学就成为了理论。柄谷行人所赞赏的理论，某种程度上就是哲学，但不是美国分析哲学那类哲学，而就是跨越性的批判，就是在一定的距离之外持续地反思。〔1〕他把夏目漱石视为真正的理论人，因为后者的“文学论”不是“文学的理论”，而是在东西之间对文学进行理论的反思，拒绝将其作为理所当然之物来接受。〔2〕柄谷行人最深的恐惧是对遗忘的恐惧，遗忘现代的起源，遗忘民族的起源，遗忘我们曾经放入括号中的东西，遗忘某个稳定结构内在的不稳定性，遗忘某种学科分界的偶然性，遗忘某个文化传统只是现代的发明，遗忘某种审美态度之后的冷漠与残酷……遗忘历史意味着终将重复历史，而理论，就是对遗忘的抵制。这种理论意识有可能成为一种反殖民主义、反帝国主义的意识，柄谷行人相信，对相当多的日本人来说，“民族”不等于实际上的国家，而是已经形成类似“超我”的存在，它转化为向内的攻击驱力，抑制着那种向外的攻击驱力。〔3〕这种攻击与压抑类似于精神病症，浪漫主义者希望使其得到疗治，因此鼓吹理想与现实的同一；柄谷行人则希望保持冲突，正如康德希望保持人

---

〔1〕柄谷行人：《跨越性批判——康德与马克思》，第5页。

〔2〕柄谷行人：《日本现代文学的起源》，第9页。在相当一致的主题下，小森阳一也分析了夏目漱石的《文学论》，他认为，从“世界”性的角度来看，这是两种在不同时间和空间，并且在内容上有着决定性的差异的相互封闭的“文学观”，在一个来自日本——一个曾经属于“大汉学帝国”，现在又要和“大英帝国”结为同盟的国家——的留学生的脑海里相互交叉，促使他开始探究，具有普遍性的“文学”到底是怎样的一种言语表现。见小森阳一：《帝国的文学/文学的帝国：夏目漱石的〈文学论〉》，收入“比较现代主义：帝国、美学与历史”国际学术研讨会（2005年8月3—6日，北京）论文集。

〔3〕柄谷行人：《民族与美学》，第65页。

类实际的样子与他们应该成为的样子之间的冲突一样。〔1〕

倘若美学能由体系性、建构性的知识转变为更富于批判精神和自省能力的理论,柄谷行人自然会对其有更多的期待。不过,让我们觉得遗憾的是,在柄谷行人"联合主义的乌托邦"中,似乎没有为文学留出位置,这一点他与竹内好不同,也与罗蒂、德里达这些鼓吹"文学文化"的后现代主义者不同。〔2〕他对文学显然不够信任,或许他认为文学本身是被动的,徒有内省的姿态(所谓内面化)而缺乏进行深度反省——觉察到那种"强烈的视差"——的能力。而更重要的也许是,对柄谷行人来说,现(近)代日本文学完全是观念的产物,也必然会随着观念的终结而终结。这种有关"终结"的想象掌控了柄谷行人的文学解读,他早年分析三岛由纪夫、大江健三郎、村上春树以及中上健次等人,都是把焦点放在终结问题上,即一个不断寻求超越的自我终于瓦解,一个以"近代的超克"为理念和动力的整个日本现代化的进程忽然失去了方向,不是中断和停止,而是仿佛已经实现其目标,因此进入黑格尔所谓现实与理念同一的"老年状态",又或者是福山所谓"历史终结"的状态,总而言之,"日本社会自明治以来所为之苦恼的'难关'(竹

〔1〕柄谷行人:《民族与美学》,第 89 页。詹姆逊在相关问题上显示出对柄谷行人思想的洞察力,他写道:"如果我们是第一个世俗国家,一个真正没有神的国家,而且是没有沉重地肩负起任何陈旧阶级制度的残迹和文化遗产的国家,那么,我们应该将自己的不安感作为一种特殊的历史特权和独特的民族礼物来接受。我们应该培养一种新的超级大国式的'民族'自卑情结。"参见柄谷行人:《日本现代文学的起源》,赵京华译,三联书店 2003 年版,第 245—246 页。

〔2〕柄谷行人说,罗蒂以及德里达都是专业哲学家,所以会把文学放在较高的地位上,以便摆脱原有的哲学规范;但他自己是从文学评论起步,然后渐渐转向哲学。参见《柄谷行人:向着批判哲学的转变——〈日本现代文学的起源〉》,收入《新文学》第 5 辑,大象出版社 2006 年版。

内好)似乎消失了。这也意味着一直支撑日本近代文学(小说)存在的东西消失了。"[1]剩下的只是反讽,甚至连反讽也不再需要。

柄谷行人的文学批评其实是有关文学终结的美学言说。柄谷行人认为文学虽然已经衰落,但是理论以及文学批评仍然大有可为[2],在这个问题上,他其实是某种程度的黑格尔主义者,因为他是在以美学——作为对美的反思——扬弃美。既然黑格尔(以及阿瑟·丹托等人)不能完全说服我们,柄谷行人也不能。文学未必仍然可以繁荣昌盛并且保持历史的重要性,但是既然文学的终结论强烈地依托于某种特定的文学观念,那它未必没有因为某种视差之见而得到修正的机会。不过,柄谷行人可能会争辩说,在他的美学逻辑中,"终结"并不是什么理念与现实合一的末世论,而仅仅是世界史中反复进行的过程。[3] 现代文学/艺术的终结,不过是再一次演绎了历史的反复,或者说再一次复制了历史的内在结构。我们可以说,这是一个循环往复的生命结构,无须太过悲情地看待。更何况,柄谷行人让美学本身也加入了这一历史过程,并让有关民族的思考与有关美学的思考在此过程中相互"照亮",而不是以哲学开启一个后历史的时代。

作为"专业的"美学研究者,我自然希望能够为美学的价值和前景稍作申辩,比方我会说,柄谷行人对美学本身的吸引力认识不足,当东方学者受到西方现代美学的理念与逻辑的启发,尝试进行民族美学以及世界美学的理论建构时(包括"美是什么""艺术是什么""形式是什

---

〔1〕 柄谷行人:《历史与反复》,第140页。

〔2〕 参见柄谷行人与关井光男的访谈:《柄谷行人:向着批判哲学的转变——〈日本现代文学的起源〉》。

〔3〕 柄谷行人:《历史与反复》,第195页。

么”等一系列问题），他们是在开启一种新的讨论（包括问与答），这种讨论的形成本身是现代智性成就的重要向度，柄谷行人对“文明的记录”一面显然言说不足。除此以外我还希望人们能注意到，斯皮瓦克在《全球化时代的审美教育》一书中提供了另一种论述，即以审美教育为中心的美学话语——斯皮瓦克的美学英雄是席勒——如何可以为认识他者提供支持，这是美学进入后殖民理论视野的另一种方式。〔1〕我尤其愿意将朗西埃的看法引入讨论。朗西埃认为，之所以要将美学、审美与艺术都作为现代概念看待，是因为艺术从根本上不同于那种与生活方式的区隔互为表里的技艺，只有当支持不同生活方式的阶层结构开始动摇时，西方的艺术才真正成形。之所以出现了艺术的一般概念，出现了将美归结为一种关于人或是世界、关于主体或是存在的普遍思想，是因为感性体验的形式、进行认知的方式等等都发生了相应的改变，这些改变从属于一个认知、情感、思考的体制，朗西埃称作“艺术的美学体制”。〔2〕在此体制中，“创作的章法不能决定欣赏的方式，原本的形象不能限制可能的想象”〔3〕，而“所谓的思想，先是一种针对何为可思之物的思想，一种将本不可思之物引进、从而修正何为可思之物的思想”。〔4〕这个美学体制的核心要义是不断破坏同质化的审美经验，而破坏的方式就是突破可思与不可思、可感与不可感

〔1〕Gayatri Chakravorty Spivak, *An Aesthetic Education in the Era of Globalization*, Cambridge: Harvard University Press, 2012.

〔2〕有些译本将“Régime esthétique”翻译为“审美体制”，也问题不大。在朗西埃这里，审美不是先在的事实而是美学的发明。

〔3〕朗西埃：《美感论：艺术审美体制的世纪场景》，赵子龙译，商务印书馆2016年版，第31页。

〔4〕朗西埃：《美感论：艺术审美体制的世纪场景》，第4页。

的界限。这种具有强烈的后结构主义色彩的理论方案是法国式现代性叙事的一个新的版本，它提醒我们，美学作为一种话语实践，本身是介入性的，而介入性也就是历史性，美学就此显出它的批判性能量。〔1〕

不过即便有种种保留，对我来说，柄谷行人的论述仍然引人深思。我用一种多元主义的逻辑来表述这种启示：所谓“民族的美学逻辑”，并不只是说民族与美学如何相互激发、相互支持，以成就富有民族特色的美学体系；也可以是考察民族与美学如何互为反思的契机，让以民族为中心的美学话语实践和以美学为中心的民族话语实践，呈现为有着特定起源、目标甚至终结的可能性的历史过程；还可以是民族与美学显出各自的独立性，彼此形成视差之见，以激活历史与理论、现实与乌托邦、地方性知识与普遍性知识等一系列矛盾，为某种形态的“世界美学”的到来铺设道路——哪怕后者永远不会真正发生。

---

〔1〕 参见朗西埃《美学中的不满》（蓝江、李三达译，南京大学出版社 2019 年版）一书，尤其是导言及第一章“作为政治的美学”。朗西埃此书对美学的讨论颇多洞见，不太令人满意之处在于太过强调美学作为“元政治”的功能，对那个“古今之变”的历史性时刻有较多戏剧化的想象，而较少落实到美学这种话语类型在现代的具体展开。

第二辑

传统的发明与中国现代性

评当下思想界有关“中国现代性”的三种思路[1]

上海《学术月刊》2004年第4期刊发了华东师大中文系张震先生《文化相对主义在当前的诸种面相及其批判》一文，对时下种种以“中华性”或“中国的现代性”为名的文化主张进行了批判。张文所揭示的文化相对主义在当前的面相共有六种：不可通约论；东亚价值论；失语症论；中华性论；人文社会科学本土化论以及中国的现代性论。张震先生认为这些主张共同的弊病是观念悖谬、价值迷误及应用匮乏，而这三大弊端又都根源于死而不僵的文化决定论。这样一种批判当然自成其理，不过稍有先入为主之嫌。本文所希望的是，即便不用文化相对主义

〔1〕 本文原载《浙江社会科学》2006年第3期。

这个名号，我们仍然可以对有关主张提出批评；更进一步，我们或许还可以抛开相对主义/绝对主义的逻辑来讨论文化问题。当然，后者是一个太过复杂的论题，本文只能以自己的方式介入而不是解决它。

作为现实的中华性

中华性这个概念，是 1994 年由张法、张颐武、王一川三位先生在《从“现代性”到“中华性”——新知识型的探寻》一文中提出来的。我们看到，中华性论者正面处理了中华性与现代性的关系。首先，中华性不是文化交流开始前那种封闭的传统，它既是对古典性和现代性的双重继承，又是对它们的双重超越，它是要在新的世界格局中，使中国自身的文化获得一个适应新世界的出发点、一个完整的框架、一套话语体系，以自己独特的声音立足于这个多样化的世界。之所以提出用中华性取代现代性，不是要重回前现代，而是要从一个将东方他者化的现代性方案转向中国的现代性。也就是说，我们在谈论中国的现代性问题时，不必老是强调西方化，把它当成走向现代的必由之路，事实上，在世界文化共在互动的语境中，我们完全可以通过求索中华性而获得现代性。〔1〕

这样一个设计可谓美好，但是在后殖民的语境中，在身份政治的意识已成为知识人本能反应的时代，它马上就会受到这样的质疑：“中华”这个身份认同从何而来？它是不是东方主义的虚构？即便这一套

〔1〕 张法、张颐武、王一川：《从“现代性”到“中华性”——新知识型的探寻》，《文艺争鸣》1994 年第 2 期。另见刘康、王一川、张法：《中国 90 年代文化批评试谈》，见《文艺争鸣》1996 年第 2 期。

权力政治的话语已经让人厌烦，我们也必须认真考虑爱德华·赛义德的这一见解：东方主义不纯粹是服务于或代表权力的，而本身就是“把地缘政治意识向美学、学术研究、经济、社会学、历史和语文学诸文本的一种分配”，换言之，作为话语的东方主义是一种权力认识论，是现代欧美文化意识(和无意识)的必要组成部分。〔1〕赛义德深刻地指出，作为一个西方人，想做非东方主义者是很难的，这里有一种思维的必然性，绝不只是立场选择的问题。对此，中华性论者当然可以辩护说，中华性不是西方方案，而是中国人自己的构想。但是我们要看到，后殖民主义理论家阿里夫·德里克曾对赛义德的理论提出一个修正，他认为赛义德有个重大的疏漏，即在展开关于东方的话语的过程中忽视了“东方人”的参与。事实上，东方主义尽管在缘起和历史上维系于欧洲中心主义，但在某些基本方面却要求“东方人”的参与才能合法化。不要把东方主义视作欧洲现代性的土产品，而应将其视作那些“接触地带”的产物。〔2〕也就是说，即便是东方人也难以摆脱东方主义，因为他也必须在“他者—自我”的结构中进行文化认知，有关中西文化特性的种种表述，正是中西方学者“合作”的结果。显然，假如我们对这样一套身份政治的逻辑抱有一定程度的信任，中华性论者就会陷入相当不利的境地中。

但是，在身份政治的强势话语之下，仍然存在着这样一种叙述的可能性，即中华性不是某种价值诉求而是客观存在的现实，也就是说，在过去一百多年的历程中，中华性没有被西方化的现代性挤入历史暗

〔1〕参见阿里夫·德里克：《中国历史与东方主义问题》，见罗钢、刘象愚主编：《后殖民主义文化理论》，中国社会科学出版社 1999 年版，第 75 页。

〔2〕同上，第 89 页。

角,而是一直在通过后者现实地存在着。在《中华性:中国现代性历程的文化解释》(《天津社会科学》2002 年第 4 期)一文中,张法先生指出,中国的现代性从来就是以中华性为核心建构起来的。中华民族的现代意识一直同一种中心意识紧密相连,一百多年来中西文化交流的格局,并不就是中国服膺于西方文化并亦步亦趋地跟从,而是中国为了能重建它的天朝地位,竭力吸收西学之先进成果,以重新获得政治、经济和文化的领先地位。也就是说,全盘西化是表象,中体西用才是实质。历史从来就是如此,或者更准确地说,现实就是如此——非常引人注目的,张法先生在文章开头引用了维特根斯坦的名言:神秘的不是世界是怎样的,而是世界竟是这样的。〔1〕

这种重写现代史的努力,是中华性论最值得重视的部分之一。如果只是老生常谈地强调民族文化的重要性,或者个性与共性的辩证法,那么提出中华性概念就只是增加一个语词而已。而当张法先生把现代中国百年历史读解为一个中华性发生与发展的历程时,有意思的问题就出现了。中华性是一个文化概念,这个概念首先就是要打破现代性与民族国家的机械对应。中国长期以自身为世界中心,建立了一套华夷之辨的话语及朝贡体系,所以中国对于以西方为中心的现代进程的抵抗,不是地方文化对普世文化的抵抗,而是一个"天下"对另一个"天下"的抵抗。〔2〕此其一。其二,中国从来没有放弃文化上的中心意识和大国意识,正是这种意识为中华性提供了存在的基础。不管

〔1〕张法:《中华性:中国现代性历程的文化解释》,《天津社会科学》2002 年第 4 期。

〔2〕较早对中国的"天下"观作出近似论说的有钱穆先生《中国文化传统之演进》一文(1944 年),见蔡尚思主编:《中国现代思想史资料简编》,第 4 卷,浙江人民出版社 1982 年版,第 375 页。

近现代中国如何积贫积弱，相当多的知识分子所思考的问题，是如何使中国文化在这个科技时代平稳着陆，以便为全人类争取一个更美好的未来。这样一种世界关怀是需要有大国意识作支撑的。中国在经济、政治上是弱国，但是它拥有如此重要、如此深厚的文化传统，其文化大国的地位是毋庸置疑的。正因为中国文化的根系太深太广，我们才不可能全盘西化，我们的现代性必然是中华性，这就好像河流可以汇入江海，太平洋却不可以汇入大西洋一样。这对中国人来说未必就是一件好事，而不过是我们不得不接受的现实而已。中华性并不简单地等同于民族国家的主体意识，而是世界上各种文化力量长期交流、较量的结果。它可以说是一项衡量中国文化在世界文化格局中的地位的指标。由此，在很大程度上我们必须跳出主体论和价值论的思路，不是我们想要中华性就能获得中华性，而是我们身负中华性就必须接受中华性。中华性的现实存在，意味着中国必须走中国式的发展道路，而不是像当初日本那样全盘西化，脱亚入欧。〔1〕就中国文化来说，即便它在斗争中处于守势，也会让西方的胜利来得格外艰难，长期的相持局面是不可避免的。也就是说，所谓中华性，不过是一个文化大国在现代世界的历史境遇而已。

不过，对于中国文化在当今世界文化格局中的地位问题，要做出一个能得到广泛认同的评估并不容易。我们看到，当张法先生等人提出中华性论的时候，东亚经济正处于高速增长期，并引发了儒家文化与现代经济发展之关系的讨论；而 1993 年亨廷顿有关“文明冲突”的

〔1〕就此问题，可参阅竹内好：《近代的超克》，李冬木、赵京华、孙歌译，北京三联书店 2005 年版。

系列文章的发表,又使“文化中国”俨然成为冷战后全球政治的重心。然而好景不长,20 世纪 90 年代末的金融风暴使亚洲经济神话一夜之间土崩瓦解,流行一时的东亚价值论骤然失去了依托。这一始料未及的结局,不仅证实了对文化实力进行评估的困难,还把这种评估中经济、政治、文化三项指标的内在冲突凸显出来。1996 年,刘康、王一川、张法三位学者就中华性问题所作的一个对话颇值得注意。旅居美国的刘康先生对中华性方案颇多疑虑,他认为在以西方尤其是美国为利益重心的全球化进程中,多元化不可能摆脱跨国资本利益最大化原则的制约,“文化中国”“东亚模式”恐怕很难独立自主地发展,甚至有可能成为将东亚进一步第三世界化的手段。〔1〕对此,张、王二位先生指出:中华性这个提法是从文化着眼的,在文化上中国并非第三世界,它能够掌握自己的命运,并对世界文化格局发挥影响。如果双方一个谈经济,一个谈文化,倒也还好,问题是,“第三世界”论者因为看重经济指标,导致对中国的文化影响力缺乏信心,比方刘康认为,“中国没有一个批评家敢说,我现在已经进入了跨国资本运作的中心,中国确实只是在文化想象引力场的周边”〔2〕,而中华性论者则不仅看好中国文化,对中国经济的影响力亦持乐观评价。这样一种评估的不对称,使我们不禁要问:在全球化时代标举中华性,究竟是水到渠成、顺势而为,还是在竭力以主动的文化姿态去平衡被动的经济姿态呢?要知道,

〔1〕张法、张颐武、王一川:《中国 90 年代文化批评试谈》,见《文艺争鸣》1996 年第 2 期。这也是美国学者阿里夫·德里克所持的观点,参见其《对“中国式资本主义”模式的反思》一文,收入其所著《跨国资本主义时代的后殖民批评》,王宁等译,北京大学出版社 2004 年版。

〔2〕刘康、王一川、张法:《中国 90 年代文化批评试谈》,见《文艺争鸣》1996 年第 2 期。

中华性的要害其实不在于独特性,而在于主体性,也就是说要以主动的姿态参与全球化进程。要获得这种主动,前提就是中华文化圈或者说“文化中国”已经掌握了巨大的资源,有着政治、经济、文化多方面的影响力。那么它到底有没有这样大的影响力呢?对此问题的肯定回答对于中华性论者是至关重要的,但他们又无法自说自话地做出这样的回答。

中华性与文化政治

必须承认的是,虽然我们倾向于把中华性看作一种无法选择的现实,并把这视为中华性论一项重要的理论创见,但在中华性论的提出者那里,他们实际上是把中华性作了两重运用:既是按照内在逻辑不断延伸的现实,又是一种面向未来的谋划。中华性论包括一系列文化构想,其核心就是“在世界性的基础上创造一种中国形象,在世界的话语中确立自己的话语”,“区别于中国的古典性和中国的现代性而走向一个开放的、创造的新世界”。[1] 由此,我们产生了这样一个问题:谋划如何作用于现实?把有关中华性的宏大构想明确地提出来,对于改变或者维持当前的文化形势能起到什么作用?或者,我们采用弗里德里克·詹姆逊的表述方式就是:“反对文化帝国主义的自然的防卫,是否需要公开的对抗行为,是否需要一种文化——政治的计划?”[2]

张法等先生没有正面回答这类问题,但他们当初所提出的有关“新知识型”的设想,表明他们认为中华性自我实现的最直接的途径,

---

〔1〕 刘康、王一川、张法:《中国 90 年代文化批评试谈》,见《文艺争鸣》1996 年第 2 期。

〔2〕 弗雷德里克·詹姆逊:《现代性、后现代性和全球化》,《詹姆逊文集》第 4 卷,王逢振译,中国人民大学出版社 2004 年版,第 367 页。

就是在学术思想领域内使现代性话语向中华性话语转型,从而使学术思想领域成为中华性新的生长点。学术不仅仅是要研究文化,它本身就是文化,当中国学术话语以标举中华性为基本德性时,“文化中国”也就抓住了一个庞大的资源。也就是说,中华性的远景目标已经找到了使之得以实现的最直接、最可靠的途径。这正是中国人文知识界提出中华性的最为核心的动因。

在中国人文知识界倡导中华性绝不会是应者寥寥的,事实上,在很多学科领域,“回归中国本位”的呼声已越来越响亮。不过,若想实现汉语思想界的整体转向,还必须凭借中华性这种“新知识型”本身的学理和价值优势来打动思想界。就此,论者提出,中华性可以成为应对当下这一相对主义、虚无主义时代的文化策略(所以在某种意义上中华性论恰恰是反“文化相对主义”的)。也就是说,当西方思想又一次陷入危机之时,中国文化应该再度出来救场。但是这样一种看法马上招致众多批评,其中,纽约大学张旭东教授的意见尤其引人注目。张旭东先生针锋相对地指出:“我觉得我们当前最紧迫的任务也许还不是一上来就去借助后现代、后殖民、后结构主义去想象性地参与一种消解的狂欢,仿佛这个世界真的已经没有什么等级秩序了,没有规范了,一切都是平等的,一切都是自由的,一切都是游戏性的,一切都是敞开的,各就各位,各得其所,所以我们现在可以回归中华性”,事实上,“在关键的时候,总会有一种决断性的东西出来,这就是价值论的时刻,是真正意义上的政治上的瞬间。”〔1〕

〔1〕 张旭东:《全球化时代的文化认同——西方普遍主义话语的历史批判》,北京大学出版社2005年版,第390页。

作为弗里德里克·詹姆逊的弟子，张旭东先生研究文化问题一直是从“文化政治”的思路入手的。什么是文化政治？他本人给出的解释是要“在法或法哲学的层面上重新思考文化问题”。[1] 我觉得更直截了当的说法就是把文化问题当作政治问题来思考。什么是政治？政治就是权力关系，是控制与反控制，领导与被领导。以此观之，中华性论的弱点就是抱着文化谈文化，张旭东先生认为它避开了一个关键问题，即“中国的现代性经验的内在秩序和政治上的优先安排”，而且，“尚未在世界历史的框架里系统地反思和分析中国现代性历史经验”[2]，还没有真正介入中华性概念所关涉的复杂的权力关系，没有在历史与价值之间建立起有机联系，就过早提出中华性是没有太大意义的。张旭东先生这种批评绝非无的放矢，在《从“现代性”到中华性——新知识型的探寻》这篇文章中，的确有“面对文化思想上的权力真空，各种新的思想在萌动、在产生”之类的论断。不过我们应该看到，这一失误在很大程度上已经为《中华性：中国现代性历程的文化解释》一文所补救。并不是因为这篇文章否定了“权力真空”的说法，而是因为在这篇文章中，有一个词得到了足够的强调：“政治精英”。这个政治精英概念，在很大程度上也就相当于张旭东先生所说的“regime”(他将其翻译为“统治当局”或者“统治形态”)，正是文化政治的核心。张法先生以这个词引领着他的历史叙述——正是中国的政治精英们主导着中国的现代性历程，即中华性，而这所带来的进一步的推论就是：中华性不是文化权力真空之后的产物，而是中国文化权

[1] 张旭东：《全球化时代的文化认同——西方普遍主义话语的历史批判》，北京大学出版社2005年版，第3页。

[2] 同上，第390页。

力机制的集中表达。张旭东先生认为,“regime”这样一个政治哲学的概念,是做文化研究、文艺理论研究或者文学史研究的学者常常忽略的东西,这当然是实情,不过,既然张法先生已经作了弥补,问题就又抛回给张旭东先生了:难道中华性不是附着在一种现实的文化权力之上的吗?难道它不是某种文化政治的产物吗?既然中华性不能置身于文化政治之外,那么它为什么不能要求把自己放到中心呢?如果我们像张法先生那样将现代性历程理解为现代世界中文化权力的争夺,并从种种西化主张中找到中华民族根深蒂固的中心情结,那我们是否应该恍然顿悟:原来,我们一直都是在文化政治的平台上演绎着现代性的历史。

我们看到,张旭东先生所想要建构的,是一个在内在学理和外在影响上都足以与康德—黑格尔—马克思—韦伯的主体论传统相抗衡的现代思想体系(而不是搬出古代哲学),而这除开走“继续西化”的道路,的确没有任何成功的希望。张旭东先生曾有一个“重返 80 年代”的提法,这种重返并不是对 20 世纪 80 年代无条件的肯定,而是说 90 年代学术思想应该成为一个文化思想史上的未完成时代的自我赎救。“换句话说,如果 80 年代西学讨论为某种隐晦的当代中国文化意识提供了一个话语空间,那么 90 年代中国文化批评的题中应有之义就是:通过对西方理论和意识形态话语的细致分析去破除思想氛围的幻想性和神话色彩,从而为当代中国问题的历史性出场及其理论分析提供批判意识和知识准备。”[1]这就是说,他所谓“重返 80 年代”,也就是要在作为“他者”的西学中停留得更久一些,中国思想界只有在西学中

〔1〕 张旭东:《批评的踪迹》,北京三联书店 2003 年版,第 107 页。

最大程度地失掉自我，才能“最大程度地收获更为丰富的自我规定的勇气和信心”。但是，对于中华性论者来说，经过一百余年的现代性历程，中国文化已在现代世界站稳了脚跟并成为很重要的一极，它今后的目标是要以和平的方式，在一个全球化时代继续保持它的影响力。如果我们对现代性的理解一直是西化的，那么我们会觉得向中华性的转向是一种撤退；但如果我们只是想以和平、宽容、海纳百川的姿态在全球化时代赢得一席之地，那么“由西返中”的方案就显得太过迂阔了。我们不能静待中国问题在西学的迷雾散尽后出场，因为争取有利的国际地位这个中国问题从来就没有退场过。诚然，我们需要通过他者来理解自身，但我们同时也要意识到，他者从来不在我们的世界之外。在我们满怀虔敬之心走向他者之前，我们已经与他者处于冲突与认同的权力关系之中。这不正是文化政治的题中之义吗？

张旭东先生的矛盾在于，一方面他认为文化政治就是把文化问题当作政治问题看待，另一方面他却又似乎认为文化政治就是把政治问题放在文化问题的中心位置。他反复地征引韦伯，就因为这位思想家向德国人提出了他们要做什么人，要使德国成为什么样的国家的问题。我们承认，韦伯的问题的确没有过时，中国人是应该反复地问自己究竟要做什么样的人，自己的社会究竟是野蛮社会还是法治社会，但我们一定要把它当作“文化政治”问题吗？我们为什么不就把它当作是政治问题呢？就像当年梁漱溟所说的，他研究中国文化，并不是抱着文化两个字空谈，他眼里只是政治经济两大难关，何曾另有一个文化问题？[1]

---

〔1〕参见梁漱溟：《中国文化问题略谈》，收入李凌己编：《梁漱溟学术文化随笔》，中国青年出版社 1996 年版。

我们也许可以说，张旭东先生有两种文化政治的观念：其一是古典的，即把政治问题视为文化问题的核心（约略等于我们常说的“政治文化”）；其二是当代的，即把文化问题视为当代全球政治的焦点。我觉得张旭东先生似乎游移于这两种观念之间，当他质疑中华性论的自我设计时，他所谈的是后一种文化政治；而当他以韦伯的告诫来警醒国人时，他又滑向了前一种。这种游移有时会使他的批评不够公正，比方他说中国总是宣称自己是一个文化大国，但因为缺乏文化上的决断力，所以我们拿不出类似“美国梦”这样真实可感的、富有魅力的现代文化产品——这个推导是有问题的，它实际是在以第一种文化政治意义上的原因，推导出第二种文化政治意义上的结论。“美国梦”不是美国的梦，而是世界的梦，是现代世界最为主流的生活想象，而美国不过是这一想象的最佳背景而已。这也就是为什么现在已不再有“欧洲梦”的原因。不过我们也必须承认，这两种文化政治的确是紧密关联着的，一个国家的文化认同或者说政治认同并不只是国家内部问题，因为自我的认同必然意味着对超出自我的某种价值标准的认同。也就是说，中华民族必须通过拥护什么和反对什么，来认识自身应该是什么。不难看出，这样的认同绝不只是单纯的认识，它本身就是行动。这一行动的发生，会影响到当代世界文化政治的格局。与这样一种行动的政治学相比，中华性论更多的是在强调中华性是一种无法选择的现实。但是什么样的现实才是真正无法选择的呢？——只有“我们是中华民族”这个现实。这并不意味着我们应该怎样表现得更像中华民族，事实上，有关民族性的种种设定如“天人合一”等等都并非不可动摇的现实，唯一不可动摇的是我们只能作为一个独立的文化主体去谋划自身。种种有关“共存”“对话”“特色”“创造”之类的言说其实都是在反复说明这一点。由于历史的和现实的原因,我们不得不作为独立的主体去选择自身应该成为什么样的国家,我们无可回避地要承担起一种文化价值的艰难抉择。当学者们提出一套中国传统的文化理想作为中华性的具体方案时,这个方案与西方化的现代性方案其实是处在同一个层次上。中华性论者认为我们首先是中国,然后才能现代;而"由西返中"论者认为我们必须通过西方式的现代成为中国。不管是哪一种,中华性都只意味着必须选择,而并不提供某种现成的答案。不过可以肯定的是,它必须同时认识世界和它自身并做出决断,这也就是当代意义上的文化政治。

"现代中国"的历史追问

这样一种自我与世界、现实与谋划、价值与行动的相互纠结,以及这种纠结所造成的内在紧张,某种程度上正推动了作为话语或者说思想的"现代中国"的历史。探究这个历史,是汪晖先生为自己设定的任务。

2004 年,汪晖先生历经十多年写作而成的《中国现代思想的形成》一书出版。作者一直致力于对中国现代性的研究,这一研究最初的动因是要批判韦伯现代性理论的普世化。韦伯认为中国缺乏与资本主义相适应的宗教传统,因而无法成为一个现代国家,这与黑格尔所说的中国缺乏理性传统因而不是现代国家可谓相映成趣。韦伯的观点在汉语知识界引起很多批评,汪晖先生 20 世纪 90 年代所著《韦伯与中国现代性问题》是其中有代表性的一篇。汪晖先生最基本的判断,是韦伯以理性化为核心的现代性理论并不适合中国语境:

> 语言与所指的相对稳定的关系是经由语言共同体的生活历史和交往实践而形成的，而理性化或其他概念与中国的政治、经济及文化内容之间根本不存在这样的历史约定。立于理性化的视野来观察中国历史，从语言角度看，是在能指与所指没有历史的约定关系的语言条件下，把理性化自身变成规范和描述工具。结果，经由这副眼镜所看到的中国历史除了一些基本的相似物以外，只能用排他式的方式来加以描述。[1]

这样一种见解，很明显支持了中华性论者有关现代性是将东方他者化的论断。所有的现代性都是特定的现代性方案，产生于特定的"语言共同体的生活历史和交往实践"之中，也就是说它们本不具有普遍性。但是理性的本性就是要求普遍性，这使得种种现代性理论在面对东方问题时往往采取削足适履的方式。这个逻辑是很清楚的。不过，如何彻底地打破这种他者化的逻辑，却不是一个简单的问题。仅仅做一些史实上的考证是远远不够的，因为我们所遇到的正是我们前面所提到的权力认识论的问题，这是一种深入思想内里的痼疾。汪晖先生的雄心，是要以四卷本的煌煌大著把权力认识论发生和运作的内在机制揭示出来。他在书中展现出中国现代思想生成发展的两条路径，一条源出于西方，一条源出于中国近代思想传统。《现代中国思想的形成》上卷第一部的题目为《理与物》，表明汪晖先生对中国本土现代性资源的发掘一直追溯到了宋明理学。不过，中国本土现代性思想的某种传统并不就等于中国的现代性，因为西方与中国这两条线索不

〔1〕 汪晖：《汪晖自选集》，广西师范大学出版社 1997 年版，第 33 页。

是截然分立的，而是在特定的历史情境中无可挽回地纠缠到了一起。正因为如此，作为话语的历史与作为事实的历史之间的微妙关系，也就在一定程度上转化为两种现代性话语之间的关系。汪晖先生希望能尽可能灵动地游走于两套话语之间，他知道他所面临的是一个“古老”的学术困境：他要展现的是中国式理性的发生和发展，而进行这一工作所使用的概念工具却只能是西方的。对此，我们只要看看汪晖先生对章学诚史学的评价就知道了——“这就是知行合一，这就是作为伦理与政治的反思的史学，这就是以史学形式出现的实践论。”[1]这是一种悖论式的处境，不管汪晖先生如何想避开先入为主的西方观念，他都不可能跳出“主体—反思”“实践—建构”的框架来谈现代性。而当他试图将哲学理路的内在转换（从“克己复礼”到“格物致知”）与伦理制度的外在变化联系起来时，我们似乎看到了康德伦理学或黑格尔法哲学所曾获得的解释学境遇。我们很难设想，假如没有西学或者说西方现代思想的参照，我们将如何言说宋明理学的现代因素；正如没有这个参照，我们也很难对之进行有效的批判一样。对于现代中国学术来说，这个问题或许太过一般化，但是汪晖先生既然要正面地展开对西方中心主义的批判，他就必须提供更圆满的解答。而就本文来说，如果国学的现代性必须在西学的烛照下方能显现，那么张旭东先生所设计的“由西返中”的策略就对头了。如果觉得这种策略无法避免西方中心主义，而我们又不想以中国中心主义去对抗它，那么唯一的办法就是找到一条彻底走出“中心主义”的路子。

我们看到，虽然汪晖先生因为悬设了韦伯作为论争对手，所以常

---

〔1〕 汪晖：《中国现代思想的形成》，北京三联书店2004年版，第486页。

常过分强调了“中国主体”,但他实际上已经把“中学”与“西学”这对矛盾放到了一个新的理论层面上,即“文化间性”。这个概念同样是在《韦伯与中国现代性问题》一文中提出来的。在这篇文章里,汪晖先生依据哈贝马斯的交往理论,以公共空间和生活世界重建了语言与所指的稳定联系,但这不是让他一步跳回中华性,而是启发他将主体间性的概念进一步推演为“文化间性”,因为交往理论的宗旨就是要突破各自封闭的主体性,走向主体间性,也就是说,不再是先在的主体决定意义,而是主体间性与意义在交往中一起生成。由此,中国的现代性既“不仅仅是中国社会的内部问题,也不仅仅是外来的文化移植,而是在不同的文化和语言共同体之间的互动关系中形成的”。[1]

这样一种观念需要方法论上的有力支持,也就是说要获得一种能够演绎文化间性的言说方式。汪晖先生为自己设定了两个相当困难的目标:“第一,力图在各种力量的相互关系中历史地理解思想、命题和知识,而不是将思想、命题和知识视为自足的体系;第二,不仅将儒学和其他思想作为历史及解释的对象,而且也将之视为活的以及构成性的力量。”[2]这两个目标的实质是使话语与现实结成历史的、辩证的动态关联,以同时避免历史的决定论和观念的决定论,这恰好与他的跨文化书写相配合。汪晖先生不是要从西方还原到中国,而是要将已趋凝固的话语系统还原为真实的历史情境中理性建构的动态过程,只有这样才算是成功地批判了韦伯。当汪晖先生为自己设定真实的历史情境作为描述的对象时,他是在以一种极端复杂的方式去接近一

---

〔1〕 汪晖:《汪晖自选集》,广西师范大学出版社 1997 年版,第 35 页。

〔2〕 汪晖:《中国现代思想的形成》,第 3 页。

个被认为是无法企及的目标：通过反复地、甚至可以说不厌其烦地演练话语与现实的辩证法，跨文化叙述的困境有可能同时呈现，新的历史描述以其所展示的全部复杂性，成为晦暗历史的回响。

从以上对中国思想界有关中国的现代性问题的三种思路所进行的梳理，不难看出它们都极为重视历史研究。的确，历史是理性得以展开的地方，回到历史就是回到理性的原生态，研究文化、思想的学者都明白这一点。汪晖先生所做工作的独到之处，在于把历史的历史化作为主题，力图在中国与西方之间、现实与话语之间，构建起更辩证、更开放的历史关联，以揭示中国现代性思想谱系的动态生成。对大多数中国知识分子来说，这种思路虽然难度很大，却是最学术也最可操作的，而前两种思路最后都要对群体的文化认同作并不可靠的诉求。不过，这种差别不是绝对的。历史研究不是逃避现实难题的借口，假如我们未能充分介入现实并深刻体验到面向未来进行价值抉择的难度，也就无从理解中国本位和全盘西化、相对主义与普世主义以及“事实”与“话语”等概念的真实内涵和复杂关系，从而无法真正地理解历史。因此，我们必须把汪晖先生的研究向前再推一小步(这显然符合他本人的意愿)，以使历史研究直达当下生活——中国的现代性不仅过去是文化间性的，现在依然也是，话语与现实富于张力的辩证运动打通了过去、现在与未来。如果汪晖先生的工作只是为反对西方中心主义增添一个砝码，那么这价值还是相当有限的；而如果我们将汪晖先生的思路一直推进到对当下中国文化境遇的分析，那么就有可能来到一个为张旭东先生反复渲染的情境中：我们必须做判断，我们必须做决断，我们要通过存在的决定成为特定的人——因为我们将所有先在的话语都还原为历史的建构，从而使决定无所凭依，或者更准确地说,使凭依历史化,于是成为真正意义上的决定。张旭东先生之所以对中华性论以及其他中国本位论缺乏好感,是因为在他看来后者既然“有本可依”,自然也就用不着决定了,而逃避决断、不敢决断,正是政治上不成熟的表现。但是张旭东先生的姿态明显过于急切了,他把勇于决断视作一种稀有的德性,然后把主要精力放在对这种德性的鼓吹上。其实,我们完全可以套用他自己的逻辑说,决定是不可能逃避的,因为文化政治的真空并不存在。也许更重要的问题还是如何决定,正如张旭东先生在《重返 80 年代》一文中所提出的问题:如何才能通过对西方理论和意识形态话语的分析,为当代中国问题的历史性出场及其理论分析做好准备?成熟不只是一种姿态,知识分子必须有足够的敏感和能力,可以不断地将已有的价值标准和概念范畴历史化,从而使当代成为未完成的历史,使我们的时代境遇成为不折不扣的困境。知识分子没有能力一劳永逸地为所有人提供一个稳定的文化认同,而只有通过清理和批判中西方既有思想资源,将更多的人带入中国问题的复杂状况之中,带入他们所立足的现实和一直在进行的抉择之中。

高友工“美典”说的三个向度[1]

近年来，海外中国文学研究界有关“抒情传统”的论述引发广泛关注，原普林斯顿大学高友工教授(1929—2016)亦被纳入此论述的脉络之中。高友工既熟习各家文学理论且能融会贯通，又对中国古典文学有全面的研究和深刻的见解，其论述体大思精，在华人文学研究界广有影响，几乎开启了一个学派。[2] 2008 年，高氏论文集《美典：中国文学研究论集》在中国内地出版，更引发新一轮研究热潮。[3] 众多学

〔1〕 本文原载《文化与诗学》2013 年第 2 辑。

〔2〕 参见柯庆明、萧驰主编《中国抒情传统的再发现——一个现代学术思潮的论文选集》“导言”，台湾大学出版中心 2009 年版，第 6 页。

〔3〕 参见高友工：《美典：中国文学研究论集》，北京三联书店 2008 年版。

者从不同角度出发，就高友工的主要观点展开探讨，发扬者有之，质疑者有之，修正者有之。[1] 讨论的焦点，集中于中国文艺传统能否统摄于“抒情传统”以及此种传统如何走入现代[2]，立论依据是论者有关中国文艺发展进程的不同描述。笔者并无野心在此问题上贡献新见，而只是就一个相对“技术”的问题有所讨论，即：高友工提出“美典”一名，究竟有何价值？

一、经验、意识与批评美学

首先要指出的是，美典由美学而来，在英语中它们是同一个词，“aesthetics”。虽然高友工曾尝试以“esthetics”翻译美典，以示与“aesthetics”的区别[3]，但大多数时候他还是在同一个美学下做文章：[4]

---

〔1〕尤其值得注意的著述有蔡英俊主编：《中国文学的情感世界》，黄山书社2012年版；柯庆明、萧驰主编：《中国抒情传统的再发现》，台湾大学出版中心2009年版；陈国球：《从律诗美典到中国文化史的抒情传统——高友工“抒情美典论”初探》，台湾：政大中文学报，2008年第10期；龚鹏程：《成体系的戏论——论高友工的抒情传统》，台湾：清华中文学报，2009年第3期。另外，董乃斌教授主编《中国文学叙事传统研究》一书（中华书局2012年版），明显有“纠偏”之意，值得参考。

〔2〕这方面最引人注意的论述是王德威：《抒情传统与中国现代性——在北大的八堂课》，北京三联书店2010年版；王德威：《现代抒情传统四论》，台湾大学出版中心2011年版。

〔3〕《美典：中国文学研究论集》，第85页。

〔4〕《美典：中国文学研究论集》，第90—91页。在《律诗的美学》一文中，高友工有此注释：“‘美学’一词在当代作品中有诸多不同的用法，此处我遵循了宇文所安在其《中国诗歌的伟大时代：盛唐》（纽黑文：耶鲁大学出版社，1981）中的用法。”（《美典：中国文学研究论集》，第260页。）宇文所安在其著作中多有“盛唐美学”“初唐美学”“律诗美学”“对仗美学”之类提法，正是所谓“艺术的典式范畴”。

> 西洋美学(aesthetics)一词通常译作美学,是作为哲学中的一门,但此词另一用法常用以指一个创作者甚至欣赏者对创作、艺术、美以及欣赏的看法,故实当译作“创作论”或“审美论”,可以简名之为“美论”或“美观”。我则认为这套理论在文化史中往往形成一套艺术的典式范畴,因之称之为“美典”。

简单地说,美典是在文化史中自然形成的对美与艺术问题的某种共识,此共识不必以理论的方式呈现,甚或完全可以是“集体无意识”,即“不必是个人有意识的分析结果,它可以是无意地蕴藏在作品本身,而经由对作品的欣赏而传播”。[1] 高友工之所以要把美典从美学中剥离出来,很大程度上是因为他不希望美典是哲学的。哲学之所以可疑,倒不在于它是概念性的,而在于它对经验一直持怀疑态度。从德国先验美学开始——甚至可以上溯到柏拉图——美学就注意保持纯粹的哲学逻辑,以便与鲍姆加登式的“感性学”路线区分开。在康德等人看来,美学不应对趣味作哲学提升,而只应关心讨论美与艺术所使用的语言和逻辑,因此是一种纯粹的反思。此逻辑在英美分析哲学那里继续推进,分析哲学家普遍认为有关美与艺术的种种形而上学探讨只是语言的误用,甚至康德所重视的有关审美经验的思辨亦缺乏哲学所需要的明证性,倘若易之以客观、分析的语言,便可以摈弃大部分伪问题。

然而,这类观念在高友工的时代已受到挑战。高友工有关美典说的主要论述从1978年返台讲学开始,此时理查德·罗蒂的《哲学与自然之境》即将出版(1979),美国哲学界“实用主义复兴”的暗潮涌动。

---

〔1〕《美典:中国文学研究论集》,第90—91页。

新、老实用主义者皆自称“彻底”或者“纯粹”的经验主义者，强调经验是开放的、连续的整体，不能被理论反思所束缚和简化。也正因为重视审美经验的整体，高友工谨慎地拒绝了“艺术理论”(theory of art)这一名号，他认为自己的论述虽然一直紧扣具体艺术对象展开，但他所关心的不是作为客观对象的艺术的本质，而是创作者的个人体验，他相信只有在此体验中能找到各种艺术门类的共同的结构。〔1〕他赞同其他论者的判断，当时美国的艺术理论受分析哲学影响，太过纠结于艺术本质问题(如阿瑟·丹托、乔治·迪基等人)，却忽略了审美兴趣的价值等更为根本的问题。他宣称：“美学兴趣，就其作为审美的理解和经验而言，就是我的研究对象。”〔2〕

而要研究经验与价值问题，就不能只是依靠分析，高友工相信价值问题是不能仅由语言分析解决的，分析哲学为维持观念的清晰，不惜创造一套繁文缛节，只能使问题更加复杂。〔3〕由此，高友工在“分析语言”之外另立“象征语言”：“如果说‘分析语言’是外向的，追求一个外在的、客观的、绝对的真理，那么‘象征语言’是内在的，只求创造一个内在的、主观的、相对的想象世界。”〔4〕后者显然更契合于审美经

---

〔1〕高友工的立场非常接近于杜威。杜威宣称它要探究的根本就不是关于审美的理论，后者太过哲学了。他抱怨整个以艺术哲学和美学为名写下的东西都没有让他感到有多少收获，他从艺术评论家那里得到的教益远远多过哲学家正经八百的论文。John Dewey, "A Comment on the Foregoing Criticisms", *The Journal of Aesthetics and Art Criticism*, Vol. 6, No. 3 (Mar., 1948), pp. 207 - 209.

〔2〕*Words and Images: Chinese Poetry, Calligraphy, and Painting*, edited by Alfreda Murck, Princeton University Press 1991, p48. 中译本见柯庆明、萧驰主编：《中国抒情传统的再发现》，第 588—589 页，引用时有改动。

〔3〕《美典：中国文学研究论集》，第 7 页。

〔4〕同上，第 13 页。

验,因为"求美"与"求真""求善"不同,"后者是外求,而真美是创造的想象在内在观照中体现"。[1] 所谓内在观照,指向一种解释与观照相互交替的连续的经验过程。"我们不断地解释材料,以期把握住材料的各种层次上的意义;而这意义(可以是客观的,也可以是主观的)同时都涵蕴了我们的美感价值。在解释过程中,我们所期望的是对对象的所有有关意义与价值都能把握住;而在这过程中我们时时停留,综合所知所感,把握到的片段材料,形成一个整体的感象。"[2]此时我们既把握到了对象的价值,又觉得自我置身于"感象"之中,这就是"观照"和"内省",即美典的认识论——认识的对象是审美经验,对此经验的认识又汇入经验。在这方面,为高友工提供了直接启示的是现象学批评,即高友工所谓"意识批评"(critics of consciousness)。[3] 后者的逻辑是批评者在对象中领悟到一种精神结构,当此领悟发生之际,批评者的主体性亦被纯化和提升,由此批评既是描述,又是介入。[4] 总而言之,批评是一种创造,"艺术家把他的'心境'写成了'诗';而批评家把他读'诗'的'心境'写成了'诗评'。故此浓缩却仍然是感性的。"[5]或者用布莱的话说,"发现作家们的我思,就等于在同样的条

---

〔1〕《美典:中国文学研究论集》,第 15 页。在做这类探讨时,分析哲学家奥斯丁的"言语行为理论"显然给了高友工以有力的支持,"述行语言"的核心理念是言与行的统一,描述、言说与行动、体验并非二事。这一理论渊源高友工自己也有交代,参见《美典:中国文学研究论集》,第 89 页。

〔2〕《美典:中国文学研究论集》,第 36—37 页。

〔3〕《美典:中国文学研究论集》,第 80 页。此术语来自于布莱。参见乔治·布莱:《批评意识》,郭宏安译,广西师范大学出版社 2002 年版,第 268 页。

〔4〕乔治·布莱:《批评意识》,第 255—256 页。

〔5〕《美典:中国文学研究论集》,第 82 页。

件下,几乎使用同样的词语再造每一位作家经验过的我思。”[1]

当高友工说批评应是批评家心境的外现时,他已经在讨论抒情传统的问题。引起他特别重视的是中国传统的风格批评,他认为这种批评是“最真挚而深入的批评”,并将其称为“抒情式的批评”,“不但因为它所最适宜的对象是这‘抒情传统’中的文学作品(尤其是抒情诗);而且因为它的创造也同于‘抒情过程’本身。”[2]这种“抒情式的批评”与美典的关系,其实是一而二、二而一的。诚然,高友工将美典分为抒情和叙述两大类,但是他很难将叙述美典解说完满[3],其原因不仅在于他本人更善于或者更习惯于以抒情的逻辑解说中国文艺作品,还因为他认为文学批评究其根底来说必须是抒情式的,这样才能重新进入作者的审美经验。“抒情美典是以自我现时的经验为创作品的本体或内容”,“它的目的是保存此一经验”[4],这个目的对作者和批评者来说同样成立。抒情美典和叙事美典对他来说代表了两种批评态度,“相信抒情美典的读者必须希望能重新经验原始的创造过程,而相信叙事美典则集中在诠释过程,甚至于创作过程本身亦只是诠释的材料而已”。[5] 所以当高友工说中国文艺的主流是抒情传统时,首先是因为他认为必须遵循抒情美典的逻辑,才能够重新进入中国文艺的传统。我们虽不能断言叙事性文艺没有自身的传统,但是不能以叙述美典的逻辑构建这一传统,因为叙事美典是解释作为客观存在的文艺作品,

---

〔1〕 乔治·布莱:《批评意识》,第 266 页。

〔2〕《美典:中国文学研究论集》,第 82 页。

〔3〕 高友工解说美典的内在逻辑时基本上就是在谈抒情美典,“至于叙事美典则只会作为对照而偶然提及”。参见《美典:中国文学研究论集》,第 94 页。

〔4〕《美典:中国文学研究论集》,第 93 页。

〔5〕 同上,第 94 页。

要将这些形态各异的作品统一到一个传统中并非易事,即便能够统一也很难将研究者的主体置入;但是反过来,如果我们将目光向内转,在作为整体的审美经验中求统一,以此一主体性沉入彼一主体性,最终达到一种超越性的主体性(或用布莱的话说是"没有对象的主体性"),则一个活的传统便呼之欲出。

综上所述,美典的第一个向度是一种批评美学:凭借对文艺发展的整体过程及与之相表里的作家创作心理的领悟,以解释与直观相统一的批评方式,将特定作品带入活的、连续的审美经验之中。此种批评的理想状态,便是"在经验中把握经验",后者"既不是纯知性的认识,又非纯感性的感觉","不是反省中的重新感觉和结构分析",而"可以说它是反省的反省"。[1] 应该说,高友工的话说得很到位,且能一以贯之,但这注定是个聚讼纷纭的题目。比方我们问,现代"意识批评"与中国传统的风格批评差别有多大?以直接把握经验为宗旨的批评,是否真能更为直接地把握经验?究竟有没有并非"抒情式"而又能把握审美经验的批评路径?

二、抒情、程式与文类诗学

相对笼统的批评理想,最终要在对特定研究对象的考察中落到实处。不管抒情传统如何海纳百川,抒情诗总是抒情美典的重心。高友工对抒情诗的分析,颇受结构主义影响,尤其得益于乔纳森·卡勒《结构主义诗学》一书论抒情诗的一章。高友工从此章中借来了"inscape"

---

〔1〕《美典:中国文学研究论集》,第 99 页。

一词，将其译为“境界”或者“内境”，其功用是作为一个悬置的目标，引导审美走向“价值”与“现象”的统一。他欣赏卡勒对此概念的解说：“在意义彻悟的瞬间，形式呈现为整体，表层表现了深层。”〔1〕解释的过程以顿悟结束，正是高友工所需要的“抒情式批评”。而之所以能达成此境界，是因为批评必须经过经验的中介，即以个人作为经验主体，以“心象”(internal object)与“心志”(intention)的结构体来反省和解释材料。这可以称得上是一种美国式的结构主义，既是经验论，又是结构论。在这方面，卡勒的确值得借鉴，因为其结构主义诗学有一个核心概念即“文学能力”(literary competence)，此概念所强调的是这一事实，文学作品之所以有意义，“乃针对读者吸收内化了的某种阅读程式系统而言”。〔2〕所谓程式系统，与高友工所说的“典式范畴”相当接近，它是规则，但这规则是反思性的，它不是强制而是潜移默化地影响着阅读。在结构主义者看来，“从诗学观点分析诗歌，就是具体阐明使诗歌语言纳入与普通语言不同的目的论或最终归宿的程式性期待究竟包含了什么，而这种期待或程式又如何产生了形式手法的效果，以及为诗歌所吸收同化的外部语境的效果”。〔3〕

卡勒认为，就抒情诗的阅读而言，至少有以下几方面的程式发挥着作用：其一，通过距离与指示词，进入一个区别于现实时空的诗的情境；其二，对于完整性或内在连贯性的期待；其三，对诗之为诗的潜在意义的期待；其四，遵循特定修辞形式的指引，以读者的阐释参与意义

---

〔1〕《美典：中国文学研究论集》，第 36 页。参见 Jonathan Culler, *Structuralist Poetics, Structuralism, linguistics and the study of literature*, Routledge, 2002, p205.

〔2〕乔纳森·卡勒：《结构主义诗学》，盛宁译，中国社会科学出版社 1991 年版，第 177 页。

〔3〕《结构主义诗学》，第 245 页。

的生成。[1] 其中的第三种程式即对潜在意义的期待又可分为两类，一类是"把任何描述性的抒情短诗看作是一种瞬间的顿悟"[2]，"inscape"正由此而来；另一类则是"将诗读作关于诗本身的陈述"，也就是说，读诗者不仅明确地意识到自己在读诗，还能意识到自己有可能在读一首传达作者之诗歌观的诗。[3] 这两个方面实际上形成了领悟与反思的统一：我们既按照诗的程式去领悟，又明白自己在按照诗的程式去领悟。第四个程式则是非常典型的"读者反应批评"。读者意识到一首诗所包含的种种修辞手法，比方隐喻、分行、空白等，然后按照这些修辞手法的指引去阐释作品，去构建诗歌的深层意义。比方说分行，读者读到一行末尾时，会"试图把停顿前的语序都成一个整体"；"然而停顿之后，却又发现方才的结构实际上不完整，于是，停顿前的语言成分在新的完整结构中必须重新赋予功能。"[4]此类调整不是终于找到正确的解释，而是误会与调整的过程本身就在诗的程式的引导之下，诗的微妙意味往往由此生发出来。

我之所以不厌其烦地引述卡勒，当然还是为了更好地理解高友工。卡勒对四种程式的解说，在高友工的论文中皆有应用。事实上，高友工的唐诗论，曾被一些论者作为结构主义批评方法的代表。[5] 正因为有此基础，高友工的美典说，作为一种文类诗学，在如何理解特定类型的文学作品的文体形式方面极具建设性。与很多人不同的是，

---

〔1〕《结构主义诗学》第八章"抒情诗的诗学"，本文根据相关内容重新概括了四个方面的程式。

〔2〕《结构主义诗学》，第 261 页。

〔3〕同上，第 265 页。

〔4〕同上，第 276 页。

〔5〕参见陈国球：《从律诗美典到中国文化史的抒情传统——高友工"抒情美典论"初探》。

高友工于唐诗中特别推崇律诗,而这显然与一种理论兴趣相关。让他时时惊叹而兴致盎然的,是“诗人是要在这个固定的规格的空间中摆弄它想象的世界”〔1〕,形式上的每一点束缚都同时使形式本身获得意味,或者说使形式成为内容。值得特别注意的是,在一篇专论“律诗美学”的文章中,高友工指出杜甫律诗的尾联之所以动人,是因为它们“已不再是一种理想化的生活境界的反映或重申”,而是将诗人的注意力重新引到当前的个人处境上,这“无异于再次痛苦地提醒他面对其困境”,从而对“抒情自我与宇宙大地——或者说更广阔的历史与文化背景——之间的关系”做出估量。〔2〕这种人与宇宙的交流不仅仅是一种独特的诗境,而且——高友工引用宇文所安的说法——“揭示了超越其特殊表现的一种统一的诗歌本质”。此时高友工再次提出所谓“境界”的问题,在他看来,不管是初唐式的外物印象与内心世界的偶然结合,还是王维对那个近乎于“无”的理想境界的把握,抑或是杜甫这种自然与历史的交汇,虽然境界的表现不一,本质上却都是卡勒所谓“inscape”,即在一个豁然顿悟的时刻,使形式转化为内容,表象转化为意蕴。〔3〕

海外汉学家的一大优势在于,由于具有跨语际、跨文化的文学体验与学术视角,他们在阅读中国古典诗歌时,对“程式”的感知有可能比国内学者更为敏锐。这一敏锐的前提,是研究者始终保持对“文体”本身的关注,即不仅仅是“这首诗”,还是“这样一种诗”。我们会注意到,高友工本人以及他所开创的“抒情传统”一派(尤以蔡英俊、吕正

---

〔1〕《美典:中国文学研究论集》,第124页。

〔2〕同上,第258页。

〔3〕同上,第258页。

惠、萧驰等人为代表),无不重视文类研究。所以与其笼统地说美典,不如说诗美典、词美典、戏曲美典、小说美典、绘画美典等等,甚至还可以进一步细分到律诗美典、小令美典、长调美典之类。此外还有一个问题值得注意。如前所说,在高友工美典的逻辑内,叙事难以与抒情分庭抗礼,因为叙事美典的逻辑难以解说领悟与观照的统一。不过,高友工很愿意将"外投"性的叙事美典作"内向"化的解释,而他解释的路径就是将形式结构推向前台,以唤起对文类本身之意味的领悟。比方他讨论《红楼梦》与《儒林外史》,所强调的是小说如何既竭力维持一个抒情世界,又对之产生了深刻的怀疑,"虽然曹、吴皆判知时间必然的侵蚀与对真实的怀疑将严重动摇生命的整个境界,他们仍愿意有保留地依附于此一破损的生命境界;在危难中此境界仍慰他们以抒情的喜乐。当此二作者给出片段的境界或幻象,二人同时也对我们真诚地表白了他们破碎的希望。"〔1〕这番解说颇可与卢卡奇、本雅明、巴赫金等人的小说理论同气相求,其辩证关系立于旧文类传统的破碎和新文类传统的建构。尤其值得注意的是,高友工分析了两部小说的结尾,他认为两书结尾都是在对创作过程本身做反省。其中,《儒林外史》的结尾以长调"再次道出他对自己生命中抒情境界的不衰信仰";《红楼梦》的结尾则以两段曲(两首诗)作结,"道出人生之苦,文字之荒唐及作者之痴",高友工认为,"我们可视二诗作为一形式化意象结构的命题式结论——此形式化意象结构即为全书之主体"。〔2〕所谓"形式化意象结构",就是形式的整体结构在顿悟中建立,此时叙事作品便被抒

〔1〕《美典:中国文学研究论集》,第 304 页。
〔2〕同上,第 303 页。

情化，读者的阅读感受也得以汇入审美经验。这类分析是高友工最显才情之处，虽然具体结论很容易引起争议〔1〕，但是就文学研究来说，但凡在形式与内容的辩证关系上投入足够心力，往往能取得丰厚的回报。此处我们无需细察具体论断的是非，只需明白高友工美典说的核心理路即可。

三、历史、传统与文化哲学

高友工认为，美典是“某一人群、族群甚至于某些个人对于艺术品的反映和评价，而这种评价往往或明或暗地显示一些原则、典范”，“讨论这种问题的往往是历史学者、人类学家”，而非像康德、黑格尔那样的哲学家。〔2〕说不是哲学家是可以理解的，但说让“历史学家、人类学家”来研究美典，倒也不必太当真。美学家但凡做文化比较的大题目，总是人类学先行，历史学继后，仿佛两大学科的实证研究足以解释特定族群的审美习性，实则这类研究受制于二元对立的模式，往往先有结论再有理由。高友工首次提出抒情传统的论题时，已坦陈自己对中西文化比较这个题目没有太大的兴趣，他想做的只是考察几种不同的思辨、表现方式在某一特定文化传统中的存在和发展的状况。〔3〕

---

〔1〕龚鹏程对高友工就不同文类形式所作具体分析大多都不赞成，认为高氏往往以偏概全，其结论不耐推敲。（参见《成体系的戏论——论高友工的抒情传统》）。这一批评自成其理，不过高友工在此问题上有足够的自由度，可以按照自己对某一文类的理解来分辨主次源流。何况，他的分析方法和具体结论虽不足以说服龚先生，却总能给一些学者以启发。

〔2〕《美典：中国文学研究论集》，第 306 页。

〔3〕同上，第 88 页。

他大方承认,各种表现方式在它最简单的形式阶段可能(而且必须)在任何一个成熟的文化中出现,无论是哪一种文化,"经验""知识""艺术"都是必有的观念,而"和谐"与"相持"也是必要的价值。只不过文化的演变日趋复杂,各种条件的交综错离形成无数的文化的"复合结构",这就不是每一个文化都能共有的了。〔1〕由此,对美典的研究便是"忠实地描写这些结构,而观察它们在一个文化中的相互影响与排斥,以及它们的消长兴衰"。〔2〕

就文化问题而言,所谓"忠实地描写",并不意味着亦步亦趋地蒐集史料。历史并非不言自明,若无主动的建构,则无整体的叙述。高友工的文学研究,尤其是文类研究,受到诺斯罗普·弗莱的直接影响,后者"以研究来做批评",即构建某一体类的整个的形式发展的过程,以此来把握特定作品的形式与内容。弗莱强调,批评家应该"构筑起一个自己的观念世界并生活在其中"。〔3〕这话透露出弗莱的文化理想,他相信作为总体的文学(而非个别作品)本身是"一个独立自足的天地",能够成为"参与文明建设的伦理工具",而不仅仅是审美思考的对象。〔4〕这一信念想必能够得到高友工的认同。在后者看来,"抒情诗这一传统,律体这一典型至少表现了部分中国文化的理想","对某些人来说,在其最高的境界一首圆满的律诗体现了一种生命的智慧。在这一时际,美感已由快感逐渐经过了'形式结构美'的过程,进入了

---

〔1〕《美典:中国文学研究论集》,第 88 页。

〔2〕同上,第 88 页。

〔3〕诺斯罗普·弗莱:《批评的剖析》,陈慧、袁宪军、吴伟仁译,百花文艺出版社 2006 年版,第 17 页。

〔4〕诺斯罗普·弗莱:《批评的剖析》,第 516—517 页。

‘境界’的美”;“这‘境界’的美之所以能震撼我们,正是因为它含蕴了(而未必明言)这生命的理想与意义。”[1]高友工做出此类具有文化哲学意味的论断,显然不是拘泥于特定作品,而是以对抒情传统的发展历程的整体建构为前提;而当他说“中国文化史中的抒情传统”时,便是希望以抒情传统的历史撑起中国文化史一个至关重要的维度。[2]

当高友工展开有关中国抒情传统的历史叙述时,我们不仅能联想到弗莱,还很容易想起黑格尔。高友工有关中国抒情传统的宏大叙事,可以看作黑格尔美学讲演录的一个现代版本。它包含了一个历时性的结构,从“先秦以迄六朝美典之萌芽”,即对审美经验的发现与强调;到“唐之律诗及草书二美典之对应”,即“意境”与“气势”的矛盾关系;最后到“五代及宋之绘画美典的合流”,即以文人画作为抒情美典的最高代表。其所展示的艺术谱系虽与黑格尔的描述不尽相同,内在的逻辑关系却同样清晰。甚至于高友工谈到中国抒情美典之萌芽,以音乐作为象征性语言的代表,也能让我们联想到黑格尔从象征型到古典型到浪漫型的递进。但是高友工与黑格尔有一点重要不同,黑格尔不觉得有区分中西的必要,他认为自己是站在人类的立场上发言,高友工则显然摒弃了此类自以为是。他认为正是因为将个人的艺术经

---

〔1〕《美典:中国文学研究论集》,第89页。

〔2〕陈国球先生指出,若仅以抒情美典与叙事美典两相对照,很难解释在“历时”层面的种种演化,故而高友工把视野放宽,以“美典”在文化史中的变迁来把握文化传统中的“抒情精神”,而以“抒情传统”的理解作为他的理论探索的更高目标。他进一步揣测,之所以高友工将英文论文《中国抒情美典》的中译本改题为《中国文化史中的抒情传统》,应该也是基于同一考虑。这一揣测极有见地。参见《从律诗美典到中国文化史的抒情传统——高友工“抒情美典论”初探》。

验等同于一切艺术经验的旧习,使得美典与美学两个词在西洋语言中混为一谈。高友工的态度是,"个人、团体或文化的在欣赏或创作时的理想或典范正可以美典一词概括","中国文化中有各种不同的美典,而且有与其他文化不同的美典";"我们可以讨论中国文化中的美典,而不能讨论中国美学(自然这不包括中国学术上的美学研究)"。[1]所以,当高友工选择美典而非美学来进行有关抒情传统的探讨时,他是有意识地要寻找恰当的策略来应对古今中西的难题。他提出一个"较普遍、抽象的理论架构",以便使"历史性的叙述不至于流于支离琐碎,局限在某一个特定文化的范围中,失去理论解释的可能性"。[2]他先以"外在目的"和"内在经验"的二分法作为探讨审美活动时普遍适用的框架,然而才是不同文化的不同"抉择"。他相信中国文化(至少在艺术领域中)是外在的客观目的臣服于内在的主观经验,研究抒情传统就是研究"一个内向的价值的论及美典如何以绝对优势压倒了外向的美典,而渗透到社会的各阶层"。[3] 然而,即便我们基于特定文化做出一个选择[4],也必须使此选择保持为一种选择,从而为他种选择留出空间。美典相比美学的优势在于,当作为抽象思辨的美学陷入普遍性知识与地方性知识的两难时,美典可以作为一种"自觉的地

[1]《美典:中国文学研究论集》,第306页。

[2] 同上,第90—91页。

[3] 同上,第95页。

[4] 文化的选择首先在文化的内部发生,所以高友工必须做此说明:"我之只引'抒情'为例是因为此一传统在士大夫圈子中占有绝对优势,因此有力地影响了大传统的发展。而且我们现在所谈着重的是'文化理想'、'文化价值',对于能表现一个理想世界的思想与体式自然最有兴趣。"(《美典:中国文学研究论集》,第88页)这一选择在价值取向来说并不是天经地义的,也难以被简单地视为历史事实,唯其如此它也就是真正意义上的选择。

方性知识”而存在，因为它既是观念，又是习性；它不需要强求普遍性，但它能够理解普遍性（区别于单纯的趣味）。我认为此种意义上的美典是高友工另一层面的文化哲学，其核心不是某种人生境界，而是一系列协调文化矛盾的策略。〔1〕

在这一点上，陈世骧和高友工大可互为阐发。以陈世骧而论，他所确立的基本事实是“西欧拿史诗和戏剧为主要探讨对象，它着重冲突，着重张力，因而演成后世酷爱客观地分析布局、情节和角色的癖好”；“至于中国，它的正派批评则拿抒情诗为主要对象。它注意诗法中各个擘肌分理、极其纤巧的细节。它关注意象和音响挑动万有的力量。这种力量由内在情感和移情气势维系，通篇和谐。”〔2〕这分明是一个二元对立的格局，但是当陈世骧由风格的描述跃进到本体的思辨时，便开始主动谋求中西对话。他引入浪漫主义的诗歌观，将英国诗评家德林柯瓦特“抒情诗（lyric）和诗（poetry）是同义字”的言论与柯立律治“不管散文或韵文，所有成功的文学创作都是诗”的论断整合，得出结论：所有的文学传统“统统是”抒情诗的传统。在完成了此种“普遍、抽象的理论架构”之后，陈世骧又回过头来深究中国艺术的

〔1〕高友工在此问题上的看法使他接近于当代实用主义者理查德·罗蒂。后者认为，哲学家并不善于表达本民族、国家独一无二的经验，那是小说家和诗人的工作，后者能够有益地创造出一种民族的文学，在那种文学中融入了关于他们生活于其中的民族的产生和发展的叙事。但是哲学家不善于讲这类故事，他们往往会把故事讲得很僵硬，就像黑格尔和海德格尔告诉德意志人关于他们自己的故事那样。如果哲学家能做点什么，那就是“在民族之间建立起桥梁，擅长于在世界范围的创造性之间建立起桥梁”，“哲学家不应该努力成为社会和文化的先锋，而应该满足于过去和未来之间的和解”，“他们的工作是把古老的信念和新的信念融合到一起去。”参见海尔曼·J.萨特康普编：《罗蒂和实用主义——哲学家对批评家的回应》，张国清译，商务印书馆2003年版，第264、269页。

〔2〕《陈世骧文存》，辽宁教育出版社1998年版，第5页。

特性。他从中国有关“兴”的言说入手，将“兴”定义为“上举欢歌”，其精神为“回旋往复的旋律与意象”[1]，它打通了形式与内容，艺术与人生，自然与自由，由此便实现了“原初”与“本体”的统一。最后，陈世骧还由中国抒情传统推演出新的诗歌诠释学，即着眼于体会诗中那种“熔韵律、意义和意象于一炉的强力”，而不再执着于探究寓意，既摆脱中国式的道德附会，又“避免卷入现代修辞学家动辄以‘隐喻’、‘明喻’为基准所从事的辩论”。[2] 此种诠释学显然与西方新批评的理念声气相通。以上运思过程，兼顾普遍原理的设立，民族传统的“深描”以及与现代理论语境的衔接，正是现代文艺理论建构的必由之径。

毫无疑问，此类建构没有终点，理论家越是睿智老到，越能让我们看到种种难题的深化。抒情传统说以形式与内容合一的美学“公理”为前提，而当这一“公理”渐趋式微时，古今中西的对立便重新激化，仅靠个人在逻辑上修修补补——如高友工之论叙事美典——难以挽回大局。现代理论话语本身就包含着建构与解构的双重倾向，当高友工有感于民族文艺传统的分量，同时受到现代美学尤其是现代艺术本体论的诱惑，试图以“美典”之名打造一个理论方案时，他便被卷入了古今中西学术话语的博弈之中，究竟何谓普遍，何谓地方，何谓今，何谓古，一切都变得暧昧不明，一切又都在借对立确认自身。然而，我们不能以拒绝西方学术话语来回归中国自己的传统，因为古今中西的考量同时批判了中西方既有学术话语。那些所谓概念的误用或者事实的

[1] 《陈世骧文存》，第 170 页。
[2] 同上，第 170—171 页。

曲解,往往关联着跨语境言说时某些深刻的困境,事实上,理论的现代困境已充分内化为逻辑规则,并逐渐形成理论的现代传统。当一个现代理论的方案将我们拖入此类困境时,它作为文化哲学的潜能反倒渐次呈现出来。

作为文/学的理论

——三论抒情传统与中国现代性[1]

2010年前后，笔者对中国现当代文学史研究领域著名学者、哈佛大学王德威教授所着力阐发的中国文学的“抒情传统”产生了浓厚的兴趣，但当时怀疑多于认同，曾先后写过两篇文章与王德威教授商榷。[2]在那之后，笔者有幸于赴美访学期间旁听了一年王德威教授开设的相关课程，不仅读到了更多材料，也有机会向王德威教授当面请教。再后来，笔者又从抒情传统论述的另一代表人物、香港教育学

〔1〕本文原载《文艺争鸣》2018年第10期。

〔2〕参看拙文《“抒情传统说”应当缓行——由王德威〈抒情传统与中国现代性——在北大的八堂课〉引发的思考》，《文艺研究》2011年第11期；《再论抒情传统与中国现代性》，《华文文学》2013年第5期。

院的陈国球教授那里得到宝贵的指点。或许因为有了近距离接触的缘故,这两年来,笔者对抒情传统论述的观察视角和整体评估都有不小的变化,从以批评为主逐渐转为"批判的支持"。虽然对一些具体观点尤其是论证方式仍觉"可爱而不可信",但是对其核心的理念与诉求,已经有了越来越多的共鸣,当然,也会有所保留。适逢王德威教授新著《史诗时代的抒情声音——20 世纪中期的中国知识分子与艺术家》出版(麦田出版,2017),其中既有曾经以中文发表的内容,也新增了不少精彩的章节,笔者在阅读过程中产生了新的疑问,也获得了新的体会。所谓事不过三,笔者也就不揣谫陋,将份额用足,以就教于王德威教授和各位方家。

一

笔者最初之所以认为"抒情传统说"应该缓行,主要是对文化保守主义有一种本能的警惕。正如陈国球所言,所谓"中国的'抒情'观念其来有自,'抒情传统'论述也是中国文学研究者在'现代状况'下对研究对象的文化归属及其意义的省思"。[1] 既有此寻求文化认同的动因,当然就有保守主义的风险。境外中国文学研究者隔着空间与时间回望,容易距离产生美,但是美则美矣,很可能会凌空蹈虚,不切实际。但笔者很快意识到这一警惕不无偏见,至少王德威、陈国球这两位学者与大陆学界往来频繁,彼此知根知底,无须执着于"想象的乡愁";他

---

〔1〕 陈国球、王德威编:《抒情之现代性——"抒情传统"论述与中国文学研究》,北京三联书店 2014 年版,第 31 页。

们也完全明白抒情传统论述是一个“现代的发明”，是“跨越‘古典’的界限，向‘现代’负责”。[1] 更不必说他们谙熟各类“后殖民”论述，对自身的浪漫情怀多有省察。虽然他们的确强调在讨论抒情问题时应更多重视中国本土学术资源，但这也是大陆学者的普遍共识，倘若对境外学者此类言说格外敏感，倒显得有些“东方主义后遗症”。仅以王德威而论，将抒情传统论述落实到对中国现代文学作品的解读，其意不在于传统之礼赞，而在于将难以规训的抒情作为新的变量，使启蒙与救亡的二重奏，转为启蒙、救亡与抒情三者所形成的“众声喧哗”（王德威以此语翻译巴赫金的“复调”）[2]，后者被认为是现代精神更好的表征。也就是说，正因为在现代的交响中“混入”了来自古典的抒情，现代也就更像现代。

这是一个颇有力量的论说，且与形形色色的文化本质主义拉开了距离。但笔者不禁产生了一种疑虑：此类观察显然基于一种共时性的视角，就像将大树截断，年轮的疏密透露出历史的信息，但这种空间化的时间毕竟不等于生长本身，在获得洞见的同时，是否也会制造盲视？笔者认为不妨增加一种视点，不仅仅是通过对现代文学作品和现代抒情主体之复杂性的察知，反向建构一个近似于集体无意识的抒情传统（此时的传统更像精神分析学意义上的“过去”）；也要考察某种具体的

---

〔1〕陈国球、王德威编：《抒情之现代性——“抒情传统”论述与中国文学研究》，第 675 页。陈国球教授此论颇为周全：中国“抒情传统”与西方浪漫主义定义的“抒情”有所不同，但却不一定与西方整个抒情谱系有绝对的差异。中国文学传统的“抒情精神”本来就很丰富，然而以其为中国文学传统主要特色，却是西方的“lyricism”观念流转到中国以后才渐次萌发的思想。《抒情之现代性——“抒情传统”论述与中国文学研究》，第 24 页。

〔2〕参看王德威：《启蒙、革命与抒情：现代中国文学的历史命题》，收入王德威著《现当代文学新论：义理・伦理・地理》，北京三联书店 2014 年版。

抒情形式如何从古典走入现代,某种抒情论述又如何在古今中西的复杂纠葛中发展自身,从而使传统作为不断延伸的整体出场,而特定的现代事件就在此整体中得到定位。对后面这种传统观的强调,多多少少是受到了艾略特《传统与个人才能》一文的影响,但也可能是笔者的专业出身使然。文艺学的核心关切是理论的来龙去脉,基本习性是在问题史中讨论问题,所谓"两千年哲学都是为柏拉图做注脚",与其说专为颂扬柏拉图的伟大,不如说是理论研究的普遍模式。而且笔者相信,辨析爬梳理论的主干支流、首尾本末,本身也是引人入胜的工作(就此而言,陈国球教授的研究路数显然更靠近文艺学)。

现在笔者仍然坚持这一看法,只是面对《史诗时代的抒情声音》一书,强烈意识到不能妄言只有文艺学专业的人才关心理论的来龙去脉,中国现当代文学史专业的学者则只是把理论当现成的工具。王德威对理论的理解就一点都不现成化,事实上他有很强的"知识考古"的意识,很愿意去探究理论如何发生,而其思路又似乎并不自限于福柯权力/知识的考量。比方说对于普实克这样一个抒情传统论述的关键人物,王德威所看重的是他如何在抒情与史诗之间构建一种历史性的关联:一方面,普实克认为"现代中国主体和自我的'源头',可以追溯到中国古典文学的抒情传统",而且,从中国的抒情文学中可以同时开掘出抒情与史诗的双重特征[1],"抒情"与"史诗"不过是中国传统"诗缘情"与"诗言志"的对话进入现代情境后,所衍生的激进诠释[2];另一方面,普实克的目的又并非强调抒情"古已有之",而是指出抒情是

〔1〕 王德威:《史诗时代的抒情声音——二十世纪中期的中国知识分子与艺术家》,台北麦田出版 2017 年版,第 82 页。

〔2〕 同上,第 390 页。

启动中国现代革命性的强大力量，抒情与史诗的结合也正是革命完成的时刻。由此，中西抒情理论的对话，便不仅仅是学术资源互通有无，更作为逻辑的合题，指向某种“历史的终结”。至于陈世骧，王德威所着力阐发的是其论述所依托的“时间感型”：

> 如果“抒情”意味诗独立于时间之外的灵光一现，那么陈世骧构思的“抒情传统”就引发两重意义：一指朝向原初的、饱满的时间的永劫回归；一指时间洪流里不断逸出的“‘当下时刻’连续性的截断”。不论如何，时间在“抒情”与“传统”之间变得模棱两可；既是循环再现，也可能是一个刹那爆发却自足的状态，亦即“兴”的状态。〔1〕

将“兴”解读为时间的爆发而自足的状态，以“永恒轮回”和“当下截断”打乱线性的时间之流，这是典型的现代主义诗学逻辑。事实上，王德威的确认为抒情传统说的提出与陈世骧对现代主义诗学的研究互为表里。与此同时王德威相信，现代主义者并不能超脱尘世，陈世骧之所以标举抒情传统，恰恰是基于对现实的强烈忧惧：一方面，“兴”以其丰沛的想象，赋予历史以新意；另一方面，抒情主体的当下性和自发性，可以救赎“时间的种种劫毁”。所以陈世骧最大的贡献是“在现代的一个关键时刻，唤起了‘兴’”，然后进一步“发明”抒情传统，以此达成自我解脱；而正因为抒情传统的背面是离散，所以抒情传统也就很难被认为是对历史所做的实证性的把握，而恰恰是要否定历史的权

---

〔1〕王德威：《史诗时代的抒情声音——二十世纪中期的中国知识分子与艺术家》，第63页。

威,另行"创造时间的'之'、'止'论述,'诗'的论述"。[1]

笔者未必完全信服于这种阐发,却很难不为所动。表面看来,它体现了一种詹姆逊所谓"永远历史化"的精神,不仅文学不能跳出特定的历史情境,文学理论亦不能。将文学理论历史化的做法并不罕见,有不少研究者热衷于探究特定理论言说的"社会与历史根源"[2],但这往往是一个单向的逻辑,文学理论被历史化也就是被"祛魅",此时的逻辑是一种解释与被解释的关系,描述这种关系的恰当句式是"文学理论不过是……"。而王德威有关陈世骧的研究,则令人看到另一种可能性,因为理论扎根于历史,而历史并非实体,而是连续、断裂、回旋、爆发与自足等种种状态或者说事件的集合,此时间性经验的揭示,使理论获得文学作品一般的张力与生气。由此,理论历史化的结果是理论文学化。以王德威所处的美国理论语境而言,并不缺少理论文学化的资源。仅以《史诗时代的抒情声音》一书所提到的理论家而言,保罗·德曼力求揭示在理论内部存在一种活的文学经验,可以提供"有关语言言说可靠性的否定认识",制约理论固有的"自我确证和自我辩护"的倾向[3];理查德·罗蒂以文学文化代替哲学文化,以叙事知识代替论证知识,以"再描述"与"再语境化"代替"本质探究",将理论理

〔1〕王德威:《史诗时代的抒情声音——二十世纪中期的中国知识分子与艺术家》,第64页。

〔2〕伊格尔顿的《美学意识形态》是将美学历史化的范例,在汉语学界产生了广泛影响;理查德·沃林有关海德格尔、德曼的研究以及他新近出版的《东风:法国知识分子与20世纪60年代的遗产》一书都受到广泛关注;彼得·赫尔曼主编的《理论的历史化》一书,针对当代理论主要流派展开逐一考察,尤其着力发掘它们与20世纪60年代社会历史环境的关联,亦值得特别注意。参看 Peter C. Herman (ed.), *Historicizing Theory*, New York: State University of New York Press, 2004.

〔3〕保罗·德曼:《解构之图》,李自修等译,中国社会科学出版社1998年版,第102页。

解为维持对话的艺术而非终结对话的判词〔1〕;斯皮瓦克则重提席勒的"游戏"概念,以"审美教育"激发想象他者的能力,以重构全球化时代的逻辑、伦理与政治。〔2〕对这些论说,王德威想必都有所借鉴,而其独到之处在于始终注意保持观念史研究的内在张力。一方面,抒情传统的出场基于一类现代问题,它必然是反思性的,所谓抒情传统,就是抒情传统论说;另一方面,抒情传统论说同样是抒情传统,对传统的反思可以作为一种感觉结构为新的经验奠基,却无需抽象为普遍适用的命题式理论。〔3〕

由此,王德威对抒情传统的研究,始终在诗学层面上进行,而他所谓的诗学,既是"关于诗之学",又是"作为诗之学"。为理解这一点,笔者不妨参考朗西埃的诗学观。朗西埃以诗学代替文学理论或者"文学科学",它不是对现象的概括,而是与文学的本性相适应的策略与行动。而所谓文学,作为现代之物,是一种"识别写作艺术的新制度",一种将制度本身暴露出来的制度,我们只能讨论"作为识别写作艺术的历史制度的文学,作为词语的意指制度和事物的可见性制度之间特殊扭结的文学"。〔4〕说得更明确一点,文学不仅是创造,还同时是评价,

---

〔1〕理查德·罗蒂:《偶然、反讽与团结》,徐文瑞译,商务印书馆 2003 年版。

〔2〕Gayatri Chakravorty Spivak, *An Aesthetic Education in the Era of Globalization*, Cambridge: Harvard University Press, 2012.

〔3〕在我看来,对理论反思与文学经验良性关系的强调,体现出美国新批评传统与结构主义/后结构主义理论之间富有建设性的互动。比方莫瑞·克里格作为两大理论话语体系之间的沟通者之一,就提倡我们应该在维持文学经验的同时,珍视一种非但不排除文学经验,相反却赋予促进这种文学经验之批评以权威的那种理论。参看莫瑞·克里格:《批评旅途:六十年代之后》,李自修等译,中国社会科学出版社 1998 年版,第 240 页。我认为王德威的理论训练在此逻辑之中。

〔4〕[法]朗西埃:《政治的边缘》,姜宇辉译,上海译文出版社 2007 年版,第 11 页。另请参看汤拥华:《激进与实用的诗学——朗西埃与罗蒂的对话》,《文艺研究》2018 年第 1 期。

它一面生成意义，一面又分解意义，就好像人们一边欣赏魔术表演，一边又能拆穿魔术的把戏，但是即便拆穿也不妨碍欣赏，而只会改变欣赏的方式。由此，所谓“抒情传统之发明”，并非只是发明一项学术成果，亦非以现代主体心灵作单向的移情，而是发明一种既在传统之内又在传统之外的复杂境遇。我们以理论反思应对此种境遇，但反思本身却不能使人摆脱此种境遇，因为所谓理论反思，作为一种谋求文化认同的智性努力，正是此种现代境遇的表征。

二

王德威有关抒情传统的研究，颇有一种“从心所欲不逾矩”的气派，不仅在文与史、虚构与非虚构之间自由往返，更探及音乐、绘画与影视等各个领域。他格外看重的沈从文，本是抒情风味浓郁的小说家[1]，但是王德威将其首先作为“学者”看待，不仅对其未竟之作《抽象的抒情》(1961 年)一文反复揣摩，视之为现代抒情传统论述的理论渊源之一，还试图从其文物研究尤其是服装史研究著述中探幽发微。至于钩沉沈从文的人生片段，并与其文学创作相互映照，更不在话下。此种四面出击的研究要能浑然一体，有赖于王德威作为文学批评家层层递进的阐释功力。以笔者看来，阐释的第一层，是沈从文“面对西方浪漫主义与革命思维所激发的抒情论述”，认识到种种豪言壮语不过

〔1〕 黄锦树认为，在文学革命后的写作群体中，最值得注意的、公认受抒情传统决定性影响的，是 20 世纪 30 年代以来在北京形成，以周作人、沈从文、废名、凌叔华、林徽因等为主的所谓京派。陈国球、王德威编：《抒情之现代性——“抒情传统”论述与中国文学研究》，北京三联书店 2014 年版，第 681—682 页。

是抽象的抒情;第二层,是沈从文"试图从现代肆虐后的文明废墟里拯救'有情'的人间价值";第三层,是沈从文"以艺术形象追索'抽象的抒情'的谱系,力图回到中国文学史的脉络,从古典发现新意"。〔1〕在抒情传统论述的框架内,此三层尚属"常规操作",但王德威更进一步,指出沈从文在《抽象的抒情》中的思考另有一个层次,即他似乎耽溺于一种"疏离的、几乎是形而上的境界里,与当时盛行的革命唯物思维背道而驰",王德威认为,沈从文这段时期的书写一再提到"抽象"一词,正是此种思想状态的表征。〔2〕尤其值得注意的是,王德威"远极而反",认为对沈从文而言,"抽象的价值"诚然反映了最理想的人性,"但这些价值也和历史的种种偶然不可须臾稍离"。〔3〕在渴望实现"抽象的价值"的同时,沈从文也积极寻找某种可以调节抽象与具象的媒介。他虽然是被动放弃文学创作,但经过多年摸索,已不再认为文学是唯一可行之道,所谓"抽象的抒情",满可以在博物馆里、在日日相伴的各种文物中找到。在王德威看来,沈从文成为艺术史工作者后,"反而更有利于他将抒情的视野,历史创伤的感触,以及对物质文化的关注结合在一起,发展出一种独特的研究方法",即所谓"抒情考古学"(lyrical archaeology)。〔4〕此种考古学不仅仅是观察文物、鉴定真伪而已,而是从多重面向"看出,也感受"文物所体现的多重意义,沈从文正是在这里重新体会到"抽象的抒情"。〔5〕王德威接下来的一段有关"文学"

〔1〕王德威:《史诗时代的抒情声音——二十世纪中期的中国知识分子与艺术家》,第 98 页。

〔2〕同上,第 167 页。

〔3〕同上,第 168 页。

〔4〕同上,第 169 页。

〔5〕同上,第 167 页。

的感言堪称神来之笔：

> 告别了文学事业之后，沈从文展开另一新事业。这是一种新的“文学”。只有对“文”、“学”古典意义有所理解的读者，才能体会沈从文的用心。从这一古典脉络来理解，“文”这门学问不仅是美文而已，也是一种印记，一种“纹理”，一种“文心”，彰显于艺术、文化建构，甚至宇宙天道运行之间。因此，透过研究古代服饰的花样形制、流行风尚、剪裁设计，沈从文重新发现了“文学”的可能性——他从没有放弃他的天分，他的故事。[1]

于笔者而言，此段感慨的价值，不在于重申中国古典之“文”“学”与作为现代观念之“文学”的区别，而在于以两种文学观之间的张力，重构文学之现代性。沈从文从文学转向文物，并非摒弃文学，而是让文学重新成为问题，即“文/学”何以成为“文学”，对文的反思何以与文浑然一体，使文学得以作为现代之物发生。沈从文对文物之“纹理”与“文心”的涵泳玩味、切磋琢磨，之所以可以成为对抽象之情的感受，由此回应文学之现代观念，是因为他与文物之间既存在时间距离，又日日相与周旋，亲密无间。在王德威看来，亲手触摸文物，是亲身“感知时间的流逝”，有此感知，历史才有意义。此一观念的萌生，或许是从罗兰·巴特《明室》一书获得灵感。王德威的确注意到《明室》中有关“刺点”的讨论，即照片之所以可以成为时间流逝的证明，是因为在精心营构的画面中(所谓“知面”)，总会突然闪现令人意外且常常令人痛

〔1〕 王德威:《史诗时代的抒情声音——二十世纪中期的中国知识分子与艺术家》,第 214 页。

苦的物事,此物事才真正将我们带向过去的某一时刻。[1] 巴特以此分析打破有关摄影之艺术性的固有定义,将绘画与摄影彻底分开;王德威则将此"知面"与"刺点"的二元,演化为"历史"与"时间"的辩证,从而在文学之外重新提出何谓文学的问题。一方面,在沈从文的时代,"历史"被视为严丝合缝的整体,其起源不可怀疑,其目标不可动摇;另一方面,沈从文又总可以通过亲身的触摸感知时间本身,而此感知恰恰是使"历史这袭华美的织物毕竟时时泄露剪裁、拼接、缝合的痕迹,磨损或疏忽的破绽,甚至捉襟见肘的缝隙",此时我们才陡然明白,"历史本身也就是时间的产物"。[2] 历史与时间形成此种张力结构,所谓抒情传统便不再指向某种以文化为主题的宏大叙事,而是成为新的文学本体论,而此本体论又显然并非文学课堂上的高头讲章,而是一个现代经验得以发生的体验结构,此时诗学就是抒情考古学。倘若将此考古学理解为纯粹的观念,那么它仍处于未完成状态,一如《抽象的抒情》一文本身。

如果说沈从文是以其走出文学的经历,为自己也为文学赢得新的可能性,那么胡兰成则显出一种更为诡异的诗学逻辑。胡兰成是现代中国著名的通敌者之一,恶行昭彰;而且他不仅叛国,感情上亦始乱终弃,尤其是辜负了一代才女张爱玲,令无数"张迷"切齿拊心。最令人不能接受的是他始终毫无悔意,反倒时时处处以"率真""深情"面目示人,而其清新脱俗的文才颇能迷惑人心,似乎足以使文品与人品的裁夺生出变数。王德威对胡兰成的人品毫无好评,却对其危险性另有一

---

〔1〕 王德威:《史诗时代的抒情声音——二十世纪中期的中国知识分子与艺术家》,第 185 页。
〔2〕 同上,第 207 页。

番解读。他认为胡兰成具有一种“暧昧的诱惑力”，“透过生花妙笔的书写，胡兰成瓦解了非此即彼的价值与形象，模糊了泾渭分明的理念与情怀”，事实上，他的背叛“如此娴雅机巧，以致形成一种‘艺术’”，王德威将“叛”与“变”勾连起来，称之为“文字的叛/变术”。由此，“在背叛的政治学之外，胡兰成发展出背叛的诗学。”〔1〕

陈世骧以“兴”作为抒情传统论述的美学支点，胡兰成同样对“兴”感兴趣，给予其形上学的意义。王德威认为，胡兰成的解读同时有激进与保守的两面，激进的是他认为历史不过是情感“起兴”的记录，语言只能表现历史/情感丰富、流动的意义于万一；保守的是他又频频回望、遥想文字与世事合二为一的“黄金时代”，即兴作为一种源起或创作的力量，但绝非神意或人意使然，而是在身体与符号、自然与形象交会之处产生。〔2〕黄锦树将此种解说看作一种“唯情的本体论”，但他马上指出，此本体论的另一面即是政治的本体论，如此的兴，实际上连接着困蹇的此刻；而且，它并不必然是种抵抗的策略，而有可能成为一种逃遁，从现实的困境，遁入美典的超历史空间。〔3〕王德威认同这一判断，但他还另有所虑：“兴”既然是“文”之发生，自然也就是“文”之消亡，换句话说，“文”因为袒露自身，失去了“真”之力量。王德威极为自然地将胡兰成与德曼相提并论，因为两人都是利用语言的隐喻力量“来折冲，甚或抵消，历史经验与道德价值，破解逻辑与真理”。历史被德曼“解构”成“寓言”(allegory)，而被胡兰成“超越”成为诗学的“兴”，两人都召唤诗歌以超越或逃避历史的残酷现实，但王德威相信，诗歌

〔1〕王德威：《史诗时代的抒情声音——二十世纪中期的中国知识分子与艺术家》，第292页。

〔2〕同上，第305—307页。

〔3〕陈国球、王德威编：《抒情之现代性——“抒情传统”论述与中国文学研究》，第705页。

或许正是他们所不愿面对的历史的最终见证。[1]

将解构主义的诗学观对应于政治上的通敌变节,在德曼去世之后迅速成为流行逻辑。这一逻辑本身有待商榷,不过,王德威讨论的重点在于描述一种现代性陷阱:“胡兰成的思绪回旋在种种理路中,犹如旋转门般的此进彼出,令人目不暇给。追根究底,他所援引的任何一种思维资源和他所念兹在兹的‘情’是否能够相互证成,其实不无可疑之处。”[2]他指出,遍寻中国古典文学的浩繁卷册,似乎还没有一部回忆录能够像胡兰成《今生今世》一样,如此明目张胆地展示自己一生的背叛行径,这只能做一种解读,即胡兰成是在运用“嬗变”与“善变”的主题来烘托一个时代的“感觉结构”。他顺势提问:这个感觉结构不正是常人所谓的“现代性”的要义?[3] 此问一出,王德威便不能简单地将胡兰成判定为“伪君子”,而必须认为他已成为一个典型案例,“展现了中国现代男性情感主体建立过程中,种种可为或不可为,或可爱或不可爱的条件。”[4]胡兰成的学说与文字加深了情之“正”与情之“真”之间无尽的辩证关系,这一辩证关系呈现的结果,王德威称之为情之“变”。情之“变”的重点,在于“变”在现代性语境中具有一种合理性。“回旋在种种理路中”,似乎正是现代人的困境,在此困境中,“文”固然可以成为“伪”,但“文”本身也正是因为“变”而摆脱了对“质”的依附,从而获得本体地位。由此,如果诗仍然可以“隐恶”,那么这也不仅仅

---

〔1〕 王德威:《史诗时代的抒情声音——二十世纪中期的中国知识分子与艺术家》,第 318—319 页。

〔2〕 同上,第 332 页。

〔3〕 同上,第 334 页。

〔4〕 同上,第 333 页。

是作家对创作主题的选择，而是同时成为一种诗学策略。

在笔者看来，王德威对沈从文“情感考古学”与胡兰成“背叛的诗学”的解读分明是反向而行：一个试图通过亲手触摸感受过去情感的余温，一个则一心追求簇新的“真情”；一个试图激活艺术作为情感符号的潜能，一个则乐此不疲于符号的废弃与再造。除此之外，王德威还着力探求这样一种可能性：艺术家能否通过符号的创造，克服人与世界的隔阂，以把握真实的历史与人生？在此问题之下，王德威展开一系列探究。经由台静农的书法艺术，王德威见出“书法不惟消遣而已，而能启动表意文字与编码文字，本体的渴望与存在的追寻，历史的回归与历史的离散的对话”。〔1〕借助于林风眠兼具现代与古典品格的绘画以及无名氏在《无名书》中对林风眠绘画的精彩解说，王德威悟到真与非真、色与非色之间的辩证：镜花水月不是生命真花真月，但仍似花似月；倘若这不是真色真光——原色原光，则真花真月又何尝有真色真光？在此辩证中，画与画论，文与形象，正如诗与诗学，实在难以分离。王德威相信，当新一代的中国作家和画家努力破解现实与现实主义的千古之谜时，必须以探究林风眠的绘画及画论为起点。〔2〕有关费穆的电影，王德威指明费穆的美学主张是电影应该像诗一样，表现人类在特定历史中独特而真实的经验；而妨碍表现此类经验的，就是主流电影的模拟现实主义。〔3〕费穆逆流而上，叩问中国抒情艺术传统，包括戏曲，诗词，乃至绘画，由此生出“触类旁通的美学”，在此美学或者说文/学的视线之下，电影并非无根的现代媒体，而不过是千

---

〔1〕王德威：《史诗时代的抒情声音——二十世纪中期的中国知识分子与艺术家》，第 584 页。
〔2〕同上，第 466 页。
〔3〕同上，第 522—523 页。

古"文心"不断彰显的一种新形式。王德威再次抛出文与文学的话题，并给出更为清晰的逻辑形式："文"若为符号、纹理、艺术记号，"文学"便是记录人类克服己身与世界之"隔"的形式。[1]

王德威的文/学观，不仅试图回归"纹理"，还进一步达致"声音"。在江文也、宗白华和沈从文之间，王德威发现一种对音乐共同的推崇。王德威认为这是因为他们试图通过抒情的模式描述中国现实，为此他们不仅质疑了现实主义的优越地位，也重划了抒情传统的界限，将语言与声音的创造性与人类知觉的自由性置于优先地位，以"模塑人类情感无限复杂的向度"，"因应任何道德/政治秩序的内在矛盾"。[2]王德威在逻辑结构上着实用心，他一方面使"文"走向"声"，另一方面又使"声"走向"文"："现实"无法呈现自身，要通过"文"来呈现，而一切"文"又都趋向于"声"，于是作家和艺术家的文本/世界观消融了散文与诗的区别，以及诗与音乐的区别，"他们确认了所有语言在根本上'形声'的——也就是说，音乐的——特征。"[3]作为造字法的形声，通过巧妙的概念转换，维护了"文"的本体论地位。但此种意义上的"文"作为声音与形象的组合，却不再是如刘勰所说的"以垂丽天之象"，"以铺理地之形"，而是"尽管史诗的呼唤撼天动地，抒情的声音却仍然不绝于耳"。关键的地方在于，王德威认为我们对"史诗时代的抒情声音"的考察，"就是对中国音乐和文学现代性中看似脆弱、却最具思辨力量的那个部分的考察。"[4]此处所谓脆弱，在于文之破碎；而所谓思

〔1〕王德威：《史诗时代的抒情声音——二十世纪中期的中国知识分子与艺术家》，第522页。
〔2〕同上，第397页。
〔3〕同上，第397页。
〔4〕同上，第407页。

辨,同样在于文之破碎,但这种破碎却不是简单的消亡,而是形与声既相互背离,又相互造就。此时思辨的力量与知觉的自由互为表里,“文/学”与“文学”的张力结构正式打造完成。

三

王德威强调,抒情传统论述并非中国美学的唯一或全部,也不能被视为解决所有中国问题的普遍方案,而只是为我们的思考提供一个批判性的界面。[1] 陈国球亦坦言,抒情传统论述只是诠释中国文学的其中一个可行方案,而不是开启中国文学仓库的“百合匙”。[2] 之所以有此表态,是因为抒情传统论述作为一种现代理论方案,无需背上本质主义、普遍主义的包袱。但是反过来说,抒情传统论述诚然是一种理论方案,抒情传统却并不必然是空洞的能指。值得注意的是,抒情传统论述一直在“传统”与“论述”之间做文章,已发展出一套可以保持反思与非反思、自觉与非自觉之辩证张力的理论技术,高友工的“美典说”就是代表。在高友工看来,“抒情”并不是传统意义上的文类观念,其广义的定义涵盖了整个文化史中某一些人(可能同属一背景、阶层、社会、时代)的“意识形态”,包括他们的“价值”“理想”,以及他们具体表现这种“意识”的方式。[3] 高友工对美学的理解值得特别注意,他所看重的美学不是针对抽象原理的讨论,而是在文化史中形成的一套艺术的典式范畴,一套可以传达继承的观念,他称之为“美典”。

---

〔1〕 王德威:《史诗时代的抒情声音——二十世纪中期的中国知识分子与艺术家》,第 594 页。

〔2〕 陈国球、王德威编:《抒情之现代性——“抒情传统”论述与中国文学研究》,第 31 页。

〔3〕 高友工:《美典:中国文学研究论集》,北京三联书店 2008 年版,第 83 页。

美典不必是个人有意识的分析结果，它可以是无意地蕴藏在作品本身，而经由对作品的欣赏而传播。[1] 准此，抒情传统论述就不是要提出一套有关抒情问题的理论，而是以对中国抒情传统之理论内涵的发掘推动抒情传统本身，所以它既是对传统的发现，又是传统成其为传统的契机。这也就是王德威所说的，抒情“既是感性的表达也是观念的思索，既回应历史情境也指向行为尺度，既可以是一种文学和艺术类型，一种情怀，也可以是一种表征体系、知识系统，甚至可以是一种由情感、历史驱动的意识形态”。[2] 由此，抒情传统论述既不是一般意义上的理论研究，也不是理论史研究，但也不是传统意义上的文学史研究，而比较近于“作为文学史的观念史”研究。而作为研究对象的抒情传统，显然并非先在的事实，而是通过研究本身所构建的整体，简而言之，就是“作为发现的发明”。

作为文艺学研究者，抒情传统论述独特的理论形态对笔者的最大启发，是我们可以从历史本身获取理论的动力。不妨在古今中西的矛盾关系中解说这一逻辑。首先是中西。坦白说，作为引用康德比引用刘勰更为自然的理论研究者，最初看到“我们拿出什么样的理论和文

---

〔1〕高友工：《美典：中国文学研究论集》，第 91—92 页。张淑香教授《抒情传统的本体意识——从理论的“演出”读解〈兰亭集序〉》一文，对王羲之《兰亭集序》做了新的解读，认为此文可以看作一个抒情传统理论的“演出”，它直接从人类集体共存交感的本体意识来肯定唯情的自本自根性意义，俨然成为抒情传统正本清源的宣言。张淑香教授并非只是要指出《兰亭集序》包含有“文学思想”，而是想提出这一判断：《兰亭集序》最大的特点就是一个主观经验的抒情过程恰好完全变成一个抒情理论的“演出”。这是一个十分有洞察力的判断，我们可以进一步认为，这种理论自觉与非自觉的辩证关系，正是抒情传统的现代性诗学逻辑。陈国球、王德威编：《抒情之现代性——“抒情传统”论述与中国文学研究》，第 532—533 页。

〔2〕王德威：《史诗时代的抒情声音——二十世纪中期的中国知识分子与艺术家》，第 586 页。

本,能够和我们在西方的同事,还有和国内其他文学系,如比较文学系的研究者展开对话”这样的问题,笔者并无强烈的同情,哪怕这一问题是基于“一个中国文学甚至更广义的中国文明传播者”的使命感,笔者也不觉得它是人人该有的焦虑。[1] 但是,王德威进一步发问:假如文学作为一个学科,文学研究作为一种教学的学程,是一个现代发明,那么在20世纪之前我们如何界定文学?经过一百多年的文学研究、批评后,到了21世纪,我们又该如何定义文学?对这些问题,文艺学研究者自然有话可说,但是王德威的提问方式不同,他是以中国古典的“文”作为关键词:

> 如果仔细思考“文”、“学”概念,“文”字曾经可以是,现在也不妨是一种文式符号,指的可能是文章符号或文艺书写,也可能是文化气质或文明传承。所以探讨文学研究时,自然应心思广大地将其放在一个历史视野的架构下思考其流变。到了二十一世纪,“文”是否又要经过一次内容、形式、定义和操作各方面的震荡呢?[2]

21世纪以及未来的“文”何去何从的问题,其实只是“虚张声势”,真正要紧的是这一前提判断:20世纪中国文学,表面上信奉的是现代意义上的“文学”观,实际上却可能有一条“文/学”的经脉贯通其中。或者这样说,虽然我们一直将现代意义上的文学观奉为圭臬,“文/学”与

---

〔1〕王德威:《现当代文学新论:义理·伦理·地理》,北京三联书店2014年版,第56页。

〔2〕同上,第57—58页。

“文学”的张力却绵绵不绝。要对此张力做一番知识的考古，必须有更为开放的概念框架。不是简单地说“激活本土理论资源”，而是要勘察传统理论资源在现代的在场方式，更明确地说，激活的前提是承认传统从未真正退场。之所以各种名目的“浪漫”并不能圆满呈现现代中国文学的“抒情表述”，正因为现代中国文学的“抒情”，实有其“传统”的资源。〔1〕由此，王德威才不能认同时下现代文学研究者只在“革命”“启蒙”“国家”“欲望”“后殖民”“反帝国”等西方议题中打转，而“吝于或怯于‘抒情’”。〔2〕又如美学进入中国语境后，便与不同谱系的思想或理论发生碰撞，王国维、蔡元培、宗白华以及胡风等知识分子和文化人不仅使美学成为现代中国人文学术要项，也上溯至古典，发明了中国自己的“美学传统”。〔3〕专业的美学研究者或许将此视为常识，但是视线的焦点一般放在论者对理论资源的取舍整合，将中学与西学的体用关系理解为一种理论性甚至伦理性的选择。王德威论述的重点则在于强调我们不能轻信现代之现代性，西方美学的外部刺激引发本土思想一阳来复，或许并非只是受惠于美学家兼收并蓄的理论胸襟，而是因为古今之变未必彻底，蛰伏的传统仍有机会借助于利用西方思想内部的冲突(以美学为中心的审美现代性论述作为一种批判性力量出场)，在新的话语平台上伸展自身。至于美学家，不管如何主观能动，终究只是历史的代理人。大体而论，较之一般理论史对中西关系的研究，抒情传统论述的历史感似乎要更为强烈。

---

〔1〕陈国球、王德威编：《抒情之现代性——“抒情传统”论述与中国文学研究》，北京三联书店 2014 年版，第 674 页。

〔2〕同上，第 674—675 页。

〔3〕王德威：《史诗时代的抒情声音——二十世纪中期的中国知识分子与艺术家》，第 593 页。

此种历史感并非简单地来自于对世易时移的认知，所谓古今问题，也并非只是范式的转换，而是多种历史叙述犬牙交错。为什么需要抒情传统出场？最直接的原因是所谓“摹拟现实主义”的话语框架过于僵化，在面对历史的变局时，此种话语虽然可以笼统地设置主观情感与客观世界的矛盾，却难以进一步解说此种矛盾的深层机理，抒情传统论述则可以方便地将主客冲突揭示为一种时间性的错位。〔1〕在陈国球看来，“王德威何尝不是透过‘抒情’的时间之旅，思考他所面对的‘当下’与‘历史’的纠结？”〔2〕王德威自己的表述则是，“抒情之为物，来自诗性自我与历史事变最惊心动魄的碰撞，中国现代性的独特维度亦因此而显现。”〔3〕不管哪一种解说，关键在于看到，是多种历史叙述或者说历史想象纠结于当下。比方说，在所谓“事功的历史”背后，还有“有情的历史”。大部分情况下，“有情的历史”处于“事功的历史”的阴影之下，然而，正是这“有情的历史”才能够记录、推敲、反思，和想象“事功”。〔4〕 再如，虽然社会主义政权主导了现代中国诗歌从抒情到史诗的转型，但是“抒情”作为一种文体，一种论述，或者一种文

---

〔1〕 在这个问题上，不妨参考吴盛青、高嘉谦主编的《抒情传统与维新时代》一书，该书以旧文人、旧文体、旧文论为中心，从而与维新时代形成张力结构。该书书名便与《史诗时代的抒情声音》形成呼应，而两位主编在导论中的关切显然也与王德威的相关论述同气相求。此种关切包括两个层面，一个层面是“抒情自我的主体性如何在现代情境中被表征和呈现，文人写作如何利用传统资源，安顿自身的处境，进而创造个人在此时代际遇中的意义”；另一层面则是“文人的古典诗词写作如何响应、延续和转化他们创作意识内的抒情诗美典，重新铸造他们在此现代情境下文学意义内的美感经验”。吴盛青、高嘉谦：《抒情传统与维新时代——辛亥前后的文人、文学、文化》，上海文艺出版社 2012 年版，第 10—11 页。

〔2〕 陈国球、王德威编：《抒情之现代性——“抒情传统”论述与中国文学研究》，第 674—675 页。

〔3〕 王德威：《史诗时代的抒情声音——20 世纪中期的中国知识分子与艺术家》，第 7 页。

〔4〕 同上，第 611 页。

化政治的形式却并未式微,反而与主流意识形态结合在一起,以革命的浪漫主义出场,甚至拥有了重写历史的能量。王德威对何其芳和冯至的解读令人印象深刻,他认为两人建国后的诗作分别重新呈现梦与蛇的意象,其实是一种时间的错乱与纠缠,"梦或许并不导向真实,反倒衍生出层层堆叠的迷梦;蛇未必带来蜕变,而仅显现(蛇一般)缠绕的缠绕、重复的重复"。他们对一种名谓"抒情"的诗歌的毕生寻求,不过是演绎了一种"始源的诗学"(poetics of beginning),一次次重复开始,却最终使重生成为幻影,不可及,不可为。[1] 王德威的论说始终体现这一逻辑:当诗陷入时间的困境时,诗学出场。由此所谓诗学,便不能笼统地认为是发端于特定的文化传统,而应视为不同文化传统的冲突所产生的反思的需要,而此冲突的实质,是不同历史想象之间必然发生的连续不断的对抗、谈判、妥协与重构。或许这才是理论的历史之维,它在一种"以言行事"的困境中发生,它创造新的历史想象,这历史想象在某种程度上改变了它自身的发展轨迹,却并不能使其跳出历史。历史与当下无法消除的矛盾,便成为理论的动力之源。

毋庸讳言,王德威虽然对德曼多有批判,其文学观、现代观与理论观却都从德曼处受益良多。德曼为抒情传统论述提供了一个"诗的历史"与"现实历史"的对立关系,即诗并非"安稳的根植在一个更大的历史及文化脉络中、并在其中所发挥所能",而是"独立于实际历史事件之外、自成一种本体论意义上的时间性"。[2] 两种历史结构的碰撞产生寓言与真实、盲视与洞见之间的复杂辩证。德曼对文学理论的看法

---

〔1〕王德威:《史诗时代的抒情声音——二十世纪中期的中国知识分子与艺术家》,第278—279页。

〔2〕同上,第317页。

是,理论诞生于讨论对象不再是意义和价值,而是在意义和价值确定之前的生产和接受方式的时候;而他所定义的文学性,则是将修辞功能突出于语法和逻辑功能之上的语言运用,是一种决定性的,而本身又动摇不定的因素,它以各种方式、从各个方面破坏这种表意模式内部的平衡,从而阻碍其指向非言语世界。〔1〕也就是说,文学性也好,文学理论也好,它们之所以出场,都是基于历史结构的碰撞所产生的表意危机。当这种危机没有被感知到时,“文学性”只是多余的抽象,“理论”也被认为华而不实而遭到抵制。但是一旦危机呈现,抽象与反思便如直觉与信念一般真切而必要。此处笔者以己度人,王德威虽然完全具备一流的文学史家所需的史学素养,但真正令他神往的,是在对文学的历史进行知识的“考掘”时所解放出来的理论的可能性。这并非说他本质上是一个理论家,而是说他以其文学史的研究让我们看到,如果重回历史与文学的现场,我们是可以发现理论的——不是某种体系性的中国文论或者西方诗学,而是各种来源、各种类型的观念相互碰撞所产生的火花。这些火花未必都可以燎原,但本身绝不虚幻。至于它们能在何种意义、何种程度上转换为标准的文艺学成果,则可能需要先行思考这一问题:有标准的文艺学吗?

这篇已经太长的文章本应在此结束,但似乎还有一个问题需要回答:笔者既然在开头交代了“批判的支持”的立场,那么对《史诗时代的抒情声音》一书在支持之外还有何“批判”?此处说批判,当然不能是零打碎敲的商榷,而应该是一种整体的局限分析。就此,笔者的想法同样是德曼式的:凡有洞见,即有不见。从“被压抑的现代性”到抒情

〔1〕保罗·德曼:《解构之图》,李自修等译,中国社会科学出版社1998年版,第106页。

传统论述，王德威已经建立起一套言说中国现代文学的语汇，如作为与“大说”对抗的“小说”，与单一的主旋律对抗的“众声喧哗”，与宏大而整一的历史叙述对抗的虚构、片段甚或“怪兽”，与“创造、进化与崇高的美学”对抗的“重复、回旋与衍生的美学”等等，影响之大毋庸置疑，问题是，我们有时也会希望从另一种视角看问题，比方说探究“大说”本身的丰富性，探究崇高美学的多重内涵，探究革命所带来的“感性的重新分配”，不一而足。这当然不是说王德威刻意求“小”，更不是说他有意缩小和窄化抒情传统，而是说他专注于“弱的思想”（王德威借用了瓦蒂莫这一概念）所包含的辩证潜能，难免对其他论题照顾不周。〔1〕抒情传统论述在建立起现代中国人的另一精神谱系、激活一系列尘封的历史瞬间的同时，或许会让我们轻视一种同样重要的文学史书写的可能性，即“抒情声音中的史诗时代”。在对“现代文学”的研究中，众声喧哗有可能成为主旋律，而国家与民族有可能比个人更为边缘，从笔者的角度看，这在很大程度上是因为言说“差异”相较于言说“同一”有着远为丰富的当代理论资源。抒情传统论述果真以“文”为“学”，就应该兼容“缘情的现代”与“载道的现代”，而与此相关的问

〔1〕贺桂梅教授认为，批评抒情传统论述将20世纪中国最大的历史实践主体“革命中国”及其文学实践排斥在外，而将“情”的内涵缩小为“个人”“情感”“感性”或“文学”，显出其盲视与偏见。（参看贺桂梅：《“抒情传统”论述的文化政治及其启示》，《汉语言文学研究》，2017年第3期）这一批评一方面来说并不公正，因为就其理论逻辑而言，王德威的抒情传统论述所关心的并非只是“个人”“情感”“感性”或“文学”，而是“个人—国家”“情感—思想”“感性—理性”“文学—政治”等矛盾关系本身。他的基本做法是先“问题化”，即质疑现有二元对立的有效性，以此揭示思想与文学的困境，而非只是将二元结构颠倒过来。但是另一方面，这种批评又可算有的放矢，因为在实践中，王德威的抒情传统论述乃至整个文学史研究的确都更看重与“大说”相对的“小说”，这自然会有盲视，而盲视的背后也可以认为有偏见。

题就是,它是否有能力将更为多元的理论资源纳入自身呢?[1]

不见当然也是洞见。对笔者而言,抒情传统论述最令人心生敬意之处,在于它是一种有温度的思想,敢于暴露论者的立场与情怀,哪怕由此引发质疑与挑战。笔者担心,过分敏感于"政治正确"的论者,有可能将分歧简化和固化为不同诗学/政治立场的体系性对立,错失了分享洞见的契机。而另一方面笔者也担心,抒情传统论说作为一种现代性诗学,已形成精致的分析模式,后学者会不会买椟还珠,只钟情于文学、历史与理论三位一体的辩证技术,却并不在意前辈学人在文学、历史或者理论上的特定关切?或者,直接将一种反本质主义的文本解读技术当作了政治行动?[2] 倘若做理论就是对历史做一番话语的考古,然后将历史简化为语词的博弈,并为一种虚假的自由感沾沾自喜,那么理论未免过于轻飘。好在理论还有另一面相,即具体的人在应对新的具体困境时的反思策略。所谓"史诗时代的抒情声音",其最后的主张是以文与学的辩证,打造一种反思式的体验结构,以求思入历史与当下,中国与世界,大我与小我。王德威曾勉力融合中西语汇,提出如此期望:"一个真正理解'抽象的抒情'的读者,能够调动其批判力,摆脱宏大叙事的蛊惑,启动'神思'。此'神思'释放出斯皮瓦克所强调的审美想象力,拒绝宏大叙事下只此一家的局限,在抽象与具体,普世

---

〔1〕王德威教授在与笔者的通信中,非常诚恳地指出,抒情传统论述需要有更多的评论以及研究材料介入(如左翼抒情),否则难免重复。

〔2〕我支持罗蒂的立场,后者一贯反对将哲学立场与哲学行动联系起来,他对德曼、希利斯·米勒所代表的解构主义的批评,恰恰在于后者认为反本质主义的语言观能够产生积极的政治效应,仿佛改变一种阅读文学的方式,就能够进入自由和民主的黄金世界。参看罗蒂:《后哲学文化》,黄勇编译,上海译文出版社 2004 年版,第 152 页。

的单一性与民主的多元性之间不断反复辩证，相互定义。”[1]不难看出，虽然抒情传统论述试图对启蒙话语的霸权地位有所制衡，但其基本气质终究是启蒙式的，只是这种启蒙折返于康德与福柯之间，首先指向的是启蒙者自身。理论之所以需要文学，是因为理论需要切身。抒情传统论述的盲视与洞见，无力与有力，浪漫与务实，皆因它是以“文学的声音”重新提出那一连串“哲学问题”：我能知道什么？我能做什么？我能期待什么？

〔1〕王德威：《史诗时代的抒情声音——20世纪中期的中国知识分子与艺术家》，第610页。

文学如何“在地”？

——试论史书美“华语语系文学”的理念与实践[1]

近年来，“华语语系文学”(Sinophone literature)研究在国际学术界赢得越来越多的关注。[2] 就这一研究方向或者说场域而言，目前最为活跃的学者是美国加州大学洛杉矶分校的史书美教授和哈佛大学的王德威教授、耶鲁大学的石静远教授等人。史书美出生于韩国，

---

〔1〕本文原载《扬子江评论》2014年第2期。

〔2〕2007年12月6日至8日，由哈佛大学和耶鲁大学联合在哈佛大学费正清中心举办有关“全球化的中国现代文学：华语语系文学与离散写作”(Globalizing Modern Chinese Literature: Sinophone and Diaspora Writings)的国际会议(参见朱崇科：《华语语系的话语建构及其问题》，《学术研究》2010年第7期)。2013年12月18—19日，在台北召开了“华语文学的想象共同体国际学术研讨会”。不过需要指出的是，虽然对相关问题的讨论引起了很多学者的兴趣，但是明确和坚定地使用Sinophone一词的学者尚不太多。

在台湾读大学,曾赴北京求学一年,后在美国获得比较文学博士学位。2007年在中国大陆出版《现代的诱惑——书写半殖民地中国的现代主义》一书,受到大陆学界的重视。史书美不仅对世界范围内华语文学的发展状况相当了解,其学术视野、政治立场与理论路径亦能代表北美汉学新近的发展方向,再加上凌厉的论述风格,遂成为华语语系文学研究主要的阐释者与实践者。[1] 虽然史书美一系列政治上的表态令大陆学者难以接受,其历史观亦有明显的偏差甚至偏见,但就其所提出的问题做一番学理的探讨,仍然可以是有价值的工作。[2]

一、问题化:从 Chinese 到 Sinophone

2004年,史书美在一篇题为"全球文学与认同的技术"的英语论文中提出了"sinophone literature"这一概念。该文所针对的,是当代西方学者对"第三世界文学"的种种他者化、同一化的想象。史书美指出,在当下西方学术话语和文学市场中,至少有五种用来构建第三世界身份认同的"技术":"系统论的回潮",即构建有关经济/文化世界共同体的宏大叙事,描述作为现代性标志的"世界文学"的形成;"错时的寓言",将第三世界文学解读为"民族寓言";"多元文化主义",以文化

〔1〕王德威认为,华语语系研究能够"形成具有思辨力度的议题",必须归功于史书美教授。参看《联合早报》2012年9月23日文章:《"华语语系"(Sinophone)的概念提供了新的批评界面:王德威教授专访》。史书美的独创之功是就其相对完整的理论方案而言,并非sinophone一词为其所造,相关讨论参见王德威:《根的政治,势的诗学——华语论述与中国文学》,《扬子江评论》2014年第1期。

〔2〕台湾学者黄锦树《这样的"华语语系文学"可以休矣!——史书美的"反离散"到底在反什么》一文对史书美的理论主张与政治立场有一个痛快淋漓的批判,可以参看。https://www.douban.com/note/651722776/.

作为将某一地区同一化的工具;“作为例外的特殊性”,将不符合某一宏大叙事的个案作为特例处理;“后差异伦理学”,否认“差异”的真实性和有效性,取消普世性与地方性的矛盾关系。这些都是史书美要破的对象,而她所要立的是一种能够真正摆脱“西方中心主义”的谈论“全球文学”的方式,既不为成就某种隔着距离的想象而将研究对象同一化,又不矫枉过正地取消一切差异(史书美坚信差异与差异并不等同)。落实到中国,则既要有作为特殊论域的中国,又不能是那个高度同一于某种文化叙述的中国,中国本身必须是富有张力的“杂多之统一”。这就需要跳出中西二元对立的框架,为中国另建一个坐标系。史书美在讨论中采用了 sinophone literature 这一表述,其内涵在注释中得到了解说(凡“sinophone”或“sinophone literature”本处引文不作翻译):[1]

> 我用“sinophone”literature 一词指称中国之外各个地区说汉语的作家用汉语写作的文学作品,以区别于“中国文学”——出自中国的文学。Sinophone literature 的最大产地是台湾和“易手”前的香港,但是放眼整个东南亚地区,二十世纪以来 sinophone literature 的传统与实践都蔚然可观。美国、加拿大以及欧洲也有为数众多的作家用汉语写作,其中最耀眼的当属 2000 年诺贝尔奖的获得者高行健。创造 sinophone 一词有纠偏的考量,过去对中国之外出版的汉语文学(literatures in Chinese)的态度,若非熟

[1] Shu-mei Shih, “Global Literature and the Technologies of Recognition”, PMLA: Publications of the Modern Language Association of America Vol. 119(2004), pp. 16 - 30.

视无睹或将其边缘化，便是选择性的，出于意识形态目的甚或随意地吸纳一些作品到中国文学史中。在汉语被视为殖民语言的地方（如在台湾），sinophone 在某种程度上近似于 anglophone 和 francophone。

简单来说，中国大陆作家的汉语创作称为 Chinese literature，中国大陆之外“以汉语为母语”——sinophone 的字面意义——的作家的汉语创作则称为 sinophone literature。若细究其内涵，则可梳理出多个层面。第一个层面，sinophone 是用来补充 Chinese 的，一个在外一个在内，合起来就是“汉语文学”。[1] 第二个层面，提出 sinophone 文学是对特定话语权力的反抗，是站在弱势群体的立场上质疑中国文学史写作的既定规则，反对以中心/边缘的逻辑描述汉语文学的现状，因为中国大陆之外的汉语写作在发展程度和影响力上并非边缘。第三个层面，中国同样存在向外殖民的现象，而在中国的“殖民地”，sinophone 文学就是殖民地文学，有关 anglophone（英语语系）和 francophone（法语语系）的那些论题能够适用于它，而这也就意味着对 sinophone 文学的研究有理由调动后殖民理论的相关资源。[2]

---

〔1〕 上述注释出现的语境，是史书美要反驳“小说的兴起是世界文学形成的标志”这一观点，反驳的依据是不管是“Chinese 文学”还是“sinophone 文学”，“小说”都是古已有之，并非什么新兴事物。

〔2〕 在出版于 2007 年《视觉与认同——跨太平洋话语语系表述・呈现》一书中，史书美指出：“Sinophone”与“China”之间有一种不稳定的、问题化的关联，就其暧昧性与复杂性而言，正如“Francophone”之于法语，“Hispanophone”之于西班牙语，“Anglophone”之于英语。但著者同时强调，与后面几种情况不同的是，“Sinophone”并不必然与殖民、后殖民问题发生关涉。Shu-mei Shih, *Visuality and Identity: Sinophone Articulations across the Pacific*, University of California Press, 2007, p30, p28. 史书美和王德威 （转下页）

在此之外，还有第四个层面。这个层面的内涵在讨论“特殊与例外”的问题时清晰起来。史书美重点解说了高行健这个例子。史书美指出，在诺贝尔文学奖的颁奖理由中可以看到一种两难状况：一方面，颁奖理由要突出高行健对“中国文学”的意义，比方说对特定历史的“刻骨铭心的洞察力”“为中国小说和戏剧开辟新路”等，另一方面又必须强调作品的普世价值。这样一来只有将高行健定义为另类，他是中国文学的另类，因为他居然在集体主义的时代书写个人灵魂的斗争(如《灵山》《一个人的圣经》)，但也正因为有这种普世性的文学追求，故能为中国文学开辟新路。史书美认为此类纠结全无必要，高行健虽曾用汉语写作(后来用法语发表了大量作品)，但未必就属于“中国文学”，语言和国家民族之间没有必然联系。一定要界定的话，那么高行健是一个 sinophone 作家，他的创作是为 sinophone 文学开辟新路。史书美指出：“将 sinophone 用作组织性的范畴，为一个这样的作家提供了另一种理论选择，因为它超越了国族的界限；它的存在理由是放逐、离散、少数化以及混杂性，此混杂性抵抗着同化，不管是同化进中国还是同化于当地。”[1]也就是说，身为 sinophone 作家并不只是身在大陆之外，更是要超越国族，抵抗同化。究其根本，sinophone 不是一个规范性概念，其要旨不是什么应被包括在内，什么应排除在外，而是要在

(接上页)都强调后殖民理论并非完全适用于华语语系。但是史书美支持“新清史”的思路，认为清朝是一个内陆殖民的帝国，王德威则对此表示反对。参见王德威：《文学地理与国族想象：台湾的鲁迅，南洋的张爱玲》，《扬子江评论》2013 年第 3 期。史书美希望华语语系研究能够纳入后殖民的研究，尤其后者有利于某些政治立场的表达，但同时也希望与之保持距离，因为后殖民理论虽然批判西方中心主义，却是典型的西方学院派理论。

〔1〕 Shu-mei Shih, “Global Literature and the Technologies of Recognition”.

一个开放的、去中心的框架中重构华语文学的身份认同。

我们看到，在写作《现代的诱惑——书写半殖民地中国的现代主义》一书时，史书美问题化的对象是现代主义，她的基本看法是所谓现代主义往往被理所当然地理解为西方大都市的现代主义，但实际上半殖民地的中国生长出的是另一类型的现代主义。史书美的口号是“发展出一套半殖民理论”〔1〕，也就是说，中国没有出现典型的殖民地状况，帝国主义在中国的殖民统治是多元化、碎片化的，坚持从这一事实出发，便有希望构建起一种突破西方中心主义的理论框架。〔2〕顺着这一逻辑发展下去，在华语语系研究中将中国“问题化”便是自然而然的结果。所谓“问题化”(problematic)就是通过对话语/权力框架的揭示，使信念或者概念重新成为问题，它在某种意义上就是理论化。正如《华语语系研究》一书的合作编者蔡建鑫所指出的，华语语系已不是重新包装一下众多学术专著已反复讨论的文学和电影中的复调和多声部问题，而是要以一种激进的方式，“将语言的占有、民族性和文化价值之间充满争议的联系理论化”。〔3〕所以统一的、本质化的“中国”和规范、标准的“中文”不再是理所当然的出发点，要问的不是“中国文学如何走向世界”，而是在一个充满古今中外复杂纠葛的现场，民族、国家、语言、文化这类范畴如何分裂，调整，变异，重构等等。〔4〕这是西方学界常见的理论、历史与意识形态实践相结合的研究路径。它既

〔1〕参见史书美、徐夏:《史书美:发展出一套半殖民理论》,《南都周刊》第184期。

〔2〕Shu-mei Shih, *The Lure of the Modern: Writing Modernism in Semicolonial China, 1917-1937*, Los Angeles: University of California Press, 2001, p31.

〔3〕*Sinophone Studies: A Critical Reader*, p19.

〔4〕*Sinophone Studies: A Critical Reader*, p23. 收入文集中的周蕾的论文题为“作为理论问题的中国性”,最为典型地反映出相关逻辑。

是受到后现代历史学影响的海外中国学尤其是“区域研究”和“民族研究”的深化与拓展〔1〕,也是一贯前卫的中国现当代文学研究在寻求新的突破,使原本归入“海外华文文学”“汉语文学”“港台文学”等名目下的讨论获得更有理论活力和政治潜能的概念框架。与此同时,将研究的对象由中国扩大为华语语系的全球网络,也不无吊诡地为持续升温的“中国热”增添了注脚。〔2〕

有关 sinophone 的译法一直多有争议,在史书美 2004 年的这篇文章中,将 sinophone 译为“华语”亦无不可。〔3〕“华语语系”这一中文译法由王德威于 2006 年提出〔4〕,很快成为定译。史书美后来在其主编(与蔡建鑫、贝纳德合作)的《华语语系研究:批判性的读本》(*Sinophone Studies: A Critical Reader*, 2013)中解释采用这一译法

---

〔1〕 *Sinophone Studies: A Critical Reader*, p20. 史书美认为自己的学术优势是长期从事区域和民族的研究,见 Shu-mei Shih, *Visuality and Identity: Sinophone Articulations across the Pacific*, p43. 有关民族国家的研究,不妨参看美籍学者杜赞奇《从民族国家拯救历史:民族主义话语与现代中国史研究》,王宪明译,社会科学出版社 2003 年版。杜赞奇的主要论点是:“民族历史把民族说成是一个同一的、在时间中不断演化的民族主体,为本是有争议的、偶然的民族建构一种虚假的统一性。”见该书第 2 页。

〔2〕 “中国热”一大议题就是中国如何在世界中定位自身。2013 年,美国现代语言会(MLA)的年会在波士顿召开,其中一场圆桌会谈的主题就是“华人在 MLA 的未来”,会议一方面呼吁正视中文研究的边缘位置,另一方面也提醒注意“大中华中心主义”的危险。参见詹闵旭:《华语语系研究的种族化转向:谈史书美、蔡建鑫、贝纳德合编的 *Sinophone Studies: A Critical Reader*》,《台湾文学研究》第四期,2013 年 6 月出版。

〔3〕 黄维樑认为,“华语语系文学”概念“学术上不专业,意识上有分拆、对抗的主张”,故不如“汉语新文学”名正言顺。此说虽自成其理,但是力求周延、包容的“汉语新文学”在学术旨趣和理论背景上与“华语语系文学”相去甚远,所以也很难与其直接对话。参见黄维樑:《学科正名论:“华语语系文学”与“汉语新文学”》,《福建论坛》2013 年第 1 期。

〔4〕 王德威对“语系”的解说是:“……所使用语系一词,与语言学较严格定义的语系(family of languages),如汉藏语系(Sino-Tibetan family)、印欧语系(Indo-European family)等,有所不同,意在说明中国大陆及海外不同华族地区,以汉语写作的文学所形成的繁复脉络”。参见王德威:《华语语系文学:边界想象与越界建构》,《中山大学学报》2006 年第 5 期。

的理由是,sinophone 作家所操持的华语,往往是多种语言的混合,比方一个马来西亚作家的写作中经常混有英语、马来语、泰米尔语,更不用说中国普通话、闽南话和广东话[1],所以 sinophone 文学应译为华语语系文学,以显示语系内部语言的多样性。也就是说,华语语系文学是复调(polyphonic)的,而一直以来所谓华语文学或者华文文学,都是强调语言的同一性。[2] 所谓多声部未必就是要在一部作品中不分轩轾地混杂各种语言,它首先意味着,华语语系作家所操持的语言本身就是混杂的,标准的汉语或者说普通话并不是他们写作的起点。立足混杂性应该说是华语语系研究的共识,石静远、王德威合编的《全球化的中国文学:批判性的文选》(*Global Chinese Literature*: *Critical Essays*, 2010)一书便主张文学生产与研究超越或舍弃国族文学立场,"探勘跨文化互动交流衍生出来的各种文化混杂现象"。[3] 但是,石静远、王德威是将中国大陆、离散华人、华侨、华裔的文学生产一并纳入考量,而史书美则要把中国大陆排除在外。她所理解的华语语系文学研究,关注的是"中国以外的华语社群,以及中国境内不得不使用汉语的少数族群"[4],是对"处于中国和中国性(Chineseness)边缘的各

---

〔1〕 史书美相信有些西方学者如 Victor Mair 的论断,很多所谓的方言其实是彼此独立的语言。*Sinophone Studies*: *A Critical Reader*, edited by Shu-mei Shih, Chien-hsin Tsai and Brain Bernards, New York: Columbia University Press, 2013, p9.

〔2〕 *Sinophone Studies*: *A Critical Reader*, p9.

〔3〕 詹闵旭:《华语语系研究的种族化转向:谈史书美、蔡建鑫、贝纳德合编的 *Sinophone Studies*: *A Critical Reader*》。需要指出的是,文集毕竟兼容并包,史书美主编的文集中选入了王德威的论文,反之亦然。

〔4〕 詹闵旭:《华语语系研究的种族化转向:谈史书美、蔡建鑫、贝纳德合编的 *Sinophone Studies*: *A Critical Reader*》,另请参看 *Sinophone Studies*: *A Critical Reader*, p17。除史书美本人的导言外,蔡建鑫有关"话题与争议"的前言也基本上能够代表史书美的看法。

种华语(Sinitic-language)文化和群体的研究”。〔1〕所以,此种研究虽然从最可求同存异的母语问题入手,却无意于以汉语或者中文大而化之地构建“世界华文文学”或者“华文文学的大同世界”〔2〕,它给人的第一印象,或许就是执着地批判对中国的执着(即夏志清先生所谓“obsession with China”)。

二、反离散:“在地”如何可能?

在 2007 年出版的《视觉与认同——跨太平洋话语语系表述·呈现》一书中,史书美近乎凌厉地说,诸如“China”“Chinese”“Chineseness”之类概念,不过是由健忘、暴力、帝国的野心以及个人认祖归宗的欲求等等积淀而成。〔3〕她所反对的已不只是中国中心主义(China-centrism),更是大中华中心主义(Sino-centrism),或者说中国文化中心主义。〔4〕她显然不能接受杜维明先生的“文化中国”论。后者将中国分出三个象征世界(symbolic universe),第一个世界是中国大陆、台湾、香港、新加坡等以中国文化为主导的地区;第二个世界是分散到世界的华人社区,如美国、马来西亚等地;第三个世界则是文化

〔1〕史书美:《反离散:华语语系作为文化生产的场域》,赵娟译,《华文文学》2011 年第 6 期。

〔2〕可参看刘登翰:《华文文学的大同世界》,花城出版社 2012 年版。

〔3〕Shu-mei Shih, *Visuality and Identity: Sinophone Articulations across the Pacific*, p182.

〔4〕数年前,中国学界有关“从现代性到中华性”的呼声引发关注,所谓中华性是一个力求突破民族国家框架的文化性概念,论者以其取代依托于西方中心主义的现代性概念。参见汤拥华:《评当前思想界有关“中国的现代性”的三种思路》,《浙江社会科学》2006 年第 3 期。

性的存在，是各地知识阶层对中国的理解。[1] 对杜维明来说，文化的中国既超越又稳定，而且他相信被重新赋予活力的儒学，能够承担起凝聚文化中国的使命。且不说史书美对儒学如何评价，那个由内而外、远极而返的空间想象，显然是她所不能接受的。她激烈地反对中国中心论，但这并不是要推翻中国中心以另建中心，也不是中心终有一天会变成边缘，而是根本就没有所谓中心与边缘，“他们”与“我们”，敌方与友方。[2] 史书美的政治是解构的政治，解构“中国”“中国性”“中国文化”等等。她反复强调，这些名号并不意味着同一性，事实上，各种意义上的中国都是混杂的充满内在冲突的中国。她不留余地地说，所谓“汉”，只是一条河的名字；所谓中国，也只是在漫长的历史过程中不断建构起来的概念而已。[3] 与中国这样一个超时空的、单一的、内在一致的本源或中心不同，华语语系是很多东西的集合，“作为活的文化和语言，它不能获取统一的定义”，它是历史性的存在，这种历史性的依托是三个坚持：坚持安身立命于中国之外，坚持相对于中国的弱势地位，坚持在特定时空中进行表述。[4] 简而言之就是拒绝

---

〔1〕 Tu Wei-ming, “Cultural China: The Periphery as the Center”, *Daedalus*, Vol. 120, No. 2, “The Living Tree: The Changing Meaning of Being Chinese Today”. (Spring, 1991), pp. 1 - 32.

〔2〕 *Sinophone Studies: A Critical Reader*, p20.

〔3〕 Shu-mei Shih, *Visuality and Identity: Sinophone Articulations across the Pacific*, p33. 针对史书美的观点，张英进在《视觉与认同》一书的书评中提出三点质疑：(1)“汉”不仅仅是一条河的名字，更是指称中国最大的民族；(2)与“中国”一样，“华语语系”同样是一个充满争议的建构；(3)越来越多的证据表明，哪怕是在1949年建国之后，“中国的”也一直处于多元异质的实践之中。书评见 *The Journal of Asian Studies*, Vol. 68, No. 1 (Feb., 2009), pp. 280 - 282.

〔4〕 Shu-mei Shih, *Visuality and Identity: Sinophone Articulations across the Pacific*, p34.

本质化的中国,转而考察中国如何在特定的时空中历史化。

就这样一种后殖民式的政治立场本身,此处无须多作争辩;[1]需要重视的是这一政治立场的理论关涉。当杜维明在解说中国第二层次的内涵时,他所使用的主题词是"离散"(diaspora)。既是离散,必要认祖归宗,某种程度上,离散是否定性的存在,或者说无根的存在,其唯一真实的内容就是回归。[2] 而史书美首要的议题,就是强调"离散终有头"(Diaspora has an end date)。[3] 以我的理解,这不仅仅因为漂泊者总有安居的一天,也不只是离散说在观念上强化了中国作为中心、起源的地位,更是基于这样一种观念:文化与政治的实践必须是"在地的"(place-based)。对史书美来说,中国是一个"present absence"(可译为"缺席的存在"或者"在场的不在场者"),由此华语语系研究就是在两种态度中作选择:要么,怀旧式的回望中国,将其作为文化的祖国和价值的源泉;要么,以强有力的表述对抗中国中心。[4] 史书美当然是选择后者,不过在我看来,她之所以要对抗中国中心,是因为她相信"中国人"这一身份标签妨碍了华人真正当地化。此当地

---

〔1〕 蔡建鑫认为这种看法是后殖民的逻辑,*Sinophone Studies: A Critical Reader*, p20。王德威对史书美的质疑见于《文学地理与国族想象:台湾的鲁迅,南洋的张爱玲》,《扬子江评论》2013 年第 3 期。王文介绍了国际学界有关质疑中国性的数种观点,还特别引述葛兆光教授近年来的论著,以作为对质疑的质疑。

〔2〕 近年来,原用于言说犹太人迁徙问题"diaspora"一词,越来越多地应用于华人研究。可参看 The Chinese Diaspora: Space, Place, Mobility, and Identity, edited by Laurence J. C. Ma and Carolyn Cartier, Rowman & Littlefield Publishers, Inc., 2003. 文学研究方面比较新的论著有石静远:《华裔流散中的语音与文字》一书(Jing Tsu, *Sound and script in Chinese diaspora*, Harvard University Press, 2010)。

〔3〕 Shu-mei Shih, *Visuality and Identity: Sinophone Articulations across the Pacific*, p185.

〔4〕 *Sinophone Studies: A Critical Reader*, p24。另见 Shu-mei Shih, *Visuality and Identity: Sinophone Articulations across the Pacific*, p31.

化不管是“作为当地人的中国人”，还是“作为中国人的当地人”，都要重新构建身份认同，而非诉求于有关“炎黄子孙”的现成的文化想象。对于一个在马来西亚谋生并试图活出自己的世界的华人来说，仅仅说“我们是炎黄子孙”是没有用的，那不足以化解他所面对的种种尴尬与冲突，因为没有人在乎你本来是什么人，重要的是你想成为什么人，你能成为什么人。我甚至认为，史书美之所以不愿意将中国大陆纳入华语语系研究的范围（甚至倾向于排除“回归”之后的香港），某种程度上也是因为她觉得中国大陆的居民基本上没有身份认同的问题意识，他们是在理所当然地做中国人，不需要考虑如何“落地生根”。〔1〕而如果借鉴詹姆斯·克利福德有关“根”(root)与“路”(route)的区分，即前者是来自原乡的牵绊与招引，后者是旅行与定居于异邦的过程，那么史书美显然立足于后者。〔2〕我们不妨将此称作“在地的政治学”。而就文学研究来说，不管史书美如何强调放宽文学研究的视野，她的着眼点都是“文学如何在地”。在理论研究的层面，我认为这才是史书美最值得注意的立场。〔3〕

---

〔1〕张英进与很多学者持同样的看法，华语语系研究排除大陆是不明智的，因为大陆内部的反同一性因素未必就弱于大陆之外。见 *The Journal of Asian Studies*, Vol. 68, No. 1 (Feb., 2009), pp. 280 - 282. 我认为在这个问题上史书美难以取舍，她当然希望强调大陆内部的冲突，但是这样一来，又等于是肯定了“中国”的建构本来就是冲突中的认同，因而有其历史的合理性。

〔2〕见蔡建鑫的讨论，*Sinophone Studies: A Critical Reader*, p19。

〔3〕Shu-mei Shih, *Visuality and Identity: Sinophone Articulations across the Pacific*, p185. 王赓武教授同样强调“在地”，只不过是“在地的中国性”，而在史书美这里，并不需要对中国性的执着，她并不站在“中国”的立场上考虑问题，这是史书美与众多研究华人问题的前辈学者的重要区别。参见 Gungwu Wang, “Chineseness: The Dilemmas of Place and Practice,” in *Cosmopolitan Capitalists: HongKong and the Chinese Diaspora at the End of the Twentieth Century*, ed. Gary G. Hamilton (Seattle: University of Washington Press, 1999), 118 - 134.

将这一立场落实到具体研究对象时当然会启人疑窦。首先这里有一个悖论,在某种意义上,反离散就是在不承认边缘地位的前提下立足边缘谈问题,史书美恐怕经常要面对这类尴尬。其次,"语系研究"这一表述给出的是"整体研究"的期许,而如果摒弃源与流、根与叶这类想象〔1〕,很多时候便不得不在反整体的逻辑下谈整体。更为复杂的是,如前所述,史书美希望同时反对中国文化本质论和定居国的国家种族主义,她所谓"在地",不是"带着根去在地",而恰恰是"无根方是在地",即在多元的、动态的文化境遇中,一点一点构建身份认同。不过,以上种种悖论情境,对史书美来说正可勾勒出华语语系研究的哲学向度。如果我们记得萨义德对东方学的界定,即后者不仅仅是研究东方的学术更是一种"使他者成为他者"的思维方式的话,〔2〕那么会发现同样的反思也体现于华语语系研究之中。史书美指出,"华语语系一开始是一个关乎群体、文化和语言的历史和经验范畴",但"它也可以重新被阐发为一种认识论",即那些本质主义的文化或者国族概念将被摒弃,"取而代之的是一些重新严密阐释过的概念,例如地方化、多样性、差异、克里奥尔化、混杂性、双语制、多元文化原则,等等,

〔1〕史书美反对以与根相关的隐喻谈中国文化问题,参见 Shu-mei Shih, *Visuality and Identity: Sinophone Articulations across the Pacific*, p189 - 90. 我感兴趣的是她以何种隐喻来代替?德勒兹、瓜塔里的"块茎"理论当然可以成为另一种想象方式,跳出以树为原型的本末之辨,任由茎在地下交错纠缠。但是,当中国文化与世界其他文化传统相提并举因此需要挺立自身的时候,我们是否真能放弃树的想象?多种语言游戏同时存在,可以改换"元隐喻"、"元象征",但未必能一劳永逸地摆脱一类难题。

〔2〕萨义德指出,东方学是一种思维方式,在大部分时间里,东方是与西方相对而言,东方学的思维方式即以二者之间这一本体论和认识论意义上的区分为基础。参见爱德华·W·萨义德:《东方学》,王宇根译,北京三联出版社 1998 年版,第 3—4 页。

以及其他可以用来更立体地理解历史、文化和文学的概念。”[1]这既是解构性的,即揭示统一的身份、文化所内蕴的冲突;又是建构性的,因为此处生活本身是在场的,混杂、参差以及那种非同一化的相互协调或者“谈判”(史书美喜欢用 negotiate 一词),正是生活应有的质感。[2] 如果我们愿意推进一步,那么还可以说,这甚至不是文化之间如何协调的问题,而是文化如何成其为文化的问题。总而言之,华语语系研究致力于提供一套更适合言说差异与混杂的学术话语。它是在差异与混杂中求得对历史、文化和文学的理解,而不是先对历史、文化和文学给出本质主义的想象,然后再想象本质如何破碎,离散与混杂如何发生。

有必要强调的是,华语语系研究不是在抽象的意义上鼓吹永恒的差异,而是要通过对特定混杂性的分析把握真实的存在,“华语语系作为活的文化、活的语言和活的民族,在时间和空间上都是确定的,要落实到不同的世代和不同的地点”。[3] 首先,就空间而言,华语语系研究强调在具体情境中分析混杂性,所有的地区文化都是混杂的,可是混杂的成分不一样,产生的成果亦不一样。[4] 史书美近期将华语语系研究分出三个方向:(1)大陆型殖民主义,即所谓中国大陆的内殖民(针对少数民族地区);(2)定居者殖民主义,针对新加坡、台湾等华人

---

〔1〕 史书美:《反离散:华语语系作为文化生产的场域》,赵娟译,《华文文学》2011 年第 6 期。

〔2〕 史书美在《视觉与认同》的开头有一段感想,她说电影《卧虎藏龙》那种南腔北调的国语与街市上的喧哗恰成映照,但是在此喧哗中,“人生活着并将继续生活下去,不管有多少不真实和不协调”。这是史书美对生活基本状态的理解。Shu-mei Shih, *Visuality and Identity: Sinophone Articulations across the Pacific*, p2.

〔3〕 *Sinophone Studies: A Critical Reader*, p18.

〔4〕 史书美、徐夏:《史书美:发展出一套半殖民理论》,《南都周刊》第 184 期。

主导地区;(3)移民,华人处于弱势的地区。[1] 不同类型的地区,所面对的问题也会不同。史书美本人在《视觉与认同》一书中,曾就后两个方向,以影视作品为材料分别做过分析。前者如比较港台影视中的“大陆妹”形象,展示港台两地与大陆不同的政治关联与文化交会;后者则重点分析游走于美国与台湾之间的李安电影。对李安的研究中引入了一个非常重要的概念,“少数化”(minoritization)。少数化是从作为国民的主体身份(史书美称之为 national subject,如作为“台湾象征”的李安)转化为作为少数族裔的主体身份(史书美称之为 minority subject,如在好莱坞世界中作为亚裔雇员的李安)。这种转化同时意味着生存的困境和表述的困境,尤以台湾问题的特殊性,李安需要在大陆、台湾、美国之间做各种复杂的连接与转换。在同一方向内,史书美还重点分析了所谓“马华文学”。她建构起一个矛盾关系:一方面,马来西亚华人作家的文学创作不折不扣地是“马来西亚文学”的一部分;另一方面,华语在马来西亚是小语种,马来西亚的华语语系文学是“少数文学”(minor literature),此种少数文学需要在马来西亚本土语言及文学的强势地位下,求取一个对语言与文学异质并存的允诺。[2] 她在《反离散——华语语系作为文化生产的场域》一文中,特别介绍了马来西亚作家贺淑芳的短篇小说《别再提起》。主人公是华裔马来西亚男性,为了享受税收方面的优惠,改信了伊斯兰教,结果去世时他的妻儿为其安排了道教的葬礼,引发一场抢尸的闹剧。史书美将

〔1〕 *Sinophone Studies*: *A Critical Reader*, “Introduction”.

〔2〕 *Sinophone Studies*: *A Critical Reader*, p8. 史书美注意了与德勒兹、瓜塔里意义上的“少数文学”区分,后者指的是用主导语种写作的少数族裔的文学,如捷克人卡夫卡用德语或美国黑人作家用英语写作的文学。

此作品视为寓言,是对国家种族主义(马来西亚国家的)和中国文化本质论(中国家族的)的双重批判,“这幅文化混杂的场景,丑陋且充满臭味,并不是某些后殖民论者所欢呼的文化混合;准确地说,它丑陋而充满臭味,是因为混杂性并不被国家种族主义和中国文化本质论所承认;这并不是一个让人轻松的场景。而‘华语语系’正是试图面对这种困难和复杂性,来把自身表述为一种存在。”〔1〕这种对特定地区特殊矛盾关系的深入剖析,有论者称之为华语语系研究的“种族化转向”〔2〕,而所谓“种族”,在我看来也就是更为彻底的“在地”而已。

其次,华语语系强调历史,凸显过程,强调对时间性保持敏感。〔3〕史书美指出,华语语系研究所关注的是“处于中国和中国性的外部或边缘的区域的文化生产,在这些区域,中国本土文化数百年来一直处于异质化与当地化的历史进程之中”。〔4〕之所以强调“进程”(process),是要以特定时空的“实践”在多元与一元之间找到平衡。一方面,“在地”必须是“成为什么”;另一方面,这种成为又没有理所当然的目标,它是持续的震荡、沉淀和生长,华语语系作为“在地的、日常的实践与经验,是一个历史的形成过程,持续发生着各种转变以适应当

〔1〕史书美:《反离散:华语语系作为文化生产的场域》,赵娟译,《华文文学》2011年第6期。

〔2〕詹闵旭:《华语语系研究的种族化转向:谈史书美、蔡建鑫、贝纳德合编的 *Sinophone Studies: A Critical Reader*》。詹文认为,此研究趋势的转向策略性十足,“目的是为了跳脱中国VS海外移民的框架,开拓出传统中文/汉学研究以外的崭新认识论,把视野投向各华语语系地区所面临的种族关系”,并且希望“跳脱东亚研究范畴,转而与其他学科接轨”。

〔3〕Shu-mei Shih, *Visuality and Identity: Sinophone Articulations across the Pacific*, p34.

〔4〕Ibid, p4.

下的需求与环境”。〔1〕在《华语语系研究》一书中，有论文以阿来这样的作家为材料讨论所谓“内殖民”问题，虽然政治立场难以为大陆学界认同，具体分析过程亦显出诸多偏见，但是作为理论方法而言，在汉语的文本中发掘出标准国语与少数民族语言以及方言的冲突，循此路径使作为统一实体的中国被问题化，本身有其学术价值。华语语系研究不需要就阿来或张承志这样的作家是不是中国作家做一个简单的认定，因为既然建立了一个开放性的框架，汉、藏、回之间的文化与语言冲突的历史过程已颇有文章可做。〔2〕我认为语言的混杂性正是历史与当下的连接点，而且它也是形式与内容的连接点。当代文学研究在时间性向度上的开掘，需要使文学的形式与内容在历史中统一起来，在这方面，史书美经常提到雷蒙·威廉斯的一个观念，即“form”(形式)与“formation”(形成)的统一。她本人从写作《现代的诱惑》开始就有这方面的实践，即在一个正在展开的历史过程与特定的文学形式之间建立关联。〔3〕她对京派小说家废名的分析，便能从文体、语言的特质传达

---

〔1〕Shu-mei Shih, *Visuality and Identity*: *Sinophone Articulations across the Pacific*, p30.

〔2〕《华语语系研究》一书收入罗鹏(Carlos Rojas)对作家阿来的分析:《声音的危险——阿来与华语语系》(“Danger in the Voice: Alai and the Sinophone”, *Sinophone Studies*: *A Critical Reader*, p296 - 303)。王德威、石静远主编的《全球中国文学》一书中亦收入罗鹏《阿来与内在离散的语言政治学》一文(*Global Chinese Literature*: *Critical Essays*, edited by Jing Tsu and David Der-wei Wang, Boston: Brill Press, 2010, p115 - 132)。在前文中罗鹏认为，阿来的“文学的声音”的性质不能由国别和语言决定，还必须综合考量他对特定文化与地域的认同、他所写作的题材、所接受的作家的影响以及与特定政权的关系等等。在后文中他进一步指出，这种文化归属上的暧昧性所提出的问题不是如何重新定义“中国文学”或“中国性”，概念的混杂本身就是富于生产性的研究课题。

〔3〕Shu-mei Shih, *The Lure of the Modern*: *Writing Modernism in Semicolonial China*, *1917 - 1937*, p31.

出古今中西的文学互动交错的信息。而华语语系研究在此向度内自有其方便的思路，史书美在《视觉与认同》一书中曾提请我们注意这一案例，来自台湾、在美国工作的导演李安，所拍摄的《卧虎藏龙》一方面非常中国，另一方面却又不在语言上求取规范、标准，让演员各自以其香港、台湾、马来西亚、中国大陆等地的口音说国语，为什么一个看似统一的国语却会出现裂缝？这样的例子能够让人直观地领会华语语系研究的长处，因为基于华语语系研究的立场，“何种汉语是纯粹的汉语”根本不是问题，混杂是必然的，需要讨论的只是“混杂如何构成”“何种因素影响混杂”“为什么混杂在此时出现”“此混杂如何被接受，模仿，深化”等等。这既是形式的微观分析，也是一个复杂、多元的历史过程的局部呈现。总之，华语语系研究是有能力在文学的内部成为一种历史研究的。

三、理论的限度与“在地的文学”

华语语系文学或者华语语系研究是政治色彩浓厚的理论方案，但是从一开始，本文就不将诸如“遏制中国”之类议题列入讨论，不管理论家本人在现实政治中的立场如何，我们所关心的只是她所提出的理论方案的政治潜能。史书美相信，华语语系作为范畴(category)可以成为实践与行动的方式[1]，这种信心是可以理解的，但是要将“在地的政治学”——作为微观政治或者说文化政治——从立场化为实践绝非易事。此处可以提三个方面的问题，这三个方面相互关联。首先，

〔1〕 Shu-mei Shih, *Visuality and Identity: Sinophone Articulations across the Pacific*, p33.

史书美虽然强调历史，强调过程，但她对历史与权力的关系的考察却难称辩证——她反复强调历史中有权力，却不肯承认历史本身的权力。也就是说，她尽可以揭示中国这一概念是在历史中形成的，但能否据此说“没有中国”？作为理论分析的框架，从 Chinese 到 Sinophone 的转换不是单向的，在考察 Sinophone 文学时，同样有必要经常回到 China 和 Chinese 的视角，回到离散的逻辑，否则仍然无法理解很多文化现象。比方说，即便在 Sinophone 的框架中能更从容地处理李安《卧虎藏龙》中的口音问题，但若是认为对李安来说作为“根”的中国文化已经不再有价值，那么基本上很难理解这类作品的意蕴(且不说史书美曾重点讨论的“父亲三部曲”)。史书美希望能够一劳永逸地破除中国中心主义，但是对中国中心主义的批判，并不等于否定民族的中心地位。[1] “离散终有头”，但是离散又总会重新开始，中心与离散的空间想象，或许原本就是民族、文化的内在逻辑。如果在这个问题上做过于简单化的处理，相关讨论恐怕难以深入，反离散的理论决断，有可能沦为一个“美丽而苍凉的手势”(张爱玲语)。

第二个方面的问题是，史书美相信视角或者说思维方式的转换是决定性的，所以华语语系研究有成为认识论的潜力，在这个问题上，理论家常常会想象一种“哥白尼转向”的可能性。但是，真有这样大的影响吗？它或许只是“元叙事”逻辑的延续，是另一类型的“启蒙谬误”。事实就是，有关“本质”或者“中心”的叙述，很多时候只是被实用主义

---

〔1〕 作为美籍印度裔学者，杜赞奇有一段话值得深思：“虽然我的目标是批判作为历史主体的民族，但是我深切地意识到，至今还没有什么能完全替代民族在历史中的中心地位。且不谈别的，不论是作为历史学家，还是普通的个人，我们的价值观都是由民族国家所塑造的。”杜赞奇《从民族国家拯救历史：民族主义话语与现代中国史研究》，第 4 页。

地使用,也就是说,对一个真实的华人来说,他可以拒绝任何“根”,也可以接受所有的“根”,还可以权宜变通地不断调整自己的文化归属,但这只是为了适应生活的需要,未必就能产生实际的区别。一个研究者应该意识到这样一种困境的存在,当她深入生活的内部时,会觉得一切宏大的概念都无足轻重,或至少是互相祛魅,值得考虑的是一个具体的人怎么活下去;但是当她由此生活的现场抽身而出,又会发现种种宏大叙事或安然无恙,或重新集结。理论家如果希望通过批判某种中心主义而一举改变文化的逻辑,甚至改变生活的质地,是有可能会陷入“无物之阵”的:仿佛命中靶心,但是无人倒地。立场的转变也许只是视角的转换,而研究对象本身是多向度和多层次的。轻信元叙事意义上的“启蒙”,很多时候只是“好像明白了”而已。

由此引出第三个方面的问题。要指出的是,类似中西二元对立这样的思维模式,虽然经常成为问题化的对象,但它本身亦可形成新一层次的问题化。比方说,志在解构中国中心主义的华语语系研究,岂不是在维护西方中心主义?作为一种理论方案,华语语系研究岂不是以“反本质主义”为取向的当代西方理论——尤其是后结构主义和后殖民主义理论——向新的研究领域的推进?而那些受到完整西学训练的华裔知识分子,在寻求更能针对东方以及中国问题的理论框架时,岂不是代表西方来自应对中国的挑战?[1] 如此种种,不一而足。

---

〔1〕朱崇科的议论应该有足够的代表性:“史书美探讨华语语系最具合法性的论述不应该是今天这个样子:熟练操持着国际通用语言——英语,在美国优秀大学的教授位置上利用边缘姿态发声,却以东方主义的眼光看待普通话以及中国大陆。如果符合她所界定的跨殖民实践,她的论述更应该使用她的少为人知的混杂母语。”参见朱崇科:《华语语系的话语建构及其问题》。

当然,对于此类问题史书美并非全无应对能力。针对论者提出的她是“用西方理论批判西方中心主义”的批评,她反批评道,很多在美国生活的所谓“离散的学者”都有拒绝成为“美国人”的倾向,归根结底是因为他们不愿意成为“少数族裔”,但事实就是,他们不是作为东方人利用西方资源,他们就是西方人。她同时指出,讨论是东方还是西方的文化资源,要看具体的地点,问题不在于东西文化是否遭遇,而是在哪里遭遇。〔1〕这一答辩再次体现出“在地”的逻辑,但它只是把问题往后推了一步,因为中西冲突本身就是“在地”的内容,并不是说一个在美国的华人学者把自己当美国学者就可以“在地”,而是说,当我们就某个学者的某一理论资源的文化归属进行质疑时,“在地”的困境便由此展开。单方面宣布跳出中西对立——或者说“理论无祖国”——只是抽象的表态。我们可以反对抽象的质疑,但不能以抽象对抽象,因为并非所有的理论陈述在所有的情况下都会引出“这是中国理论还是西方理论”的质疑,而一旦质疑出现,就说明相关理论陈述触发了某种反思的可能。此时,知识、身份与权力的纠葛不再只是理论分析的对象,理论自身也将卷入其中。

总之,从离散到在地的转换是以新的路径进入现代知识的困境,而不能保证走出困境。离散也要在地,在地也是离散,核心的矛盾关系始终存在。一味强调“反离散”,对中国中心主义过分敏感,只会简

〔1〕在前面所讨论的《全球文学与认同的技术》一文发表之后,有在印度生活的学者提出质疑,认为史书美虽然反对西方中心主义,但她用来反西方中心主义的理论资源同样是西方的。Sabarimuthu Carlos and Shu-mei Shih, “Moving beyond Eurocentric Theory”, *PMLA*, Vol. 119, No. 3, Special Topic: Science Fiction and Literary Studies: The Next Millennium (May, 2004), pp. 555 - 556.

化问题。需要提到的是，王德威近年来所倡导的对“后遗民写作”的研究，与史书美的华语语系研究虽颇有同气相求之处，但其提问方式与思考路径自成一格，王德威所重视的恰恰是一个世代“完而不了”，“宁愿更错置那已错置的时空，更追思那从来未必端正的正统。”〔1〕我个人建议让“反离散”与“后遗民”互为参照、彼此启发，不过此处还是继续在史书美本人的逻辑内谈问题，但是将讨论转到另一方向——前面所展示的离散与在地的理论纠结，也许需要在文学的维度中重新演绎。首先要问的是：华语语系这一概念，能为文学研究本身增加什么？这里所谓“文学研究本身”，当然不无“本质主义”色彩。我们知道，作为理论时代的产物，华语语系研究早已进入文化研究的论域，史书美主编的《华语语系研究——批判性的文选》，书名也已弱化“文学”，不仅如此，编者还呼吁学界同仁在电影、音乐、舞台演出、新闻出版等方面多作努力。〔2〕不过，该书的撰稿人仍以文学研究者居多。史书美解释说这是因为文学在华语语系的文化中有突出的重要性，但是这种重要性的依据何在，她语焉不详。我想说的是，文学从来就不只是言说某一问题的材料，更是这一问题展开自身的方式。也许华语语系文学研究的焦点不在于所分析的文本中有多少文学文本，而在于以怎样的方式使用文本，才能让使用本身成为“文学的”？前面看到，在华语语系研究的论域内，史书美对文学已经有两种使用方式，即内容的例证和形式的类比：一种是用文学的意蕴解说某一政治(文化)观念，一种是用文学形式与政治(文化)观念互相阐发。这些既是批评策略，又

〔1〕参见王德威：《文学地理与国族想象：台湾的鲁迅，南洋的张爱玲》。并请参阅王德威：《后遗民写作》一文，收入《后遗民写作》(台北：麦田出版，2007年11月)，第1—36页。

〔2〕*Sinophone Studies*: *A Critical Reader*, p18.

是理论的建构,是对文学与政治的矛盾关系的特定把握。我个人的看法是,史书美虽然能够娴熟地进行相关批评实践,但她明显是用文学来解释她所理解的政治现实。虽然华语语系视角下的政治现实足够复杂,因而文学解读有时也能生动饱满,但是这类解读并没有能突破再现论的逻辑。此处需要的不仅仅是更细腻的形式分析手段,还需要对文学与政治的关系展开更富挑战性的思考。

有必要指出的是,在《全球文学与认同的技术》一文中,史书美曾赋予文学这样的超越性:文学总是定位于某一结构或者系统中,但是文学文本的力量,就其效果和影响而言,又总是能够超越结构和系统,超越时空的限制。〔1〕此种使用是将文学设置为"异度"的存在,它虽然会被卷入经济、政治与文化的全球一体化的过程,但是究其本质而言,文学从来就不是"世界文学",它是对立于均质化、同一化的。这是文学与政治的又一种关系模式。而在发表于 2011 年的《华语语系的概念》("The Concept of The Sinophone")一文中〔2〕,史书美对文学又有了新的理解。她引人注目地援引了萨特,后者在《什么是文学》一文中提出了"境遇中的文学"的理念,即将写作定义为在特定历史时期发生的行动,以对立于脱离时代的追求百世荣耀的"抽象的文学"。此境遇中的文学看似囿于一时一地的政治功利,实则同样追求普遍性,只不过它追求的是"具体普遍性"(concrete university)而非"抽象普遍性",也就是说唯其能把握住具体性,故能达致普遍性。史书美将此逻辑引入华语语系文学的研究,并且补上萨特的论述中缺失的环节,即

〔1〕 Shu-mei Shih, "Global Literature and the Technologies of Recognition".

〔2〕 Shu-meiShih, "The Concept of the Sinophone", *PMLA*, Vol. 126, No. 3, May 2011. 另请参看《萨特文集·文论卷》,施康强译,人民文学出版社 2005 年版,第 207—208 页。

地理的境遇。史书美认为,一部华语语系文学作品应致力于使特定的时空体得以显现,也正因为这种对特定地域与历史的执着,文学作品才能获得“世界性”(worldliness)层次,后者既非某一文化的自我膨胀,亦非全球化的同义语,而是指向关于有限性的艺术与伦理学。在此基础上,史书美重申华语语系可以成为一种认识论,她将其分解为几重内涵:首先,当离散本身被视为价值时宣告离散的结束;其次,规避单一语言主义、民族中心主义和殖民主义;再次,显示存在的开放性和语言共同体的多孔性;最后,以求取具体普遍性为目标。〔1〕在我看来,此番描述虽志在哲学建树,但它所勾勒的其实是一种把握文学之为文学或者说“文学性”的方式。这是对“文学如何在地”的回答:文学从一开始就承受了离散之重,因为文学总是倾向于从一个文化的共同体那里求取自我认同,比方“中国文学”或者“马来西亚文学”之类,但这只是问题的一个方面;另一个方面是,文学是“当下的”“在地的”,即文学作品必须把握住能够使自身区别于某一文化传统的当下性,从而成为自身,这也许就是所谓在离散成为价值的时刻——即文学使作为整体的文化自身得以显现的时刻——宣告离散的终结。〔2〕所以,一部真正意义上的华语语系的作品,应该“是又不是”中国文学。而由此引出的结论或毋宁说想象就是:一部作品的诞生,一方面使那些影响着这

---

〔1〕 Shu-meiShih, “The Concept of the Sinophone”, *PMLA*, Vol. 126, No. 3, May 2011.

〔2〕《华语语系研究》的编者认为,哈金“流放于英文”(Exiled to English)的说法是“离散终有头”的形象化说明,实则不然。哈金并非已经忘记了中文,而是他要通过英文写作来抵抗中文所承载的文化和政治的重负,以维护文学的纯粹性。我认为哈金的写作实践的确很适合用来解说华语语系文学的内在矛盾,但是哈金想象可以通过改换写作语言便跳出文学与政治的纠葛,未免太过简单,他本人的写作也很难贴上“非政治”的标签。或许我们可以戏剧化地说,文学与政治的纠葛,体现在他那汉语色彩十足的英文写作中。*Sinophone Studies*: *A Critical Reader*, p22, p124.

部作品的各种文化因素同时呈现(史书美所谓 overdetermination),另一方面又使它们失效。这已经不只是作家对生活之混杂性的把握,更是对写作本身的自觉。

当讨论推进到这个文学本体论的层面上时,Sino 与 China 以及离散与在地的矛盾关系,才显出更为深刻的理论价值。而且,我认为此处能够对接上德勒兹、瓜塔里有关“少数文学”(又译为“少数族文学”“小众文学”或“弱势文学”等)的论述。“少数文学”不是用少数人操持的语言写作的文学(与华语语系文学不同),而是在某一语言与文学的同一体内成为少数(德勒兹和瓜塔里戏剧化地说:这是文学中的“化外之邦”、不发达地区或“第三世界”[1]),此少数文学的特征是“语言的去疆域化”“个体生活的政治化”和“表述方式的群体化”[2],这些特征都可以与华语语系文学的相关内涵相互比照。但是此处需要特别注意的是,在德勒兹和瓜塔里的论述中,“少数文学”的政治潜能是与文学内部的分裂、冲撞、置换与更新互为表里的。呼吁作家不应只是为民族代言,还应致力于“成为少数”(becoming-minor)[3],这是一种由文学在语言内部的冒险所生发出的政治诉求。我觉得这一点对史书美的华语语系文学研究是重要的提醒。当史书美说立足弱势、边缘或者外部,坚持语言的异质性并且强调时间和空间的特定性时,她是在以自己的方式描述文学在所谓“华文文学的大同世界”中不可化约的、异质性的存在,一种她所理解的“在地”,这是非常重要的工作;但她应

---

〔1〕 Gilles Deleuze and Félix Guattari, *Kafka*: *Toward a Minor Literature*, trans. Dana Polan, Minneapolis: University of Minnesota Press, 1986, p27.

〔2〕 Gilles Deleuze and Félix Guattari, *Kafka*: *Toward a Minor Literature*, p16 - 18.

〔3〕 Ibid, p27.

该更为明确的是,仅仅只是形象地展示少数族群的可以被清晰表述的困境是不够的,文学之所以成为“少数文学”,是因为它执着地探索言说的限度与可能,此探测能够在催生新的生存体验和政治想象的同时,刷新我们对文学本身的认识,从而产生持续的启示效应。[1] 所以研究者必须时时回到这一共识:“华语语系文学是什么”的背后,是“文学是什么”。以此为前提,华语语系研究才有希望成就某种“认识论”,而非只是改变了某些认识而已。

---

〔1〕可为参照的是,王德威在就“华语语系文学”接受《新加坡联合早报》采访时说,“丰饶的暗示性正是语言的、文学的本质,也是恐怕其他学科既无法容忍又很难处理的”,“只有经过‘文学’这样东西,我们不仅直视人间的痛楚,而且触及生命的深不可测之处,进而方有启悟的可能。”见《联合早报》2012 年 9 月 23 日文章:《“华语语系”(Sinophone)的概念提供了新的批评界面:王德威教授专访》。

第三辑

作为理论的文学史

走出“福柯的迷宫”

——从有关中国现当代文学史写作的论争谈起

在一次访谈中，文学史家陈平原先生抱怨道：“九十年代以后，我们懂得了福柯，动不动往权力、往阴谋、往宰制方面靠，每个人都是火眼金睛，看穿你冠冕堂皇的发言背后，肯定蕴藏着见不得人的心思。不看事情对错，先问动机如何，很深刻，但也很无聊。”〔1〕这一批评是否公正暂且不论，以福柯话语权力理论的引入作为当代中国学术转型的标志，必能引起很多人的共鸣。尤其是在陈平原先生所处的中国现当代文学史研究领域，要想完全避开话语权力理论以及其他以福柯学说为支柱的新历史主义理论、后殖民主义理论、性别理论等等，已变得

---

〔1〕 查建英编著：《八十年代：访谈录》，北京三联书店2006年版，第132页。

越来越困难。进入新世纪以来,虽然“理论热”若有消退之相[1],但“福柯”(不仅仅是其本人,更是作为一类学术思路的共名)仍是一个难以绕开的存在。不过我们当然明白,那看起来向所有人开放的通衢大道,往往会成为一座迷宫,而本文的写作目的,正是希望在文学史写作的论域内,对此迷宫的一角有所探测。

一、启蒙还是学术——“文学/史”的危机

“历史感”一直是人文科学学术性的重要构成因素,文学研究亦莫能外。以今日中国的情况来看,伴随着文学研究学院化的进程,文学研究颇有被历史研究“收编”的态势。这一状况让不少学者感到不安。文学史家洪子诚教授有一篇文章的题目就叫《我们为何犹豫不决》,正是这种心态的表达。洪子诚教授的研究领域是中国当代文学,这本是一个被认为“不能写史”的领域,但是,“进入20世纪90年代以来,我们乐意听到的,是‘回到历史情景’、‘触摸历史’,是‘将历史历史化’,是福柯的‘还原历史语境的知识考古学’,是陈寅恪的‘对于古人之学说,应具了解之同情’,是把对象当作客观、独立的对象,把注意力放置在对象内部逻辑的发现;是避免强烈道德判断的加入和对研究方向的支配;是对概念、现象作凝固化、本质化理解,转变为把它们看作是历史构造之物……对于当代文学的历史,这种方法上的变化,可以称作从

---

〔1〕 参见盛宁:《“理论热”的消退与文学理论的出路》,南京大学学报(哲学、人文科学、社会科学版),2007年第3期。

‘外部研究’到侧重‘内部研究’,或从‘启蒙主义’到‘历史主义’的偏斜。”[1]对这一转变,洪子诚教授的态度是积极而又审慎——一方面,他本人是推动当代文学史研究的重要力量,其《中国当代文学史》一书因多有突破而名重一时;另一方面,他从未解除这一类疑惑:“我们究竟能在多大程度上搁置评价,包括审美评价?或者说,这种‘价值中立’的‘读入’历史的方法,能否解决我们的全部问题?”“当我们在不断地质询、颠覆那种被神圣化了的、本质化了的叙事时,是不是也要警惕将自己的质询、叙述‘本质化’、‘神圣化’?”而且,“是不是任何的叙述都是同等的?我们是否应质疑一切叙述?在一切叙述都有历史局限性的判定之下,我们是否会走向犬儒主义走向失去道德责任与逃避必要的历史承担?……”[2]

这种“犹豫不决”的态度,也在《中国当代文学史》一书中表现出来。有学者指出,洪著文学史包含着一个两难选择,即文学史写作究竟是持“学术立场还是启蒙立场”。[3] 所谓启蒙立场,是有一个特定的价值关怀,此价值关怀指导着对具体作品的分析;而所谓学术立场,则是力求忠实客观、多元开放,着眼于复现当代文学每一时段的社会文化语境,而将价值判断暂且悬搁。论者在讨论洪著的同时,特别比照了复旦大学陈思和教授主编的《中国当代文学史教程》,认为后者完全是启蒙式的学术,在对作品进行价值评判时毫不犹豫,精英立场一以贯之——但这未必就是更加深刻的。论者显然是要把学术与启蒙

〔1〕 洪子诚:《我们为何犹豫不决》,《南方文坛》2002年第4期。

〔2〕 钱理群:《读洪子诚〈中国当代文学史〉后》,《文学评论》2000年第1期。

〔3〕 昌切:《学术立场还是启蒙立场》,《文学评论》2001年第2期。

的冲突作为文学史写作的根本矛盾,但凡文学史家都不能回避它,区别只是问题意识的强弱和应对方法的高下。如果细加分析,学术与启蒙的矛盾至少有三个层面的内涵:首先,就传统的哲学逻辑来说,它是历史还原与价值判断的两难,简单说就是事实与价值之争,这种境况可以说是人文学科的通性,文学史研究亦莫能外;其次,它是结构主义以来西方现代知识反思的产物,它意味着“我思”不再不言自明,知识与思想之后所隐含的权力关系成为学术探究的重点;其三,在当代中国特定的语境中,它指向 20 世纪 90 年代以来的“学术”与“思想”之争和一种新的学术思想氛围,后者以怀疑主义为主调,要求反省那些在“五四”时期和 20 世纪 80 年代被神圣化的东西,比方“进步”“文明”“纯文学”“人性解放”“审美性”之类。正是这些神圣之物成为当年“重写文学史”的支柱,对它们的反思与重构不仅指向文学史新一轮的重写,更指向新的文学本质与价值。

毫无疑问,在此新的本质与价值确立之前,会有一个“虚无”与“中空”的阶段,此时文学史家的两难状况是:如果启蒙本身尚在反思之中,它就不能理所当然地用作衡量作品的标准;但是这样一来,又可能使对作品的价值判断变得没有标准,因而预先宣告了启蒙的过时。而且,没有标准不仅意味着不能评判,还会影响到作品分析的展开——因为所谓作品分析,无非不过是将作品零散的细节组织为价值的整体。一种有待反思的价值立场如何行使其功能,实在是太过复杂的问题。洪子诚先生这批学者觉得暂时没有办法解决这一问题,只能是边做边看,正如钱理群先生所说:“我们不能等一切想清楚了再去研究和写作。这是一个没有完结的不断思考与不断探索又不

断质疑的过程。”〔1〕

这种态度当然不能令所有人满意，洪子诚先生的同事李杨先生就在一封公开信中提出了批评意见。〔2〕李杨先生认为，洪著走出了一条正确的道路，即从20世纪80年代以启蒙主义为价值尺度、以“断裂论”“等级制”为叙述逻辑的研究形态走向了“知识考古/谱系学”。后者确立了这样一种信念：作为历史的研究者，我们面对的并不是历史本身，而是关于“历史”的“叙述”；我们关心的问题由一个“真”与“假”的“价值”问题转变为一种“知识谱系学”的问题，也就是一个“学术”问题。李杨先生称赞道：还有什么方式比这样的文学史叙述更能体现中国当代文学研究知识范型的转换呢？但是接下来，他又表达了他的遗憾，因为洪著这种“化本质为叙述”的逻辑并不彻底。表现之一，是它将二十七年文学判定为“一体化”的文学，而将“五四”时期和80年代的文学判定为“多元化”的文学，而且在这种区分中隐含着价值判断，即多元的文学要高于一体的文学，更能体现出文学的本质。李杨教授评论道：

> 从前门赶走的等级制，又从后门悄悄溜了回来。其实，如果坚持福柯式的知识谱系学方法，对文学和权力的关系是存在另一种更为“学术化”的写作方法的。对福柯而言，“一切都是权力关系”，在所有的时代，都存在权力对作为知识范畴的文学的压制。换言之，从来不存在不被“一体化”的文学时代。……我们将在新

〔1〕 钱理群：《读洪子诚〈中国当代文学史〉后》，《文学评论》2000年第1期。

〔2〕 李杨：《当代文学史写作及相关问题的通信》，《文学评论》2002年第3期。

> 的意义上认同福柯的观点："知识分子本身是权力的一部分，那种关于知识分子是'意识'和言论的代理人的观念也是这种制度的一部分。"

这些论述给人深刻的印象，足以确立李杨与洪子诚两位先生在历史/叙述问题上的差别。后者希望通过还原历史情境，发掘文本之后的历史信息，最终穿透已有观念的帷幕，回到历史的真实；前者则是要引入一种彻底的话语/权力逻辑，即不再追求那唯一的真实，而是着眼于对观念所承载的权力关系进行持续的、永不设限的分析，从而彻底地"历史化"。比较而言，后者是更"理论化"的，因为今日所谓理论，基本上是在结构主义—后结构主义的统辖之下，它不再是以某种方法探求某种稳定的本质，而是以一种变动、生成或者构成的逻辑代替传统的本质论与真实观——照福柯的说法，一种知识的"考古学"正是"给理论领域所起的名字"（福柯语）。[1] 显然，在李杨先生看来，洪子诚先生等人的历史研究只是在自身的研究中不自觉地与这种考古学发生了呼应，由于缺乏理论的自觉性和彻底性，它无法从根子上消解那些二元对立结构。陈思和先生的《中国当代文学史教程》同样如此，李杨先生指出，陈著文学史一直在批判二元对立，却建立了主流文学（非文学）与民间/潜在文学（真文学）的二元对立关系。一种知识考古学的逻辑要求终止文学/非文学的区分，因为这种区分是价值判断，而历史研究所要做的是"致力于还原历史情境，通过'文本的语境化'与'语境的文本化'使文学史的研究转变为一个时代与另一时代的平等对

---

〔1〕 参见福柯：《知识考古学》，谢强、马月译，北京三联书店 2003 年版，第 231 页。

话，这不是荒诞地力图否定相对确定的真理、意义、文学性、同一性、意向和历史连续性，而是力图把这些元素视为一个更加深广的历史——语言、潜意识、社会制度和习俗的历史的结果——而不是原因”。〔1〕

李杨先生这一番言说，能否落实为文学史研究切实可行的方案？“触摸历史”与“绝对历史化”这一“半截子福柯主义”与“彻底的福柯主义”的对立，是为文学史的写作提供了两种不同的范式，还是后者完全取代了前者？我们所看到的是，在今天层出不穷的文学史教材和论著中，最主流（虽然也最受诟病）的写法，还是传统的“双线并进互动”式，即一条政治文化演变的线索，一条文学自身发展的线索，后者反映前者，前者影响后者。而比较受学界推崇的正是“触摸历史”这一路，最典型的代表是谢冕先生主编的《百年中国文学总系》（山东教育出版社1998年版），以黄仁宇《万历十五年》为参照，展示文学与历史在特定时段内的扭结，令人耳目一新。但是这种写法由于要追求“现场感”，比较适合写一个时间点，而难以容纳较长的时间跨度，所以《百年中国文学总系》只能让每个学者写一个年份，然后组成一段完整的历史——这种完整性与我们通常所理解的文学史的完整性当然大不一样。而第三种写法，即所谓“绝对历史化”，则似乎不太像是在写文学史，其最主要的成果是对一批经典作品（尤其是所谓“红色经典”）作了“再解读”〔2〕，即“把文学作品放到更为复杂的历史语境和文化建构过程之

---

〔1〕 李杨：《当代文学史写作：原则、方法与可能性——从陈思和主编的〈中国当代文学史教程〉谈起》，《文学评论》2000年第3期。

〔2〕 参见唐小兵编：《再解读——大众文艺与意识形态》，北京大学出版社2007年版；黄子平：《“灰阑”中的叙述》，上海文艺出版社2001年版；李杨：《50—70年代中国文学再解读》，山东教育出版社2003年版。

中，探讨它在社会文化中的位置、它如何与更大的历史话语建立起联系、如何‘象征性’地呈现特定历史情境中的文化逻辑和文化理念”。[1] 这一解读方式在文学研究界的影响不小，但是它那以单篇作品为对象、“小题大做，举例说明”（刘禾语）的体例，在形态上更接近于文学批评；而就其内容来说，由于它们所要证明的是我们用于连缀文学作品的历史叙述并不可靠，所以本身带有强烈的“反历史”色彩，即便将那些个案分析聚拢在一起，它们也不会自行构成历史，至少不会构成我们所熟悉的宏大的、完整的历史叙述。这一状况，“再解读”的主要实践者自己也认为是一个遗憾，并且有所反思。[2] 综合以上考察，我们的结论只能是：当中国文学研究界在福柯理论的启示或刺激下，对“历史之为历史”的本质获得了更为深刻的理解之后，文学史的写作已经变得越来越艰难了。

二、“知识本身的考察”是否可能？

在这一不无尴尬的境况中，会很自然地产生一种想法，即索性将“文学史中的反思”推进到对文学史本身的反思，不再把文学史写作当成是天经地义的。王瑶先生曾说，几乎每一位研究中国文学的学者，其最后志愿都是写一部满意的中国文学史[3]，但是既然我们已经没

---

〔1〕贺桂梅：《“再解读”：文本分析和历史解构》，《海南师范学院学报（社会科学版）》，2004年第1期。

〔2〕参见唐小兵、黄子平、李杨、贺桂梅等：《文化理论与经典重读——以〈再解读——大众文艺与意识形态〉为个案》，《文艺争鸣》，2007年第8期。

〔3〕转引自陈思和：《漫谈文学史理论的探索和创新》，《文艺争鸣》2007年第9期。

法像王瑶先生那样写文学史了，这一志愿本身也变得可疑起来。陈平原先生是文学史研究的名家，但是他多次质疑文学史这一学科的合法性和必要性，他说：“面对如此坚挺的‘学科’，我想提一个小小的问题，‘文学史’真的有那么重要吗？破除‘迷信’的最佳方法，莫过于思考这一学科的建立，以及这一知识体系的诞生。”〔1〕近年来他所主编的《学术史丛书》，正是要对文学史作一番“知识考古学”式的审查。在这套丛书中，戴燕女士所著《文学史的权力》（北京大学出版社 2002 年版）一书引起了广泛反响，被认为是国内学界对文学史写作进行权力/话语分析的代表作。作者并未搬弄西方话语权力理论，而是以非常朴素的方式，提醒我们注意一种两难状况的存在：一部特定的文学史著作只是对“文学的历史”的特定理解，但是这些著作又有强化某种文学观念——包括文学的本质、范围、类型、发展方向等等——的权威地位的倾向，这一方面为文学开辟出一条可以不断延伸的道路，“中国文学史在这以后的发展，都不能不归功于这条道路的选择、确定”，可是另一方面，“回首往事的时候，谁又能忽略掉就在踏上这条道路的那一刻，确实也存在过无数为此牺牲了的可能呢？”〔2〕

这一提问的关键点在于：当我们考察文学史写作的权力问题时，我们所要关心的，不仅是特定的文学史著作如何强化了特定的文学观念，更重要的是，以文学史写作引导人们对文学的阅读与理解，本身就是一种权力的运作。人类离不开文学，但不一定需要文学史，人们本可以真正自由甚至随兴的方式走入文学世界，现在却不得不接受文学

〔1〕 陈平原：《文学史的形成与建构》，广西教育出版社 1999 年版，第 3 页。

〔2〕 戴燕：《文学史的权力》，北京大学出版社 2002 年版，第 39 页，第 68—69 页，第 96 页，第 161—162 页，第 98—99 页。

史叙述的辖制。戴燕女士没有把文学史的权力等同于“文学史家的权力”,而是努力回归到知识本身。比方在“中国文学史:一个历史主义的神话”一章中,她揭示出“从因果联系的角度观察历史的逻辑”即“求因明辨的宗旨”对文学史写作的影响以及这一共识的建立:“把各时代散漫的材料设法统率起来,在可能的范围内,要把各种文体,各种文派,作家及作品,寻出它们相互间的联络的线索出来,作为叙述的间架”,以完成一个“活的脉络一致的文学史”来。〔1〕这一知识范型的建立,就是文学史的权力的表达。

在这一问题上,戴燕女士与福柯是相当一致的。后者一再强调:“考古学并不贯穿意识—知识—科学这条轴线(这条轴线不能摆脱主观性的指针),它贯穿话语实践—知识—科学这条轴线”的内涵,而这意味着要“在实证性、知识、认识论形态和科学之间,揭示差别、关系、间隔、差距、独立性、自律性的整个作用和它们各自的历史性彼此连接的方式”〔2〕,而非仅仅是揭露出某个主体的意志而已。在文学史的写作中,我们的确看到了特定主体的权力意志,比方胡适就利用自己的影响,通过《白话文学史》的写作为白话文学张目,但这不是话语权力理论所要重点关注的内容。需要探究的倒是,胡适这种“以史佐论”的意志从何而来?他何以认为这件事情是可能且值得一做的?在胡适

〔1〕戴燕:《文学史的权力》,北京大学出版社2002年版,第39页,第68—69页,第96页,第161—162页,第98—99页。

〔2〕福柯:《知识考古学》,第204、213页。另可参看福柯的一段谈话:“我关心的问题从来都是一贯的:权力的效应和‘真理的生产’。我对这些年来意识形态观念的运用很不满意。它被用来解释谬误或幻象,或是用来分析表象——简言之,一切妨害真实的话语生成的东西。它还被用来表明人们头脑中的思想与他们在生产实践中的地位之间的关系。总之,谎言的运作机制。我研究的问题是真理的政治。”(《权力的眼睛:福柯访谈录》,严锋译,上海人民出版社1997年版,第43页。)

以白话文学史来支持白话文学的权威之前，难道不应该先有文学史本身的权威吗？这种权威何以能够与传统的文学接受方式抗衡？为什么文学观念的多元开放在一部文学史中无法真正实现，文学史总是由特定文学观念支配的历史？这种支配权从何而来？而且，这种支配权是毫无障碍地运作吗？……相比这些问题，胡适或其他文学史家只是在利用一种已经实现的权力关系，他们的意志不是权力关系的起点，而是其产物，正如德国社会哲学家卢曼所说：“权力并不成为业已现存的意志，它首先生成这个意志。”〔1〕由此我们不难理解戴燕女士针对文学史的权力所作的“总结性”批判：

> 问题的关键在于，“中国文学史”一旦与自己时代的主流意识形态及教学方式相吻合，知识、思想的权力加上教育的权力，便使它在获得绝对合理性、绝对权威性的那一刻，就自然产生出强烈的惟一性、排他性，因此就算随着时势的变化，人们或也会改变衡量标准，选出不同的作家作品重新构造“中国文学史”，但无论采取哪一种标准，都改变不了一批作家作品入选而另一批作家作品旁落的结局。〔2〕

我们完全可以把这一状况称作文学史的“原罪”，正如李杨先生所揭示的一体与多元的矛盾一样，它无法从根本上消除，问题只是我们如何对它展开“批判”——是以“更好的知识”为标准吗？戴燕女士的

---

〔1〕 尼克拉斯·卢曼著：《权力》，瞿铁鹏译，上海人民出版社 2005 年版，第 24 页。

〔2〕 戴燕：《文学史的权力》，北京大学出版社 2002 年版，第 39 页，第 68—69 页，第 96 页，第 161—162 页，第 98—99 页。

态度明显有些犹豫,她坚信中国文学史不能只是一个以写实主义为根据的统一的解释,而应该引入多元视角;但是,由于深切地意识到"文学史所承担的教育责任,早已使它变成了意识形态建构的一部分","直接倒向一种文化价值观念的成立"〔1〕,所以她怀疑这种多元视角只是一厢情愿。她知道不能退回前文学史的时代,于是寄望于"走出现成的'中国文学史',到它的疆界之外去,寻找那些被放逐、被压抑的作家和作品,那些昔日的另类、异端,或会使'中国文学史'一天天露出捉襟见肘的尴尬,但就在它们当中,也许就孕育着新的阅读理论和新的批评意识,它们正暂时分散着、悄然等待着,只需那曾经支持过'中国文学史'的意识形态和教育体制,露出一点点松动的迹象"。〔2〕

这一期待相当恳切,但其前景无法令人乐观,因为这里所要松动的,绝不仅仅是特定的"意识形态和教育体制",而是人们对"文学史"的需要;所谓"新的阅读理论和新的批评意识",也就是跳出所有文学史辖制,进行完全自由的文学阅读与批评。一种如此根本的改变,真的可以诉求于"那些被放逐、被压抑的作家和作品,那些昔日的另类、异端"吗?戴燕女士之所以要诉求于异端,是因为后者是文学史的必然产物,异端反对霸权完全可以看做是知识内部的斗争。但是,异端的反抗真的能够成为对文学史霸权的普遍反抗而不只是对特定霸权的反抗吗?我很怀疑这一点,因为异端总是特定的异端,它们只是被暂时压制,一旦环境变化,就有可能收入正册,成为正统;甚至我们可以说,特定的文学史叙述,与特定的体制外作品,原本就是一种相互映

---

〔1〕戴燕:《文学史的权力》,北京大学出版社2002年版,第39页,第68—69页,第96页,第161—162页,第98—99页。

〔2〕同上。

照的关系,不是霸权与对霸权的反抗,而是在对立统一中建构和彰显文学史的权力。事实上,我不认为戴燕女士真的是在诉求于异端,她其实是诉求于文学。在她的理解中,所谓文学,其一,应该是权力的对立面,即便它不能超脱于权力,它也不由权力解释;其二,文学有能力拒绝图解观念,而以其自身“孕育新的阅读理论和新的批评意识”;其三,文学一方面尊重历史,尊重它已经获得的现实性,但它同时还为自己保存了其他的可能性。这其实是一种再“古典”不过的文学本质论和价值观,但是如果没有这样的观念,那么甚至连对文学史的反思都不可能——道理很简单,若非为了维护文学本身,我们为什么要反思文学史的权力问题呢?然而我们很清楚,如果预先树立一种有关“文学本身”的信念,肯定会被认为是本质主义的甚至是精英主义的。这就是我所谓的“福柯的迷宫”了:一方面,我们不能再抱着某种文学的观念不放,而必须对此观念做历史考察;另一方面,若不是基于特定的文学观念,我们又为什么一定要做这样的考察呢?

我们再一次回到了知识与价值的矛盾。我们想要弄清楚的是,对知识的“优劣”判断是否可以无需诉求于知识之“上”的价值观,完全在知识内部进行。用福柯的表述就是,能否“不是通过返回知识的合法使命,也不是通过对决定那个使命的先验的或准先验的东西进行反思,而是在引发这些强制效果的一个具体的策略性领域内部,通过做出不被统治的决定而颠覆或者瓦解它们?”[1]比方说,我们能否不借助于什么是文学、什么是文学史之类的神圣观念,就可以对文学史叙

〔1〕 詹姆斯·斯密特编:《启蒙运动与现代性》,徐向东、卢华萍译,上海人民出版社2005年版,第401页。

述中的霸权行为进行反抗?这就好像我们在生活中反抗压迫,并不总是要申明某种普世的人权观念一样。福柯那一代西方知识分子所提出的最深刻也最困难的问题,是学院化的知识反省如何真正成为有现实干预能力的话语实践。这样一种"微观反抗"的理想,正是话语权力理论将知识与价值对立的根源。所以李杨先生相信,文学史家不必在乎某一文学观念的真假对错,只需研究这种观念"符码"在中国的生长谱系即可。〔1〕但是我担心,这样的信念已颇有些"先验"色彩了。事实上,即便李杨先生自己也很难将其一以贯之。我们只需考察一下李杨先生致洪子诚先生公开信中的最后一段话即可:

> 事实上,当文学发展到今天,当读者都转变为"观众",当所有的中国人都在通过不尊重人的智商的高度类型化(极为简单的情节,脸谱化的好人坏人,没有中间人物性格)的好莱坞电影理解"世界"和"自我"时——这样的场景与当年看"样板戏"的场景何其相似,我们实在弄不清楚从 80 年代以后开始的文学——文化的变革,是将我们带入了一个"多元"的世界,还是带入了一个程度更高的"一体化"社会!

有了这样一段话,李杨先生以彻底的谱系学方法所获得的"纯学术"立场(或者用福柯的话说就是"幸运的实证主义者")便动摇起来。这段评论虽然由文学问题进入,却颇有"文化批评"的意味,后者宣称要进行客观的编码/解码研究,却最终未能避免对大众文化进行价值

〔1〕 李杨:《当代文学史写作及相关问题的通信》,《文学评论》2002 年第 3 期。

评判。这也就是哈贝马斯在评论福柯时所指出的"既要坚持客观主义,又要诊断时代"的困境。[1] 这中间有一个简单的逻辑:如果原有的一体与多元的对立模式隐含着价值诉求,那么将此对立拆解或者"倒置"(德里达式的)也同样会隐含价值诉求,而且是针锋相对的价值诉求。我们已经在戴燕女士那里看到了这一点。而另一明显的事实是,文学的价值不是那么容易"解构"的,李杨先生可以质疑文学史叙述中种种不言自明的预设,但他并不质疑自己所预设的好莱坞电影/文学的价值差等关系,后者丝毫不受"绝对历史化"的影响。对李、戴二位学者来说,文学似乎同时在两个维度内存在,一个是历史的维度,一个是超历史的维度。我们有把握说,这一逻辑对前文所提到的洪子诚等先生同样成立。我们还可以再为之补充一个王晓明先生的例子。作为《二十世纪中国文学史论》的主编,王晓明先生对 20 世纪中国文学史研究的进程可谓洞若观火。他有个"一大步"和"小半步"的说法,所谓一大步,是以黄子平、陈平原、钱理群《论"二世纪中国文学"》的长文为标志,中国现当代文学史研究获得了一种"新范型",它明确地以文化和文学的"现代化"作为基本的价值立场,"正是依据这个立场,将文学的现代化判定为二十世纪中国文学诞生和发展的内在动力,也正是在这个立场的支持下,它才能将诸如'人'、'人性'和'审美'这样的一些观念,置于文学图景的中心位置。"20 世纪 90 年代以来,文学研究又迈出了小半步。这小半步中最值得关注的,是由一批研究者"倚靠欧美思想界近三十年来深入反省'现代化'理论和'现代性'叙事的思

---

[1] 参见[德]哈贝马斯:《现代性的哲学话语》,曹卫东等译,译林出版社 2004 年版,第 327 页。

想成果”,“取一种分析的姿态,通过对若干有代表性的文学文本的细致分析,来凸显现代中国人一些基本的思想观念的形成过程。”王晓明先生认为这体现出中国现当代文学研究充沛的活力,他将此方面的代表性成果命名为《批判空间的开创:20 世纪中国文学研究》,在 1998 年另行出版。以上,是一个身处理论前沿的文学史家的形象,对这样的文学史家来说,文学的种种价值观念都在历史中建构并将在历史中得到反思。然而,王晓明先生却完全不是一个可以放下对文学的价值期许、一头扎进历史考察的人,他明确表示,主编这部文学史论集的原动力,正是他对《卡拉马佐夫兄弟》这类真正的经典之作的敬仰,是他对文学研究在思想责任之外的文学责任的承担,是这样一种虔信:“只有当一个人真正体会出文学的价值的时候,他才有可能最终走出那不仅仅是文学的精神困境。”[1]这是再强烈不过的价值诉求,这一诉求似乎无法在历史的考察中“去魅”,它不是通过回溯历史理解现在,而是以现在为基点谋划未来,后者正是前者的“原动力”。一旦触及最基本的信念,文学史家以历史考察重建知识根基的探索,便仿佛撞上了无法穿越的“叹息之墙”。

三、基于“理论”与“文学”的反思

由以上这一番论述,相信我们对所谓“福柯的迷宫”已经有了比较清晰的认识。迷宫不是歧路,话语权力理论之所以让人困惑,不是因为它错误地攻击了我们的价值观念,而是因为它将知识与价值的矛盾

---

〔1〕 参见王晓明主编:《二十世纪中国文学史论》第 1 卷序,东方出版中心 1997 年版。

推到了一个空前复杂的境地。在此境地中,简单地做一个先知识后价值或者先价值后知识的选择,是没有多大意义的。在文学史写作中所出现的种种僵硬的二元对立,正是做这类选择的结果。如果我们以知识与价值的矛盾为起点展开知识的“考古”,那么考察的终点也仍将是这一矛盾。而当我们说从“福柯的迷宫”中走出时,并非是指一劳永逸地解决种种难题,而是要尽力摆脱机械的、僵化的对立,让价值与知识之间产生最大的理论张力,以真正做到在矛盾中思考。本文不能全面展开这一讨论,但是在本文所关注的文学史写作的论题之内,可以就两个我认为最重要的方面稍作分析。

首先,我们应该深入探究“理论之为理论”的问题。前文中洪子诚先生已经提出:“当我们在不断地质询、颠覆那种被神圣化了的、本质化了的叙事时,是不是也要警惕将自己的质询、叙述‘本质化’、‘神圣化’?”我认为,这一问题把握住了福柯理论的精神,更进一步说,是把握住了理论之为理论的精神。之所以福柯等人的理论进入中国语境后,会被不同程度地简化、机械化,主要原因并不是中国学者不求甚解,不肯下功夫研读原典,而是因为我们总免不了将西方理论中的反思简单地用作发现问题、解决问题的工具,而忽视了它的一个更为重要的侧面,即作为一个话语平台,将一类问题、一类方法和一类矛盾困惑聚集在一起。当代意义上的理论反思——作为福柯意义上的“启蒙”——不再是康德那种具有人类学色彩的反思,不是寻找一个支撑宏大知识体系的“阿基米德点”,而是在知识建构与解构的动态过程中,把握知识之为知识的自明性。我们熟悉乔纳森·卡勒的说法:“理论是关于思维的思维,我们用它向文学和其他话语实践中创造意义的范畴提出质疑”[1],但是我们经常会忘记,这种“关于思维的思维”、这种“质疑”,本身也在知识之中,它不是从天外射入的一线光明,而是一种新的“习性”,一种对已有知识系统进行反思的习性。[2] 一旦我们将反思工具化,必定会深陷“福柯的迷宫”之中,而福柯本人对此只能负极少的责任。

强调作为习性的理论,自然不是鼓励那种“不看事情对错,先问动机如何”的反思法,这一点中国理论界已逐渐形成共识;同时,我们也不要为了抢占反思的制高点,在抽象观念上做过多的争论。在本文中,我们看到了这样一条线索:洪子诚先生反思传统文学观与“一元化”体制的关系,李杨先生反思此种反思中所隐含的“多元优于一元”的等级制,我们再来反思李杨先生的反思中所预设的“文学优于电影”的等级制……这种“继续革命”式的反思有时是必要的,但它本身不是目的,否则反思很容易成为纯粹的智力游戏,而且最后恐怕仍然会回到“动机”问题上来。抽象地理解一种反思的观念是容易的,真正困难的,是如何将这种反思落实到对现有知识的深入考察中,落实到一个个理论细节中,只有深入细节,对现有秩序的反思才会遇到真正的抵抗。要激发话语权力理论的活力,必须在历史、权力与价值的矛盾关系的最深处追问知识的可能性——不仅要在话语之后发现权力,还要

〔1〕乔纳森·卡勒:《当代学术入门:文学理论》,李平译,辽宁教育出版社1998年版,第16页。

〔2〕福柯指出:“我们自身的批判的本体论,绝不应被视为一种理论、一种学说,也不应被视为积累中的知识的永久载体。它应被看作是态度、‘气质’、哲学生活。在这种生活中,对我们是什么的批判,既是对我们之被确定的界限作历史性分析,也是对超越这界限的可能性作一种检验。”见福柯:《何为启蒙》,收入杜小真编选《福柯集》,上海远东出版社1998年版,第539页,第542页。

在话语实践的平台上重新理解权力,然后才有反抗与改造现有权力秩序的可能。[1] 比方说,我们很容易认为支配以往文学史写作的"纯文学"观念是特定历史状况、特定权力关系的产物,是精英主义的,但是当我们对不同"出身"的文学史家、批评家所使用的语言进行微观分析时,有可能会得出一个戴燕女士式的结论:精英主义不是某种特定的立场,而是"批评"(包括文学史写作中的批评)这种话语类型的秉性。反思到这一步又怎么办?我们不能只是寄希望于"异端",那更接近于一种感慨而不是行动;也不能今天批评精英,明天批评媚俗,以求取"动态的平衡";而是必须去思考一些更能深入内里的方案,比方说能否改造现有的批评语言并进一步改造批评这一活动的现身方式,以便让作为文学基本事实的精英主义,在被坚守和被扬弃之外,获得第三种可能?前面说了,这本是福柯一代知识精英的理想,从字面上理解它并不困难,但是我们很容易就把目标当作方法,把理想当成现实。改造一种知识话语的工作绝不是可以毕其功于一役的,而只能从尽力"制造差别"(make difference)开始,在实践中不断积累经验。如果因为掌握了某种形式的反思,便觉得足以对已有知识话语作一番通盘改造,这正是把理论工具化了。理论不能只是工具,而应该成为目的。它意味着一种新的知识类型,即"以反思为知识的知识",这是一种可以让今人的理性得到最大满足的思考方式,但它本身正在生长之中。我们不能只是利用它,而必须实实在在地培育它。

其次,我们应该重新思考"文学之为文学"的问题。从王晓明等学

---

〔1〕 也就是说,我们是否仍然会遇到选择与判断的问题,是否仍然需要"在真正的自我构成和被一个外部权力网络同化的自我构成之间进行区分"?参见[美]加里·古廷:《20世纪法国哲学》,辛岩译,江苏人民出版社2005年版,第351页。

人那里我们已经看到,对文学的虔信是无法“解构”的。我们只能质疑文学“理所当然”的尊贵地位,而不能质疑一个人在文学阅读中体验到的幸福感。但是问题在于,我们应该怎样表述这种幸福感,才能够经得起话语权力理论以及其他各种理论的审视。不是有些价值必须坚守不受解构,而是只有经得起解构的价值才值得坚守。学者们普遍认为,制约中国文学史研究水准的主要因素是历史观太陈旧,而很少有人意识到,我们的文学观同样陈旧。为什么在“历史研究”和“西方理论”的话语霸权面前,那种“回归文学”的呼声会显得中气不足?很重要的原因是,我们对什么是文学本身并非真正有把握。如果以“审美性”作为文学的本体,那么布迪厄对“纯美学”的考察会让我们不安;如果认为独立于政治便是回归文学,那么詹姆逊有关政治无意识的分析又会让我们犹豫;而如果以“人道主义”作为文学的依托,那么福柯“人将被抹去,如同大海边沙地上的一张脸”的断言一定会让我们震惊。实际上正如前面王晓明先生所提到的,审美性也好,非政治性也好,以及“人性”种种,都归属于有关“审美现代性”的构想,并被编织进一个宏大的历史叙述之中。一旦展开对相关历史叙述的质疑,它们也就随之动摇起来。如果我们觉得,以话语权力理论为代表的西方理论的引入,一下子就使得“文学”这一主题变得可疑,而过去以价值为主导的“文学研究”也必须转化为实证性的“文化研究”才能让人安心,那么这只能说明中国文学研究界对文学的理解(包括它的提问方式和答案)太过依赖于现代性与后现代性的文化逻辑,未能使“什么是真正的文学”成为当代理论的基础性问题。

追问“什么是真正的文学”并不就是本质主义的,因为它不是问我们准备以哪些经验事实作为文学的基本要素,而是问我们能否构建起文学之“自在—为我们”(借用杜夫海纳的术语)的存在,也就是说,在一个恰当的理论框架内,使文学——这里指的当然是杰作而非“异端”——一方面现身为现有思想无法概括的具体之物,一方面又能为思想的变革提供新的契机。在福柯看来,文学家的问题和当前的哲学问题一样,都是在探讨“思维与说话”的关系,即思维本身如何是一种言说,言说又如何在思维着。〔1〕也就是说,文学与哲学都是对人类思维本身的“元探索”,它们不是被一些我们已经掌握的因素规定好的对象——比方说被特定的权力关系规定——而是产生新的意义、新的话语方式、新的逻辑规则的源泉。因为这一相似性,文学与哲学可以相互启发、相互支持,所以在20世纪60年代法国的“理论热”中,不管是精神分析学、结构主义、后结构主义还是话语权力理论,都试图对文学(以法国“新小说”尤其是罗伯·格里耶的作品为代表)做出尽可能深刻的解读。〔2〕但是,反过来说,虽然文学与哲学可以相互启发,但它们毕竟处于不同的维度,不管哲学家们对文学作品的解读如何深入、如何细致(法国人文学者这方面的能力尤其突出),都无法完全“降伏”那些真正的杰作,后者总以一种自在自为的方式挺立着。实际上,文学的独立性是一种基本经验,当代理论从来没有取消这一经验,而不过是否定了对此经验的表面化的解释,否定了那种以文学的独立性为依据,为现成的文学观念辩护的做法,以便让有关文学价值的探讨,在被构成的话语与构成性的话语、被权力确立的价值与自行确立的价值这类矛盾结构中展开。可以肯定的是,以更具理论强度的方式讨论文

〔1〕《福柯集》,第17页。

〔2〕在杜小真先生编选的《福柯集》中,特意收入了一篇《关于小说的讨论》,展示了一场由福柯主持,有哲学家、批评家、小说家等多方参与的关于“新小说”的讨论,可参看。

学之为文学，仍然有可能产生丰沛的哲学收获，这种收获正是中国文学界所亟需的东西。尤其对于文学史研究来说，文学与历史本是两个同等重要的支点，如果我们对文学本身的理解能有质的飞跃，回过头再来看文学的历史，必定是另一番风景。本文一直在谈反思问题，最后要说的是，肤浅的反思或许会破坏文学的光彩，但是深刻的反思必能让后者恢复活力，这是我们走出“福柯的迷宫”的最后凭借。

重构文学性

——中国现当代文学史写作的一个理论问题

时至今日，在文学史尤其是中国现当代文学史研究界，“纯文学”“文学本身”“自律性”等一系列与“文学性”相关的提法已饱受质疑。首先，在“后形而上学”的理论语境中，文学性这类概念躲不过“反本质主义”思潮的冲击[1]；其次，“新批评”的时代早已过去，文学与政治的对立不再理所当然，在深受批判理论影响的文学史家这里，文学的自律被视为与特定的权力体制互为表里，与其说是认识的工具，毋宁说

〔1〕布迪厄有关“文学场”(尤其是对“审美自律”的批判)的社会学研究和福柯的知识考古学是这类质疑最重要的理论武器。在中国现当代文学史研究领域，对“纯文学”等进行质疑的代表性论文是李陀《漫说“纯文学”》(《上海文学》2001年第3期)、蔡翔《何谓文学本身?》(《当代作家评论》2002年第6期)。

是文化精英实施宰制的手段；再次，历史一直以“变”为坐标，而经过福柯知识考古学的启发，越来越多人确信，作为单一本质的文学性不过是一个现代建构甚至是虚构。在此氛围中，如果说文学性对文学史家还有什么意义，那也只是留作反思与批判的对象，绝非可以引导文学史学发展的力量。

但是，如果认为文学性的历史使命就此完结，则未免过于草率。在大多数情况下，文学性与非文学性的对立都是作为问题而不是结论提出，而这一问题至今活跃于文学史叙述之中。关键不在于是否要坚持作为信念的“文学本身”，而在于对文学性的提问方式能否推进对“文学之为文学”“历史之为历史”的深度思考；在于由文学性衍生出的一系列理论工具（如文学性与意识形态性、文学性与现实性、文学性与审美性等二元对立结构），能否在对文学史实的细致分析中显出辩证的力度；在于对文学性问题的重审能否有助于突破文学理论、文学批评和文学史的既定框架，搭建起新的理论探讨的平台。本文即从此一理解出发，展开对文学史写作核心理论难题的分析。至于“中国现当代”这一限定，则主要基于典型性程度和材料来源范围的考量。

一、“重写文学史”的文学性难题

历史的活力寓于重写的可能性之中。就文学史写作而言，基本目标是在现有历史叙述之外，另构一个精彩而充满新意的有关文学如何发展的故事。但是当年陈思和、王晓明两位青年学者在《上海文论》开辟“重写文学史”专栏（1988—1989），显然并非一般化地强调创新。以陈思和教授的解说，重写不是简单的“不重复”，不是“要在现有的现代文学史著作行列里再多出几种新的文学史，也不是在现有的文学史基础上再加几个作家的专论，而是要改变现代文学这门学科原有的性质，使之从从属于整个革命史传统教育的状态下摆脱出来，成为一门独立的、审美的文学史学科”。[1] 这一表述振聋发聩，且与20世纪80年代理论界、批评界对“文学本体”或者说“文学性”的探索形成共鸣，对近三十年来中国现当代文学史写作的影响之大，毋庸赘言。

虽然中国大陆学者“重写文学史”的风潮起于20世纪80年代，但视线转到海外华人学界，“以审美标准来重新评价过去的名家名作以及各种文学现象”[2]，以杰作与平庸之作的对立召唤文学的“伟大传统”，早已有夏志清《中国现代小说史》为其先声。由该书英文初版序言不难看出，夏氏写作文学史的立场与陈思和等人一致：摆脱政治意识形态的干预，致力于“优美作品之发现和评审”。[3] 陈思和所发感慨，“也许是中华民族在反专制、争自由，以及对现代文明的追求中付出的代价特别惨重，因此也特别吸引了文学研究者的注意力，以致使他们感受不到文学什么力量的重要性”[4]，亦与夏志清有关中国现代文学囿于“感时忧国”(Obsession with China)的论断遥相呼应。“感时忧国”本无可厚非，只不过“许多真诚的作家和影响重大的作品”，正因为“没有处理好艺术的审美中介这一环节”，“随着社会变迁和价值标

〔1〕 陈思和：《关于“重写文学史”》，收入陈思和《脚步集》，复旦大学出版社2010年版，第82页。另请参看王晓明：《从万寿寺到镜泊湖——关于“20世纪中国文学”研究》，《文艺研究》1989年第3期。

〔2〕 陈思和：《脚步集》，第88页。

〔3〕 夏志清：《中国现代小说史》“作者中译本序”，香港中文大学出版社2001年版，xlvii。

〔4〕 陈思和：《脚步集》，第88页。

准的转变,他们在文学史上的地位已经变得不再重要”,甚至“无人问津”[1];所以重写文学史的历史逻辑是以审美性这一“内在标准”重建长久有效的经典序列,而非评估作家作品在特定时期所曾发挥的“外在影响”。从某个角度看,这是要建构一种“超历史的历史价值”。

“发掘、品评杰作”本是文学批评的天职,文学史的重写者却将其确立为“文学史家的首要任务”,这种写作范式与我们对“史”的一般想象不无冲突。当年韦勒克和沃伦在《文学理论》一书中已有此问:写一部文学史,一部既是文学的又是历史的书,是可能的吗?[2] 这一难题一直延续到今天。文学史家洪子诚教授将其表述为:究竟更强调对文本的“文学性”分析,还是更关心文学现象得以产生的文化机制? 是把文学史写得更像历史,“关注演变过程,关注事实的联系,而且会更多地强调文学作品的外部因素,重视外部因素对文学事实产生的决定性影响”,还是“就某一个时期,挑选你认为杰出的作家作品,一一品评”?[3] 作为“新批评”的代表人物,韦勒克的处理是将“文学史”一章放在文学的“内部研究”下讨论,与传记研究、心理学研究、社会学研究等“外部研究”相区别。而夏志清的立场更为分明,他在《中国现代小说史》中译本序言中表态:“本书当然无意成为政治、经济、社会学研究的附庸。文学史家的首要任务是发掘、品评杰作。如果他仅视文学为一个时代文化、政治的反映,他其实已放弃了对文学及其他领域的学

---

〔1〕 陈思和:《脚步集》,第 88 页。

〔2〕 勒内·韦勒克、奥斯汀·沃伦合著《文学理论》,刘象愚等译,江苏教育出版社 2005 年版,第 302 页。与此相关的问题是,“文学史真的那么重要吗?”参见陈平原《作为学科的文学史》,北京大学出版社 2011 年版。

〔3〕 洪子诚:《问题与方法——中国当代文学史研究讲稿》,北京三联书店 2002 年版,第 45—46 页。

者的义务。"[1]这不仅仅是对文学史写法的理解问题，更重要的是夏志清认为，如果视文学为现实的反映，那么文学史家就应该对作家所处的历史境遇有更多的"同情"，由此对那些平庸之作持更为宽容的态度，因为后者往往有好的初衷（"感时忧国"），而这就堕入"新批评"所抨击的"意图谬误"。[2] 这一看法正好与普实克形成对立，后者认为，如果不强调文学的社会意义，不理解创作的"目标和意图"，就不能"公正地评价文学在某个特定历史时期的功能和使命，也不能正确地理解并揭示文学的历史作用"。[3] 简化一点说，一方认为文学必须是文学的才是历史的，另一方认为文学必须是历史的才是文学的。在"文学/史"中，文学与史绝不只是被叙述与叙述的关系，正是"文学之为历史"这一辩证结构所蕴涵的张力，使原本活跃于文学理论和文学批评领域的文学性问题展现出新的面相与深度。

作为文学理论家的韦勒克，正面处理了文学与历史的关系问题。韦勒克谈文学性问题，值得注意之处有三，一是他指出"一部文学作品，不是一件简单的东西，而是交织着多层意义和关系的一个极其复杂的组合体"[4]；二是他认为将一部伟大的著作归为非文学作品，并不意味着这部作品不具备美感品质，而只是其中没有文学的核心性质，即虚构性（而非审美性）；三是韦勒克之所以敢于提出虚构性（创造性、想象性作为辅助）作为文学的核心性质，是因为他相信要把握文学

---

〔1〕 转引自王德威：《重读夏志清教授〈中国现代小说史〉》，见夏志清《中国现代小说史》，xiv。

〔2〕 参见普实克：《抒情与史诗——现代中国文学论集》，李欧梵编，郭建玲译，北京三联书店 2010 年版，第 237 页。

〔3〕 参见普实克：《抒情与史诗——现代中国文学论集》，第 196 页。

〔4〕 勒内·韦勒克、奥斯汀·沃伦：《文学理论》，第 15—16 页。

的本质,必须从抒情诗、史诗和戏剧这些传统的文学类型入手,而这些长久以来作为文学样板的类型,共同处理的都是虚构、想象的世界。[1] 也就是说,对文学本质的把握不是基于某种哲学理念或者美学趣味,而是基于文学发展的历史,即特定文类漫长演化所形成的传统或者说规则。韦勒克认为,“文学类型史”是大有前途的研究领域,所谓文学类型,是文学自身的历史生产出来的规范性(而非强制性)概念[2],这类概念有能力将个体的文学作品连接起来,这也就是他为什么会把“文学史”放在文学的“内部研究”下讨论的原因。作为批评家的韦勒克在实际分析中或许会表现出对“作品审美结构内在诸关系的偏爱和倾向性”[3],但是在讨论文学史问题时,韦勒克却的确是以“在历史中建构文学性”为目标。

当夏志清、陈思和等人试图以对优美作品的发掘重写文学史时,构建文学性与历史性的辩证结构是否也已成为理论自觉?表面来看,他们深信审美与政治的二元对立足以应付文学史语境中的文学性难题,这一方面使《中国现代小说史》这样的著作充满力量,另一方面也授人以柄,引发新旧“历史主义者”的激烈批判。不过,事情的复杂性终究会随着研究的深入渐次呈现。2001 年,在夏志清《中国现代小说史》中译新版中,收入哈佛大学王德威教授为该书所写的导言:《重读夏志清教授〈中国现代小说史〉》。该文志在重估或毋宁说重建夏著

〔1〕勒内·韦勒克、奥斯汀·沃伦:《文学理论》,第 15—16 页。

〔2〕韦勒克和沃伦指出,“我们必须把类型认作一个‘规范性’的概念,认作某种基本的模式,一个实在的、有效的惯例,因为它实际上作为模式规定着具体作品的写作。”《文学理论》,第 314 页。

〔3〕参见刘若愚:《韦勒克与他的文学理论》,勒内·韦勒克、奥斯汀·沃伦合著《文学理论》,第 26—27 页。

“新批评”方法的历史关涉。王德威郑重指出，夏志清并非反对“文本历史化”，而是要揭示文学如何将历史、政治虚构化。对此论点的阐发在多个层面展开。〔1〕首先，王德威指出，夏志清虽对“感时忧国”的时代主潮颇有反省，却并非拒绝关怀国事，而是认为好作家应该“既能深入挖掘中国社会病根，却又能同时体现艺术自制及永恒人生视野”，这一矛盾结构恰恰呼应了“新批评”对文本“张力”“反讽”的诉求。其次，夏的“感时忧国”论可与詹明信的“国家寓言”论相提并论，甚至有所优胜，因为后者执着于寓言逻辑，有时未免穿凿；而前者主张“国族的想象不必总与历史情境发生一目了然的连锁”，“在操作实际批评时，夏显示没有任何一种文学理论可以总括（文学）历史的种种变数”，尊重文学实践过程中“始料未及、多元创造的可能”，故能“随机应变，衍生种种诠释”。其三，“新批评”方法并不意味着文学与历史绝缘，“事实上，一反传统理论的反映论，新批评暗含了一套文学的社会学，企图自文本内的小宇宙与文本外的大世界间，建立一种既相似又相异的吊诡秩序”，而夏志清正是将这一面向发扬光大，故强调其小说史企图“从现代文学混沌的流变里，清理出个样式与秩序”。其四，在《中国现代小说史》出版之后，夏将目光转向中国古典小说，对之作更深、更广的“历史化”的解读，不仅使他能够“更细腻处理现代中国小说以及广义的文学、文化史”，亦可矫正西方学者将世界文学史单向化的做法。

不难看出，王德威作为新一代文学史家，其问题意识和理论工具

〔1〕该导言原为《中国现代小说史》英文第二版（印第安纳大学出版社，1999）所撰，由王德威本人译为中文。本段所引内容皆出自该文，不一一注明页码。

都与夏志清有很大不同。他虽然要为夏志清“缺乏历史意识”辩护，却不是简单地做翻案文章，而是抓住文学与历史两类叙述的辩证关系，力求建构一种“历史中的文学性”，而非“反历史”或者“非历史”的文学性。如果说历史是要“在地”，文学则是既“在地”又超越；如果说历史强调事物的意义与特定现实的“关联”（极端化则为“历史决定论”），文学则是既强调关联又保持意义开放；如果说历史在无序中构建秩序，文学则以有序的小世界收纳和平衡现实世界的混乱与多元；如果说历史的基本隐喻是线性的推进，文学则以对古典与现代之纠结的深度发掘，重建一种交错、平行甚或循环的时间逻辑。这番理解或已超出夏志清等人的初衷，却未必在“重写文学史”所激活的文学性难题之外。而且在我看来，与其说它是发掘文学史研究的历史性，毋宁说是重构文学性，即在“审美自律”已经变得可疑和抽象之后，重建文学史视域中的文学性问题的深度与可能。

二、“再解读”：在德·曼与詹姆逊之间

在王德威对夏志清文学史历史意识的分析中还有第五个层面，值得特别注意。王德威有此追问：

> 如果“现代”总已隐涵跨文化、跨国界的知识及想象基础，夏在什么层次上既批判了中国追求现代的得失现象，也验证了自己就是这现象的一部分？我们如何分殊如下的吊诡：虽然夏被视为西方文学文化的拥护者，他对中国文学的“盲点”为何却滋生了他同侪所不及的“洞见”？夏尽管浸润在西方人文主义的传统中，如

> 何显示了他与中国本土思维的渊源？最重要的，夏的国际观强调普遍通性与真理价值，与流行的解构、性别、族群、文化生产等分殊主义的前提似乎格格不入。我们有可能在两者之间找到共同对话的场域么？〔1〕

王德威甚至问，夏志清虽然对“感时忧国”多有批评，但他本人是否也显出一种“感时忧国”的心态，否则何以因为中国作家在“现代”文学上的落后而焦虑？这类问题让人联想到詹姆逊的“永远历史化”，同时也印证了黑格尔所谓“理性的狡计”：文学史家毕竟不能立足于所观察的历史之上，其貌似中立的位置与考量恰恰成就历史的因果。不过若问最直接的理论资源，必须提到的人物是保罗·德·曼。这不仅因为上文借用了“盲点”(blindness)与“洞见”(insight)这组术语，更因为它所揭示的见与不见的矛盾的确是以德·曼的逻辑展开。德·曼的《盲视与洞见》一书，论述的重点是批评或理论而非文学创作，基本做法不是发掘理论背后的历史，而是揭示批评家对文学作理论把握时无可回避的内在悖谬。收入该书的《文学史与文学现代性》一文，从尼采有关“历史对于人生的利弊”的论述开始，将历史与现代性的冲突层层展开。一方面文学总是力求成为绝对的当下，另一方面却又总是现身为历史，“对现代性无休止的追求，打破文学的窠臼以直面当下现实的欲望，总是超越自身又回返自身，从而催生出文学的重复与延续。”〔2〕由此不可调和的两元，成就文学的“本质”，即“文学同时存在于正确和

〔1〕夏志清：《中国现代小说史》“作者中译本序”，香港中文大学出版社 2001 年版，xviii。

〔2〕Paul de Man, *Blindness and Insight: Essays in the Rhetoric of Contemporary Criticism*, New York: Oxford University Press, 1971, p162; pp. 163 - 64; p18.

错误的样板中,它既背离又遵循如其所是的模式”[1],简言之,文学是又不是自身。又如德·曼在《批评与危机》一文中所言,文学即对某种“在场的空无之物”(the presence of a nothingness)持续不断地命名。[2] 此“本质”虽属于文学,却与文学史直接相关。对德曼而言,文学之为史,不是展开一段宏大的历史叙述,从中把握文学变或不变的特性,而是要探讨历史与当下的矛盾结构如何造就文学独特的表达方式。所以在他看来,一般所谓文学史与文学几无关联,而我们称之为文学批评或者说文学阐释的,只要阐释得精彩,倒是有能力将文学之为历史的逻辑充分显现。[3]

标举文学自我否定的本性,本只是解构主义一家之言,而且有可能会被认为是另一层次的本质主义[4];不过,如果充分发挥德·曼论述中的辩证力度,文学史写作中的文学性难题有可能推进到新的层面。这意味着放弃那些貌似具体实则抽象的文学性标准(如审美自律),而将文学性视为一个在自我解构中成就自身的潜能。比方说,如

---

〔1〕 Paul de Man, *Blindness and Insight: Essays in the Rhetoric of Contemporary Criticism*, New York: Oxford University Press, 1971, p162; pp. 163 - 64; p18.

〔2〕 Ibid.

〔3〕 Paul de Man, *Blindness and Insight: Essays in the Rhetoric of Contemporary Criticism*, p165. 值得注意的是,德·曼有关文学之当下性的论述在张旭东教授那里得到发挥。后者认为,在德·曼所揭示的矛盾关系中,最有意思的恰恰是所谓“文学本质”的反历史、超历史特性,虽然这种反历史、超历史的形式本体论最终也仍将以历史和知识的方式流传下去,但文学在这个领域仍保留了随时进入反历史、超历史的空间的通道,这就是文学本体论和作为“判断力批判”一部分的文学批评本身。虽然张旭东与王德威共同看到了矛盾的整体,但他们的关怀显然不无对立。参见《当代性、先锋性、世界性——关于当代文学六十年的对话》,《学术月刊》2009 年第 10 期。

〔4〕 理查德·罗蒂对德·曼多有批评,他本人不接受文学语言与其他语言的区分。参见理查德·罗蒂《后哲学文化》,黄勇译,上海译文出版社 2004 年版,第 108—109 页。

果我们所设定的矛盾关系是文学与政治，那么问题就不是审美标准与政治标准之间的冲突，而是一方面，在文学与政治所发生的一切微妙的关联中，文学都有否认此关联的能力；另一方面，文学对其自律性的每一个诉求，又都使这种诉求变得可疑。此处并非只是"审美地反映现实"，如果不嫌烦琐，或可将其表述为"审美地反映现实"这种经典现实主义与"借反映现实而审美"这种修辞本体论的统一。之所以要费力作这一番辨析，是因为当我们书写中国文学史尤其是中国现当代文学史时，"革命史"与"文学史"的并立状态几乎不可避免。这不仅仅是说革命史常有代表官方意识形态的版本，更是因为就中国现当代文学史的主流范式而言，诸如"中国新诗文体流变"之类的研究，虽然更有资格成为"一门独立的、审美的文学史学科"，却远不如"发达资本主义时代的抒情诗人"或"改革时代的中国现代主义"之类论题引人关注。而这与其说是因为20世纪中国的现实问题太多，毋宁说是因为"现当代""中国"之类话语早已为相关的宏大叙事打下基础。所以，摆脱革命史的束缚并不是跳出一套宏大叙述而转向另一套，而是在所谓革命史的内部构建起文学性的维度。之所以可以这样，是因为作为文本的历史本身就是自我解构的；而当德·曼宣称对具体作品的阐释可以比宏大的历史叙述更有资格成为"文学史"时，也是基于同一理由。

因此，站在德·曼的立场上，作为文学史的文学批评，核心在于揭示历史的自我解构，而非只是展示文学作品如何审美地反映了历史事件，甚至不只是如何以审美对抗了政治话语的权威。在国内学界，此种文学批评最有代表性的实践，集中于美国密执安大学唐小兵教授主编的《再解读——大众文艺与意识形态》一书。该书是左翼文学研究的力作，所收论文在各自领域都产生了相当大的影响。该书增订本中所收入的贺桂梅教授《“再解读”——文本分析和历史解构》一文，独具慧眼地指出该书是以经典重读为主要方法，借助于理论自身“对语言或哲学再现性本质的越来越深、越来越系统化的怀疑”[1]，侧重探讨文学文本的结构方式、修辞特性和意识形态运作的轨迹，以突破社会——历史——美学批评和“新批评”的文学研究范式。[2] 若此概括成立，则“再解读”与德·曼的相通性一望可知。但是必须马上指出的是，此一相通有詹姆逊作为中介(唐小兵为詹姆逊弟子)，因此又生出另一种复杂性。詹姆逊自然熟谙从结构到解构的辩证法，但作为马克思主义者，他对语言的“及物性”有基本的信心，也就是说，他相信经过一套复杂的解码过程，特定历史情境中的文学最终可以对应特定历史现实，这也就是上文王德威所批评的反映论。贺桂梅总结了“再解读”研究的几种方式：一是“考察同一文本在不同历史阶段的结构方式和文类特征上的变化，辨析不同文化力量在文本内的冲突或‘磨合’关系”；二是“讨论作品的具体修辞层面与其深层意识形态功能(或文化逻辑)之间的关联”；三是“把文本重新放置到产生文本的历史语境之中，通过呈现文本中‘不可见’的因素，把‘在场’/‘缺席’并置，探询文本如何通过压抑‘差异’因素而完成主流意识形态话语的全面覆盖”。[3] 这几种方式说到底，都是通过文本阐释重建“反映”的可能，这也就是詹姆逊所谓“元评论”。后者所针对的是一种历史的解读如

---

〔1〕 贺桂梅注明此语引自詹姆逊《后现代主义与文化理论》，唐小兵译，北京大学出版社 1997 年版，第 42 页。

〔2〕 唐小兵主编：《再解读——大众文艺与意识形态》(增订本)，第 270 页。贺桂梅将“再解读”视为“重写文学史”的新范式。

〔3〕 唐小兵主编：《再解读——大众文艺与意识形态》(增订本)，第 272—274 页，第 283 页。

何突破艺术形式的屏障——詹姆逊将其喻为一种审查制度——的问题,即:“元评论意在追踪审查制度自身及其得以出现的情境的逻辑,那是一种将其所表现之物隐藏在自身作为语言的现实之下的语言;一种恰恰通过回避的过程使被禁止的对象得以现形的闪光。”[1]詹姆逊显然相信,只要掌握了文学语言的魔法,就能解读出那些被压抑的历史信息,但这不是德·曼的信念,后者更倾向于将文学语言与历史语言置于一个永不封闭、甚至毫无保障的辩证结构之中。回到文学性问题,詹姆逊是为“审美地反映”提供了一个更为复杂的理论说明;而德·曼所理解的文学性,作为“把修辞功能突出于语法和逻辑功能之上的语言运用”,则以各种方式破坏着那种“朝非言语世界的延伸”。[2]

詹姆逊与德·曼的此种分歧,微妙地影响着“再解读”的理论与实践。唐小兵在《再解读——大众文艺与意识形态》初版(1993年)导言中已有此隐忧:“理论的发达或者解构潮的高涨,恰好反衬出市场的稳固及其对人类批判能力的最终意义上的遥控?”[3]提出这一问题,明显是受到了詹姆逊批判精神的感染[4],却又不无“自啮其身”的解构主义色彩。当此书于十多年后推出增订版时,唐小兵提供了一个更为具体的反思。他说此书最初选录的十多篇文章无不是对正统意识形

〔1〕 Fredric Jameson, *The Ideology of Theory*, New York: Verso, 2008, p18.《元评论》一文写于1971年。

〔2〕 保罗·德·曼:《解构之图》,李自修等译,中国社会科学出版社1998年版,第106页。

〔3〕 唐小兵主编:《再解读——大众文艺与意识形态》(增订本),第16页。另参见书中附录二:《语言·方法·问题——关于〈我们怎样想象历史(代导言)〉的讨论》。

〔4〕 詹姆逊将怀疑真理视为理论的积极的方面,而将放弃真理视为理论的消极方面。不过对他来说,所谓捍卫真理,重在参与政治活动,进行政治批判,持有政治态度等等,即法兰克福学派所谓“否定性”。

态的挑战和批判，他本人对《暴风骤雨》的解读尤为凌厉，但现在他已有所反省：自己对当时的历史是否缺乏同情的理解？是否所做解读所参照的只是"西方现代小说所确立、推崇的个人视角和价值暧昧，或者竟还是'批阅十载，增删五次'式的私人化写作和审美趣味"？他意识到，"如果只是搬弄既成的价值标准，包括哪怕是最能煽情的人道主义，也无非是显露双方的意识形态对峙而已，而所谓'拨乱反正'便也成了你死我活的博弈。"[1]也就是说，当文学史家以"既成"的美学标准——个人视角、价值暧昧、审美趣味等等——来裁判文学作品时，他有可能会意识到这个标准在否定自身，因为文学作品会很自然地要求文学史家对作品所处历史境遇予以"同情的理解"。这不是重申普实克的立场，更不是搁置审美标准，而是说，如果审美标准可以完全独立于历史情境，那么此审美标准便不足以为文学性定位，不理解《暴风骤雨》的时代就不理解这部小说的美学，正如不理解杜甫的时代也就不理解杜诗的美学。文学史家所面对的矛盾情境就是：文学并非因为有某种特质故而是文学，只有当文学最大限度地成为历史时，它才最大限度地成为文学；而要使文学最大限度地成为历史，就要最大限度地摒弃既成的历史观。理解文学性的关键在于破除种种"既成"，而非破除再现性或者意识形态性。

三、回到矛盾本身：作为叙事范畴的文学性

在"再解读"之外，陈思和教授主编的《中国当代文学史教程》(以

〔1〕唐小兵主编：《再解读——大众文艺与意识形态》(增订本)，第272—274页，第283页。

下简称《教程》)称得上文学史与文学批评结合的典范。这部教材不仅在编写体例上体现了历史描述与作品分析的结合(每章四节,后三节为一两部代表作品的详尽分析),更重启了有关审美与历史之矛盾关系的思考。在提出"重写文学史"的口号时,"审美性"或者说"文学性"还是不言自明的标准,入世太深也被认为是获得永恒文学价值的障碍;而在《教程》写作的世纪之交,论者已经可以放心跨越此类教条。比方书中重点讨论了张中晓的《无梦楼随笔》,此书是非虚构作品,而如前文所说,韦勒克认为一部作品可以有审美价值却不是文学作品,因为成为文学作品的必要条件是虚构性。但是在《教程》中,非虚构的《无梦楼随笔》却是作为文学作品对待。论者认为,这部作品"之所以有文学史的意义,在于它不仅仅是一种思想的表现,而且伴随着有血有肉的感情,并在这种血肉相连的思想与情感的展示过程中,让我们看到了那个时代有良知的知识分子的心理历程,并在此基础上塑造了一座知识分子自己的雕像。……《无梦楼随笔》无疑是当代文学史乃至当代文化史上的一座道德文章的丰碑"。〔1〕这不是放弃了审美的自律性,仍然以思想价值衡量文学价值(虽然论者并非始终高度自觉并能表述准确),而是当思想与审美的辩证关系在特定的历史情境中充分展开时,"何谓思想""何谓审美"有可能重新成为问题——借助思想与感情的交融——进而开启一个双向解构与建构的过程。历史在此处并非单纯的背景,事实上,倘若没有一部当代文学史的宏大叙事作为支持,特定文本中的思想与审美的辩证便会以相当不同的方式展开。

---

〔1〕陈思和主编:《中国当代文学史教程》,复旦大学出版社 1999 年版,第 159 页。

在此基础上,我们也就不难理解贯穿《教程》写作的“民间”这一范畴。民间不仅仅是与庙堂(国家)、广场(知识分子)鼎足而三,共同演绎出中国文学波澜壮阔而又错综复杂的历史进程;更重要的是,民间与文学的审美维度直接相关,决定一部作品艺术价值的,正是“民间文化中的某种隐形结构”。[1] 之所以民间文化具有审美能量,是因为民间文化的本性是自由自在,是一种“人类原始的生命力拥抱生活本身的过程”(虽然这不免使民间“藏污纳垢”),在一个生命普遍受到压抑的文明社会里,这种自由自在的境界只能通过审美表现出来,由此,审美便与民间同源。[2] 作为一种“文学起源论”,此种说法未必新鲜,但它原本就是作为特定框架下的“文学史理论”出场的。在文学作品中作为隐形结构存在的民间,既是一种文化性的存在,又是一种审美性的存在,或者说,民间的审美价值只能在民间文化的“浮沉”中动态地呈现。这里没有“审美自律”,更没有一套明确的形式分析规则,恰相反,所谓“自由自在”,所谓“藏污纳垢”,都不是我们习知的美学话语,它们是对文化的描述,却又可以在多种文化碰撞与融合的关键处,为“文学性”或者“艺术性”定位。这不仅仅是可以帮助文学史家对具体作品的文学性价值做出评判,更是有助于让文学与历史实现上文所说的相互转化。当此,文学性成为有价值的“叙事范畴”(借用詹姆逊言说“现代性”时的术语),对文学史的写作产生积极影响。

要使文学性充分发挥其作为叙事范畴的功能,需要始终注意保持核心辩证结构的活力与开放性,须知有关文学与历史的辩难极易陷入

---

〔1〕 陈思和:《民间的浮沉:从抗战到“文革”文学史的一个解释》,收入王晓明主编《二十世纪中国文学史论》(下卷),东方出版中心 2003 年版,第 271 页。

〔2〕 王晓明主编《二十世纪中国文学史论》(下卷),第 264 页。

僵局。当福柯的理论刚刚进入中国学人视野时，刘再复曾与李泽厚有过一次讨论。刘再复坚持认为“文学是一种无统治区域，它虽然也积淀着理性，但却没有外在理念、理性的统治，它拒绝任何外在原则的支配，拒绝‘知识——权力’结构的统治”。“‘知识——权力’结构不是一种必然律，真正杰出的文学作品恰恰能够反抗这种结构，置身于这种结构之外。”据此，刘再复认为福柯懂历史，却不太懂文学。[1] 这个懂与不懂的逻辑值得深入分析。首先，以“发掘”因果关系为目的的考古学逻辑若推到极致，便难以与反因果关系的超越性逻辑兼容，只能去彼存此，搁置一头。其次，搁置的前提是承认文学与历史不能相互代替，如果文学活动在社会关系中发生这一历史事实并不影响文学的超越性，那么反过来，文学的超越性也不能否定文学活动的社会关联即文学的历史性。再次，在历史研究中诚然很难得出文学超越于权力关系(取其广义)的结论，但是另一方面，“福柯”们又未必不能意识到，历史研究越是深入一个个文学事件的内部，在权力关系与文学形象之间就越是有一种幽暗难以消除。此幽暗不是来自于抽象的超越性，而是在历史研究的现场具体地发生。当此之时，最重要的选择是，我们不应只是重申有关文学超越性的教条，而应努力将种种幽暗转化为历史叙述的积极因素。

此类转化殊为不易，却并非无前例可循。仍就中国左翼文学研究这一领域而言，首先值得一提的是夏济安的《黑暗的闸门》。以夏济安的政治立场，完全可以因为政治对文学的戕害，对左翼文学做出更为

---

〔1〕 李泽厚、刘再复：《告别革命：回望 20 世纪中国》，天地图书有限公司(香港)2004 年版，第 221 页。

激烈的批判，但他却以“黑暗的力量”——一种深藏于作家内心的纠结——作为关键隐喻来处理文学与政治的关系。[1] 他的看法是，政治与艺术的冲突无可避免，左翼作家以各自的方式去体验这种冲突，并在此冲突中失败，这当然是悲剧，但是研究者的任务只是去再现悲剧。[2] 夏济安并非是要以现代主义的趣味——悲剧、冲突、精神分裂等等——裁判左翼文学，而是说他力求建立起一个影响文学史叙述的核心理念：文学外在的困境与其内在的困境相生互证。研究 20 世纪 30 年代中国文学的人，包括很多日本学者，之所以非常重视鲁迅，也就是因为鲁迅的复杂性为我们对历史与文学进行深度思考提供了最恰当的路径。不管是夏济安的“黑暗的力量”，还是竹内好的“在境况中思考”，抑或丸山升所谓绝望与无力的“舍斯托夫体验”等等[3]，都是在矛盾与冲突中构建文学的深度与历史的深度。再以刘再复之女、马里兰大学刘剑梅教授有关“革命加恋爱”文学的研究为例。她一方面借鉴了詹姆逊有关“政治无意识”的论述，致力于发掘被文本结构所压抑的信息，揭示“革命加恋爱”的公式本身未能意识到的种种可能性[4]；与此同时，我们又反复读到这样的表述：“集体权力与个体感情

---

〔1〕夏志清认为，夏济安在讨论鲁迅时所提出的“黑暗的力量”一语，实际上是他的批评原则，即作家内心的矛盾和冲突恰恰使其创作免于肤浅。Tsi-an Hsia, *The Gate of Darkness: Studies on the Leftist Literary Movement*, University of Washington Press, 1968, xxi.

〔2〕Tsi-an Hsia, *The Gate of Darkness: Studies on the Leftist Literary Movement*, xx.

〔3〕丸山升：《鲁迅·革命·历史——丸山升现代中国文学论集》，王俊文译，北京大学出版社 2005 年版，第 344 页。

〔4〕Liu Jianmei, *Revolution Plus Love: Literary History, Women's Bodies, and Thematic Repetition in Twentieth-Century Chinese Fiction*, University of Hawai'i Press, 2003, p212; p210, p28, p32.

经验之间……问题化的、错综复杂的关系”、“政治与性别之间永不停息的斗争”、“革命与现代性之间更为辩证的相互关系”，如此等等。[1]这与其说是让两种“既定的”本质相互冲撞，毋宁说是在冲撞中建构一种自我否定的本质。正是在这种冲撞与建构中，“在情境中思考”才真正成为可能，文学性与历史性也才能实现内在的统一。

在本文中，重构文学性的努力以王德威对夏志清文学史的重读为起点展开，而王德威本人的“抒情传统”说，则能从另一路径提供启示。王德威标举抒情传统，与陈世骧、高友工等人不同路数，其核心意旨不在中国文化的整体观照，也不在文学基本原理的建构，而在于揭示文学与历史不可开解的纠葛。他阐释其基本观念的代表性文章是《“有情”的历史：抒情传统与中国文学现代性》，而他最新出版的英文著作名为《史诗时代的抒情》(The Lyrical in Epic Time)，正是要在历史与文学、史诗与抒情的辩证关系中做文章。就西学资源而言，我认为对王德威启发最大的还是德·曼《盲视与洞见》中的两篇文章《文学史与文学现代性》以及《抒情与现代性》。王德威归纳德·曼的主要观点是：“抒情诗一方面体现亘古常在的闪烁精神，一方面又再现当下此刻的现实。抒情文类的不确定性因此让德·曼思考语言和文学徘徊在‘再现性’(representational)和‘非再现性’的两端。”[2]同时，“任何抒情——求新求真——的努力，总是徒劳无功，总是坠入历史的循环延宕”。[3] 王德

〔1〕 Liu Jianmei, *Revolution Plus Love: Literary History, Women's Bodies, and Thematic Repetition in Twentieth-Century Chinese Fiction*, University of Hawai'i Press, 2003, p212; p210, p28, p32.

〔2〕 王德威：《抒情传统与中国现代性——在北大的八堂课》，北京三联书店2010年版，第25—26页。

〔3〕 同上，第26页。

威无意为中国文化或者中国文学的抒情传统招魂，但他乐于指出此传统其实一直“阴魂不散”，也就是说，在每一个以“求新求真”为己任的现代作家这里，抒情传统总是不请自来，挥之不去，后者既参与构成了写作的可能性，尤其是与作品的审美维度直接相关，却也使得原本设定的写作目标变得可疑。王德威的“抒情”与陈思和的“民间”有异曲同工之妙，虽然前者更偏于士大夫传统，但是此传统在现代中国同样难以作为时代主题予以正面表现，只能遁入作品的审美隐形结构之中。不过王德威所关心的还不只是抒情传统所蕴含的美学逻辑可以在多大程度上解释一部作品的审美性，这更多地是高友工的工作[1]；更重要的是，抒情传统在一个史诗时代的展开，其实是中国文人(包括文学家和艺术家)以独特的轨迹与姿态深入现实内部，体验现代性固有矛盾的过程，以王德威的说法是，“抒情传统所召唤的历史意识必须持续与时空经验里的——而非只是本体论的——‘当下此刻’相互印证，因此出现的驳杂动机和变量，就有待我们的检视反省。”[2]在此检视反省中，所谓“中国现代性”自然有了更为复杂多元的面相；与此同时，何谓文学性的问题也在情与史的相生互动中被重新提出。情在中国现代历史中的困境与突围，并不只是文学表现的对象，而是与文学性在历史维度中的生成互为表里。这不仅仅是作家“对文本和世界的反讽观点发挥到了极致，便消解了写实和抒情，散文和诗歌之间的区别，申明了所有语言根本上的构造本质——也就是诗的本质”[3]；更

[1] 参看高友工：《美典：中国文学研究论集》，北京三联书店 2008 年版。

[2] 王德威：《抒情传统与中国现代性——在北大的八堂课》，北京三联书店 2010 年版，第 64 页。

[3] 王德威：《写实主义小说的虚构：茅盾，老舍，沈从文》，复旦大学出版社 2011 年版，第 233 页。

重要的是当情充分进入历史，使后者成为“有情的历史”时，文学性就在审美与历史的辩证关系中建构起来。这是一种否定的辩证法，审美难以自持，历史徒劳无功，但它们又互相造就。王德威有关沈从文的一段文字点出关键：

> 在他那个批评或批判铺天盖地的时代里，沈从文已经在默默思考文学和历史更深一层的关系。这是一种“难知”的关系，因为没有事功的印证，而是兴与怨、情与物、诗与史的复沓迭增，形成回荡千百年的感喟与智慧。而沈从文的发现到今天仍有其意义：“抒情”不是别的，就是一种“有情”的历史，就是文学，就是诗。[1]

结语

在《史诗时代的抒情》一书的最后一章“通向一种批判的抒情主义”中，王德威介绍了著名后殖民主义理论家斯皮瓦克的新著《全球化时代的审美教育》(*An Aesthetic Education In the Era of Globalization*, 2012)。一贯以批判者形象示人的斯皮瓦克，出人意料地重新提出了“审美教育”的概念，她认为审美教育的核心是想象力，即跳出自身视域，想象人类处境的多种面相，这对“后革命时代”的大众来说可以成为一种新的启蒙。[2] 此种想象与反思的统一，正体现

〔1〕王德威：《抒情传统与中国现代性——在北大的八堂课》，第65页。

〔2〕David Der-wei Wang, *The Lyrical in Epic Time: Modern Chinese Intellectuals and Artists Through the 1949 Crisis*, New York: Columbia University Press, 2015, p355.

出所谓理论时代对审美、文学新的期待。试图重新回到前理论时代的审美自律,既不可能,也不必要,文学性范畴必须在重构中恢复活力。就文学史写作而言,如果说 20 世纪 80 年代的重写文学史需要建构文学性,从而以审美与政治的外在冲突成就亚里士多德式荡气回肠的情节剧;那么 20 世纪 90 年代以来的重写文学史就要解构文学性,使所谓文学本身作为已被解密的魔术存在,让政治的文学化和文学的政治化以布莱希特叙事剧的后设逻辑展开自身。而今天的重构文学性,借用萨义德的说法,则是要构建一种“尚未解决的辩证关系”,使文学“处于一个明显依赖于历史而又不能还原为历史的位置”。〔1〕种种反本质主义对文学性的挑战,正是迫使文学性由事实还原为“事件”,即它不是作为现成之物进入历史,而是在文学与非文学复杂纠结的关键处成就自身,真正实现一种历史性的发生。〔2〕

重构文学性并不是为了更“方便”地利用文学。陈平原教授在有关“重建文学史”的讨论中,特别推荐了爱德华·萨义德晚年的《回到语文学》一文。萨义德所谓语文学,是“对言辞、修辞的一种耐心的详细的审查,一种终其一生的关注”,这是人文学的根基,它抵抗着现代人那种“从粗浅的文本阅读,迅速上升到庞大的权力结构论述”的做法。〔3〕文学艺术的阐释虽然催生观念,但真正深入的阅读又总是能对抗笼统、抽

〔1〕萨义德:《人文主义与民主批评》,朱生坚译,新星出版社 2006 年版,第 86 页。

〔2〕事件一词让人首先想起德勒兹或巴迪欧,但不妨同时参考伊格尔顿有关“文学事件”的论述。参看汤拥华:《伊格尔顿:作为“事件”的文学》,《文艺理论研究》2014 年第 1 期。

〔3〕陈平原:《作为学科的文学史》,第 8 页。

象、人云亦云的观念,哪怕这些观念本身以反思、批判的面目出现。[1]王德威于此亦心有戚戚,他指出,今天的文学研究者急于将文学的功能和意义直接连锁到政治、思想、理论、社会效应上,往往忽略了文学压箱底的法宝就是它的虚构性(这一看法与韦勒克一致),"文学"虽是现代中国重要的文化建构甚至政治动因,但它与社会的关系不应化约成为因果关系或对应机制。[2] 本文有关重构文学性的讨论,也是秉持同一宗旨。仍然借用萨义德的话来表达,即:"真正解除约束我们的那些简短的、标题式的、原声摘要式的形式,转而努力引入一种更加长久、更加深思熟虑的反省、研究和追根究底的争论的过程,"以"真正注视着相关的事件"。[3]

需要强调的是,文学性的重构必须立足于特定的理论框架和特殊关切,并不是说先由文学理论界或者批评界提出新的文学性概念,然后将其应用到文学史研究中。本文所讨论的是文学史写作所需要的文学性概念,即一种有助于展示历史与文学内在关联的理论工具[4],它既不能是非历史或反历史的,也不能只是加上时效的本质论——仅

---

〔1〕在这方面,乔纳森·卡勒有关"理论中的文学"和在文学研究中重构文学性的提法值得参考。参见 Jonathan Culler, *The Literary in Theory*, Stanford: Stanford University Press, 2007.

〔2〕王德威:《现当代文学新论:义理·伦理·地理》,北京三联书店 2014 年版,第 183 页。

〔3〕萨义德:《人文主义与民主批评》,朱生坚译,新星出版社 2006 年版,第 86 页。

〔4〕蔡翔教授《革命/叙述:中国社会主义文学—文化想象(1949—1966)》(北京大学出版社 2010 年版)一书对文学与社会政治的互文关系——社会政治的逻辑与文学的叙述方式互为因果——做了精彩而充分的阐发,是这方面代表性的成果。作者特别指出,他的研究方法是将互文性推到极端,这样才可能形成我们自己的叙述模式,同时,也暴露方法本身的局限性,引发克服此局限性的冲动。(第 21 页)这是一个清醒的见解,在文学史写作中,文学之为文学是作为问题提出来的,它可以从文学与历史的互文关系得到很好的演绎,但它并不等于互文关系,或者说,它必须同时纳入互文性分析的洞见与盲视。

仅说一代有一代之文学观,尚未使历史真正进入文学性的内部。在文学与历史的辩证关系之外,文学性的重构还有其他维度,各有纵深展开的可能。总而言之,抛弃文学性这个概念或者语词是简单的,在基本哲学立场上否定一切本质主义观念也是容易的,但是试图在文学必须以某种具体方式“在场”的一切地方,彻底抛弃“文学何以为文学”这个问题,则要困难得多。

通向“后历史时期”的文学史写作[1]

一

王德威教授在哈佛大学出版公司《新编中国现代文学史》导言第一段中写道:“当代中国对文学史的关注为国际学界所仅见。这不仅是因为传统对‘文’与‘史’的重视其来有自,也和目前学科建制、知识管理、甚至文化生产息息相关,尤其当代文学史的编写与阅读更与政

〔1〕 本文原载《汉语言文学研究》2018 年第 3 期。

治氛围形成微妙对话。”[1]这一高度概括的分析已经足够周全，却仍然遗漏了一个重要方面，即海外中国文学研究的崛起。有理由认为，倘若没有从夏志清到李欧梵再到王德威几代海外中国文学研究者的刺激，大陆学界的文学史研究与写作未必会有今日之活力。海外中国文学研究的优势常被认为是理论先进(这当然也可以是缺点)，这一说法然而不然。以我看来，最重要的还是空间和文化上的距离感所激发出的重写历史的迫切性与可能性。对大陆学者而言，文学史的主要关切在于如何处理 20 世纪形成的文学观念(文学革命、世界文学、文体自觉、审美自律、言文合一、民族文学、人民文学等等)与整个中国文学传统的关系；海外华裔学者当然也有此种关切，但是除此之外，他们往往会对所谓文化认同问题有敏锐的观察和深切的思考，不管是否接受有关“离散”(diaspora)的描述，他们都有动力通过文学史的重构将中国带向世界，并以此将自身带回中国(此逻辑结构的先后关系可以互换)。海外研究者或许会与大陆研究者显出政治立场、学术训练和论说方式的差异，却未必不能殊途同归。近年来，海外学界与大陆学界互动频繁，已在如何求同存异、取长补短上积累了丰富的经验，相信只要凡事以学术为念，真理会自己照顾自己。

除特定的立场与关切外，海外中国文学研究者对于文学史书写范式的更新贡献良多，此处仅以夏志清、李欧梵和王德威三位学者为例略加说明。夏志清《中国现代小说史》以“优美作品的发现与批评”作为文学史写作的指南，依我看来，其冲击力不在于宣扬形式自律，而在于以文学杰作对伦理生活的启示性价值，对抗时代权威话语对文学生

[1] 参见王德威教授:《“世界中”的中国文学》,《南方周末》2017 年第 5 期,第 5 页。

产的宰制，从而使文学史显示出与社会史不同的起源、目标与展开方式，这是一种深具魅力的文学史写作范型。李欧梵的贡献则在于将有关现代性的论述引入中国现代文学研究，包括“颓废”与中国文学之现代性的关系，现代都市文化与现代文学的关系的研究等，在在别开生面，令人对中国现代文学史与文化史的动态关联，产生多元与立体的想象。王德威则在“文学史叙事学”方面用力最勤，其代表性著作几乎都能就文学史的叙述模式提出令人耳目一新的设计。有论者仍在质疑“没有晚清，何来五四”之类提法的史观是否正确，其实“晚清”与“五四”孰先孰后的争辩只是挑动反思的契机，王德威念兹在兹的是如何突破文学史叙述单一的线性模式，重绘中国现代文学乃至整个中国文学的历史地图，使文学与历史之间的关系呈现更为复杂、生动的样态，也就是说，问题的焦点从来都是“史法”的重构，而非就某一史实做翻案文章。

析而言之，王德威至少整理出文学史五种新的“叙事语法”，并已不同程度地为中国文学研究界所吸纳。一曰虚实相生，二曰众声喧哗，三曰以小见大，四曰回旋往复，五曰包括在外。所谓虚实相生，是在文学虚构与现实政治之间构建更具挑战性的关系，这当然可以认为是受到新历史主义、后结构主义以及西方马克思主义的启发，但也未必不能与中国传统“六经皆史”的思想发生关联。王德威的心得是，“如果不能正视包含于国与史内的想象层面，缺乏以虚击实的雅量，我们依然难以跳出传统文学或政治史观的局限。一反以往‘中国小说’的主从关系，我因此要说‘小说中国’是我们未来思考文学与国家、神话与史话互动的起点之一。”〔1〕所谓众声喧哗，即“复调历史”，文学史

〔1〕 王德威教授：《想像中国的方法：历史·小说·叙事》，北京三联书店1998年版，第2页。

的叙事不是独奏而是和鸣，诸声部甚至可以各行其是，在一定情境中或可形成主次，却不能相互取代。对此众声喧哗之势的描摹正可传达某一时期文学的爆发力，晚清之精彩正由此而来，而对后世文学之复杂性的探测，亦以此为据。〔1〕所谓以小见大，则是说文学“夹处各种历史大叙述的缝隙，铭刻历史不该遗忘的与原该记得的，琐屑的与尘俗的。英雄美人原来还是得从穿衣吃饭做起，市井恩怨其实何曾小于感时忧国?”〔2〕由此文学史不仅可以谈政策、抓思想、论历史，还可以小处着手，举重若轻，以个人生命之偶然遭际折射时代之大境况。所谓回旋往复，则是指文学之历史不同于革命叙事之单向直进，而是既可以直进，亦可以“蜷曲而内转于自身”，比方问：“作家是如何自觉或不自觉地以中国的方式误读西方作品，从而透露出其对传统的乡愁?将现代作品纳入中国情境的困难，又是如何促使作家偷偷地起传统论述模式于地下?”〔3〕以此提问为观测点，则王德威近年来所致力的“抒情传统”论述便不应被认为是要另写宏大叙事，而应视为一种新的时间逻辑的推演。所谓“包括在外”，则是要将内与外的空间逻辑楔入先与后的时间结构，与之相关的“后遗民写作”和“华语语系文学”等提法，都是同时在内与外、新与旧、源与流的关系上做文章。一方面内外有别，一方面又至大无外，在充分打开文学地理学的想象空间的同时，对中国文学“欲理还乱的谱系和播散蔓延的传统”予以创造性的

〔1〕王德威教授：《被压抑的现代性——晚清小说的重新评价》，见王晓明主编《二十世纪中国文学史论》（上卷），东方出版中心 2003 年版，第 34 页。

〔2〕王德威教授：《想像中国的方法：历史·小说·叙事》，第 2 页。

〔3〕王德威教授：《被压抑的现代性——晚清小说的重新评价》，见王晓明主编《二十世纪中国文学史论》（上卷），第 49 页。

重构。[1]

二

就学者而言，个人独到的贡献只有汇入更为普遍的学术范式，方能获得持久的效应。我倾向于将王德威归入一个极有覆盖力的知识谱系或者说学术流派，我称之为"《二十世纪中国文学史论》派"。这个流派的理论与实践，集中体现于王晓明教授主编的《二十世纪中国文学史论》一书(初版于1997年，修订于2003年)。该派学者虽无统一的组织与纲领，亦无师承、地域上的紧密关联，却能凭借重写文学史进而重写社会史的豪情或者说"书生意气"相互吸引，共同确立以文学研究介入有关"中国现代性"的讨论的研究旨趣，又以"知识考古"和文本细读为方法论基础，凭借对当代理论话语的娴熟运用和不拘一格的实证研究，突破传统人文主义研究的格局，打造出一系列兼具强烈的反思意识、生动的历史现场感和宏阔的理论视野的研究个案，并形成了"史论合一""整体观照""审美的再政治化""出入文学内外"等富有感召力的学术理念，对中国现当代文学研究产生了深远的影响。王德威虽然身居海外，却正是此学术流派的中坚人物。

此次由哈佛大学出版公司推出的《新编中国现代文学史》，不仅以王德威为主编，其作者又几乎都与"《二十世纪中国文学史论》派"有着或远或近的学术渊源——这当然与王德威的学术交往有关——便有可能成为三十余年来中国现代文学史写作主导范式的一次重新出场。

[1] 王德威教授：《华语语系文学：边界想象与越界建构》，《中山大学学报》2006年第5期。

在全书导言《“世界中”的中国文学》中，王德威对编辑主旨做了一个精彩的说明，要义有三：其一，全书一方面采取编年模式，回归时间/事件的素朴流动，另一方面各篇文章根据各自选定的时间、议题，以小观大，做出散点、辐射性陈述，两种方向所形成的张力贯穿全书；其二，强调文学史书写应有的文本自觉，要求作者跳出学科建制内狭义的“文学”定义，以不同风格处理文本内外现象，保持一种有意识的“书写历史”的姿态，以此重构和实践“文学性”；其三，不刻意敷衍民族国家叙事线索，反而强调从清末到当代种种跨国族、文化、政治和语言的交流网络，在更包容的格局里看待现代华语语系文学的源起和发展，以更广阔的视野观察和体会中国文学的现代性。有了前文铺垫，不难看出以上三点皆其来有自，且在一个气势恢宏的整体工程中得到了提炼与升华。在导言中，王德威重点阐发了“世界”概念，这一概念的出场本身就有继往开来的气势。它至少包括四重内涵：所谓“时空的互源共构”进一步发挥“缠绕”“回旋”的问题；所谓“文化的穿流交错”彰显“世界文学”的关切；“文与媒介衍生”是以更具反思性的“文学性”定义重构文学的内外；“中国与华语文学的地理图景”，则是要在更为多元的文学史情境中检讨“华语语系文学”作为理论方案和话语实践的得失。如此多头并进，合力打开文学的视野，使读者得以想象并参与发现中国现代文学中蕴含的广阔空间以及一个文学得以“在世界中”的过程；进而坚定一种信心，中国和华语世界作家一直并且仍然有着复杂思想和创造性思维以及开启众声喧哗的可能。王德威相信，后者正是中国文学现代性的本质所在。[1]

---

〔1〕参见王德威教授：《“世界中”的中国文学》，《南方周末》2017年第5期。

虽有如此深思熟虑的导论，但这部宏大的文学史当然不会是“统编教材”，事实上以如此多元之作者——美欧、亚洲，大陆、台港一百四十三位学者和作家，其中有不少是西方人——也很难强求一律。王德威自陈在编辑过程中，曾与众多作者就预先规划的主题和个人专业兴趣来回协商，结果有所得亦有所失，诚哉斯言。不过我相信，在大多数作者看来，王德威所提出的文学史写作理念虽不无浪漫主义色彩，总体上仍然直观可感，并非陈义过高的“后学”游戏。而一人写作一到两个短篇，操作起来也不算麻烦。即便主编在内容上“漫天要价”，作者自可“就地还钱”，以最后的效果来看，总体上令人鼓舞。此处不妨随机挑出针对 20 世纪 40 年代文学的部分，该部分共有 17 篇文章，指向 40 年代文学的各个侧面，题目往往宏大，内容却十分具体，显出各位作者由小视角窥探大历史的信心，读之令人兴趣盎然。给我最深印象的，是各位作者对个体在历史中的境遇的把握高度一致：作为个体的作家在很大程度上是被卷入历史的漩涡的，与其说他们以写作来再现时代，不如说他们以写作为自己在历史之间构建起一个投入与抗拒的张力关系。台湾学者彭小妍写“新感觉派”代表人物刘呐鸥的文章，从一开始就抛出刘呐鸥的身份纠结，一个在日据时期的台湾出生，又在日本大学英文系接受高等教育的上海“新感觉派”文学领袖，然后速写式地描绘了刘呐鸥作为花花公子、作家、电影人的诸种面相，最后以其扑朔迷离的遇刺带给家人的惊悸与创伤收束全篇。文章看似浮光掠影，实则大有深意：刘呐鸥之人生悲剧在于他以游戏人生的浪荡子姿态成为一个现代主义者，却被现实政治的绳索套住了脖颈；他那横溢的才华和复杂的文化身份似乎给了他进退裕如的空间，却分明是历史的狡计。黄爱玲笔下的费穆，则是上海“孤岛时期”一个遵循自己的艺术逻辑稳步成长的导演,其 20 世纪 40 年代的代表作与其 30 年代的早期作品之间的对话自成一条时间的管道,似乎可以超然于民族主义话语的左冲右突,然而他在中国性与现代性之间的艰难探索,终究使其从苟安的孤岛滑落,并被时代的浪潮迅速淹没。李欧梵写张爱玲与香港的故事,不是将香港视为承载特定历史事件的外在的物理地点,而是视为与作家个人成长密切相关的精神"别处",但是个人不必觉得自己在历史上的地位有什么微妙之点,就像白流苏和范柳原的"倾城之恋",虽能成就一对平凡的夫妻,"但是在这不可理喻的世界里,谁知道什么是因,什么是果?"周慧玲写萧红在香港的最后岁月,似乎并不念念于"还原真相",而是大胆引入以萧红为主人公的传记电影《黄金时代》(2014),将想象与现实、过去与现在、言说与影像重重叠印,在结尾处甚至提出一个"不讲理"的设想:唯有以导演许鞍华身份的暧昧——生于伪满洲,父亲为中国人,母亲为日本人——方能理解萧红人生的复杂。其他如阮菲娜写"台湾第一才子"、左翼作家吕赫若灿烂而短暂的文学人生;钱理群深究毛泽东《在延安文艺座谈会上的讲话》的文化与政治意味;王斑揭示周立波立足于中国革命的人民性写作与西方文学及人文观念的隐秘关联;诺曼·史密斯还原梅娘在伪满洲国时期的文学策略与政治姿态;蒋晖分析"赵树理方向"本身的歧义与两难;安敏轩钩沉卞之琳与王力在昆明就现代诗格律进行合作研究的历史细节并阐发其象征意味;E. K. Tan 力图破除传说的迷雾,再现郁达夫流亡南洋时期与当地文坛互动的细节;苏文瑜以史家的同情心梳理周作人附逆的复杂因果;孙康宜以个人的亲身经历重述台湾"二·二八事件"及随后的"白色恐怖"时期……无不给人以强烈的历史现场感。此现场感并非基于小说般的传奇细节,而是因为作者制造出种种"空白点”，从而形成对读者的召唤。具体而言，作者致力于使早有定论的历史重新成为问题，却又不打算重新给出豁然贯通的解释，使读者不得不“以疑解疑”；作者以一片拼图暗示整个图案的样貌，但此整体究竟如何，仍然仰仗读者以想象去补足；作者给出引人入胜的史实，仿佛可以还历史以本来面目，但此史实往往进一步模糊了文学虚构与真实人生的界限；作者反对先入为主，力求作客观公正的考察，但是字里行间又分明有个人的关切，让人暂时松开“历史科学”的包袱，感受到一种“爱与恨的阐释学”。

此种历史现场感的获得，自然需要作者改变已经习焉不察的理论腔，在历史的生动处求取思想的鲜活度；但是读者自有理论时代养成的世故，或许会坚持认为事实与观念之间是一场永无尽头的博弈，洞见与盲视始终互为表里。由此，写作所需要的便不只是“求真”的崇高表态，还要有“求新”的务实考量。正如王德威所言，该书的写作从一开始就是一次方法实验，一种对“何为文学史”“文学史何为”的创造性思考。而我想进一步说的是，即便各位作者（甚至包括主编在内）面对最终完成的大书，此次实验的意义也未必能够毕现人前。这部文学史以一百六十一篇文章，构成一部上起 1635 年晚明文人杨廷筠、耶稣会教士艾儒略等的“文学”新诠，下迄当代作家韩松所幻想的 2066 年人工智能取代人类成为地球主宰的中国现代文学的超长画卷。它其实并不是“一部”文学史，而是将一百六十一次“从文学想象历史”的尝试组合在一起。此种组合，形象一点说是美剧式的，是“TV series”而不是“Melodrama”（情节剧）。各个片段显出高度的独立性，视角、观点和笔法都不求一律，“弱水三千，各取一瓢”，但是所有的小故事又都从以时序编排的整体中分享一种情节感。此种体例或许会被认为是“可爱而不可信”，作为学术写作，它显然不无风险，我愿意做一“悲观”的预测：这不会是一部文学史家的手边书(其1001页的沉重装帧也限制了这一点)，也无法成为通行的大学教材，甚至其学术价值也会遭到不同程度的质疑。我很难想象某位学者对某一段史实有疑问需要求助于文学史著作时，会首先想到这部书，因为它不是用来查的，而是用来读的；不是用来“解惑”的，而是用来“生疑”的。我甚至能够预测有些学者会认为它徒具创新的形式，而无内在的新意——其他不论，我们怎么能保证一百四十三位作者处在同一个创新水准上呢？如果只是让各位作者做他们一直在做的事，又如何能让这部书区别于一般论文集，作为文学史获得一种整体的新意？

要回答这类质疑并不容易，不过，这类质疑有一基本的预设，即这部文学史自诩能在某种程度上代替已有的文学史著述，而作为主编的王德威教授早已大方宣告自己并无此种野心。但是，让一百三十四位作者共同进行一次文学史写作的“方法实验”，这实在是更大的野心。不过站在一个普通读者的立场，我倒可以轻松说，这的确不是一部新的文学史，而是一部以中国现代文学为主人公的历史小说。或者换一个也许更为形象的说法，这是一部文学史版的《马桥词典》(韩少功)，是以表面看来反虚构甚至反叙事的片段或者说词条，组装出有关中国现代文学的貌似零散实则整一的故事。此处的中国现代文学，是一种三位一体的构成，有关中国现代文学的故事，其实就是中国何以为中国、现代何以为现代、文学何以为文学的故事，而这些故事又彼此交织，互为因果。此处最为关键的判断是，如果说过去数十年间文学史写作的繁荣，是因为文学研究者希望通过历史写作来回答上述问题，而一次次的重写文学史又是在不断寻求更为贴切的答案和答题方式，那么到了这部《新编中国现代文学史》,对历史写作本身的迷信已经衰减,与其说它是新历史写作的方法实验,不如说它是在实验一种“后历史”写作的可能性。“作为历史的文学”,其推陈出新的逻辑终点,就是“作为文学的历史”;而当历史写作最大限度地回归文学本身的逻辑时,文学史也就成为了文学。这并不是说文学史的体例变成通常意义上的文学写作或传记写作,更不是说我们可以随意歪曲或演义历史,而是当众多有能力独立完成一部宏大历史的作者聚拢一处,各执一隅,点到为止,力求在众声喧哗中整合历史的碎片,以实现一种“无目的的合目的性”时,所有那些用来探究历史真相的技术,都必须在一个反讽性的文学结构中重新定位。

三

上述判断稍嫌匆忙,我们不妨后退一步,先将《新编中国现代文学史》的实验,理解为是要尝试一种新的文学史写作范式。此种写作范式的正面方案,即王德威所谓“在世界中的文学”,上文已予以介绍,此处要补充说明的,是方案背面的一种反讽意识。此种意识无须借助当代反本质主义的理论话语予以渲染夸张,而不过是研究者对自身之局限性的真切感知与诚实应对。它并非依托于研究主体的哲学反思和政治自省,而应更多借助于“他者”的出场。具体而言,这意味着“视差之见”成为一种自觉的方法论。就一般读者来说,《新编中国现代文学史》最令人兴奋之处,可能就在于作者背景、立场、视角与方法的多元性。上千页的篇幅并非难点,难就在难在群贤毕至,少长咸集,而且海内海外,各有持守;左派右派,岂可苟同。再加上史家、作家、理论家、批评家等身份以及专业领域的差别,便有了众声喧哗或者说"和而不同"的样态。此种样态不仅为作者制造了自省的可能性,对立场不那么执着的读者来说,更是提供了参考比照的契机。这倒不是说真理越辩越明,而是作者们提供的历史叙述的可能性越多,读者们就越能避免僵化,面对材料时就越能有点铁成金的敏感与手段。事实上,以当今世界的趋同性,值得担心的倒是作者们虽然相隔万里,却有可能是千篇一律的美国学术腔。此问题对中年以上学者来说尚不严重,中年以下则不可不察。

不宁唯是。所谓"不入虎穴焉得虎子",面对这部注定要引发热议的文学史,一个洋溢着理想主义光彩的集体工程,我们还可以进一步提出如下问题。

首先,假如将文学带入历史的努力,日渐显示为一种对历史本身的执着"Obsession with History";假如将文学史作为现代史的一种面相并为之构建日趋复杂、精致的关系模式并非文学研究的必由之径,而只是一种偶然出现的"现代方案";更进一步,假如文学史书写所试图建立的众声喧哗的景观,最终证明只能停留于文学史写作领域,而缺乏制衡新的意识形态权威话语的力量,那么我们该如何保持重写文学史的动力?

其次,假如我们更为深切地关注后殖民议题,尤其是罗伯特·扬在《白色神话》中有关殖民主义、欧洲中心主义与历史书写之关系的讨论,或许会被这一逻辑所触动:作为殖民者的欧洲并不需要特意去写一部宣扬殖民主义的历史,只要它有意写一部现代欧洲的历史,后者就会同时是一部殖民主义的历史。那么,作为第三世界国家的中国,应该提供怎样的文学史写作?有关华语语系文学的宏大设想,其仅凭理论思辨难以规避的风险是什么？在以更具立体感的方式将中国现代文学带入世界的同时，我们应该以何种方式为“他者”的出场留出空间？

再次，柄谷行人认为，现代文学的起源与现代民族国家的生成互为表里，现代文学促成了民族意识的形成，现代民族的形成也造就了现代文学的诞生和短暂的辉煌。但是，民族主义可以抛开文学继续发展（比方走向极端民族主义），倒是“现代文学”作为一个现代方案，应该随现代的发生而发生，随现代的终结而终结。[1] 据此，我们便不难理解为什么《新编中国现代文学史》会从 1635 年说起，又会把下限放到人类退场的 2066 年，原因是现代文学必须要有一个起源和一个终结，有关起源的发现和有关终结的预期都内在于现代文学的定义中。这个终结不是历史记录的终结，而是历史逻辑的终局，能够终结的只能是大写的历史。至于这个终结究竟是遵循黑格尔精神现象学的逻辑，还是福山所谓“自由民主制度”的实现，是文学为民族主义的发展所扬弃，还是“后人类”世界的到来即人本主义时代的结束……则是另一层次的问题。那么，是否存在这样一种可能性，对所谓现代文学史的探究，只是一个庞大的话语游戏？而一百多位中外作者共同进行的这次方法实验，已将这一游戏本身带到了终结的边缘？

提出上述三个问题，并非是要将一种后现代主义进行到底，我的立场毋宁说是新实用主义的，更确切地说，是理查德·罗蒂式的。由此立场看来，一直作为文学研究之学术性保证的历史研究，其真理性

[1] 柄谷行人：《日本现代文学的起源》，赵京华译，中央编译出版社 2017 年第 2 版，第 317 页。

诉求将为更为实用的目的所代替,后者可以凝练为这样的问题:在这一以文学、现代与中国为关键元素、以还原历史真相为“得分依据”的游戏中,我希望有何种收获?不过此类问题并不容易回答,以罗蒂而言,他也并不是无所用心的相对主义者,而是情愿停留于精神史和理智史的两难中。理智史的路线以福柯为代表,不在乎“哲学”“文学”之二类名目,甚至人类主体也只是一张海边沙地上的面孔;精神史则相信,在表示敬意的意义上,存在一种作为“哲学”或者“文学”的东西——如果我们有提出它们的智慧,就存在每个人总应该已经正在问的特定问题。〔1〕罗蒂说,作为一个好的唯物论者和唯名论者,他支持福柯理智史的路线;但是作为精神史的业余爱好者,他想抵制它。他支持清除已经过时的经典,但他认为,没有经典,我们就不能前进,正如没有英雄就不能前进。我想这也是今天我们的境遇,一方面,我们需要更为彻底的众声喧哗,以便更为深刻地进入现代性境遇;但是另一方面,我们又需要一种温暖的集体想象,彼此召唤,相互支持。此种纠结的背后是一种切身的忧虑:当英雄渐老,当中国现代文学研究的理想主义时代,紧随文学创作的理想主义时代远去,还会有什么人、还会有何种力量将分散于世界各处的研究者召集到一起?即便这新的一代仍然以文学研究为业,他们仍会一起讲述“中国现代文学”的故事吗?对于未来我们很难乐观,但我们又格外需要生活在希望之中。〔2〕

---

〔1〕罗蒂:《哲学的场景》,王俊、陆月宏译,上海译文出版社 2009 年版,第 107 页。

〔2〕本文在微信公众号上推出之后,有读者质疑说,“后历史写作?可笑之极!中国学者可以拉着自己的头发上天了!”这一反应十分合理。此处需要强调的是,虽然“后历史写作”是一种学术表达,针对的是特定的写作范式,而非鼓吹我们可以“无视历史”“告别历史”,但它仍然只是一种可能的文学史写作逻辑。试图确立“后历史”范式一头独大的地位,或者认为这一范式只有一种实践形态,本身就是很不“后历史”的。

文学:在话语与生存之间

——文贵良著《话语与文学》读后[1]

文贵良教授的论文集《话语与文学》(上海文艺出版社,2012)充分显示出“理论时代”文学史研究的鲜明特色,即将文学史料的重审、意识形态的反思、形式特征的细察与“语言学转向”之后的当代理论逻辑紧密结合;而其研究个性则体现于,它所构建的“作为话语的文学”或“话语之中的文学”的辩证表述,并非只是又一套“反本质主义”的概念工具,而是要从话语角度切入20世纪中国文学的文脉历程与现实境遇,在挑动种种政治反思、文化反省的同时,展开对个体存在之深度拷问。换句话说,它是要以一以贯之的话语研究,打通文学的三个维度,

---

〔1〕 本文原载《现代中文学刊》2016年第1期。

即审美形式、意识形态与形而上学。这不是要以语言研究使文学研究更为技术化,而是要让汉语的传统与中国文学的传统相互发明,它不仅为一种历史的研究设置了明暗双线结构,使其更加饱满而富有生气,也为把握中国现代文学的思想意蕴和审美价值增加了新的观测点,甚至于在文学理论基本问题的探究上,亦有大展手脚的空间。此中逻辑,可凝练为"话语生存论"这一术语(作者前一本著作即名为《话语与生存》,后详),此术语形式虽给人"陌生化"之感,却立意皎然,言之有物,足以将作者在文学理论、文学史、文学批评等诸多领域的建树与追求串联起来。

"话语生存论"的要义,在作为文集理论纲领的《何谓话语?》一文中有清晰表述:

> 福柯的话语观念,以及他的话语与权力、知识之间的关系,都将成为我的理论资源,成为我称之为"话语生存论"的理论资源。在我看来,话语有三个层面:第一是语言的层面,话语是语言和言语的话语;第二是话语的层面,话语是话语的话语;第三是生存的层面,话语是存在的话语。……〔1〕
>
> 话语的分析方法要求有三个步骤:第一步,要描述话语方式的形成,回答何谓一种话语方式的问题,具体说来,就是要描述话语主体和话语形式相结合的边界。第二步,要描述话语方式的特征,分析它的运作方式、策略等等。第三步,描述话语主体或者话语客体的生存状态,当话语主体由人充当时,要描述话语主体的

〔1〕 文贵良:《话语与文学》,上海文艺出版社2012年版,第5页。

> 生存状态;当话语主体由非人来充当时,要描述话语客体的生存状态。〔1〕

在文贵良所属中国现当代文学史的研究领域之内,夏志清式的传统人文主义研究范式的学术生产力已在不断下降(虽然远未到退场之时),福柯的知识考古学和谱系学(往往有布迪厄的论述作为补充)几乎成为中青年学者的必修课。在此课堂之上,曾经承载着某种确定的价值和本质的诸多概念——如文学、审美自律性、民族性,现实主义等等——都被作为话语看待,而所谓话语,至少意味着:1)它是在特定的历史过程中被建构起来的;2)此建构与特定的权力关系互为表里。话语/权力理论的锋利之处在于,只要研究者放下执念,对某一"知识""真理"做历史的追问,就总有办法揭示出一个复杂的权力关系的存在,在这件事情上我们很少劳而无功。尤为重要的是,福柯的话语/权力研究虽然牢牢把握住"政治与文学"这一话题,却既不是简单地揭露政治权威如何掌控一切,也不是炮制一些何种权力关系决定何种知识观念的实证性解释〔2〕,而是着力展示话语与权力的双向生成。它对文本解读的重视,使其能充分利用"新批评"的资源,而它以结构主义/后结构主义理论为基础所打造出的一套概念工具,又使其能自由出入文本内外。这一研究路线所具有的辩证力量与它所包含的生动细节,足以使种种困守反映论的"外部研究"和执着于"纯美学"的"内部研

---

〔1〕 文贵良:《话语与文学》,第16页。

〔2〕 在这类问题上所引发的误解似乎更多地应归咎于布迪厄,福柯是一位"戴面具的哲学家",布迪厄作为社会学家的立场更为鲜明,影响也更为直接。但是毫无疑问,布迪厄本人的论述也并不缺乏辩证与审慎。

究”相形见绌。

正是为了充分激发话语权力理论的辩证能量，文贵良自铸新词，提出了“权化”概念。此中之“化”，“既指化的动作，又指化的结果。”“权化既指权之化，又指化生成权。权化既是实践之徒，又是实践之果；既是话语的权力征服，又是话语的权力增长。”具体而言，文艺权威话语的权化就意味着“文艺权威话语作为权力话语之话语实践与文艺权威话语在话语实践中获得话语权力的双向互生互成过程的统一”。〔1〕简而言之就是话语借权力以行，权力假话语以立，两者互相造就。此种互相造就绝非限于一时一地，但作为分析框架，却尤其适合解说战争年代文学，文贵良在这方面的研究成果也就格外丰硕。如收入文集的《秧歌剧：被政治所改造的民间》《毛泽东作为话语权威的生长》《政论白话文：毛泽东的话语形式》《话语卫生学与丁玲的女性肉身叙事》等以及他在博士论文基础上完成的专著《话语与生存：解读战争年代文学（1937—1948）》皆各见精彩，予人启发。

与一般急于滑向权力政治分析的路数不同，文贵良研究的特色在于始终强调话语的第一个层面，即语言。事实上，正是因为注重对文本的语言形式进行细致分析，文贵良对毛泽东政论语言的解读才真正令人耳目一新。毛泽东政论文历来被认为是现代汉语的典范，文风活泼而用语生动，是权威平民化的象征，似乎并无翻案文章可做。但是文贵良指出，文艺权威话语的言说原本就包括两个系统：通俗的口语系统和抽象的术语系统，其中，“口语系统的运用只是手段，不是目的。

〔1〕 文贵良：《话语与文学》，第119页。

文艺权威话语的言说意向在于传达由属于系统揭示的,或者说构成的,知识谱系和真理观点。因此,口语系统的通俗、生动、多变、多姿,最终还必须落实到属于系统的抽象学理上。"[1]比方说下面这段话我们早已耳熟能详:

> 革命不是请客吃饭,不是做文章,不是绘画绣花,不能那样雅致,那样从容不迫,文质彬彬,那样温良恭俭让。革命是一场暴动,是一个阶级推翻另一个阶级的暴烈的行动。农村革命是农民阶级推翻封建地主阶级的权力的革命。[2]

一个阶级推翻另一个阶级的暴力革命本是极为抽象的现代理念,但是毛泽东通过几个对比就抟虚为实,"不是请客吃饭,不是做文章,不是绘画绣花",不仅说理亲切生动,更轻松推翻了原有的价值秩序,"从容不迫""文质彬彬""温良恭俭让"种种,在暴烈的战争语境中都失去正面价值,这种"颠覆"感不是动摇而是强化了暴力革命的合理性。毛泽东这段话中既有形象生动的口语,又有文雅圆熟的书面语,更有气势如虹、不容辩驳的政论语,与其说是兼收并蓄、各取所长,毋宁说是黑白相照,有破有立。文贵良提醒我们注意,"不能那样雅致,那样从容不迫,文质彬彬"这种表达,是一种极高明的反讽,绝不只是否定了相关的态度与做法(对敌人宽容),更否定了这类知识分子语言本身。农村革命所承担的让农民翻身解放的使命,首先在言说方式中实现,在

---

〔1〕 文贵良:《话语与文学》,第104页。
〔2〕 同上,第104页。

摧毁传统知识者话语的同时,现代政治话语得以建立。文贵良在论述中展示了一个极为生动的理论环节,即“毛泽东”这个语词如何“从政治高层的政治表达和知识者的诗歌叙述,向当时的工农兵的诉求渗透”。对此语言与现实相互渗透的过程的描述,既提供了一幅极具质感的历史画面,又将权化概念所蕴含的理论能量充分发挥出来。在此问题上,研究者需要掌握虚实相生的透视法,方能有此观察:“‘毛泽东’作为话语权威,一旦由政治高层的表决通过,经媒体向外界宣告,知识者的诗歌叙述和工农兵的民间表达便应‘告’而生,这种叙述和表达,不仅是在话语权威的意向中诞生,而且本身也构成话语权威的合法性因素。”〔1〕这些见解,都称得上是活学活用福柯话语权力理论(以及美国新历史主义文论)的成果。

反过来,文贵良又以阿城等作家为例,说明作家是如何依仗其语言上的创造力去对抗以政治意识形态为中心建构的知识谱系。文贵良认为,“从上个世纪70年代到80年代的文学创作看,对激进性逻辑话语的彻底解构有三种文学的表达方式:朦胧诗以意象的多维丰富性面对激进性逻辑话语的不可怀疑与不可证明;意识流等西方现代派的心理叙事方式面对激进性逻辑话语的外在客观性,而汪曾祺和阿城等人以民间短句为叙事语句的表达面对激进性逻辑话语的逻辑结构。”〔2〕他具体解说“阿城的短句”:“阿城的短句对抗的是激进话语逻辑的长句,世俗的知识结构对抗的是以政治意识形态为中心建构的知识谱系。短句言说散发着民间世俗的烟火气息,世俗的话语,是激进

---

〔1〕 文贵良:《话语与文学》,第99页。

〔2〕 同上,第177页。

性逻辑话语的克星;世俗的庸常,对抗着激进性逻辑话语的崇高。”他相信,“阿城的短句从话语的角度看,是在做着一项重大的解构工作。”[1]此种看法,充分显示出文贵良话语研究的意识形态指向,一种弥赛亚式的期许隐约可见。不过,必须坦白,作为罗蒂式的实用主义者,我对此并没有同等程度的信心。正如罗蒂怀疑德·曼式的解构主义阅读——将文学及其语言的特质视为一种永远无法克服的虚无、永不停歇的自我否定与更新——能否成就一种“普遍和平和正义的黄金时代”那样[2],我也怀疑仅凭写作形式的选择,是否真能解构与特定政治权力合谋的“激进性逻辑话语”。一则,“话语主体和话语形式相结合的边界”有相当大的开放性,而话语权力的掌控往往以权力话语外在形态的多样性为前提,特定话语形式与特定权力关系并非总能一一对应;二则,评估话语间的对抗与解构,同样不能脱离权化逻辑。以阿城、汪曾祺的短句而论,仅仅强调这种语言形式立足于“民间”(暂且不论民间是否如陈思和教授所说是“藏污纳垢”的),并不足以使短句成为解构的力量,因为权化的要义不在“庙堂”(再次借用陈思和教授的概念)与“民间”的文化矛盾,而在于特定的权力话语与特定的话语权力在真实的权力场中双向生成。阿城的短句必须进入真实的权力场,才有可能真正地权化。文学当然可以在自己的领域内对抗特定的话语方式并且取得胜利——至少,我们已很难再用浩然的方式写小说或者诗歌——但此胜利的代价有可能是文学的边缘化。边缘化并非就不可接受,但是与边缘化相关的权化过程却值得深入探究。或许,

---

〔1〕 文贵良:《话语与文学》,第178—179页。

〔2〕 罗蒂:《后哲学文化》,黄勇编译,上海译文出版社2004年版,第142页。

文贵良应该像考察“毛泽东”话语权威的生成那样考察阿城式短句的解构力量的生成，如果只是对话语形式本身进行分析，那么不管这种分析做得如何精彩，总觉得还没有完全实现他所提出的理论方案的潜能。

就我个人而言，尤其关心文贵良在沟通话语与生存方面的努力。文贵良将话语分出三个层次，其实是要将语言、话语和生存这三种文学研究的向度统一起来，某种意义上，这是福柯与索绪尔、海德格尔的联合。在此联合中，福柯虽然冲锋在前，掌旗者却是海德格尔。在讨论“作为语言和言语的话语”时，文贵良关心的是言语活动如何成为人的生命状态的表达(他借用了一点维特根斯坦有关语言游戏与生活形式的论述)以及一个人如何在言语活动中掌握了语言，然后去把握世界。而在讨论话语时，他更是非常明确地要将福柯“海德格尔化”，在他看来，“崭露人的生存状态时，最理想的对象不是那些有对话和言谈的人，而是那些当他们的言谈或者对话能成为陈述，陈述能够成话语的人。因此，话语才是生存真正的家园，话语比对话和言谈有着更加强大的力量来承担人的生存。”原因是，“话语比语言要具体，比对话要系统，话语包含了个体使用的语言/言语，话语的陈述群在某种意义上就是对话的筛选，话语更有言语和对话无法容纳的言语与言语之间、对话与对话之间的组建方式。”〔1〕我必须抱歉地说，此处多少有偷换概念之嫌，在海德格尔这里，话语不是陈述，而是有关语言之本源的概念，“现身在世的可理解性作为话语道出自身，可理解性的含义整体达乎言辞。”〔2〕也就

〔1〕 文贵良:《话语与文学》，第12页。
〔2〕 参见《存在与时间》，陈嘉映、王庆节译，北京三联书店1999年版，第188页。

是说,话语即生存论意义上的语言[1],“把话语道说出来即为语言”,语言就是言辞的整体。[2] 反观福柯在讨论“作为陈述的话语”时,首先就是强调话语不是同一、平静的透明体,“萦绕我四周,无限地开放,其间别人亦会迎合我的期望”,“真理将一一从中呈现”,恰相反,“话语的制造是同时受一定数量程序的控制、选择、组织和重新分配的,这些程序的作用在于消除话语的力量和危险”[3],此种话语/权力的问题逻辑显然不能直接连通海德格尔话语/语言的生存论结构。不过就文贵良的理论意图而言,这一概念的误用并不致命,事实上,恰恰是这一误用激活了一个最关键的问题:如果话语从一开始便与权力互为表里,它还能否为生存奠基?

在这个问题上,福柯的“生存美学”倒是可以好好利用。后期福柯回归哲学家形象,且将哲学作为生活方式,暂时放松对理论真理的求索。尤其是福柯后期有个“难题化”(problématique,英译一般为problematic)概念(尤其在《性史》第二卷“快感的享用”中)[4],至少在美国学者加里·古廷看来,这个概念(古廷将其译为 problematization)

---

〔1〕《存在与时间》的中译本将“Die Rede ist existenzial Sprache”译成“话语在生存论上即是语言”,似乎不如英译“discourse is existential language”好理解。语言之所以关乎存在,是因为它以话语为基础,而话语是“展开状态的原始生存论环节”,“从本质上具有一种特殊的世界式的存在方式”,“现身在世的可理解性作为话语道出自身”。参见《存在与时间》,第 188 页;另见 Heidegger: *Being and Time*, trans. by Joan Stambaugh, New York: State University of New York Press, 1996, p151.

〔2〕参见《存在与时间》,第 188 页。

〔3〕许宝强、袁伟选编:《语言与翻译的政治》,肖涛译,中央编译出版社 2001 年版,第 2—3 页。

〔4〕佘碧平中译本译为“质疑”,本身并非不成立,但不如译为“难题化”更能凸显困境的存在。此外,阿尔都塞被认为与此概念关系密切,不过在阿尔都塞那里这个概念另有其内涵,被翻译为“问题域”或者“总问题”更合适一些。

代替了“边缘化”(疯狂或监禁),成为福柯后期思想的核心:

> 难题化构成了个体面临生存时的基本问题与抉择。我的存在被以某种特定的方式难题化,这一事实无疑是由我置身其中的社会权力关系所决定。但是,尽管生存被难题化了,我还是能够以自身的方式对它所提的问题作出应答,或者更准确地讲,以我在特定历史背景下确定自我身份的方式作出应答。[1]

与此“难题化”直接相关的信念是:人被抛入话语之间,这话语受制于特定的社会权力关系,但人“为自己”而存在仍然是可能的。后期福柯虽早已抛弃先验性的“主体”范畴,却承认自我是可以建构的[2],他开始把注意力放在古希腊人的“自我技术”上。我相信文贵良对此心有戚戚,但要他在20世纪中国文学的视域中讨论诸如“快感的享用”(毋宁说是节制)之类的问题,未免强人所难;更重要的是,他未必会在主体性和自我之间刻意保持区分。文贵良大部分的注意力,放在对“知识者”悲剧命运的揭示上。后者所包含的核心矛盾是:知识者只有依附于某种权力话语才能获得存在感,而此种依附性最终又将蚀空存在。《话语与文学》这部文集中最牵动人心的内容,仍旧关乎知识分子的自我改造问题。比方说在“毛泽东”作为话语权威不断生长的同时,

〔1〕 加里·古廷《福柯》,王育平译,译林出版社2010年版,第106页。

〔2〕 福柯强调,自己并不是拒绝主体这一范畴,而是“拒绝关于主体的先验理论,以便分析一种关系,这种关系或许存在于主体的建构或者不同的主题形式与真理游戏和权力实践活动等事物之间”。他承认,“哲学最重要的关怀是以自我为中心,关于世界的知识是后来出现的,并且通常服务于自我关注。”见汪民安主编:《福柯读本》,刘耀辉译,北京大学出版社2010年版,第357页,第360页。

知识者自觉地将其"作为自己生存意义的意向性存在物,作为自己言说的主词"〔1〕;同时,知识者谋求与大众的结合,只有这样才能感觉自身"在外找到了合法性的根据,在内找到了作为存在的勇气,完成了同一的存在状态"。〔2〕但是这种同一不过是"同化"的结果,"同化是知识者在大众话语下走向新我的过程,也是知识者不断参与的过程,这种过程充满了意识的惊涛骇浪。"〔3〕既然是惊涛骇浪,便会有龃龉、冲突、抗争、服从、怀疑种种,而这些又都在知识者的话语建构中留下踪迹。

文贵良于胡风研究用力最勤,体会最深,对他来说,胡风的写作充分彰显了话语与生存的关联。文贵良甚至专为胡风打造了一个概念:言用者。所谓"言"不是独白,而是"向……而言";所谓"用"不是功利,而是"向……而在"。话语的主体与存在的主体互为因果,一边在言说,一边形成主体自身:

> 言用者胡风正是在胡风话语的形成上构成意义,是作为话语主体而产生的。言用者胡风诞生于胡风言说的对抗性和对话性中,也就是说,诞生于"具有充分价值意识"的主体间,诞生于主体性与主体性的碰撞中。而不论是对抗还是对话,实际上都有一个言说的他者,这个他者可以用"你"来称呼,人恰恰是"在与'你'的关系中,人的主体性才能称自己为'我'。这样诞生的主体具有独立性和自足性,因此,言用者胡风作为话语主体在主体的价值结

〔1〕文贵良:《话语与文学》,第98页。
〔2〕同上,第53页。
〔3〕同上,第53页。

构上有充分的根据。”[1]

在精神分析学家那里被作为焦虑之源对待的“他者”,在胡风这里成为主体自识的中介。文贵良看重这个主体,不是在启蒙哲学的意义上,而是在存在哲学的意义上。胡风频繁使用的“置身”一词引起了他的注意,他将其解读为“人作为身体、肉身而存在”。[2] 他将胡风那种经常以小蚁和蚯蚓自况的存在感受,与鲁迅的“无物之阵”联系起来,并进而引入海德格尔意义上的“烦”,即种种与物、与人打交道时的“操劳”与“操持”(采用陈嘉映、王庆节的新译)。胡风存在于他的话语中,这个“话语胡风”(“言用者胡风”的另一表述)在有所言说之前,首先要“追问自己以何种姿态进入言说”,这个姿态最终是:“话语胡风以欧化白话文的‘燃点写作’,在 40 年代的话语场上,向四周突击。”[3]文贵良给这种突击以足够光彩的判词:“置身,是话语胡风对世界的到场,是对‘烦’之境遇的环视与搏斗;同时,也是话语胡风在存在意义上的开放。”[4]此判词有着海德格尔式的晦涩,却也有着海德格尔式的力量,足以引发文学人的共鸣——所谓文学,不过是在众声喧哗的话语场中构建属己的话语。此一构建并不以理论体系的完善为目标,而是强调突入情境,在情境中思考和言说。

文贵良显然不打算谨守一个“新型档案员”(德律兹论福柯语)的姿态,他的话语生存论承载着非常明确的价值诉求。这一诉求在他对

---

〔1〕 文贵良:《话语与文学》,第 134 页。

〔2〕 同上,第 159 页。

〔3〕 同上,第 164 页。

〔4〕 同上,第 165 页。

《马桥词典》的解读中表达得最为直接,在他看来,“马桥人出让了语言的最高权利,却没有对出让做出反思:马桥人在日常语言构成的马桥语言中走完自己的生存,却没有对这种话语与生存做出追问。”〔1〕由这一极具精英色彩的批判,正可以看出文贵良从事话语研究的动力所在。“在话语中存在”是一种绝对律令或者说召唤(calling),马桥人或许可以逃避它,知识者却不能逃避它。虽然福柯的考古学试图架构一种没有个人主体的历史,但这并不会取消主体的难题,而只是意味着知识的重审不得不与主体的重构休戚相关。中国现当代文学史研究的推进虽然倚重新的史学逻辑并因此对种种“社会理论”青睐有加,但它也极为强调那一套有关“现代之为现代”的价值观念,尤其是现代主体意识的形成与深化。虽然作为时代共名的“民族国家”这一主体想象已成为追问对象,但是个人对时代的承担、个体生存困境的揭示等等,始终是文学研究所关注的主题。即以对中国现代文学研究有直接影响的日本学界而言,柄谷行人和竹内好同样重要,前者由对现代文学观念的知识考古,展开有关“想象的共同体”的追问;后者则以思想者鲁迅为范例,对何谓“状况中的思考”做出富于存在主义色彩的阐发。〔2〕存在主义最重要的理论资源当然是海德格尔,竹内好对鲁迅的解说也是海德格尔式的,如:“无使有成为可能,但在有当中,无自身也成为可能。这就是所谓原初的混沌,是孕育出把‘永远的革命者’藏在影子里的现在的行动者的根源,是文学者鲁迅无限地生成出启蒙者

---

〔1〕文贵良:《话语与文学》,第186页。

〔2〕分别参见柄谷行人《现代日本文学的起源》,赵京华译,北京三联书店2003年版;竹内好:《近代的超克》,李冬木等译,北京三联书店2005年版。

鲁迅的终极之场。”[1]此番解说不仅切合鲁迅那种“彷徨于无地”的孤独的战士的形象，亦能很方便地将我们带向对语言或者说话语的追问，从而确立起文学之为文学的本源。在我看来，此一研究大可与文贵良的胡风研究同气相求。

如果说知识者必须“置身”于“无”，那么这不仅意味着“战斗”，更意味着话语的创构。创构往往是从既有话语的不足恃开始，文贵良对阎连科小说《风雅颂》的解读，核心的表达即“从话语分裂的地方开始抵抗”，这是他对知识者，毋宁说“文学知识分子”（借用莱昂内尔·特里林的概念）在世方式的期待，文学知识分子必须立身于真正意义上精神困境，在各种既有的传统、秩序、准则都难乎为继时，为自己重构言说的可能性。文贵良承认，文学的意义在于引出问题的思考，而非像政策宣言书那样指明实在的道路，但是，这并不意味着文学无须承受话语创构的压力。既然文学已经使人明白没有任何现成的话语——“物质的”或“精神的”、“现代的”或“古典的”之类——能够将人带出那些深刻的生存困境，那么文学就应该显示出“立言”的能量。文贵良正是基于此一考量，对阎连科、韩少功、李佩甫等作家的代表作有所批评，这些批评发人深省，并让我自然而然地想到莫言。后者以高热度的狂欢化叙述将特定时代的种种权力话语销熔瓦解，此时作家的“主观战斗精神”几乎不可阻挡；但是，当叙述者被抛入这个激情破碎的消费时代，在无所适从中选择以对历史的“非认同的接受”（甚至还加上点宿命论，如《生死疲劳》《蛙》等）来重构身份认同时，却明显让人感到底气不足。在既有话语中沉沦是作家面临的最大诱惑，他必须以

〔1〕 竹内好：《近代的超克》，第142页。

话语的创构赋予"在话语中生存"以实践意义和伦理光彩。虽然无论哪一个作家都不能仅凭一己之力便创造出一套话语,但他理应彰显话语创构这一工作的意义,他不能止于众声喧哗,却也不能只是做个选择而已。

由此问题,我们过渡到对"文学研究"与"理论研究"相互关系的思考。文学信念的执守必须与文学范畴的反思相辅相成,文学知识分子之所以要将他们藉以安身立命的真理、知识还原为话语/权力的建构,正是为了重建"文学性"问题的深度与活力,而这同样意味着话语的创构。文贵良教授的话语生存论代表了一个文学史研究者真诚的理论热情,不是简单地利用现成理论(种种新旧"行话"),而是以理论的创构切入文学的事实与经验,并力求在历史、政治与哲学的三元结构中寻求文学研究的定位。虽然此一创构还有某些环节需要完善,但是以"话语中的生存"重构文学之为文学的问题系统与价值诉求,显然比抱残守缺地强调文学的审美性或超越性要明智得多。我所希望的是,这一示范性的工作,能够激励当代中国的文学研究者尽快从"理论"与"文学"这一乏味的对立中脱身出来。

第四辑

文学都市与中国现实主义

市井诗学如何可能？

——试论当代上海小说研究的一种理论路径〔1〕

我们尝试以“市井诗学”这一新的术语，对当代上海小说研究中某些富有特色的观念、问题与方法加以提炼和总结。仅凭市井不能定义上海，仅凭上海亦不能定义市井，但是两者的结合或者说碰撞，或许能产生积极的理论效应。这要求我们不能只是重复那些标签化的“上海印象”，而应努力把握上海文学的当代性，并对当代理论的相关思路保持敏感。最后，以小说为基本研究对象的诗学探讨应力求对小说理论有所贡献，而非泛谈文学和文化。上海、当代和小说，由此构成市井诗学的三个支点，我们希望

---

〔1〕 本文原载《文艺争鸣》2017 年第 10 期，为张艳虹博士与笔者合著，经张艳虹博士同意后收入，特此说明。

以此搭建起较为稳靠的理论平台。但本文并非要给出全面的资料梳理和完整的体系建构,而是先行提出我们认为最值得注意的问题。

一、变与不变之间:作为市井的上海

有关上海在中国文学、文化研究中的特殊地位,相关讨论早已汗牛充栋。在这些讨论中,现代性显然是核心词汇。正如有论者指出,上海的被重新"发现"——包括文学或者影视艺术的虚构、学院知识分子的讨论和著作撰写、媒体和出版业的疯狂生产,等等——使得"上海"远远超出了一座城市的自然意义,而转换为一个现代性的"民族寓言"。〔1〕之所以"上海热"持久不退〔2〕,正是因为在对"上海现代性"的定位以及从"上海现代性"到"中国现代性"的跃进中,呈现出太多可供发掘与引申的向度。市井诗学作为理论方案的出场,也在此语境之中。

要准确把握市井的内涵,需对几组概念的关系稍加讨论。〔3〕首先,市井与都市。市井不等于都市,而是都市的"另一面"。以上海而

---

〔1〕蔡翔、董丽敏等著:《空间、媒介和上海叙事》,上海大学出版社2013年版,第63页。有关民族寓言问题,参看詹姆逊:《处于跨国资本主义时代中的第三世界文学》,见《晚期资本主义的文化逻辑——詹姆逊批评理论文选》,陈清桥等译,北京三联书店1997年版。

〔2〕有关文化、学术领域的"上海热"的相关情况,可参见陈子善:《迪昔辰光格上海》,南京师范大学出版社2007年版。

〔3〕在上海文化与文学研究中,"市井"并不是陌生的概念。参见陈思和、刘志荣、王光东:《民族风土的精神升华——文学中的乡土、市井与西部精神》(《上海社会科学学院学术季刊》1999年第4期);丛晓峰:《新时期市井小说的审美价值》(《济南大学学报》2001年第5期);肖云:《浅谈新时期市井小说及其文化视角》(《当代作家在线》2009年第7期);丁帆:《新时期乡土小说与市井小说:民族文化心理结构的解构期》(《小说评论》1988年第2期);李宴君:《从市井小说看新时期我国文艺创作的特色》(《时代文学》2011年12月下);唐鑫:《新时期市井小说的得与失》(《安徽文学》2009年第11期)。

论,上海常被等同于特定的都市景观,如上海外滩、陆家嘴、世博园、新天地、华山路……如此等等。这个上海当然重要,但是除此之外,还有一个不那么光彩夺目却又深嵌在日常生活中的上海。有论者强调,上海真正的主角其实是"密布四处的普通民宅和建筑";"作为一种建筑的社会的和心理的空间,弄堂是上海中产阶级的秘密和物质文化的体现"。〔1〕正是作家笔下的弄堂"让我们看到了上海的精神补偿力量,它不断流动,阻止那种使上海走向衰败的力量"。〔2〕此处所谓弄堂,正是市井的一种具象化形式,市井的上海与"摩登"的上海相区分,市井诗学也就不同于相对笼统的都市诗学。

这种市井与摩登的对立,可以产生诸种变体。在张爱玲那里,它以上海与香港的"双城记"展现出来:如果说香港是充满魅惑、引人堕落之所,那么上海就是市井,是嘈杂混乱而又让人安心的百姓生活。在王安忆《长恨歌》那里,它是青年王琦瑶的旧上海与中老年王琦瑶的新上海的对立,前者在镁光灯下,如梦如幻,却不堪一击;后者在里弄之间,外表平凡,内藏棱角,透出韵致与力道。而在唐颖的小说《上东城晚宴》中,对立双方换成了上海和纽约。主人公里约认为上海是"反诗意的城市",太过现实,了无新意。她只身去充满艺术气息的纽约寻找新生活,被一场无果的婚外情弄得身心疲惫,常常下意识地跑到中国城寻找安慰。后者"街面肮脏,拥挤不堪市声喧闹,超市养海鲜的椭圆木桶——在中国称为浴桶——摆放到人行道,鱼儿们活蹦乱跳的,几乎从木桶里跳将出来,桶里的水溅得老高,会溅到正说话的行人身

〔1〕张旭东:《上海的意象——城市偶像批判、非主流写作与现代神话的消解》,张维维译,见《批评的踪迹》,北京三联书店2003年版,第320页。

〔2〕张旭东:《现代性的寓言:王安忆与上海怀旧》,《中国学术》,2000年第3期,第147页。

上，甚至会溅到脸上，假如正大声说话就溅到嘴里，鱼腥味交织在空气里，让人烦恼也让人兴奋”。[1] 里约主观上抗拒这种很不纽约的氛围，但不是因为厌恶，而是因为那种强大的诱惑力。她所要逃离的世俗生活所蕴蓄的生气，构成了另一种诗意，一种小说家的诗意。这正是张爱玲所说的“生活在中国就有这样的可爱：脏与乱与忧伤之中，到处会发现珍贵的东西，使人高兴一上午，一天，一生一世”。[2]

在此基础上，我们要区分市井与都市民间。论者对都市民间已有深入讨论，对其“自由自在”“藏污纳垢”的特征的揭示皆可应用于市井。[3] 市井一方面混淆雅俗[4]、不辨清浊、无分义利甚至漠视是非，另一方面又自有一种踏实、亲切与诚恳。它所依靠的常常是污泥浊水，却能够滋养生灵，这也正是民间之为民间的逻辑。不过，就市井诗学特定的关切而言，使用市井概念较之使用都市民间要更为方便。其一，市井有相对实在的空间想象，容易发展出有关生活世界的论述。[5] 其二，市井与商业文化的关系更为显豁。市井的上海虽然更

---

〔1〕唐颖：《上东城晚宴》，《收获》2016 年第 5 期，第 124 页。

〔2〕张爱玲：《诗与胡说》，《流言》，北京十月文艺出版社 2012 年版，第 136 页。

〔3〕参看陈思和《民间的浮沉：从抗战到“文革”文学史的一个解释》，收入《鸡鸣风雨》，学林出版社 1994 年版。陈思和还特别以“民间”评说了张爱玲，他认为张爱玲是把虚拟的都市民间场景、市民日常生活，“与新文学传统中作家对人性的深切关注，对时代变动中道德精神的准确把握，成功地结合起来，再现出都市民间文化精神”。陈思和：《民间和现代都市文化》，《上海文学》1995 年第 10 期，第 69 页。

〔4〕参见赵伯陶：《市井文化与市民心态》，湖北教育出版社 1996 年版。赵伯陶教授将市井文化视为俗文化，同时又是沟通雅俗文化的中介。

〔5〕据臧知非教授考证，“市井”之名并非源于“市”之因井田而设，亦非因商人于井边洗涤商品而后市卖，而是决定于东周秦汉时代城邑的空间结构。其时之城市按功能划分空间，水井和市相同，亦有专门空间，二者均是农民和工商业者的公共活动区，具有公共空间的属性，构成了“市井”之名的历史基础。参见臧知非：《说“市井”——兼谈东周秦汉的城市空间结构与社会秩序》，《河北学刊》2013 年第 1 期，第 51 页。

“接地气”，却非“日出而作日入而息”的安稳田园，而是与逐利而动的商业文化密不可分。《管子·小匡》中说“处商必就市井”，《后汉书·循吏传·刘宠》说“山民愿朴，乃有白首不入市井者”，这是指地点；《史记·平准书》中所言“孝惠、高后时，为天下初定，复弛商贾之律，然市井之子孙，亦不得仕宦为吏”，则是指身份。不管是哪一种，商字之尴尬，都无可回避。这倒不是说市井中的一切皆与经商相关，而是说人与人的背后有着精巧的算计与微妙的平衡。[1] 由此引出第三点区别，民间常与反抗、自由、单纯、雄浑、博大、原生态等正面价值相匹配，其美学潜能毋庸置疑，因此都市民间也更容易让人产生诗意想象，但是市井则有更强烈的反诗意、反美学色彩。这首先是说市井与“粗鄙”的关联性更强(而不只是民间的“粗犷”甚至“粗糙”)，与美更为对立；其次是市井中即便有美，风格上也极少“芙蓉出水”，而是常给人俗艳的印象；再次，民间因其朴素、原生态而美，市井之美则总脱不了世故、伪饰与刻意。换言之，民间之美可正面言说，市井之美则往往需要反向建构。

最后是第三组概念：市井、都市与乡村。在这组概念中，都市与乡村本是对立的两极，但是正如罗兹·墨菲所言：“就在(上海)这个城市，胜于其他任何地方，理性的、重视法规的、科学的、工业发达的、效率高的、扩张主义的西方和因袭传统的、全凭直觉的、人文主义的、以

[1] 张鸿声将城市人的交往归纳为三点，首先是人际间接触的表面、短暂、局部与匿名；其次是人物成分复杂而流动增强、感情淡漠；再次是密集的人群互不相识，金钱作为交换媒介，成为人们交往的衡量标准。张鸿声：《新感觉派小说的文化意义》，《华中师范大学学报》，1999 年第 4 期，第 129 页。

农业为主的、效率低的、闭关自守的中国——两种文明走到一起来了。"[1]或如殷国明教授所言，上海最为集中地呈现出一种文化的"大流转"，都市本身成为多元化的"万花筒"，不仅有"都市中的乡村"，而且有"乡村中的都市"，有各种族群和文化的停靠站与栖息地，自然也有万象更新的"熟悉"和熟视无睹的"陌生"。[2] 此处，我们所需要的是一种能充分纳入混乱与无序状态的诗学。这种诗学不是在混乱中求平稳，无序中求有序，而是在流转的过程中把握对立的两元，在稳定与动荡、建设与破坏、生成与衰败的矛盾中一次次重构人与城市的审美关系。我们的建议是将都市与乡村的二元对立，内化进市井之中。也就是说，市井一方面给人安居的想象，另一方面却内蕴变动与迁徙，市井同时是对都市变迁的顺应与抵抗。市井之为生活，总是后退之中的涌出，它不断被城市日新月异的变化逼退，却又总是在这种变化暂停的瞬间涌现出来。它既是都市不断扩张的结果，又是从内部生长出来的"异己"力量；它仿佛自行其是，不为时代的号角所动，却分明留下了时代大流转最微妙的痕迹；它不断以现代之物破坏精致整一的古典美学想象，却又创造出使平淡无奇的日常生活成为审美对象的可能。

---

〔1〕 罗兹·墨菲：《上海：现代中国的钥匙》，上海人民出版社 1986 年版，第 5 页。

〔2〕 殷国明：《"大流转"：中国都市文学的梦想与纠结》，《上海文学发展报告：2015》，社会科学文献出版社 2015 年版，第 176 页。王晓明在《从淮海路到梅家桥——从王安忆小说创作的转变谈起》一文中，揭示出王安忆创作的转变，即作家一步步地远离成为"新意识形态"的老上海，走向郊区，走向新上海，其写作与老上海故事之间产生了一种对峙与紧张。(《文学评论》2002 年第 3 期)杨扬教授亦指出，新世纪以来，城市化的进场在中国社会中以更大规模全面铺开，人们所关注的不再仅仅是城市、农村的二元对立的讨论，而是更多地将焦点集中在城市化进程中。文学创作也呈现出多样性和复杂性。参见杨扬：《当文学遭遇城市——新世纪中国文学发展的一种境况》，《探索与争鸣》2011 年第 4 期。

将都市与乡村的二元结构内化入市井，意味着都市中的乡愁不是对真实乡村的向往，而是一种因变化太快而产生的对都市自身的怜惜。张爱玲对此感受最为敏锐，其《公寓生活记趣》有一段文字不可不提：

> 我喜欢听市声。比我较有诗意的人在枕上听松涛，听海啸，我是非得听见电车响才睡得着觉的。在香港山上，只有冬季里，北风彻夜吹着常青树，还有一点电车的韵味。长年住在闹市里的人大约非得出了城之后才知道他离不了一些什么。城里人的思想、背景是条纹布的幔子，淡淡的白条子便是行驰着的电车——平行的，匀净的，声响的河流，汩汩流入下意识里去。

诗是小说家的乡愁所系，但是小说家并不需要贬低市井以烘托诗兴，而是将诗兴融入市声之中。市声是城市文明的自然化，“非得听见电车响才睡得着觉”的怪癖，是市井中人的创伤体验：市井之为生活，就是要以朝生暮死的现代之物留住时间，这是一种敝帚自珍的沧桑感。由此我们不难联想到波德莱尔有关现代性的经典定义：现代性一半是变的，一半是不变的。但是在此之外，市井诗学还应包含一种中国式通达的智慧。戏剧化一点说，倘若波德莱尔笔下的游手好闲者路过某家具店的橱窗，他也许会想到自己不过是都市的局外人，都市越发达，越适宜居住，对于他就越陌生；而如果是张爱玲笔下的人物经过这样的橱窗，她所想的可能就是“专门摆样的一张床，原来也有铺床叠被的时候”（《散戏》）。如果说本雅明所谓“震惊”体验强调的是人面对日新月异的外在世界的无能为力，那么市井诗学所特别关心的是市井之人突然遭遇的安置灵魂的可能性。那种在烦劳的功利生活中突然产生的"岁月静好、现世安稳"的幻象,正是市井诗学要深长思之的对象。这种境界的出现并非机械降神式的解决,而是生活中固有的灵光,倏忽而来,也可能疏忽而灭。所谓上海,所谓中国,作为不宜直接度量的背景,就现身于此灵光之中。

二、市井诗学的叙事学向度:以《繁花》为例

为了使市井诗学获得更强的可操作性,有必要将之分解为一些有价值的理论向度。有关诗学,法国文论家茨维坦·托多罗夫的说法是,诗学研究的对象并不仅仅是文学作品本身,而是文学话语这种特殊话语的各种特性。托多罗夫将诗学当"文学科学"看待,"这种科学不再关心真实的文学,而是关心可能的文学,换句话说:就是关心构成文学事实的那种抽象特性,即文学性。这种研究的目的,不再是对具体作品进行阐述和系统的概括,而是提出有关文学话语的一种结构与运行理论"。所以诗学是"对于既是'抽象的'又是'内部的'文学的探讨"。[1] 不难看出,托多罗夫所谓诗学与乔纳森·卡勒所谓结构主义类似,不是阐释具体作品的方法,而是对作品意义机制的研究。但是果真要从内部把握相关意义机制,恐怕还得从对具体作品的分析入手。因此,我们倡导一种灵活、开放的叙事学分析(托多罗夫本人亦擅长此道),它既是市井诗学基本的研究方法,又承载着其美学观念与现实关切,换句话说,我们希望由市井诗学的叙事学向度,自然发展出美

〔1〕[法]茨维坦·托多罗夫:《诗学》,怀宇译,商务印书馆2016年版,第5—6页。

学向度和政治学向度。今天的叙事学早已从相对技术化的叙事手法分析走向理论和文化的多元展开,不仅对适用于都市文化研究的“空间叙事”“视觉叙事”之类的研究越来越成熟,对中国当代文学叙事与中西叙事传统之关系的理解也渐趋深入,从叙事角度比较市井文学与乡土文学的成果也不断涌现,这为市井诗学发展出叙事学向度创造了条件。

不妨以金宇澄的《繁花》为个案,对此向度稍作探测。《繁花》是王安忆《长恨歌》之后上海书写的标志性作品,其最受关注的方面是文体。金宇澄说:“话本的样式,一条旧辙,今日之轮滑落进去,仍旧顺达,新异”,又说要放弃“心理层面的幽冥”,“口语铺陈,意气渐平,如何说,如何做,由一件事,带出另一件事”“对话不分行,标点简单”……此种说法似乎是要回归中国本土,从传统里寻找力量,以求取那种“闪耀的韵致”[1],但是《繁花》的叙述与中国传统话本其实是貌合神离。或者换种说法,是“明修栈道暗度陈仓”。所谓明修栈道,是以“拟话本”的独特质地表现一种源远流长的市井文化;所谓暗度陈仓,则是以“狂欢化”的文体形塑一个现代市井世界。此种说法的根据,由下面一段引文便可见出:

> 小毛娘说,读书好,将来就做技术员,做厂长,玻璃写字间里吃茶。小毛说,又讲了。小毛娘盖了镬子说,去吃杯热开水。小毛说,嗯。此刻,老虎窗外,日光铺满黑瓦,附近一带,烟囱冒烟,厂家密布,棉纺厂,香烟厂,药水厂,制刷厂,手帕几厂,第几毛纺

---

〔1〕 金宇澄:《繁花》,上海文艺出版社 2013 年版,第 443 页。

> 厂，绢纺厂，机器人钢铁厂，日夜开工。洗面牙膏厂，如果西风，“留兰香”味道，西北风，三官堂桥造纸厂烂稻草气味刮来，腐臭里带了碱气，辣喉咙的酸气，家家关窗。〔1〕

这段话所显示的，与其说是中国传统小说那种“调性”，不如说是一种先锋叙述的“魔性”，余华《许三观卖血记》中有些段落与之差相仿佛。这不是浓墨重彩，而简直是喧宾夺主。周围工厂类型虽多，但谁会如此不厌其烦，将它们一一排列？然而，正是这种嘈嘈切切的啰唆，与人物的“不响”或者“讷言”相映衬，便自成一种节奏，一种不同凡响的市声。市声原本讲求众声喧哗，洋话文言方音俚语各擅胜场，然而此种市声一出，“一鸟入林百鸟压音”，立即掌控住局面，因为它本身便是极致的喧哗。再如小说中写“两万户”〔2〕：“走廊，灶披间，厕所，房前窗后，每天大人小人，从早到夜，楼上楼下，人声不断。木拖板声音，吵相骂，打小囡，骂老公，无线电声音，拉胡琴，吹笛子，唱江淮戏，京戏，本滩，咳嗽吐老痰，量米烧饭炒小菜，整副新鲜猪肺，套进自来水龙头，嘭嘭嘭拍打。钢钟镬盖，铁镬子声音，斩馄饨馅子，痰盂罐拉来拉去，倒脚盆，拎铅桶，拖地板，马桶间门砰一记关上，砰一记又一记。”〔3〕完全是周星驰电影《功夫》中贫民窟的场景，而那种强悍的短句如撒豆成兵，将一种琐碎、粗糙的生活质感丝丝入扣地传达出来。作家必须敢于突破某种审美的规范，方能远极而返。与其说这是审“美”，不如说这是审“生气”。此种生气勃勃之美既在又不在中国传统

〔1〕金宇澄：《繁花》，第45页。
〔2〕前苏联式的超大型集体公寓。
〔3〕金宇澄：《繁花》，第138页。

美学的波段之内，所谓“超以象外，得其环中”。

在此基础上，市井诗学内在的种种矛盾渐次展开。市井岂止是市井，市声的呕哑嘲哳之中，自带一种苍凉的变调。《繁花》的一大好处，便是写出“繁花似锦”，但这并非只是缤纷五彩的烂漫，而往往是冷与热、静与动、旧与新、近与远、内与外、美与丑、生与死的交响。理解此种参差，方可由市井之腠理入于肌肤。譬如小说中写阿宝和蓓蒂这两个青梅竹马的小孩在屋顶上看上海：

> 阿宝十岁，邻居蓓蒂六岁。两个人从假三层爬上屋顶，瓦片温热，眼里是半个卢湾区，前面香山路，东面复兴公园，东面偏北，看见祖父独幢洋房一角，西面后方，皋兰路尼古拉斯东正教堂，三十年代俄侨建立，据说是纪念苏维埃处决的沙皇，尼古拉二世，打雷闪电阶段，阴森可惧，太阳底下，比较养眼。蓓蒂拉紧阿宝，小身体靠紧，头发共舞。东南风一劲，听见黄浦江船鸣，圆号宽广的嗡嗡声，抚慰少年人胸怀。[1]

与《繁花》中常见的那种同质对象的罗列不同（比方“老虎窗外，日光铺满黑瓦，附近一带，烟囱冒烟，厂家密布，棉纺厂，香烟厂，药水厂，制刷厂，手帕几厂，第几毛纺厂，绢纺厂，机器人钢铁厂，日夜开工”），这段引文中目力所及的风景，是一种杂多之统一——而且此种杂多，并未消除不同元素间的冲突性，故给人一种哥特式的不安感。但是高台远眺，东西南北一一道来，风送船鸣声声入耳，却又是典型的中国美

〔1〕 金宇澄：《繁花》，第 13 页。

学的想象空间。这种屋顶上的遥望,时时从回忆中闯入现实,给那满布尘垢的市井生活增加了一种超越的维度。你可以将此理解为一种空间楔入另一种空间,一类故事楔入另一类故事,我们也很难分辨孰真孰假,却未必不能在真伪之间,另造一种五味杂陈的诗性体验。蓓蒂在小说中是一个“没有原罪”的存在,其存在与消失皆如梦境一般,是阿宝这类市井之人所能设想的最为超越的维度,这一维度便与中国美学形成呼应,彼此缠缠绕绕,重重叠叠,与其说能够提升市井生活的品位,不如说给市井生活增添了一种忧郁,或者用奥尔罕·帕慕克的用语:呼愁。在《伊斯坦布尔》一书中,帕慕克还极其敏锐地指出,给人们带来痛苦的,不是呼愁的存在,而是它的不存在。人们由于未能体验“呼愁”而感知到它的存在;他受苦,是因为他受的苦不够。[1] 阿宝、小毛、沪生、陶陶、李李这些市井男女时时感受到一种莫名的忧伤,一种无处不在的空虚与失落,这种忧伤与其说是痛,不如说是痒。痛虽然难以承受,却有迹可循;痒则是一种无处不在的空虚与失落,但是这种痒并非都是因为那种不上台面的欲望与失望,更多的时候,它恰恰是一种美好之物婉转而出,只是这种美好之物的本质是匮乏与矫饰,其虚假、做作及它对个人情感的刺激,都远远跳出传统美学的阀限;但以市井诗学的视角观之,却未必不能在真伪之间,另造一种五味杂陈的诗性体验。正如小说中写听评弹一节,先暗写男女苟且之事,只一句便戛然而止,然后乐声一起,忽然间采采流水,蓬蓬远春:

苏安停了一停说,徐总陪汪小姐上楼,休息到现在,不见动

〔1〕[土耳其]奥尔罕·帕慕克:《伊斯坦布尔》,何佩桦译,上海人民出版社2007年版。

> 静。李李看手表。大家不响。天井东墙，飞檐小戏台里，端坐男女两位评弹响档，先生一身海青长衫，女角是圆襟朱地梅香夹旗袍，腰身绝细。两人出尘清幽，目光静远，醒一醒喉咙，琵琶弦子，拨响两三声。先生一口苏白，开腔道，欢迎各位上海客人……天井毕静，西阳暖目，传过粉墙外面，秋风秋叶之声，雀噪声，远方依稀的鸡啼，狗吠，全部是因为，此地，实在是静。[1]

我们分析的第三层次，正与这“静”字相关。静之一义是与闹或动形成一呼一吸的节奏，另一义则关乎言说的可能性。《繁花》刻意打造出一种市井语言，以之作为市井之人存在之家，祸福因之，悲喜由之。我们无法洞察此种语言的全部可能性与不可能性，但是这种洞察过程本身却将人引向沉默。尤其当市井语言被用来言说一种暧昧的伦理情境时，其内在的悲剧性与它表层的热力便形成一种震荡不已的文体。此种文体，从全书“引子”中陶陶将沪生叫进店中吹嘘艳遇开始，经过了几十万字的打磨，早已通灵剔透，足可要一奉十，但是那种“不响”的忧郁，却已浸透全篇，所以动即是静，说即是不说。在小说的后段，身患重病、不久于人世的小毛跟一帮邻里姐妹讲述自己的一段艳遇，夜里曾偶遇一位良家女子，后者单单为了有个地方“汰衣裳”，竟自愿跟他来到住处，主动与其发生关系，洗完衣裳后悄然离去。这种事情并不美好，甚至有些骇人听闻，眼见未必为实，耳听却未必为虚，由一个将死之人娓娓道来，尤其有一种无可化解的痛切：

---

〔1〕 金宇澄：《繁花》，第 110—111 页。

> 我不响，看女人忙来忙去，到灶间放水，点煤气烧水。……女人不响。我走到后间，身体到席子上摆平，听外面，女人走来走去，倒水，拎水，然后，脱了短裤胸罩，淴浴，再是揩，绞毛巾，倒水，拖鞋声音，然后，轻关了房门，像我平时一样，小电风扇拿进小间，对准大床边，开关一开，风凉。身体就坐到床上来，后来，两个人熟门熟路，黑贴墨搨，就做了生活，一点也不陌生，我也就睏了。

这个黑夜中不知何所从来的女人，与屋顶上的蓓蒂自然不同，却是这市井生活中另一种神性的存在。但是此种神性毫不玄虚，那密不透风的语言使其道成肉身。在此暧昧的场景中，一举一动都是性的转喻，却毫无性感的刺激，有的只是地母般的抚慰，对当事人小毛来说，此地母只在这炼狱般的市井生活即将终结时才悄然登场。她是市井之母，只出现于不可捉摸的市声之中，这番走来走去、倒水、拎水是市声，梦呓般的对话是市声，不响也是市声。如果说王安忆《长恨歌》中的市井生活是视觉性的，将人物活动的背景勾连重叠，便可演绎为一种空间诗学；那么《繁花》中的市井生活就是听觉性的，金宇澄给我们展示了一种听音辨物的本领，所谓繁花似锦，竟然不是“桃之夭夭，灼灼其华”，而是昙花夜放，声在有无之间。一种市井的诗学的可能性，其最后的根据不是作家主动放下姿态，俯身贴近市井人情，而是意识到自身原本就在市井之中，无可逃离，因而也无可屈就。然而，倘若他能辨得市声，应该听出这市井生活中自有一种“内在超越”的可能性，这不是来自于人格的高尚或纯洁的理想，而是来自于语言本身的光亮。最高层次的诗学，或许是一种对语言的期待，对将无形之物带入有形之境的期待。无怪乎，在《繁花》这样一部极少知识分子气的作品中，穆旦一首关于言语与爱的诗，竟然成为小说的文眼所在："静静地，我们拥抱在/用言语所能照明的世界里，/而那未成形的黑暗是可怕的，/那可能和不可能的使我们沉迷。//那窒息着我们的/是甜蜜的未生即死的言语，/它底幽灵笼罩，使我们游离，/游进混乱的爱底自由和美丽。"

三、重构"参差"：在美学与政治之间

当有关叙事的分析逐渐转向文学与生活之间更具开放性的问答时，市井诗学的叙事学向度就自然推进到美学向度。对亚里士多德来说，将一部主要讨论悲剧的理论著作命名为"诗学"，并非因为古希腊缺乏更精细的文类划分，而是因为称一部悲剧为"诗"，是哲学性的把握，它要讨论的是诗如何比历史更严肃、更真实的问题。正是在这个意义上，当我们说市井诗学时，其实不仅仅是"对市井小说进行诗学分析"，更是以市井概念作为支点，重新探讨文学之为文学的基本问题。换句话说，在市井诗学的理论框架内，小说之为小说，是与市井之为市井互为表里的。

这一构想当然可借鉴鲁迅在考证中国小说源流时的著名论断。鲁迅指出，宋代在志怪和传奇方面缺乏独创性，"然在市井间，则别有异文兴起。即以俚语著书，叙述故事，谓之'平话'，即今所谓'白话小说'者是也"。[1] 只不过，我们可能需要将这一历史描述挪到今时今日，使市井与小说在同一本体论的逻辑下重新"发生"。这至少包括以

〔1〕 鲁迅：《中国小说史略》，上海文化出版社 2005 年版，第 94 页。

下三重内涵。其一,在小说中,市井生活不再只是人物活动的背景、事件发生的场所,而是在某种程度上成为真正的主题。人物与环境的关系出现了一定程度上的倒转,市井中发生的一切,都是在使市井成为市井,使生活成为生活,市井在小说中呈现出一种形而上的光彩。其二,市井所代表的世俗性,可成为小说审美价值的源泉。不理解市井的趣味,则不理解小说的趣味;不理解市井的美学,则不理解小说的美学。[1] 尤其需要注意,市井诗学不能只是用于赞美城市吐故纳新的生命力,那种有关(无限)生命与(有限)形式永恒冲突的生命美学式的崇高想象,与市井诗学未必理念不合,却气质有异,市井诗学必须"下沉"到纷乱而又密实的生活细节之中。最后,一种有关差异与冲突的诗学,必然依托于"作为反形式的形式"的小说。正如美国文论家莱昂内尔·特里林所言,"从未有一种文体像小说那样,教会我们明白人类的多样性能达到何种限度以及这种多样性的价值。"[2]伊恩·瓦特则在《小说的兴起》中指出:"小说家的根本任务就是要传达对人类经验的精确印象,而耽于任何限定的形式常规只能危害其成功","小说的形式常规的缺乏似乎是为其现实主义必付的代价。"[3]并没有天然属

---

〔1〕比方作家阿城认为,明清的小说经典都是让世俗之人来读的,世俗性不仅仅是作家对日常生活的审美转化,更是文学审美性的重要指标之一。参见阿城:《闲话闲说——中国世俗与中国小说》,作家出版社 1998 年版。另请参看郭冰茹:《市井与文学书写的世俗性——浅析王安忆小说的文学史意义》,《中国文学批评》2006 年第 3 期。肖佩华提出了"市井意识"这个概念,将其运用于现代中国市民小说的分析与研究之中。作者认为市井意识应被视为现当代中国市民文学的灵魂,市井之存在不再是作为现象与结果,而应被视为原因与动机,这是文学发展的推动力量之一。参见肖佩华:《中国现代小说的市井叙事》,学苑出版社 2008 年版。

〔2〕Lionel Trilling: *The Liberal Imagination*, New York: The Viking Press, 1950, p222.

〔3〕伊恩·P·瓦特:《小说的兴起》,北京三联书店 1992 年版,第 4—6 页。

于小说的形式，也没有天然适合表现市井生活的小说形式。对市井诗学而言，“形式常规的缺乏”不仅仅意味着研究者要正面应对现代小说在形式上不知疲倦的花样翻新，还必须在小说、诗歌、散文、戏剧等各种文类传统的复杂纠葛中，展开对现代生活之可描述性的探究。

市井诗学既然关注形式的杂糅与生活的内在冲突之间的微妙对应，便会被自然而然地引向美学与政治的动态关联：一种形式的可能性，是否能开启一种政治的可能性（反之亦然）？在我们的理解中，市井在某种意义上接近法国理论家雅克·朗西埃所谓“异议的共同体”，朗西埃认为，“歧见”（mésentente）存在于任何对话的深处，存在于对话所依赖的任何形式的普遍性的深处〔1〕，甚至所谓“真正的工人”也正是“通过打破他们在现存系统中的被赋予的位置而成为工人的”。〔2〕他还有一个与之相关的“感性分配”的概念，即认为任何有效的社会对话，必然同时是论证性的和隐喻性的，也就是说，有关“我们”为什么要这样的论证，必然伴随着“我们”的感性形象。〔3〕朗西埃此概念的重点，是希望借助美学的反思，构建一种不排斥异议的共识观。也就是说，如果“我们”与“他们”的区分体现了感性分配的特定方式，那么此种分配是可以被干预的，任何一个具体的“我”，都不能理所当然地必须被当作“我们”或者“他们”看待。

---

〔1〕*Recognition or Disagreement: A Critical Encounter on the Poetics of Freedom, Equality, and Identity*, edited by Katia Genel and Jean-Philippe Deranty, New York: Columbia University Press, 2016, p84.

〔2〕*Recognition or Disagreement: A Critical Encounter on the Poetics of Freedom, Equality, and Identity*, p92.

〔3〕译文根据英文版有改动，Jacques Rancière, *Dis-agreement: Politics and Philosophy*, translated by Julie Rose, University of Minnesota Press, 1999, p59 - 60. 参看朗西埃：《歧义：政治与哲学》，刘纪蕙等译，西北大学出版社 2015 年版，第 82—83 页。

此种观念给予市井诗学的启示在于,市井生活不是无差别的“平民”生活,一种对市井生活的美学考量,应该将共同体的异质性充分展现出来。具体而言,我们不仅仅希望对支配具体的上海小说的意义机制进行结构主义式的分析,以考察市井如何整体地被审美化并成为小说的题材或主题;也不仅仅希望从理论上揭示当代文学如何描述市井生活的暧昧状态,以求在某种程度上补全有关中国现代性之艰难展开的逻辑环节和感性经验;更重要的是要以市井为视角,展示上海写作中随时随地进行着的感性的重新分配。市井诗学在此意义上成为一种“参差的政治学”,展示各种不同身份的人在市井空间中既执着地追求平等又竭力保持区隔的动态过程。

此种政治学可以在多个方面展开。首先,它提醒我们,在表现市井生活的小说中,并非只存在“葱绿配桃红”式的参差之美,亦有哥特式的悬念、惊悚、陌生化与超现实(即张爱玲所谓“大红大绿的对照”),后者正是对那些难以化解的冲突的测量,市井诗学不能区别对待,去彼存此。其次,市井诗学不能仅仅关心“我们”,还要关心“他们”,所以应特别注意文学如何揭示“我们”的限度,无论这个“我们”是指上海本地人,还是上海市民,抑或是外地人甚至外国人。由此,以市井诗学为视角的文学批评,应该深入分析写作如何既是揭示又是遮蔽,而那些被排除的经验又将被如何带入言说。再次,市井诗学无意确立永恒不变的“上海味道”,而是把关注的重点放在变化的过程上。对市井诗学而言,重要的不是一般性地承认市井的多元性、相对性,而是深入考察不同文化层级之间渗透、置换与混合的细节。换句话说,不在于对立双方能否相安无事,而在于它们如何因为对方而改变自身。

我们尝试举例言之。王承志的小说《同和里》常被拿来与《繁花》

比较，两部小说写的都是上海，风貌却截然不同。如果说《繁花》的视野是在上海的老城区，那么《同和里》更像是“城中村”，五湖四海，三教九流，是典型的弄堂式的杂乱与热闹，与之相配的，以第一人称的回忆视角展开的叙述幽默诙谐，各种插科打诨，令人捧腹。小说中大量使用各地方言，苏北话、上海话、广东话轮番登场。这些方言对应着不同的社会关系，形成复杂的鄙视链。同和里本身已是参差多态，但好歹居民住的都是“一上一下的石库门房子，大家脚碰脚”；一墙之隔是德心邨，德心邨却是新式里弄房子，配上各种现代设施，德心邨里的人也是“登登样样，穿得山青水绿，身上一块补丁也没有的”。因为有诸种不方便，同和里这边拆墙的呼声越来越高，主管部门本着“任何事情都不要紧，解放台湾最要紧”的精神批准了拆墙。一时彩旗招展，喇叭喧天，居民抢着发表各种高谈阔论，一片狂欢的氛围。然而事实证明，拆墙并不足以打破人群间的区隔，政治上的豪言壮语，曾被作为打压他人的工具，也只留作小孩子们的顺口溜。不过小说的目的并非评论此种是非功过，其戏谑的叙述之下是一种深沉的反省，隔着数十年时光往回看，对立与融合都变得分明起来。市井生活虽不能消除对立，对立却融入市井生活之中，有一种新鲜的愧疚与刺痛，也有一种谅解与释然。由此可知，写作市井故事并非都需要《繁花》般戛戛独造的文体，更为要紧的是洞明世事，练达人情，在对立与融合的变奏中，酝酿出一种足以刺激肺腑的五味杂陈。

夏商的《东岸纪事》同样从对立入手。他精心描绘出一个被浦西的、摩登的、精致的文化所遮蔽了的上海的形象，通过夏商的笔，浦东在滑稽戏和滑稽剧之外有了另一个发声渠道。但这当然不是狭隘的乡土意识，因为浦东非它，就是作为“歧异的共同体”的上海。作者用了大量篇幅解释“上海闲话”与“浦东话”之间的差异，这种差异当然不仅仅是语言学意义上的。浦东话虽是更为“正宗”的上海话，地位却比“上海闲话”低。从外部看，上海作为整体的形象出现的，上海话之间的差异也没有那么明显，但是一旦进入生活的内部，开始追踪真实的人际关系，阶层的差别便显示出来。不同的生活记忆、文化习俗、气质教养都通过语言之间的差异表露出来，浦西人、浦东人、上海人、中国人，各有标签，而“向上爬”就意味着不断改换标签。无论是傣族公主还是上海知青，无论是“新浦东人”还是本地居民、外来移民，都要经历这样的过程。这些人并非常见的拓荒者形象，他们缺乏个性，彼此依赖，相互定义，但是随时随地出现的交流障碍，又揭开他们试图掩藏的伤口，使各人回归孤独的境地。于是种种恩怨情仇，常在有声与无声之间，仿佛心口不一，语言随时可能会背叛自己。《东岸纪事》使市井获得了另一种书写的可能性，不是以热气腾腾的日常生活给出人物群像，而是让每个人都背负着语言前行，一如背负着自己的出身。并没有一个弄堂供他们百花齐放，他们只是在努力成为体面的上海人的挣扎中，让自己深深地进入了市井生活。夏商为这一市井纪事注入强烈的悲剧感，却保持了凡人史诗的本位，没有闪光的人格、崇高的主题，甚至没有习见的“民俗风情画卷”，却自有其惊心动魄之处。这是另一种上海味道。

有关上海味道，金宇澄当然有他的回答。在《繁花》的引语中，有一段对上海阁楼的描写极为精彩。首先是描述电影《阿飞正传》的结尾，梁朝伟电灯下数钞票，然后“三七分头，对镜子梳齐，全身笔挺，骨子里疏慢，最后，关灯。否极泰来，这半分钟，是上海味道”。接下来一段话转向室外，局面大开：

如果不相信,头伸出老虎窗,啊夜,层层叠叠屋顶,"本滩"的哭腔,霓虹养颜,骨碌碌转光珠,软红十丈,万花如海。六十年代广播,是六十年代广播,是纶音玉诏,奉命惟谨,澹雅胜繁华,之后再现"市光"的上海夜,风里一丝丝苏州河潮气,咸菜大汤黄鱼味道,氤氲四缭,听到音乐里反复一句女声,和你一起去巴黎呀一起去巴黎呀去巴黎呀。

所谓上海味道,不仅仅是疏慢与精致的腔调,更是要用这种腔调统摄都市与乡村、政治与世情、现代与古典以及高雅与世俗,诸般种种。敢于将种种对立之物无差别地并列在一起,正是市井的顽强之处。如果说市井亦是灵魂栖息之地,当然不是因为它提供了"诗与远方",但也不只是因为"脏与乱"的日常生活本身生气勃勃,更重要的是,当市井以粗糙的世俗精神戏谑地对待一切差别时,会忽然生出一种忧伤与苍凉,为每一个人提供庇护。这种庇护在现实生活中只是肤浅的玩世不恭,但当它出现在文学作品中,并且与那种无可回避的冲突形成脆弱的平衡时,我们能看出一种文学特有的人道主义。我们来看唐颖短篇小说《冬天我们跳舞》中的一段。这篇小说写的是一九七八年的冬天,冰层之下暖流涌动,在上海市井之间出现了私人组织的舞会。"我"第一次同母亲去参加这样的舞会,挤在一大群陌生人中间,虽然有心仪的舞伴,却始终没有获得受邀的机会,一时手足无措,最终落荒而逃。两人走在大街上:

狂风席卷枯叶朝我们的脸上砸来,我们几乎是奔跑着往家赶,温度还在下降,就像妈妈形容的,柏油马路突然变得坚硬。冷

> 空气让一切都变得硬邦邦的,包括我们的肉体。此刻,我们居住的这条马路只有我和妈妈在奔跑,春天的时候茂密得可以遮住天空的梧桐树,如今只剩下光秃秃的枝丫,能清晰地看见沿街住家的窗口,它们大部分拉上窗帘但灯光的明暗度完全不同,有些是幽暗的,有些却明晃晃的刺眼,关闭的窗户里有鼎沸的人声,然后我听到了圆舞曲,隐隐约约在低矮的屋顶上盘旋,在这条过去是法租界的狭窄的小马路上,到底有多少人家在举行舞会呢?我突然伤感起来,似乎所有的人都在寻欢作乐,这一个狂欢之夜,却已经和我擦臂而过。〔1〕

母女俩最终错过了她们的舞会,虽然冬去春回,但很快就物是人非。让人难以放下的其实不是市井人家那种跳舞的劲头,那种活泼泼的生气,而是这种小马路上的光与热如何与一种无所不在的忧伤融为一体。所有人都在寻欢作乐,但所有人又都能感受到那种忧伤,然而这忧伤是难以言说的,它不深刻,甚至不强烈,但是那俗艳的光与热所到之处,它总是如影随形。

这种情感仍然可以追溯到张爱玲。正如张爱玲《谈音乐》一文的结尾,同样是夜空中飘来跳舞厅的音乐,女人尖细的喉咙唱着:"蔷薇蔷薇处处开!"但是乐声中混杂着令人不安的警笛声,像"海船上的别离,命运性的决裂,冷到人心里去"。然而张爱玲的逻辑如此辩证:"在这样凶残的,大而破的夜晚,给它到处开起蔷薇花来,是不能想象的事,然而这女人还是细声细气很乐观地说是开着的。即使不过是绸绢

〔1〕唐颖:《冬天我们跳舞》,上海文艺出版社2018年版,第229页。

的蔷薇，缀在帐顶、灯罩、帽檐、袖口、鞋尖、阳伞上，那幼小的圆满也有它的可爱可亲。”这就是市井诗学，哪怕无法改变那令人不安的状况，也要以肤浅的温暖——靡靡之音、俗艳的装饰以及琐碎的小物件带来的满足感——给出无差别的安慰，就像用一块廉价的丝绒小心翼翼地包起地上的碎玻璃。一种悲悯心由此生出，从对特定人家悲欢离合的感喟，转向对市井生活的整体观照。人人都是市井之人，但他们并不能心安理得地接受这一点，因为市井与其说是一种生气勃勃、自在自为的文化形态，不如说是一种逐渐成为文化的刺痛与分裂，人们必然是孤独的，却又必然在市井之中。至于此处究竟是美学、政治还是伦理，只在一念之间。

结语

再次强调，无论市井生活呈现出怎样的审美光彩，市井诗学都不能满足于对诗意与美感的正面言说，市井诗学是小说的诗学，它只能在反诗意中重构诗意。我们也不能将市井生活同质化，市井诗学要避免炮制出新的本质主义教条。最后要强调的是，虽然市井诗学具有鲜明的“中国气派”，但是我们并不急于利用它来书写新的“民族寓言”。与其说上海的存在让我们有底气提出“中国的现代性”，不如说它提供了一个特殊的空间，使现代性的种种纠结得以充分展示。以上这些理论期许未必能够一一兑现，但我们确实希望市井诗学能够成为有效的话语实践，为那些仍在游移不定中的审美变革与文学创造提供无声的支持。

苍凉与小说的可能性

——试论张爱玲的文学观[1]

本文想要讨论的，是张爱玲的文学观。这一工作有着显而易见的难度，一者，张爱玲完全不是那种有志于"理论"的作家，无法同现代那些创作、批评齐头并进的大家相比。她读书多而且杂，但几乎没有什么抽象的哲学兴趣，论文论艺也大都就事论事、以己度人。她当然有自己的趣味、偏好，而且针砭往往不留情面，[2]但她并不准备给自己确立一个一以贯之的"批评观"，对于后者所需要打通的种种理论环

---

〔1〕节选自《无法到底的苍凉——张爱玲文学独创性研究》，浙江工商大学出版社 2013 年版。一个较早的版本发表于《原创》辑刊第三辑，黑龙江人民出版社 2009 年出版。

〔2〕在《诗与胡说》一文中，二十多岁的张爱玲竟有这样的议论："听说见顾明道死了，我非常高兴，理由很简单，因为他的小说写得不好。""童言无忌"，令人瞠目结舌。

节,她既无明确的意识,也没打算为之耗费多少心力。她乐于以“文学的习作者”的身份发表对文艺的看法,对那些不甚了了的,也安于做一个“感到浓厚兴趣的外行”,或者先行宣告自己准备“像初级教科书一样地头脑简单一下”,以便“把事情弄明白些”。如果要编一本《张爱玲论文艺》,恐怕会相当单薄,撑不起场面。二者,作家的文学观不同于理论家的文学观,我们希望从作家那里获得足够多的独创性的文学观念,但就作家本人来说,也许恰恰是一些平淡无奇的共识激励着她的写作,比方“文学是人学”“一切文学者,吾爱以血书者”“美即生活”等等。当一个作家郑重其事地强调这些共识时,我们可能会受到震动,却未必会感到满足,尤其是我们明明知道,那支撑着作家说出这类共识的,可能正是某种难以通约的文学经验。成功的作家把握得住她创作中的核心矛盾,但当她就文学基本问题展开理论探讨时,未必有同等程度的把握,因为她并不了解理论家所操持的话语中所包蕴的种种历时与共时的因果。所以关键的问题在于如何表述作家的独特经验,才能既使这种经验上升为一种有关文学根本问题的探讨,又不至于因为不恰当的抽象而使其独特性流失殆尽。为此我们需要一种更为开放的理论观,不要急于将理论体系化,而应首先将它理解为某种有关“文学自身”的难题的持续在场以及由此引发的不断加深的思考。这里的“文学自身”不是什么本质主义的假设,作家总是以特定的方式进入“文学”并为自己打磨出一些特殊的问题,她对这些问题的思考是与她独特的创作路径和才能密切相关的。她可以埋头创作不问理论,但是“我所写的算不算文学”“什么才是真正的文学”这类问题还是会在某个时候跳出来。她会不断地产生疑惑,会有或小或大的调整,但她终究是在一些特定问题的支配之下,以自己独特的方式进行思考,她会将自己越来越饱满的经验，注入有可能被她人理解得十分干瘪的命题之中。一个作家最重要的文学观，未必就是最正确、最能赢得赞同的文学观，但理应是最能激活这个作家独特创作经验的文学观。

正是基于此种考虑，本文将展开一个具体的考察，考察一个为张爱玲本人以及她的研究者们念兹在兹的概念：苍凉。〔1〕这一概念的重要性无庸赘言，此处要说明的是，我们会较多地选择一些非虚构或者"半虚构"的材料进行分析，除开这更符合"文学观"研究的惯例外，还因为这类作品中"写作""文学"或"小说"时时成为主题，适于作有关"文学自身"的追问。希望随着此考察的渐次展开，我们对文学观本身的认识也能够有所推进。

一、作为美学范畴的苍凉

说"苍凉"是一个概念，本身已有些危险，更何况是"美学范畴"。张爱玲选择这个词，或许只是语感的下意识作用，未必有什么学理的渊源〔2〕；而且，在张爱玲笔下，这个词语被赋予了极其丰富的内涵，它既是一种独特的风格(包括与之相适应的形式技巧)，又是一种难以言说、耐人寻味的情感氛围，还是一种看待世界的态度，不可能将其限制在美学范畴的单一维度之内。好在我们原本就无意斤斤于概念的定义，而是要发掘其作为语词的潜能。首先还是来重温这段经典论述：

---

〔1〕10年来，直接以"苍凉"为题的张爱玲研究论文，收入"中国期刊网"的就有100多篇。

〔2〕"苍凉"一词很多时候是同"荒凉"同义的，而且它们出现的频率也差不多。在《〈传奇〉再版的话》一书中，张爱玲以为自己最常用的字是"荒凉"："有一天我们的文明，不论是升华还是浮华，都要成为过去。如果我最常用的字是'荒凉'，那是因为思想背景里有这惘惘的威胁。"

> 我不喜欢壮烈。我是喜欢悲壮,更喜欢苍凉。壮烈只有力,没有美,似乎缺少人性。悲壮则如大红大绿的配色,是一种强烈的对照。但它的刺激性还是大于启发性。苍凉之所以有更深长的回味,就因为它像葱绿配桃红,是一种参差的对照。

声称不懂理论的张爱玲,在这段不长的话中一下子抛出了三个范畴:壮烈,悲壮,苍凉。她当然不是以标准的理论语言来做这一工作,她没有做严格的概念界定,而是用了一系列的比方辅助说明。她似乎在做一种风格学的探讨:苍凉是她欣赏的风格,其次是悲壮,她所拒绝的是壮烈。但是不难看出,张爱玲根本不是在地位等同的几种风格之间作取舍,而是要言说什么才是"真正的文学"所需要的风格,她是要为文学确立基本的美学原则。她把话说得再清楚不过:壮烈"只有力,没有美",因此它与苍凉不是两种艺术风格各美其美,而是一个在艺术之内,一个在艺术之外。如果一定要说壮烈也可以是艺术的,那只能把壮烈与崇高(sublime)扯上关系,后者也是用来谈论艺术的关键词,是经典的美学范畴,却已跳出了"美"的视域。〔1〕虽然在康德和席勒的意义上,崇高是人性的最高显现而非"缺乏",但如果将此"缺乏人性"理解为超脱于世俗日常,即张爱玲所谓"超人",两下也相差不远。〔2〕

〔1〕不受美的限制可以是比美更高,也可以是反艺术的丑,不过这种怀疑原本也在"崇高"问题的论域之内。

〔2〕美籍华人学者王斑《历史的崇高形象》一书即以崇高与苍凉的关系展开对张爱玲的分析。他认为,苍凉体现了张爱玲的美学原则。悲剧与壮烈指代英勇的行为,历史或者革命的时候便近乎崇高,"苍凉"正与此相反。崇高弘扬纯粹的力量,而悲剧强调剧烈的冲突,这二者都具有激发人心的作用。苍凉则具有缠绵、悠远的含义和形式结构。参见王斑:《历史的崇高形象》,孟祥春译,上海三联书店 2008 年版,第 79—91 页。

张爱玲当然没办法反对超人,但她认为超人不适合作为文学的对象,至少不适合作为小说的对象。应该说"超人"这个比喻并不妥当,因为超人的形象本身已足够文学,但张爱玲所要表达的意思我们大体能够认同。今天的文学尤其是小说很自然地倾向于"反崇高",这并非是反对一切崇高之物,而是拒绝再以古典悲剧的方式去表现崇高或者悲壮。

有一点要明确的是,超人并不等于英雄,前者是纯粹的力或者说意志,是单向度的;后者则是激烈的冲突,由此冲突引出悲壮。壮烈与悲壮、苍凉的对立——即"单一"与"统一"的对立——是第一位的,悲壮与苍凉的对立则依据于矛盾双方求取统一的具体方式:悲壮是强烈的对照,苍凉则是参差的对照。先把参差的对照放在一边,有理由认为,张爱玲所说的悲壮与作为美学基本范畴的"悲剧性"(tragic)关系密切。悲剧者,或是"将人生有价值的撕破了给人看"(鲁迅),或是"强大的英雄反抗更强大的命运"(亚里士多德),或是"在两种合理性的斗争中个体毁灭以成就绝对正义"(黑格尔),以"大红大绿的对照"来形容,倒也十分贴切。

强烈的对照与参差的对照的关键差别在哪里?从审美效果来说,强烈对照作为"一种完成",其"刺激性还是大于启发性",也就是说意旨显豁,不耐回味。往深处挖掘,则是参差的对照更近于生活的真实。当然,这里的生活的真实脱离不了小说独特的眼光。我们可以随意列举几则材料,比方美国文论家莱昂内尔·特里林在《诚与真》一书中便引用了这样的话:"从它的源头《堂吉诃德》和《汤姆·琼斯》开始,小说始终在跟两样东西不懈地斗争——我们的文化以及英雄模式。"他相信"从未有一种文体像小说那样,教会我们明白人类的多样性能达到何种限度以及这种多样性的价值”。[1] 他还提醒我们注意本雅明那著名的说法,讲故事——作为小说原初形态——追求的是“实际的利益”,它要“有用”,有“忠告”要说,它的目的是“智慧”,就其本性而言小说是与英雄模式相对立的。[2] 再如伊恩·P·瓦特在《小说的兴起》中指出:“小说兴起于现代,这个现代的总体理性方向凭其对一般概念的抵制——或者至少是意图实现的抵制——与其古典的、中世纪的传统极其明确地区分开来。小说家的根本任务就是要传达对人类经验的精确印象,而耽于任何限定的形式常规只能危害其成功。通常认为的小说的不定型性——比如说与悲剧或颂诗相比——大概就源出于此:小说的形式常规的缺乏似乎是为其现实主义必付的代价。”[3]温习了这样一些论述之后,再来看《自己的文章》就更好理解了。首先,从来就没有彻底的人物,无论好坏都是如此,这已经成为一条文学的常识。[4] 不过要注意,这种善恶观只有在小说中才能落到实处,正如

---

〔1〕 Lionel Trilling: *The Liberal Imagination*, New York, 1950, p222.

〔2〕 [美]莱昂内尔·特里林:《诚与真》,刘佳林译,第83—84页。

〔3〕 [美]伊恩·P·瓦特:《小说的兴起》,北京三联书店1992年版,第4—6页。迈克尔·麦基恩将小说“传达人类经验的精确印象”的理念视为一种天真的经验主义,认为这种经验主义对小说的起源至关重要。参看迈克尔·麦基恩:《英国小说的起源:1600—1740》,华东师范大学出版社2015年版,第86页。

〔4〕 张爱玲一度钟爱的作家毛姆,在其短篇小说《患难之交》开篇就说:人是不相一致的各种品质的大杂烩。见《毛姆短篇小说选》,商务印书馆1983年版,潘绍中译注,第12页。后来在《我看苏青》一文中,张爱玲对此问题采取了一个更为开放的态度,一方面她仍然相信不彻底的小人物最能反映世界的真相,但另一方面也不否认彻底的人物的价值,只不过自己还写不好他们而已:“从前人说‘画鬼怪易,画人物难’,似乎倒是圣贤豪杰恶魔妖妇之类的奇迹比较普通人容易表现,但那是写实工夫深浅的问题。写实工夫进步到托尔斯泰那样的程度,他的小说里却是一班小人物写得最成功,伟大的中心人物总来得模糊,隐隐地有不足的感觉。次一等的作家更不必说了,总把他们的好人写得最坏。所以我想,还是慢慢地一步一步来罢,等我多一点自信再尝试。”

张爱玲自己所说,“我写到的那些人,他们有什么不好我都能够原谅,有时候还有喜爱,就因为他们存在,他们是真的。可是在日常生活里碰见他们……没有一点容让,总要个恩怨分明。”[1]其次,“软弱的凡人,不及英雄的有力,但正是这些凡人比英雄更能代表这时代的总量”。其三,“现代文学作品和过去不同的地方”,在于它“不再那么强调主题,却是让故事自身给它所能给的,而让读者取得他所能取得的”,因为“许多留到现在的伟大作品,原来的主题往往不再被读者注意,因为事过境迁之后,原来的主题早已不使我们感觉兴趣,倒是随时从故事本身发见了新的启示,使那作品成为永生的”,所以张爱玲宁愿被人说“主题欠分明”,也不愿“采取善与恶,灵与肉的斩钉截铁的冲突那种古典的写法”,而是以参差的对照求取故事本身的真实。这里很明显有一种“反戏剧化”的理念,正如张爱玲在别处所说的:“其实有些感情是,如果时时把它戏剧化,就光剩下戏剧了。”[2]其四,张爱玲认为,我们生活在一个面目不清的时代,“这时代,旧的东西在崩坏,新的在滋长中。但在时代的高潮到来之前,斩钉截铁的事物不过是例外”,“回忆与现实之间时时发现尴尬的不和谐,因而产生了郑重而轻微的骚动,认真而未有名目的斗争”,所以,有必要以参差的手法“描写人类在一切时代之中生活下来的记忆,而以此给予周围的现实一个启示”。这一表述很个人化,但它也不难从西方找到知音,因为强调记忆在当下之中,或者说当下包含着过去,本是现代小说的“母题”之一(普鲁斯

〔1〕《我看苏青》。

〔2〕《谈跳舞》。

特以后尤其如此)。[1] 不过,张爱玲以“参差的对照”来解说“包孕”或者“交融”,却是别开生面。其五,张爱玲声称她“喜欢素朴”,但她只能“从描写现代人的机智与装饰中去衬出人生的素朴的底子”,即用参差的对照的手法写出现代人的“虚伪之中有真实,浮华之中有素朴”。这种矫饰与朴实的辩证法是张爱玲的又一标志,这个辩证结构在实践中的应用不是她的独创(至少在简·奥斯丁、福楼拜等人那里它已经得到了经典的演绎),但是将其提升到文学观的层次,并且要以此辩证法成就一种苍凉,而不仅仅是宽容或嘲讽,却颇值得留心注意。

通过以上解说,相信我们会强化一个认识:张爱玲的小说观是非常“先进”的。她几乎没有受到当时国内那套“反映论”或“表现论”的影响,而是能够很自然地契合于那些直到今天仍然占据着主导地位的小说理论话语。先不说“独创”的问题,这种“预流”(借用陈寅恪先生的用语)的本领已令人惊叹。不过,前面的阐释使我们产生了一个疑问:张爱玲对苍凉的解说是从参差的对照入手,但此种对照方式与她那标志性的感伤情调(张爱玲所喜欢用的英文词 melancholy)是否存在某种必然的、富有生产力的联系?[2] 如果两者并无内在关联,只是简单相加,或者只是以理论之普遍性掩盖风格之个人性,那么苍凉便不足以成为独立的美学范畴——无论是对一般意义上的“美学”来说,还是对张爱玲本人的文学观来说都是如此。需要指出的是,就一般的

---

〔1〕卢卡奇认为,只有小说,这种理念的超越无家可归状态的文学形式,把真实的时间,也就是将柏格森的“绵延”概念归入了它决定性的原则之列中。《卢卡奇早期文选》,张亮、吴勇立译,南京大学出版社 2004 年版,第 89 页。

〔2〕有必要强调的是张爱玲这一见解:“快乐这东西是缺乏兴味的——尤其是他人的快乐,所以没有一出戏能够用快乐为题材”,“写小说,是为自己制造愁烦。”见《论写作》。

逻辑而言,参差的对照既然被认为是美的,那么它首先是引发喜爱,而不是感伤[1];要让它能够生发出感伤并进一步成就苍凉,必须要在参差之中找到"悲"的因子。如果能讲清楚这个关系,便是对当代文艺理论的一大贡献,因为这不仅仅是阐发一种现代小说的真实观(后者并非张爱玲的独创),还是将人们带向一种新的审美体验,它是关乎情感的,却不是某种现成的情感,而是一种"情感符号的创造"(苏珊·朗格)。黑格尔曾区分三种悲剧:"古典悲剧"即英雄时代的悲剧,"近代悲剧"即牧歌时代的悲剧,"现代悲剧"即散文时代的悲剧;我则愿意遵循张爱玲的逻辑,以悲壮指称戏剧时代的悲剧,以感伤指称诗歌时代的悲剧,而以苍凉指称小说时代的悲剧。这里的悲壮、感伤、苍凉之悲,不一定要有令人涕泗滂沱的催情效果,而重在文学艺术为人生创设出的新的可能,以及人在把握到此种可能——或者说为这种可能所把握——时油然而生的感慨。在这方面一个直接的参考对象是本雅明,后者在解说故事与小说、戏剧与电影、银板摄影与现代摄影的差别以及后者对前者不可扭转的取代时,成功营造出一种深重的忧郁,形态上类似于怀旧,内涵上却丰富深刻得多。我们要将苍凉确立为一个美学范畴,首先就要探究张爱玲如何构建小说、真实以及一种新的"悲剧感"之间的关系。我不希望这是一种由哲学观或者说世界观到审美

---

[1] 张爱玲《诗与胡说》一文结尾,便展示了一种并不苍凉的参差:"所以活在中国就有这样可爱:脏与乱与忧伤之中,到处会发现珍贵的东西,使人高兴一上午,一天,一生一世。听说德国的马路光可鉴人,宽敞,笔直,齐齐整整,一路种着参天大树,然而我疑心那种路走多了要发疯的。还有加拿大,那在多数人的印象里总是个毫无兴味的,模糊荒漠的国土,但是我姑姑说那里比什么地方都好,气候偏于凉,天是蓝的,草碧绿,到处是红顶的黄白洋房,干净得像水洗过的,个个都附有花园。如果可以选择的话,她愿意一辈子住在那里。要是我就舍不得中国——还没离开家已经想家了。"

观再到文学观的逻辑，而是希望它的起点与终点都在小说家张爱玲特定的文学经验之中。

就我们所提出的这一问题来说，王斑先生《历史的崇高形象》一书值得参考。它从三方面分析了张爱玲小说的现代性品格：首先，参差的对照所获得的“拼补织物”的形象以及张爱玲经常使用的蒙太奇效果，揭示出现代人的生存困境，即个人身陷迷惘的历史，痛苦地意识到在现代社会中时间迅速地流逝；其次，在阴郁的大背景下，语言与叙述都成了徒劳，用张爱玲的话说，它们只不过是“美丽而苍凉的手势”，写作与讲故事都是短命的、虚假的文本构造，故而张爱玲的语言如此朦胧模糊和难以琢磨，且流露出深深的伤感；再次，在张爱玲的小说中，物体、人体并不是以现实主义的方式来描述的。它们的意义必须参照文本、艺术作品、工艺品和符号系统去评价和构建。换言之，客体不再具备内在的实质，而是被看作文化符号系统产生或再产生的产品或者形象。王斑先生认为：〔1〕

> 苍凉这一美学原则不仅是对废墟、残害、黑暗和死亡的迷恋，也是对符号作为互不连贯的片断的清醒认识。如果现代性可以定义为表征危机的痛苦感的话，那么，张爱玲的作品则展现了一系列现代意识。表征的危机是一种觉醒：语言不再能有效地指代字词之外的现实、真理与主体。现实必须打上支架，凭借东方或西方的文化资源而构建。人们现在感到表征只不过是业已存在的、表征的再表征。从这种意义上讲，表征不再是指代，而是形象

〔1〕 参见[美]王斑：《历史的崇高形象》，第 79—91 页。

的再现,是镜中之镜像,是无穷的幻象。

王斑先生的解说层层递进地阐明了张爱玲小说的悲剧品格,但步子似乎迈得大了些。张爱玲的确想找到一种能够准确把握这破碎时代的叙事方式,但她并没有跃进到"对符号作为互不连贯的片段的清醒认识"。这种"现代与后现代的辩证法"对张爱玲来说还过于玄奥,她对写作本身是信任的,她所想的只是"写得真实些"。她之所以使用参差的对照,并非是因为写作本身只能在并不可靠的能指差异中展开(如后现代叙事学所强调的),而是因为她相信没有办法黑白分明地理解现代人与现代生活。她的确认为"现代"是一个非比寻常的时期,但她并不认为需要求取一种自我解构的小说形式。她仍然能够以托尔斯泰为写作的榜样,只不过不是那个一心说教的托尔斯泰,而是那个能让故事本身的力量突破主题束缚的托尔斯泰。也就是说,我们仍然可以在"现实主义"的逻辑内处理张爱玲小说的形态与本质问题。但是这个问题的确微妙——一种因现实而产生的虚无感会在多大程度上侵入写作本身,是否最终会使后者也成为一个"美丽而苍凉的手势"?要回答这个问题,首先要弄清楚这个"美丽而苍凉的手势"指的是什么。

二、戏台上下:传奇的悖论

张爱玲喜用的"手势"本是一个英语词汇,即 gesture,更有包容力的翻译是"姿态"。所谓姿态者,往往是说似乎在做什么事情,却没有实质的意义。[1] 在张爱玲笔下,它最早出现在《金锁记》中,那是长安由于担心七巧到学校闹事,最终退学在家。她就这样牺牲了自己,但是"她觉得这牺牲是一个美丽的,苍凉的手势"。这话的意思不难理解,但手势这个词对中国人来说有点隔,"牺牲是一个手势"总有些别扭。不过在张爱玲另一篇小说《散戏》中,这个词的使用就要自然得多:

> 南宫婳的好处就在这里——她能够说上许多毫无意义的话而等于没开口。她的声音里有一种奇异的沉寂;她的手势里有一种从容的韵节,因此,不论她演的是什么戏,都成了古装哑剧。
>
> 南宫婳和她丈夫是恋爱结婚的,而且——是怎样的恋爱呀!两人都是献身剧运的热情的青年,为了爱,也自杀过,也恐吓过,说要走到辽远的,辽远的地方,一辈子不回来了。是怎样的炮烙似的话呀!是怎样的伤人的小动作;辛酸的,永恒的手势!

这里的手势有虚实两义,虚是一种(反抗的)姿态,实是戏台上的手法动作。戏台上有唱词,有念白,有对话,有锣鼓,但是统领一切的是那些神秘的手势,那种从容不迫的韵律;而年轻时的种种理想与热情,誓言与抗争,经过时间的淘洗,同样只留下一些手势,反抗与斗争的因果已经模糊了,只留下了反抗的姿态在脑海中,让这些已经无力反抗的人徒增伤感。在《走!走到楼上去》一文中张爱玲说得很明白:

---

〔1〕如英语中就有"a gesture of hollow rhetorical grandiosity"这样的短语,意为"华而不实的姿态"。

“中国人从《娜拉》一剧中学会了‘出走’。无疑地,这潇洒苍凉的手势给予一般中国青年极深的印象。”这些意思我们不难理解,值得细细体味的是其中所传达的张爱玲对戏剧的态度。“散戏”本身构成了一个隐喻,每日周而复始的表演,在舞台上说出子君与涓生们曾说过的慷慨激昂的话,然而故事并不以舞台上的高潮结束,散席之后还要萧索、孤寂地回来,回到一潭死水的家中。这当然会有一种悲凉或者苍凉,不过关键处并不在散场后而是在戏台上:

> 刚才她真不错,她自己有数。门开着,射进落日的红光。她伸手在太阳里,细瘦的小红手,手指头燃烧起来像迷离的火苗。在那一刹那她是女先知,指出了路。她身上的长衣是谨严的灰色,可是大襟上有个纽扣没扣上,翻过来,露出大红里子,里面看不见的地方也像在那里炎腾腾烧着。她说:“我们这就出去——立刻!”

落日的红光照在戏台上,女主角仿佛置身于火焰之中——这是什么场景?为什么需要这样大的热度和亮度?是“夕阳无限好,只是近黄昏”之意吗?那么是什么近黄昏了呢?我们先不忙作种种猜测,张爱玲在另一篇小说《华丽缘》中对同样的场景作了更为清晰的描述:

> 下午一两点钟起演。这是我第一次看见舞台上有真的太阳,奇异地觉得非常感动。绣着一行行湖色仙鹤的大红平金帐幔,那上面斜照着的阳光,的确是另一个时代的阳光。……(戏台上)乌沉沉的垂着湘帘,然而还是满房红艳艳的太阳影子。仿佛是一个

初夏的上午,在一个姓王的人家……

绍兴戏在这个地方演出,因为是它的本乡,仿佛是一个破败的大家庭里,难得有一个发财衣锦荣归的儿子,于欢喜中另有一种凄然。我坐在前排,后面是长板凳,前面却是一张张的太师椅与红木炕床,坐在上面使人受宠若惊。我禁不住时时刻刻要注意到台上的阳光,那巨大的光筒,里面一蓬蓬浮着淡蓝色的灰尘——是一种听头装的日光,打开了放射下来,如梦如烟。……我再也说不清楚,戏台上照着点真的太阳,怎么会有这样的一种凄哀。艺术与现实之间有一块地方叠印着,变得恍惚起来;好像拿着根洋火在阳光里燃烧,悠悠忽忽的,看不大见那淡橙黄的火光,但是可以更分明地觉得自己的手,在阳光中也是一件暂时的东西……

《华丽缘》是一部介乎小说与散文之间的作品,有点像鲁迅的《社戏》,只不过完全是一个成年人的口吻与观感。张爱玲自传性长篇小说《小团圆》的第九章,基本上是《华丽缘》的简写本。《华丽缘》写的是"我"在绍兴看戏的感受,戏的内容是再老套不过的秀才小姐私定终身的故事,这与南宫婳演的现代话剧貌似有天壤之别,实则内在精神完全一致。我们看到,张爱玲所运用的完全是什克罗夫斯基在《作为手法的艺术》中所称道的托尔斯泰的"陌生化"手法〔1〕,即把舞台上的表演"当作第一次看见的事物来描写,描写一件事则好像它是第一次发

〔1〕什克罗夫斯基所举范例之中,有一个正是托尔斯泰在《战争与和平》中对剧院中一场表演的描写。参见[俄]什克罗夫斯基:《散文理论》,刘宗次译,百花洲文艺出版社 1994 年版,第 14 页。

生”,于不动声色之中,使司空见惯的动作、情节透出荒诞感。而其中最惹眼的就是舞台上的阳光,在张爱玲笔下,很难见到晨曦,阳光多半出现在下午,而且足够强烈。张爱玲的表述是“第一次看见舞台上有真的太阳”,这让她异常的感动。但是我们要格外注意,张爱玲这话完全是反讽性的:这真实的太阳并没有使这舞台上的场景也变得真实,而恰恰是使其成为幻象,因为阳光的在场提醒了我们时间的距离——舞台上所演绎的故事曾经是真实的、自然的,它享有属于它那个时代的阳光;而今天的阳光不可能照亮过去的现实,这光线越强烈,景象就越虚幻。但是,我们还可以进一步问:舞台上的故事的确发生过吗?才子佳人一见钟情、历经坎坷终成眷属的故事真的可信吗?这阳光是否如道具一般,只是为了制造真实的幻觉,让那些从未成为现实的梦想,此刻就在当下展开?这个问题我们放到后面去探讨。

张爱玲用了一个词“凄哀”,她说自己(我们索性把小说中这个看戏者当成张爱玲自己看待)不明白为什么戏台上“照着点真的太阳”却还有这样的凄哀,但实际上这句话本身已经很凄哀了,强调“真的太阳”,自然是在强调幻象,强调那种光线照不进去的东西,仿佛冬日寒风凛冽的室外,再明亮的阳光也很难使身体温暖。张爱玲还让阳光发挥了另一重功能:使艺术和现实的界限模糊——在同一个阳光的照射下,我们恍惚觉得自己的生活就是台上演的那个样子,或者说,我们理应照台上那个样子来理解自己的生活。请注意,这个艺术与生活的重叠不是斯坦尼斯拉夫斯基式的“热情的真实”和“情感的逼真”,而是看戏者把戏当成实际的生活,以戏剧本身那种稳定的情节、情感与节奏,帮助他们舒缓现实生活中茫然无措的情绪。张爱玲这样写听戏的感受:“那女人的声音,对于心慌意乱的现代人是一粒定心丸,所以现在从都市到农村,处处风行着。那个生肉㗫㗫的简直可以用手扪上去。这时代的恐怖,仿佛看一场恐怖电影,观众在黑暗中牢牢握住着女人的手,使自己安心。”这就是张爱玲在解说“参差的对照”时所说的“这时代不对到了恐怖的程度”,而看戏则是这恐怖中的一线亮光,似乎混乱之中还依稀有个秩序,至少有个说法。此处又必须引入张爱玲在《洋人看京戏及其他》一文中的议论:

> 《秋海棠》里最动人的一句话是京戏的唱词,而京戏又是引用的鼓儿词:“酒逢知己千杯少,话不投机半句多。”烂熟的口头禅,可是经落魄的秋海棠这么一回味,平空添上了无限的苍凉感慨。中国人向来喜欢引经据典。美丽的,精警的断句,两千年前的老笑话,混在日常谈吐里自由使用着。这些看不见的纤维,组成了我们活生生的过去。传统的本身增强了力量,因为它不停地被引用到新的人,新的事物与局面上。

由此口头禅的存在,张爱玲毫不含糊地作一判断:“只有在中国,历史仍于日常生活中维持活跃的演出。”这个判断当然有些武断,恐怕会受到别国读者的质疑,但是要紧的是后面的话:“假如我们从这个观点去检讨我们的口头禅,京戏和今日社会的关系也就带着口头禅的性质”;“最流行的几十出京戏,每一处都供给了我们一个没有时间性质的,标准的形势”;“历代传下来的老戏给我们许多感情的公式。把我们实际生活里复杂的情绪排入公式里,许多细节不能不被剔去,然而结果还是令人满意的。感情简单化之后,比较更为坚强,确定,添上了几千年的经验的分量。个人与环境感到和谐,是最愉快的一件事。”这也正是她在《论写作》一文所写的:“不论是‘老夫’是‘老身’,是‘孤王’是‘哀家’,他们都具有同一种的宇宙观——多么天真纯洁的,光整的社会秩序……思之令人泪落。”张爱玲明确地回答了前面我们所提出的问题,即“京戏里的世界既不是目前的中国,也不是古中国在它的过程中的任何一阶段。它的美,它的狭小整洁的道德系统,都是离现实很远的,然而它绝不是罗曼蒂克的逃避”,而不过是“切身的现实,因为距离太近的缘故,必得与另一个较明彻的现实联系起来方才看得清楚”。由此而言,京剧既不是现实,却也不是超现实,而是现实的影像,它是一套情感的符号,有了这符号,我们的生活才保住了一点滋味。

在《洋人看京戏及其他》这篇文章中,张爱玲将中国人的精神状况与京剧的微妙关联娓娓道来,其逻辑俨然是黑格尔以来西方文论界最具魅力的形式与精神的辩证法。文章的主调是“婉而多讽”,比方从京剧中看出“中国人的幽默是无情的”,“中国人喜欢法律,也喜欢犯法”,“中国人每每哄骗自己说他们是邪恶的——从这种假设中他们得到莫大的快乐”,以及“拥挤是中国戏剧与中国生活里的要素之一”,“中国人是在一大群人之间呱呱坠地的,也在一大群人之间死去”等等,但是写到结尾处她却借京剧对昆曲的取代这一话题,非常“民族主义”地说:“新兴的京戏里有一种孩子气的力量,合了我们内在的需要”,“中国人的原始性没有被根除,想必我们的文化过于随随便便之故。就在这一点上,我们不难找到中国人的永久的青春的秘密。”作这种肯定时,张爱玲是真诚的;但是,这只是问题的一个方面,张爱玲并非无保留地欣赏那种“原始”的、“初民”的东西,事实上,那种泼辣的生命力往往让她觉得畏惧。我们很难忘记她为《传奇》再版写下的那番感慨,引发感慨的也是看戏，是上海的蹦蹦戏[1]，这次看戏的经验明显构成了《华丽缘》的底子。张爱玲写她听拉胡琴的声音，“听着就有一种奇异的惨伤，风急天高的调子，夹着丝丝的嘎声。天地玄黄，宇宙洪荒，塞上的风，尖叫着为空虚所追赶，无处可停留。”这样大的冲击力，而她又坐在第二排，“震得头昏眼花，脑子里许多东西渐渐地都给砸了出来，剩下的只有最原始的。”这最原始的东西似乎是最可靠的，张爱玲自己说，在西北的寒窑里，人只能活得很简单，而这已经不容易了。但是，这种原始的力量与张爱玲这样的人有什么关系呢？她忍不住想：“将来的荒原下，断瓦颓垣里，只有蹦蹦戏花旦这样的女人，她能够夷然地活下去，在任何时代，任何社会里，到处是她的家。所以我觉得非常伤心了。”

这样的感受放在张爱玲身上，真是一点都不矫情。事情就是这样矛盾，一方面，她爱那原始的力量，有这力量生活才能有一个模糊的方向；但另一方面，她又害怕它，因为她自己没有这种力量。她也是带着孩子气的中国人，但那个“永久的青春”的说法安慰不了她自己。她不属于原初的人中的一员，而是个局外人，这种感受在《华丽缘》那个梦魇般的结尾中表现得极为强烈：

> 剧场里有个深目高鼻子的黑瘦妇人，架着钢丝眼镜，剪发，留得长长的掳到耳后，穿着深蓝布罩袍——她是从什么地方嫁到这村庄里来的呢？简直不能想象！——她欠起身子，亲热而又大方

〔1〕蹦蹦戏进入上海之后开始称为评剧，与“二人转”有直接的渊源。张爱玲所看到的朱宝霞，正是评剧代表人物，她不施粉黛、性格泼辣的形象给时人留下了深刻的印象。

> 地和许多男人打招呼，跟着她的儿女称呼他们“林伯伯！”“三新哥！”笑吟吟赶着他们说玩笑话。那些人无不停下来和她说笑一番，叫她“水根嫂”。男男女女都好得非凡。每人都是几何学上的一个“点”——只有地位，没有长度，宽度与厚度。整个的集会全是一点一点，虚线构成的图画；而我，虽然也和别人一样地在厚棉袍外面罩着蓝布长衫，却是没有地位，只有长度、阔度与厚度的一大块，所以我非常窘，一路跌跌冲冲，踉踉呛呛地走了出去。

毫无征兆地出来这么一个架着钢丝眼镜而又罩着蓝布大褂的妇人，显然是张爱玲给自己设置的一个“镜像”，无论是怎样的出身，怎样的知识分子气，要想融入由民间戏曲所设定的(社会主义政权下的)公共空间，都必须套上统一的深蓝布罩袍，把自己抽空为几何学上的一个点，确认这个点的，就是类似“水根嫂”这样一个看起来十分生活化、十分老百姓的名号。但是这个“我”做不到，她可以套上蓝布长衫，但她觉得自己有一个没办法抽空的身体，她身在众人之中，却又在这群体之外。她的窘迫让我们想起弗洛伊德《梦的解析》中的“裸体梦”：一个衣衫不整的人在一群陌生人中觉得羞愧无比，而后者却对她视若无睹，弗洛伊德把这解释为我们心中裸露愿望的满足与自我的道德约束之间的冲突。这里我们当然不需要照搬弗洛伊德，但是张爱玲的确渲染了一种有身体的个人与无身体的众人之间的对立。这种对立本身并不难理解，值得寻味的是张爱玲让它发生在看戏的体验中。那个从戏中看出滋味的是她，看戏时她情愿始终做一个“感到浓厚兴趣的外行”，而且她紧逼一步说：“对于人生，谁都是个一知半解的外行吧?”在这里，看戏与看人生是一样的，既兴趣浓厚，又葆有距离，这正是一个恰当的审美态度。但为什么“我”会这样窘？为什么自己设定的态度并不能够让自己舒服？张爱玲喜欢看到戏剧在生活中发生，她喜欢戏剧的简单、明朗，不管那故事是反抗还是偷情，她觉得这会让人们安心和快乐，但实际上这并不能让她快乐。症结何在？

我要说的是，张爱玲与《华丽缘》的主人公一样，不管她们带着什么心情来看戏，都注定是已经跌出戏剧、跌进小说的人。戏剧和小说是什么关系？这个问题当然有千百种答案，我们只顺着张爱玲的逻辑来讨论它。张爱玲“对于通俗小说一直有一种难言的爱好；那些不用多加解释的人物，他们的悲欢离合。如果说是太浅薄，不够深入，那么，浮雕也一样是艺术呀。”这里并不是什么“大俗即大雅”或者“平民主义”，这是张爱玲的一个情结：她是读“礼拜六小说”成长起来的，她是真心希望生活能像一部通俗小说，希望人活在始终把握得住自己的情感和方向的状态中。为此她也尝试着写通俗小说，比方《多少恨》（即《不了情》）。这部小说以“参差的对照”标准看去，可谓相当俗套，女主角惹人怜爱的纯真与懦弱，男主角的慷慨、善良与忠实（如奥斯汀笔下那些完美男人一样），以及女主角父亲始终如一的虚伪、贪婪和无耻，都只能说是大红大绿的对照，而且浸透了罗曼蒂克的感伤，还有“家茵伏在桌上哭，桌上一堆拳曲的绒线，‘剪不断，理还乱’”这样不今不古的句子，无论如何都不能说是了不起的作品。但是我们注意张爱玲的表述：“我觉得实在很难写，这一篇恐怕是我能力所及的最接近通俗小说的了，因此我是这样的恋恋于这故事”——事情颠倒过来了，不是文艺小说写不好就去写通俗小说，而是尽了自己最大的努力才能写出接近通俗小说的作品。这里的通俗小说，的确可以看作是张爱玲的文学理想，它可以视为自然状态下生活与故事的交接处；但是那个参差的对照同样是她的理想。后者是张爱玲所设定的小说艺术性的标准,前者则是张爱玲对写作这件事情的期待,矛盾以极尖锐的样态出现了:深刻与真实是写小说者必须追求的东西,尤其是在这混乱的时代,只有打破种种俗套,按照生活的本相去描写,小说才算是履行了它的使命;但是另一方面,我们对深刻与真实的需要,其实从来没有像对俗套的需要那样迫切,没有俗套,没有"口头禅",没有那些"永恒的手势"、千年不易的情感,也就没有生活。用张爱玲的话说就是"到处都是传奇",我们的生活就在传奇之中,但是,小说家偏偏在传奇之外。这个"之外"有一种旁观的姿态,张爱玲想做一个看戏人,在一个适当的距离外看生活以或古老或现代的手势演绎种种热闹的生活;然而,她是个无法完全沉入情节之中的看戏人,她不仅看到故事,还看到故事的脆弱,某种时候甚至是可笑和幼稚;她知道传奇是生活唯一的可能性,但她认定生活中的传奇很少有圆满的收场;她知道人们从传奇中得到的安慰,但这安慰并不会让他们变得更好,也不会让自己与他们更加亲近。

张爱玲的苍凉真的是反讽性的,不在于对整个写作失去信心,而在于她一心要制造那根本欺骗不了自己、满足不了自己的传奇给"大众"看。张爱玲要"在传奇中寻找普通人,在普通人中寻找传奇",不是因为普通人的生活跟才子佳人、帝王将相的生活一样精彩甚至更精彩,而是因为"传奇+普通人"这个悖论式表达就是她对小说之为小说的理解。对主流的文学观来说,文学或是现实的审美反映,或是现实与情感的结合,都是将文学当作对现实的处理,首先有现实,然后才有相应的文学;而张爱玲的深刻之处在于,她是在古典传奇向现代传奇的转化中找到小说的可能性的。小说之所以能将生活写成故事,是因为生活中本来就编织着种种故事,如《倾城之恋》的结尾所说的“胡琴咿咿哑哑拉着,在万盏灯的夜晚,拉过来又拉过去,说不尽的苍凉的故事”,但这“说不尽”其实也不过是反复说,因为“人之一生,所经过的事真正使他们惊心动魄的,不都是差不多的几件事么?”〔1〕小说家所要做的,就是将生活中本来就有的传奇写出;但是,当她做这一工作的时候,心里比谁都清楚,这原本就是一个双重的悖论:一方面,真正对普通人生活有塑造力的传奇是不可能由一个特定的人写出的,它已经编织在生活中,小说家与其说是创造它们,不如说是改写它们,而这往往是费力不讨好;另一方面,普通人从来就不是以自己为标准来衡量传奇的,普通人的传奇往往只是“退化”“降格”的才子佳人、王侯将相式传奇,果真是普通人的故事,便不能给普通人以快乐和安慰,换句话说,他们不要参差的对照,要的就是大红大绿。对此张爱玲不无抱怨:“中国观众最难应付的一点并不是低级趣味或是理解力差,而是他们太习惯于传奇。”她问:“生命本身不也使一切人都平等么?”〔2〕但是我相信她很难得到正面的回应。她有时会处于一种莫名其妙的义愤中,为普通人不承认自己、不重视自己而义愤。这种义愤的最好的说明,是张爱玲在《华丽缘》和《小团圆》中都写到的感受:旦角一出场,乡民们便毫无忌惮地挑剔旦角难看,让身坐台下的女主人公“听了很觉刺耳,不免替她难过”。有意思的是,下面有一段对这旦角极细致的外貌描写:

---

〔1〕《〈太太万岁〉题记》。
〔2〕同上。

> 其实这旦角生得也并不丑，厚墩墩的方圆脸，杏子眼，口鼻稍嫌笨重松懈了些；腮上倒是一对酒涡，粉荷色的面庞像是吹涨了又用指甲轻轻弹上两弹而侥幸不破。头发仿照时行式样，额前堆了几大堆；脸上也为了趋时，胭脂擦得淡淡的。身穿鹅黄对襟衫子，上绣红牡丹，下面却草草系一条旧白布裙。和小生的黄袍一比，便给他比下去了。一幕戏里两个主角同时穿黄，似乎是不智的，可是在那大红背景之前，两个人神光离合，一进一退，的确像两条龙似的，又像是端午节闹龙舟。

这段描写的用意再明白不过，它是以小说的逻辑代替戏剧的逻辑，以参差的对照(你看她如何在意两种黄色的对照)代替强烈的对照，或者说是“用技巧来代替传奇，逐渐冲淡观众对于传奇戏的无餍的欲望”，她想：“这一点苦心，应当可以被谅解的罢?”〔1〕所以张爱玲干脆自己写剧本，写《太太万岁》这类“平淡得像木头的心里涟漪的花纹”的戏；或者是反高潮的，“艳异的空气的制造与突然的跌落，可以觉得传奇里的人性呱呱啼叫起来”〔2〕，以便稍稍改变观众的趣味；但是，张爱玲自己明白：这真的很难。她试图解开一个死结，让人们明白小说是新的传奇，而不是传奇的破碎或模仿，但是这个问题没办法讲得清楚，因为：我们为什么需要新的传奇呢？就像我们既然是去看京剧，为什么要去看那些不今不古的“文明戏”呢？躲在传奇身后“别有用心”的小说，就像坐在戏台下的张爱玲一样，终究会被发现自己另类的存在，只

---

〔1〕《〈太太万岁〉题记》。

〔2〕《谈跳舞》。

得“跌跌冲冲，踉踉呛呛”地出去。

三、从菜场到阳台：苍凉的时空意蕴

张爱玲不是诗人，却在《传奇》增订本后附上一篇短文《中国的日夜》，其间录入她两首自由体诗。《传奇》是一部小说集，这篇《中国的日夜》却完全是在谈诗的故事。开篇就说自己买菜回来做出了一首诗，说看见路上洋梧桐的落叶，“极慢极慢地掉下一片来，那姿势从容得奇怪。我立定了看它，然而等不及它到地我就又往前走了，免得老站在那里像是发呆，走走又回过头去看了个究竟。”然后诗情涌动，写了《落叶的爱》这首诗。这是用小说的笔法写一个诗的故事——一片叶子落地当然有可能是“极慢极慢”的，但绝不至于慢到“我立定了看它然而等不及又往前走”。之所以制造这个细节，目的是为了那个犹犹豫豫、欲罢不能的心理展示。这么一犹豫，就像把心揉了一下，后面那充满童稚气的诗便不显得太突兀：“但是，一到地，/金焦的手掌/小心覆着个小黑影，如同捉蟋蟀——/‘唔，在这儿了！’/秋阳里的/水门汀地上，/静静睡在一起，/它和它的爱。”这首诗里的张爱玲跟我们惯见的很是不同，她能够更无理由地爱，对一片飘落的树叶也可以这么动情。在这样的爱中，“我”是真正的主题，最可爱的便是这个善良、会爱的自己；但是作为小说家，张爱玲就得把爱渗透进对人物的理解中，“因为懂得，所以慈悲”。这种慈悲说到底不是针对某一具体的人或事的，而是对生活整体的悦纳。一个爱一片树叶的人当然会爱自然，甚至会宣称爱整个世界，但是我们关心的是如果将这世界中的人类挑出来放在她身边，她会不会自在泰然。

《中国的日夜》接下来的部分，是讲述另一首诗的诞生过程。这个爱落叶的人又一次去小菜场，已经是冬天了。眼前是各色令人不愉快的人物：两个小孩子棉袍的颜色，一个像“碎切腌菜，一个像酱菜”（都是张爱玲自小不吃的东西），胸前还一片污渍；到处是经过补缀的蓝布衫，简直成了“国色”（这显然不是什么民族自豪感）；卖橘子的人叫卖声吓人一跳，就像外国漫画里的中国人，“让人想起来伤心”；一个不知道从哪里来的道士呆呆愣愣地讨钱，看着他不仅觉得灰心，世界也跟着化成了灰；端着锅的小女孩、肉店的学徒、衰老的娼妓、肉店老板娘……没一个赏心悦目的角色。但是以这么大的耐心一个个写来，无形中也建立起一种逻辑，用罗曼·雅各布森的术语说就是，现实主义的小说是转喻性的，是世界的一部分同相邻的另一部分粘连在一起。但是这种空间的粘连忽然被另一种东西打断：

> 再过去一家店面，无线电里娓娓唱着申曲，也是同样的入情入理有来有去的家常是非。先是个女人在那里发言，然后一个男子高亢流利地接口唱出这一串：“想我年纪大来岁数增，三长两短命归阴，抱头送终有啥人？”我真喜欢听，耳朵如鱼得水，在那音乐里栩栩游着。街道转了个弯，忽然荒凉起来。

“荒凉”这个词一出现，表明事情已经变化了，一个化腐朽为神奇的东西出现了，竟然是那本身再俗套不过的申曲小调。这小调唱的就是家常是非，而因为有了它，刚才路上看到的那一切琐碎的细节就忽然有了关联，有了灵魂，有了生气——我们待会再讲这生气。接下去，所见景象“荒凉起来”。怎么个荒凉呢？不是再看到那么多人了，而是一个空荡荡的小学校,“高高生长着许多萧条的白色大树,背后的莹白的天,将微欹的树干映成了淡绿的”——从市井风光忽然就跳到了天地气象。这时申曲还在唱,却已经听不清了,脑子里想到的却是另一个唱本的开篇:“谯楼初鼓定天下……隐隐谯楼二鼓敲……谯楼三鼓更凄凉……”。张爱玲觉得第一句口气很大,她非常喜欢那壮丽的景象,“汉唐一路传下来的中国,万家灯火,在更鼓声中渐渐静了下来”。

张爱玲自己这句话的口气也很大:万家灯火的寻常故事,热闹而混乱的一团,就在这千年不易的节奏中静了下来。这种静,意味着生活作为整体被把握住了,或者说生活获得了一种形式,不再变动不居。时间对于张爱玲来说是这样的重要,当她发现当下的生活混杂着过去的时候,她的确觉得有些荒诞,但是这使她获得了一种把握生活的力量:作为小说家的她,不过是要抓住杂乱的生活之下那不变的节奏而已。抓住这种节奏之后,再回到生活中来时,她便可以同生活中的每一部分和解,于是一切都变了:“我真快乐我是走在中国的太阳底下。我也喜欢觉得手与脚都是年轻有气力的。而这一切都是连在一起的,不知为什么。快乐的时候,无线电的声音,街上的颜色,仿佛我也都有份;即使忧愁沉淀下去也是中国的泥沙。总之,到底是中国。”这个“到底是中国”似乎语带双关,既可以理解为“终究是中国”,又可理解为“到底了,便是中国”,也就是中国的日夜、中国的生活。由此我们便不难理解为什么看到这样一首大气磅礴的诗,已完全不是吟诵一片落叶的境界了:“我的人民,/我的青春,/我真高兴晒着太阳去买回来/沉重累赘的一日三餐。/谯楼初鼓定天下;/安民心,嘈嘈的烦怨的人声下沉。/沉到底。……/中国,到底。”

这是一种壮丽的意象，但是有理由认为，这种壮丽是不牢靠的，或者说，说牢靠也只是戏曲里的牢靠。就像张爱玲在《论写作》一文的最后所引的申曲中那句“文官执笔安天下，武将上马定乾坤”，其宇宙感是一种“天真纯洁的，光整的社会秩序”，“思之令人泪落”。而当我们走出戏园，走到街上时，虽然恍惚间也觉得“乱纷纷都是自己人；/补了又补，连了又连的，/补丁的彩云的人民”，但是这种感动可不是每天都有——“乱纷纷”是肯定的，“自己人”则未必。张爱玲要建立她作为小说家的信心，发挥自己把握生活的能力，需要一个情境，听到某种民间曲调自然是很好的契机，但是纷乱的街市毕竟不是最佳的场所，最佳的场所应该是在自己的公寓房里。张爱玲有篇叫《谈音乐》的小杂感，从钢琴谈起，而后爵士乐，而后弹词和申曲，最后就来到了自己家里，听到远处歌舞厅传出的流行歌，那是女人尖细的喉咙唱着：“蔷薇蔷薇处处开！”这时，偌大的上海沉入一片夜的空旷，却又响起尖锐的汽笛声，“不知是不是捉强盗”，仿佛“大海就在窗外”，生离死别正在发生，“冷到人心里去”。此时，张爱玲用一种奇特的语调说：“在这样凶残的，大而破的夜晚，给它到处开起蔷薇花来，是不能想象的事，然而这女人还是细声细气很乐观地说是开着的。即使不过是绸绢的蔷薇，缀在帐顶，灯罩，帽沿，袖口，鞋尖，阳伞上，那幼小的圆满也有它的可爱可亲。”这就是在家里“听出来的感动”。这种感动有时真是匪夷所思，张爱玲说公寓附近有个军营，有人吹喇叭，吹得很不熟练，对听者无疑是一种折磨，但是张爱玲觉得这样的不熟练恰好，因为完美的事物属于超人的境界，“只有在不纯熟的手艺里，有挣扎，有焦愁，有慌乱，有冒险”,“此中有人,呼之欲出。”[1]

高高的公寓房子当然不只可以听,更可以看,而一看就来到了阳台上。我们看《〈太太万岁〉题记》最后两段,张爱玲先是忽然提出了这个问题:“为什么偏要那样的重视死亡呢?难道就因为死亡比较具有传奇性——而生活却显得琐碎,平凡?”传奇与生活的关系已经一再道破,毋庸多言,让我们感兴趣的是张爱玲说出这一句话后的感受:“仿佛忽然有了什么重大的发现似的,于高兴之外又有种凄然的感觉”——这个凄然是张爱玲式的,因为此凄然非它,正是那种似乎把握住了生活却又分明被推出生活之外的苍凉感。这种感受极其难以言说,因为它是那种一说便会自行破碎的东西:

> ……当时也就知道,一离开那黄昏的阳台我就再也说不明白的。阳台上撑出的半截绿竹帘子,一夏天晒下来,已经和秋草一样的黄了。我在阳台上篦头,也像落叶似的掉头发,一阵阵掉下来,在手臂上披披拂拂,如同夜雨。远远近近有许多汽车喇叭仓皇地叫着;逐渐暗下来的天,四面展开如同烟霞万顷的湖面。对过一幢房子最下层有一个窗洞里冒出一缕淡白的炊烟,非常犹疑地上升,仿佛不大知道天在何方。露水下来了,头发湿了就更涩,越篦越篦不通,赤着脚踝,风吹上来寒飕飕的,我后来就进去了。

这样一段景物描写与菜场所见有何不同?后者是身居其中,理想的状态是把自己融入他人,“真快乐是走在中国的太阳底下”;不理想

[1]《道路以目》。

时则感觉行进于一条极肮脏而又极窄的小巷中。而阳台上却是居高临下，俯瞰众生，这当然不是陈子昂的《登幽州台歌》，表面看来近于柳永的“渐霜风凄紧，关河冷落，残照当楼”，但也完全不是同一境界。古人登楼是为了远望，张爱玲登楼是为了俯瞰，俯瞰本身就是一种苍凉的姿态：若无热爱，何必俯瞰？若是同类，何须俯瞰？阳台俯瞰是小说家为自己建立的“审美距离”，但她一点都不悠然，因为她要看的是实实在在的生活，她必须贴着那些人和事写，而不是随意勾勒一些浮动的风景。这中间有矛盾吗？显然有，因为毕竟“上楼”“去阳台”是一种抽离，而张爱玲对此抽离是十分警惕的。她有一篇谈自己的剧作的文章，就不无讽刺地说到“中国人从《娜拉》一剧中学会了‘出走’，无疑地，这潇洒苍凉的手势给予一般中国青年极深的印象。即使不过是从后楼走到前楼，换一换空气，打开窗子来，另是一番风景，也不错。”对此她的态度是：“沿街的房子，楼底下不免嘈杂一点。总不能为了这个躲上楼去罢？”而自己作品没有别的好处，“但是很愉快，有悲哀，烦恼，吵嚷，但都是愉快的烦恼与吵嚷。还有一点：这至少是中国人的戏——而且是热热闹闹的普通人的戏。”[1]也就是说，张爱玲是反对上楼上阳台的，但她本人又总是站在楼上阳台上。表面看来，这个矛盾并不难解决，作品中的人生必须热闹，但是作家本人总得隔着距离观看，所谓“距离产生美”——然而，问题绝不是摆个审美的姿态这样简单，当张爱玲在阳台上俯瞰这小人物的热闹戏时，她并不是完全主动地设定距离以观照全体，而是被推出了一种生活之外，或者说她强烈地感受到自己已无法沉入眼前的生活。也就是说，楼上、阳台上这

〔1〕《走！走到楼上去》。

种空间设置，与其说是为了维护审美距离，不如说是无奈地接受与生活的现实距离。这热热闹闹的人间喜剧，已经被整体地拖出原有的氛围，爱恨情仇仍在上演，只是传奇难以继续。[1] 作为小说家的张爱玲，此刻的感受只能是苍凉，而苍凉也正是一种意义的生成，因为在这人寰的高处面对整个的天地，本身就是一种带着强烈历史感的情境。张爱玲爱这种情境，在这篇《太太万岁》的后记中是如此，在《我看苏青》中也是如此：

> 她走了之后，我一个人在黄昏的阳台上，骤然看到远处的一个高楼，边缘上附着一大块胭脂红，还当是玻璃窗上落日的反光，再一看，却是元宵的月亮，红红地升起来了。我想道："这是乱世。"晚烟里，上海的边疆微微起伏，虽没有山也像层峦叠嶂。我想到许多人的命运，连我在内的；有一种郁郁苍苍的身世之感。"身世之感"普通总是自伤、自怜的意思罢，但我想是可以有更广大的解释的。将来的平安，来到的时候已经不是我们的了，我们只能各人就近求得自己的平安。

有此情境，便有这身世之感，所谓身世之感，与其说是时间性的，不如说是空间性的。仿佛人间的桑田沧海是天地的全体，个人的悲欢离合则是这全体中一个微小的片断。没有那全体，这片断也就无以自存；但是有了这全体，个人一生的匆匆前行便被压缩得如静止一般。而且

---

〔1〕在《中国人的宗教》一文中，张爱玲说"中国人集中注意力在他们眼面前热闹明白的，红灯照里的人生中小小的一部。在这范围内，中国的宗教是有效的；在那之外，只有不确定的、无所不在的悲哀"。这话放在此处更易理解。

这静止还只是一面，另一面则是即将被飞驰的历史所抛弃的悲哀，那将来的好世界是别人的，这一代已经赶不上了——这种悲哀同样成为吞噬个人时间的黑洞，只是这个黑洞是从未来向此刻伸展。这才算是一个完整的现代人的困境，这是古典时间与现代时间的叠加，是一种双重的虚无化，然而，也正是在此虚无中生活才呈现为生活，才作为整体获得意义。

这种人生天地间的苍凉感带着强烈的诗性，但是张爱玲愿意将这种诗性的苍凉作为小说的基底，《金锁记》《倾城之恋》《沉香屑：第一炉香》等篇章中那些著名的段落已将其演绎得再清楚不过。而她针对《海上花》所发的那些议论，也与此一脉相承。她特别欣赏“乃去后面露台上看时，月色中天，静悄悄的，并不见有火光”这样的描写，认为有“旧诗的意境”。她对解放后大陆的文学作品颇不以为然，因为整个的看来，“这样稚嫩，仿佛我们没有过去，至少过去没有小说”；但是其中“也还是有无比珍贵的材料，不可磨灭的片段印象，如收工后一个女孩单独蹲在黄昏的旷野里继续操作，周围一圈大山的黑影”。[1] 单独拎出这一句话来看，我们会觉得有些小题大做，一个女孩独自劳动，以大山的黑影烘托一下气氛原本是平常的手法，但是结合上下文，我们会明白张爱玲是要以这一诗性的情境打破那种对传奇化情节的偏好。张爱玲这篇《海上花》国语版的译后记，讨论的是《海上花》对于中国小说发展的意义问题。她特别指出，《红楼梦》对中国小说的影响有消极的一面，因为读者最津津乐道的是后四十回中那些闹热的传奇，正是这一肤浅的爱好让中国小说裹足不前。张爱玲的传奇原本是反传奇

[1]《国语本〈海上花〉译后记》。

的传奇,她是要写现代的传奇故事,不能用古典传奇的方式去写,但是又不能没有古典的意味。这其实不是在"传奇"上纠缠,而是在"现代"上拉扯——张爱玲强调现代人一定要有现代人的体验,她批评胡适以来众多新诗人都在走绝路,因为都是"用唐朝人的方式来说我们的心事,仿佛好的都已经给人说完了,用自己的话呢,不知怎么总说得不像话",但是她所理解的现代,又偏偏不是人们通常所理解的那种为未来所照耀的当下——后者是一种簇新的现代,而她所要言说的是一种"过去的现代",打个比方,便是阳光下的废墟。《谈画》一文(论塞尚)的结尾值得细细品味:

> 风景画里我最喜欢那张《破屋》,是中午的太阳下的一座白房子,有一只独眼样的黑洞洞的窗;从屋顶上往下裂开一条大缝,房子像在那里笑,一震一震,笑得要倒了。通到屋子的小路,已经看不大见了,四下里生着高高下下的草,在日光中极淡极淡,一片模糊。那哽咽的日色,使人想起"长安古道音尘绝,音尘绝——西风残照,汉家陵阙"。可是这里并没有巍峨的过去,有的只是中产阶级的荒凉,更空虚的空虚。

中午太阳下的废墟,的确比夕阳下的废墟更有"当下感",但这挡不住"西风残照,汉家陵阙"这样的"夕阳下的感慨"。这类诗句就像一张巨大的弓悬在现代人的头上,现代生活最主要的诗化方式,也许仍然是在亘古不变的天地间将此世的辛劳化为一声感慨,而不是以一个平凡而自足的心灵去赞赏一片平凡而美丽的落叶。小说此时能做什么呢?它不甘心于此刻被永恒掏空,竭力想抓住一点什么,但它所抓住的不过是“空虚的空虚”。这绝不只是“中产阶级的荒凉”，在《华丽缘》中我们已经看见“人民的荒凉”了。荒凉也好，苍凉也好，“不对到了恐怖的程度”也好，都是一个写作者所体会到的人与生活的距离感。它与时间相关，却不是因为时间的阻隔，而是因为时间的缺位。我们藉以把握现代新生活的方式竟只能是老戏、俗曲、旧诗，我们只能“寄住在旧梦里，在旧梦里做着新的梦”，而这新与旧的分别，也许不过就是“古代的夜里有更鼓，现在有卖馄饨的梆子”，“千年来无数人的梦的拍板：‘托，托，托，托，’——可爱又可哀的年月呵！”〔1〕写作正是在这个意义上成为一种“美丽而苍凉的手势”。美丽而苍凉不是因为“语言不再能有效地指代字词之外的现实”，而是写作一方面使当下像“生活”一样呈现，另一方面又使当下归于虚无。在写作之外，张爱玲当然会为世界的变化而感慨，但这些感慨本身只是日常生活的环节而已，只有写作会将她一把拽出生活，带到戏台前、阳台上，听着那些不知今夕何夕的曲调，看着当下淹没在历史中，平凡淹没在俗套中。这是参差，也是苍凉——在张爱玲这里，参差原本是用来克服苍凉的，因为它是要打破旧传奇的套路，以小说重建生活的基底；但是我们最终发现，参差本身就是苍凉，因为只有在一种浓重的虚无感中，参差的对照才获得摄人心魄的力量。如果小说家能留住或者更准确地说是制造一点什么东西，那么她不过是在几千年累积起的审美疲劳中勉力制造出一点刺激，这不是美，而是一种恍惚的刺痛，用张爱玲自己的话说就是：“一丝尖锐的痛苦在惘惘中迅即消失。”〔2〕请注意，这是一种音乐

〔1〕《私语》。

〔2〕《一九八八——?》。值得一提的是，“心里像被针扎了一下”是张爱玲最喜欢用的比喻之一，仅在《小团圆》中就多次出现。

性的感受。张爱玲说自己对颜色与气味的感觉很敏锐,这两种感觉都让她觉得快乐,“而一切的音乐都是悲哀的。”原因是颜色和气味都是实实在在地“在这儿”,只有音乐“永远是离开了它自己到别处去的,到哪里,似乎谁都不能确定,而且才到就已经过去了,跟着又是寻寻觅觅,冷冷清清”。[1] 然而,张爱玲以参差与苍凉所成就的传奇,某种意义正是音乐性的,一方面是竭力跳出俗套,下死劲抓住那真实的生活;另一方面,虚无感从生活的千万个罅隙中流泻而出——那最真实的生活,或许只是一种黏稠的幻影。然而,虚无感并不一定就破坏生活。正如张爱玲在《中国人的宗教》一文中所说,虽然“一切对于人生的笼统观察都指向虚无”,但是“中国人与众不同的地方是这‘虚无的空虚,一切都是虚空’的感觉总像个新发现,而且就停留在这阶段”,“不往前想了”,虽然“灭亡是不可避免的,然而他们并不因此就灰心,绝望,放浪,贪嘴,荒淫”,也就是说,即便人生的根底是虚无,也并不因此放弃人生。正是在这一微妙的、不可简化的矛盾中,作为新传奇的小说才宣告诞生。

结语

张爱玲并不是在一切有关文学的问题上都说出了精彩的话,但她戛戛独造的这个苍凉,将一种小说的本体论与一种美学风格结合起来,的确有其独创性的价值。前面我们已经指出,她的小说观基本上能够与当时西方最先进的小说观念同气相求,尤其是她一方面指出旧有文艺形式如何编织进现代日常生活,另一方面又相当自觉地将小说

[1]《谈音乐》。

的美学特质与现代生活的特定状态对应起来〔1〕,这些是西方直到卢卡奇和本雅明的时代才初步奠定的文学逻辑。张爱玲同样是以表现人生为第一要务,但是她所理解的人生,本身就是充分文本化的。别人将文学当作是从“历史”到“诗”的转换(借用亚里士多德的范畴),她则将文学当作是对生活的改写。在看到故事之前她不觉得有生活,在看到传奇之前她也不觉得有故事。她愿意我们对于人生都是一知半解而又感到浓厚兴趣的外行,原因也正如看京剧一般,面前不是原初的生活,而是被精心营构的故事。故事是弱化的传奇,生活是弱化的故事,但是这弱化也是突破,是参差突破俗套,小说的可能性正是在这从传奇到故事再到生活的重重突破中发生。所以她一方面承认我们“总是先看见海的图画,后看见海;先读到爱情小说,后知道爱;我们对于生活的体验往往是第二轮的,借助于人为的戏剧”,“生活与生活的戏剧化之间很难划界”;另一方面却又坚持认为:“生活的戏剧化是不健康的”,所以需要改写。以改写的逻辑代替反映与再现的逻辑,这迈出的可不是一小步。至少在中国现代文论史或文学史上,我不觉得她在这方面的见识曾经为其他人所超越。

正因为张爱玲始终抓住小说本体做文章,所以苍凉的美学意蕴才会如此深刻而饱满。我们面对生活所产生的情感本身是文学性或者文本性的,比方有传奇性的情感,也有诗性的情感,前者将生活打造成

〔1〕孟悦指出,“张爱玲的智慧表现在,她知道怎样为并未整体地进入一个新时代的中国生活形态创造一种形式感,或反之,怎样以细腻的形式感创造对中国生活和中国人的一种观察、一种体验、一种想象力。”有理由认为,这不仅仅是张爱玲的实践,也是她的理论。参见孟悦:《中国文学“现代性”与张爱玲》,收入王晓明主编:《二十世纪中国文学史论》(下),东方出版中心 2003 年版。

永恒的程式，后者将当下压缩为微渺的瞬间，而小说的情感就在这两极之间振荡而生——当我们一头扎入生活时，那种诗性的天地之悲让我们觉得恐惧；而当我们被这种恐惧掌控时，那些最俗套的东西又能让人觉得温暖。这真是一种小说的现象学——在现代生活中我们会感到孤独、寂寥、恐惧种种，但是苍凉不是这些情绪的杂糅，而是在小说本体生成的同时产生的情感，这种情感不是某个人的情感，而正是本文前面所说的一种新的情感符号的创造。这里要强调的是，虽然张爱玲以参差的对照解说苍凉，但参差的对照本身并没有什么客观、实证的标准，"小说中没有绝对的好人和坏人"也不是什么了不起的见识，实际上，参差的对照不是小说获得艺术价值的原因，而是这种艺术价值的显现——也就是说，成功的小说必定突破了深嵌于某一生活内容的情感模式，从而制造出新的、难以言说而又有强大力量的情感。它会一方面让善与恶、爱与憎、喜与忧、雅与俗、新与旧、力与美以及沉迷与超脱、认同与批判等等这些区分变得极为切身，不得不予以严肃的对待；另一方面却又让它们变得不明确、不可靠、不够用。这才是我们从张爱玲那里获得的最具独创性的观念。

对张爱玲来说，强调文学必须审美地反映生活是不必要的，因为在她面前根本没有审美之外的生活；浪漫派的自我表现说对她也没有意义，因为她不认为小说是以作者的主观情感点化客观生活，她相信有些处理是比较接近真相的，她要的只是这真相，甚至于只是"真人真事"。〔1〕在

〔1〕张爱玲在《赤地之恋》的自序中如是说："我有时候告诉别人一个故事的轮廓，人家听不出好处来，我总是辩护似地加上一句：'这是真事。'仿佛就立刻使它身价十倍。其实一个故事的真假当然与它的好坏毫无关系。不过我确是爱好真实到了迷信的程度。我相信任何人的真实的经验永远是意味深长的，而且永远是新鲜的，永不会成为滥调。"

张爱玲眼中,这种不可复制、不可替代的真人真事,有着一种"于千万人之中遇见你所遇见的人"的传奇性,这是让她心醉神迷的东西。一个小说家所说的真相,最终是她以自己的作品所照亮的真相。张爱玲不是那种勇于和善于拓展题材范围的作家,她总是反复利用那些熟悉的材料,比方那种遗老遗少的大家庭在现代都市的境遇等等。〔1〕对一个作家实际的创作来说,这样的观念或许会有负面效应,题材过于狭窄会显得气度不足,而总是在新旧传奇的微妙平衡中做文章,有时难免也会处置不当。傅雷批评张爱玲"把旧小说的文体运用到创作上来,虽在适当的限度内不无情趣,究竟近于玩火,一不留神,艺术会给它烧毁的",并严厉地指出:"俗套滥调,在任何文字里都是毒素!"〔2〕这些批评并不算完全冤枉了张爱玲,因为招致这类批评的《连环套》等作品的确不太成功,而不成功的作品是很难为某种文学观辩护的。但是反过来我们也要说,某部作品的失败毕竟不能否定文学观的价值。傅雷并没有真正理解张爱玲的文学观,旧小说的文体之所以进入新生活,不是因为张爱玲在艺术手法上摆脱不了旧小说的习气,而是因为张爱玲认为旧小说原本就在新生活之中。生活本身就包含着一种矫揉造作,这"也许是不甚健康的,但是这里有一种奇异的智慧"。〔3〕这种智慧只有在小说中才能够得到展现、保存和发扬。张爱玲一生都在探询这种智慧,她那些最重要的作品让我们明白此事真的值得一做。

〔1〕在《写什么》一文中,张爱玲就有关题材重复的批评有如下辩护:"只要题材不太专门性,像恋爱结婚,生老病死,这一类颇为普遍的现象,都可以从无数各各不同的观点来写,一辈子也写不完。如果有一天说这样的题材已经没的可写了,那想必是作者本人没的可写了。即使找到了崭新的题材,照样的也能够写出滥调来。"

〔2〕时雨:《论张爱玲的小说》,《20世纪中国小说理论资料》第四卷,北京大学出版社1997年版,第262页。

〔3〕《到底是上海人》。

天真的与感伤的人性观察者

——小白论[1]

一

2005年开始，不走寻常路的《万象》杂志上出现了一系列极不寻常的学术随笔（后来收入《好色的哈姆雷特》和《表演与偷窥》两书）。这些随笔以西方文学艺术为讨论对象，却围绕床笫之欢做文章，所谓“以男女之事的瓶子装文化之酒”（陆谷孙教授语），既引经据典，又活色生香，令人耳目为之一新，作者小白的名字遂不胫而走。未曾想，这位作

〔1〕 本文原载《上海文化》，2019年第11期。

者数年后推出长篇小说《局点》(2010),华丽转型为职业小说家,从此一发不可收拾。长篇小说《租界》(2011)成为出版界的宠儿,被译成英、法、德、意、荷多国文字,中篇小说处女作《特工徐向璧》(2013)获上海文学奖,而第二个中篇小说《封锁》(2016)更是一举拿下鲁迅文学奖。从学者到作家,从非虚构到虚构,转换竟似毫不费力,让人对学者型作家平添几分信心。

多一个学者型作家并非了不得的事情,难得的是做学者而能有作家的敏锐与生动,当作家而能有学者的通达与平衡。小白的自我定位是做一个人性的观察者,他以学者和作家两幅眼光观察,又将人性一事拆成人、性二字,试图知人论性、因性识人。读者不妨翻开《好色的哈姆雷特》一书,先看看头六篇,分别是《镜子里面有妖精》《爱你就打你屁股》《吊起身子提起腿》《小房子里好藏娇》《黄段子和小册子》和《好色的哈姆雷特》。这些题目有意村俗,内容却十分“洋气”。第一篇历数镜子在中西方各色性爱场景中的诸种“妙”用;第二篇考察“打屁股”这一性虐行为的前世今生;第三篇讨论男性对于偷窥女性私密部位的难解情结;第四篇则专写内室,讨论怎样的房间结构和室内布置更易促成男欢女爱——不管是光明正大还是偷偷摸摸;第五篇盘点各类色情书籍或画册,大名鼎鼎的毕加索的晚年画作赫然在列;第六篇则带我们穿越回莎士比亚的时代,来到他那些经典名作的演出现场,看看有多少内涵段子正引发现场观众心照不宣的大笑。读者叹服于小白外语功底的扎实、文史素养的深厚、对理论行话的熟悉尤其是性学知识的博而能精,不仅古今逸闻鄙事顺手拈来,而且有图有真相,令人大开眼界。而与之既互为表里又颇具反差效果的是他那一本正经的学者腔调,比方《小房子里好藏娇》中这一段,讲的是一种极私人的女性用具“坐浴盆”：

> 《阿让松侯爵回忆录》(Mémoires et jornal inédit du marquis d'Argenson)中记叙了这样一件轶事。1726年，孔代亲王的情妇普里侯爵夫人在闺房梳洗间接待来访的阿让松侯爵，正在例行的调情之间，侯爵夫人突然坐到“坐浴盆”上开始清洗她的“私处”，情形十分尴尬，侯爵正想退出房间，却被拦住了。侯爵夫人这个“缺乏诗意”的举动，成了调情演化为幽会的富于决定性的转折点。

以煞有其事的考证体——还十分学术地配上了法文书名——讲一段桃色新闻，说到高潮处来了个反高潮的尴尬场面，然后在峰回路转时戛然而止，最后抛出个文绉绉的句子作结，不仅透出“终成好事”的讯息，还顺手给出一个道理：敢于破除诗意，才能创造传奇。我们可以想象小白在写这类文字时，如何正襟危坐而嘴角上扬。身份认同，兹事体大；史实考辨，岂可轻忽——然而人生之趣，人性之可爱可亲，岂不正在举轻若重、举重若轻之中？

本文所用性学一词，涵义也在轻重之间。一方面，就小说家而论，性学知识正如历史知识，只用作激发灵感的药引，即便言必有据，终归是“六经注我”；但是另一方面，不满足于有关人性的常识，偏要穷究性事的本相，以窥探情之虚实真假，却又是现代学者特有的一种执念。所谓性学，强调的是姿态与见识，而非特定的科学程式和研究方法，我们可以不具备性学研究人员的专业资质，却无妨习得其眼光。此眼光的首要意思是价值中立，简言之，食色性也，你要真能拿得起，放得下。特别强调，不仅性是正常的，色情在某种程度上——不言而喻，此处绝非作为违法犯罪行为的那类色情——也是正常的。虽然性学家的伦理观念未必就更为开放[1],但大部分情况下可以就性谈性,而无需挤眉弄眼,局促尴尬;或强作解人,将沉重的文化忧思加诸其上。小白论及王公贵族们的荒唐之举,自然不无揶揄,但这针对的也是权力而非色情本身。他宣称:无论从逻辑还是从时间上讲,色情与人都是同时诞生。我们可以代为发挥说,一个人有色情幻想,虽然需要引导,未必就不健康;一种文化有色情的向度,虽然会有麻烦,未必就不正常。

其他不论,单就爱情与色情比较,实在很难说哪一个更容易让人意乱神迷。作家小白对此自然深有见识,学者小白则更有一套一本正经的理论。他的想法是,在男女性关系中,双方都希望既享受快乐,又最大限度地保存能量。色情的目的在于消耗体能,因为过度累积的能量会戕害自身,但他们在单次交媾活动中不敢快速消耗体能,因为担心被交媾对象占据上风,使自己被迫重复交媾,从而消耗更多的总体能。但由于走出动物阶段的人类缺乏固定的发情期,却又具备无限的色情想象能力,总是驱使他们把节约下来的体能投入新的色情活动中去消耗掉,从而促使人类整个种群"色情总量"水平的提高,而全社会"色情总量"的提高,又会使单个个体色情强度也随之提高,保存能量就变得更加困难。正是在这种困境中,爱情隆重出场。爱情是反色情,它基于保存能量的根本动机,"禁欲"才是实现"爱情"的唯一方式。换句话说,爱情之所以是色情的对立面,只是因为它是色情的自我调节。倘若物资极度丰富,节约就显得不那么必要;倘若性伴侣双方并

---

〔1〕中国观众通过美剧《性爱大师》所熟悉的马斯特斯夫妇,在何谓正常的问题上就有些保守。

不需要节约能量,爱情也就显得有些多余。无论爱情本身多么美好,它都服从于色情而非色情服务于它;正如无论节约是多么优秀的品质,我们也绝不是为了节约而创造更多的物。

此种说法大胆有趣,但要在日常言说中一以贯之已然不易,要将其带入文艺创作,更是举步维艰。在文艺世界中色情与爱情的斗争年深月久,纵然楚河汉界时有移动,但营垒对立,强弱分明,小白虽是奇兵一支,岂能就此逆袭?爱情之强势,在于爱情与美结盟。倘以腰部为界,除开那些合法展示的部位外(如小白所列举出的“脸蛋”“手肘”“脚踝”和“锁骨”),所谓纯文艺一般只能勉强接受上半身的裸露,各种繁复的修辞技术仅够用来化解这一部分的力比多压力,将感性的诱惑升华为形式的美感。色情则落在下半身,下半身是反审美的,不仅因为有更让人羞于直视的部位,更因为下半身一旦出场,观照者往往口拙辞穷,语不达意,虽然习得各类文学描写手法,此时却捉襟见肘,流入俗套甚至粗鄙。但是以上种种,在见闻广博且有生花妙笔的小白看来只是挑战而非禁令,使肉欲的刺激转化为审美的形象,与以审美的形象传达出肉欲的刺激(就像布歇、库尔贝、毕加索那些情色画),都是小说家要克服的技术难题,前者需要精雕细刻,后者也未必唾手可得。至于两者所体现的趣味高下或思想深浅的问题,翻案文章可以做也可以不做,须知人心如渊似海,哪一方能包打天下?

二

要做一个文学外的性学家,态度中立即可,其他交给材料与方法;但要将性学真正带入文学,还要有鉴赏力。必须马上强调,这里所需要的是对色情的鉴赏力。小白的第一部小说《局点》,在性描写方面就不入俗流。不是说他把性写得虚,而恰恰是写得满,写得实,不扭曲不夸张,细腻而有生气。“我”与朋友龙虾及其女友小米合伙行骗,“我”节外生枝,与小米一见倾心(虽然事后发现是虾、米二人定下的美人计)。两人的每一次相见都有身体感受的描写,且各有精彩,全无捉襟见肘之感。比方第一次偷情成功的体验,虽然尺度不小,却热辣而清新,并不令人尴尬:

> 我把她的手拉开,翻身趴在她一侧,右手手臂从她左边的腋窝下穿过,又绕到她背后,在她颈后的发根下,抚摸那里一个小小凹陷。我把右腿蜷缩在她的两腿之间,我像个八爪鱼一样,在身体的每个接触点上吸附着她,又像是个光着身子的攀岩手,如果从天花板那里看下来,那样子一定很滑稽。我右腿上的一小块地方被弄湿,凉凉的,痒痒的。

情浓之际,小米对“我”说:“你虽然是个笨蛋,又很好色,但你好色的时候,倒还讨人欢喜。”倘若是写随笔的小白读到这个句子,应该别有会心。后者《脱掉大衣的吉吉》一文,专述20世纪20年代一位作风大胆、身体开放、总是周旋于各色男人之间却又始终独立不羁的巴黎女郎吉吉。吉吉的情人之一是著名的摄影师曼·雷,给她拍了一系列光彩夺目的照片:“曼·雷最了解吉吉的身体,他的相机下,吉吉裸得旁若无人。”“在曼·雷的镜头下,吉吉的身体是色情的,然而却是快乐的、挑逗的。不像二战以后的摄影家们,比如荒木(经惟)和纽顿,他们的色情中,有一种冷漠,令人伤心。也不像后来的女性主义摄影,她们的色情是挑衅的,是对凝视者的冒犯。”在小白看来,色情应该以其自身成为快乐和挑逗的,但是这种微妙的直接性并不容易把握,更不容易保持。对一般人来说,当裸露的身体仅仅作为“观看对象”呈现在面前时,我们往往要退后半步,交抱双臂,刻意做出冷淡甚至敌对的表情方能安定心神。对色情的欣赏同时是对色情的审判,我们贪恋色情,却不尊重它;反过来说,只有当可以审判色情时,我们才能够接受它。

此种纠结,让人联想到苏珊·桑塔格的《关于“坎普”的札记》。后者认为“坎普艺术”本质上是无法命名的(既是“人工的”“俗艳的”“另类的”,又是对这一切的否定),因为对它的讨论凭借的是感受力,而感受力(不同于思想)本身是最难以谈论的东西。桑塔格之所以勉强谈论“坎普”,是要借此激发自己感受中的尖锐冲突的东西,她既为“坎普”所强烈吸引,又几乎同样强烈地为它所伤害。她相信,一个把全副身心都交给某种感受力的人不能分析它而只能展示它,“要命名一种感受力、勾画其特征、描述其历史,就必须具备一种为反感所缓和的深刻的同情。”〔1〕在被桑塔格拿来作为坎普之范例的作品中,还有“只供男子观看的不激发欲望的色情电影”。“只供男子观看”已经明确指向欲望,却又可以不激发欲望而只是让男子纯粹地欣赏色情(只是“看电影”),其中三昧,可意会而不可言传。在此问题上,小白同样暧昧,他同样需要那种“为反感所缓和的深刻的同情”。以曼·雷而言,他对吉吉的身体反感是对后者不羁的个性——说得更明确些就是“水性杨花”——的怨恨;而由于他自己的生活方式也深深依赖这种个性,这种怨恨便更加深刻。倘若隔绝这种反感,男人所面对的就是维纳斯,或

〔1〕 苏珊·桑塔格:《反对阐释》,程巍译,上海译文出版社 2003 年版,第 320—321 页。

者以瘦为美、气质脱俗的香奈儿一代及其后继者;接纳这种反感,他们所面对的就是马奈在《奥林匹亚》中召唤出来的那类身体,就是这个招人敌视、给人痛苦而又旁若无人的吉吉。

这样的吉吉,由小说家小白另作装扮,写入长篇小说《租界》中。小说里有一个俄罗斯女人,是个活跃于租界的军火走私商,作风彪悍,唯利是图,任性敢为。男主人公小薛,一个法国人的私生子,业余摄影家,冒牌的花花公子,是她众多情人之一。特蕾莎和歌手上床,和插画家上床,和莉莉酒吧里半醉不醉的人上床,"陌生而又亲切"。漫画家的性爱速写大胆夸张,"可在特蕾莎看来,就连漫画家的铅笔也比不上小薛的照相机"。我们看不到这些照片,却能看到小薛眼中的特蕾莎。他确信自己爱她,远胜过她爱他,所以他经常想象她随时会去勾引别人,并为此冲她发脾气(完全像吉吉和曼·雷)。但他有没有办法离开她,因为她确实是太特别的存在:

> 在床上——如果她已经在浴缸里泡得够久,把自己泡得像一杯添加过粉红色果汁的热奶油。她跨出浴缸,就像一头刚从池塘爬上岸的小牝马,蹦跳着跑到床上。她有一种租界里那些白俄男人少有的气度,那些声称自己曾是亲王公爵或是海军准将的男人们啊,庞大的身躯畏缩在酒吧间阴暗的角落里,一个被彻底打败的北方部族。而特蕾莎,她把小薛推倒在床上,几下弄直他,英武地跨坐在他上面,身体前后摆动,一条手臂腾空挥舞,好像挥舞着哥萨克骑兵的马刀。

这样一个女人是租界中真正的异数,没有一个故事可以从容地安放她。她既非被殖民者,也非殖民者,既非猎物,也非猎手,但她又可以是所有这些角色。她爱钱,但也爱人,她要肉体,也要灵魂,她可以满足男人的欲望,但男人也要满足她的欲望。她是一个创造故事的人,与之相比,作为“革命者”的冷小曼虽然也是小薛的情人,却像张爱玲《色,戒》中的王佳芝一样缺乏主见,只能被动接受别人安排的角色,成为革命者的妻子,成为刺杀汉奸的帮手,成为双面间谍,如此等等。她对领导者的盲从与对自己感情的疑惑都像是在演戏,而且只是偶然掉进剧情,正如小薛对她的评价:“偏偏是个电影,偏偏是你来演。”而她自认是这样一种悲剧角色:无论怎样选择,最后的结果都是错的。与之相反,特蕾莎“是个能够瞬间作出决定,并且立即付诸实施的女人”。这个女人喜欢研究自己的身体,常常在自己的身上涂涂抹抹,借以表达此刻的心情,“就好像印第安族人的战士”。这个女人的存在毫无正面价值,却成为《租界》中最具光彩的角色。

这样爆发力十足的形象显然不能只由“战斗民族”的出身解释。在《反讽的性笔记》一文中,小白曾有一番热情洋溢的、颇具女性主义色彩的议论。在他看来,女性之所以总被认为是男性色情的被动的客体,其实是被塑造而成。男性需要把整件事想象为由自己发动和主宰,必须是他们在女性身上寻找那个性高潮的按钮,只有在男性按动这些“按钮”时,女性才会条件反射地激动起来。恰如冷小曼同小薛发生关系后,虽然她命令自己不要说出那句让她感到特别庸俗的话,可彼时彼刻却觉得这句话万分真切,所以还是忍不住说出来:“我觉得——从来没有那样好过……”然而,这句话虽然真情流露,却并非绝无仅有,它以同样的面目出现于特蕾莎收到的闺蜜来信中,这位身为贵族夫人为浪荡子殉情而死,死前将种种难言的体验向闺蜜和盘托出。同一句话用于两个私密的场景,不免光彩减半,显出套路的痕迹。在小白这里,表达不管如何真诚都在套路之中,但不是某个女人故作柔弱的套路,恰恰是男性色情想象的套路。他尝试以更原始也更具冲击力的女性色情想象,来对抗男性对女性色情的规训。他建议我们想象一下,倘若不是由男性色情同化女性色情,而是由女性色情同化男性色情,那么今天那些色情画上阳具硕大而坚挺、神态"诡异"的男子形象,会不会让人感到恐惧、感到被冒犯?他的说法是,那些远古"地母"雕像实际上应被称为"色情女"雕像,今天的男性在观看这些雕像时,有一种源自远古的本能即将受到伤害的感觉,因为在某种隐秘的"记忆"中,这形象意味着将被消耗大量体能。而之所以色情刺激会被逐渐规训为"审美趣味",正是因为男性色情是要将女性物化、被动化,使其作为色情主体的侵犯性被软化,进而完全纳入男性色情的统治。作此解说时,小白保留了一个有些老派的对立:一边是由性本能所发动的简单直接的人类交往,可能有些野蛮甚至混乱,但是健康;一边是那个庞大、繁复而又衰弱、扭曲的现代社会,一切考量所依据的似乎是痛苦的减少而非快乐的增加。他相信人们总有希望能够理解色情之原始性,此原始性支持了某种本真的东西。正因为怀抱这种希望,不管是在随笔中进行理论分析,还是在小说中以具体的形象去显示,这个小白都是一个天真的人性观察者。

三

天真未必就是一味肯定,恰相反,小白的基本气质是怀疑的,反思的,批判的。事实上,他有时显得过分锋利了,尤其在他用理论的武器应对不那么好玩的话题的时候。比方《小房子里好藏娇》中提到一部名为《小房子》的小说，小说中花花公子特雷米谷侯爵费尽心思勾引年轻美丽而又老练世故的交际花梅里特，好不容易说动后者来自己在塞纳河边新建的“小房子”参观。这位高傲的女子震慑于屋内的奢华陈设，“肉欲随物欲同步滋长”，最终放弃抵抗，缴械投降。这本是我们爱听的八卦，但是小白评论说，小说最初发表于一份报纸上，这份报纸以新兴的资产阶级为读者对象，差不多相当于今日以中产阶级男性为目标读者群的时尚刊物，所以，“小说集浪子故事、趣味教化和消费广告于一身，把室内装饰方面单纯的美学趣味同色欲满足联系在一起，其目标一方面指向男性读者的色情期待，另一方面又指向中产阶级读者向贵族‘看齐’的身份愿望。”这些话不错，但由小白来说，不算特别有意思。男性读者的色情期待，中产阶级向贵族看齐——的确！不然呢？

但是批判的小白也可以引人入胜。我们看到，小白对色情作品所渲染的无餍欲望并不买账，他引用齐泽克的话说，色情电影是一种“天真的”“最乌托邦的”文类，因为不受约束的极度色情（不知疲倦地恣意狂欢）实际上很少或几乎不存在于现实生活当中。极端色情同样是现实生活中的色情被规训的结果，它只是一种想象性的补偿，正因为色情在现实生活中不能从容地存在和发展，才会有禁欲主义与极端色情的两元。而且，出现在文字中的极端色情，即便在文本中也以悖论的方式丧失了现实性：一方面，它们被“天真”地、“乌托邦”地“公开”（暂时悬置隐秘/私人和公众的界限）叙述，使人仿佛“身临其境”，赤裸地面对自己的欲望；另一方面，它们以一种我们可以称之为“立体派风格”的分析方式被叙述（扭曲、放大、多视角），并且试图“借由被扭曲的时空感诱使阅读/观看者'延迟其怀疑的意愿'(willing suspension of disbelief),顺利地切入叙述者视角,进而完成角色代入"(《爱情的反讽笔记》),简言之,它们是在叙述中被创造出来的。在《表演与偷窥之间》一文中,小白特别讨论了声名狼藉的洛可可时代。他以福柯在《性经验史》中讨论"我们维多利亚时代人"时所建立的经典的论说策略,将讨论引向叙述本身:

> 洛可可是放荡(libertine)时代,但真正令其得此名声的,并不是因为那些宫廷贵人毫无羞耻的互相私通,而在于所有这些淫乱之事都前所未有地获得一种"叙事"形式:在沙龙里被人讲述、在书信和日记被再次复述。我们知晓那个时代的荒淫,不正是因为保存至今的各种叙事?——只有被"叙述"过的事才是真正发生过的事。

在另一篇文章中,小白分析了18世纪拉克洛的书信体小说《危险的关系》。他认为,拉克洛的文本自觉已到如此程度,以至于在讲述这个复杂故事的整个过程中,他从头到尾都抱持着这样一种意识,作家的"自我"与叙述者完全不是一回事,而叙述者的立场又与小说中人物的立场决不能相提并论。小白指出,就拉克洛本人而言,他应该是从书信体小说这一体裁本身固有的特质中体会到这点的。他构想人物的心理,用他们的口气编造这些信件,设想信件的抵达方式和时间,他意识到是每个人的动机甚至主要是代表他们内心里最坏或最软弱那一面的动机,在推着世界(现实的或是虚构的)向前走。但是,此处是一个表演与偷窥的张力结构,书信体小说是一种将私人领域公共化的合法合理的途径，表演与偷窥形成一种“危险的关系”，而色情正从这关系中不断滋生，所以书信体小说复制的恰恰是色情的逻辑。小白独具慧眼地说，之所以《危险的关系》这样一部看起来并无出格内容的小说会被当时的人认为是淫秽的，是因为它不是淫，而是诲淫。

在这类问题上，小白不仅参考福柯，也参考齐泽克（以及齐泽克所解说的拉康）。齐泽克在《意识形态的崇高客体》中写道，精神分析必须实现的一个重要突破，就是引导他意识到，他在为他人表演时，这个他人正是他自己，他的“为他人的存在”正是他的“为自己的存在”（being-for-himself），因为他已经符号性地认同了那个他为之表演的凝视。〔1〕某种意义上，情侣双方是彼此的小客体，即所谓“寻找过程创造了引发寻找的客体”。这不仅对色情有效，而且能够用于理解爱情。在《爱情的反讽笔记》中，小白这样解说爱人之间对“谁先爱上谁”的争执，恋人们只有在一方甘心居于其“被爱物”地位时，这种结构才保证其稳定性（所谓“同爱你的人在一起”）。如果双方互相争夺那个主语位置（不，肯定我先爱上你），原本稳定的结构就会受到威胁，因为这个表述很容易通过一系列语义转换，变成“我爱你”但“你不像我爱你那么爱我”的表述，由此引发结构的碎裂。不管如何，谁先爱上谁本身不是一个先在的事实，而只是爱情这一结构关系的需要，这就是所谓“爱情的反讽”。

在《那件蠢事，怎么说，怎么做》一文中，小白就色情与叙述的关系提出一种观察或者说猜想。他认为，借由色情小说的书写和传播，叙述的语法和修辞，叙述的历史性，以及叙述文体内在固有的进展节奏、

---

〔1〕齐泽克：《意识形态的崇高客体》，季光茂译，中央编译出版社 2014 年版，第 131 页。

转折标记，赋予现代色情事件某种诗学的形式。虽然我们很难在逻辑上为“叙述中的色情”(eroticism of narrative)设定一个起点，但完全可以为“色情中的叙述性”(narrative of eroticism)假定那样一个起点。我们不知道人类从何时开始讲述色情故事(古希腊？诗三百？)，但我们的确知道，当代性生活以及当代的色情想象，曾在历史上的某一时刻起，被各种叙述文本定义、设计、规范和改变。小白发问：如果我们看不到那些“痉挛”“扭曲”“冰冷”和“鸡皮疙瘩”，听不到那些语无伦次的独白，有时甚至是亵渎的粗话，会不会怀疑我们快乐的质量？譬如特蕾莎骑在小薛身上纵横驰骋，其情状有多么恣意狂野，就有多少装腔作势；但是反过来，如果没有装腔作势以及支持这种装腔作势的各种陈词滥调，也就没有色情可言。小白用不容置疑的语气说：我们不是抬头看看床头柜上的小钟，而是竭力让我们的“一刻钟”符合可供叙述的标准。

此处不难听出小白语气中的讽刺，但是以我看来，当小白说“色情”从来不以“快感”的获得为目标，而总是阻止“快感”的更快获取，尽一切可能延迟“高潮”的来临时，他并非仅仅是在批判“现代人的畸形基因特征”(《反讽的性笔记》)，也是在对现代人的叙事方式给出他认为公正的描述。[1] 在名为《那些词汇在捣乱》的文章中，小白分析了麦克尤恩的叙事。他认为麦克尤恩的小说《在切瑟尔海滩上》中，那相

〔1〕彼得·布鲁克斯以阉割情结展开相关讨论，他认为阉割情结所建立的法则是欲望对象永远不可能完全达到的法则(只能在遮蔽与暴露的冲突中使欲望不断被激发)，这一法则同样统摄着叙述，后者在罗兰·巴特有关“文本的快乐”的分析中得到了充分的展示。彼得·布鲁克斯：《身体活：现代叙述中的欲望对象》，朱生坚译，新星出版社2005年版，第126—127页。

爱于20世纪60年代初的男女主人公正是《枕边细语》(*Pillow Talk*, 1959)这类经典喜剧电影的假想观众,他们完全明白热恋中的男女终将上床,拖延只为情趣,却以一派懵懂天真将其悬搁起来,一直留到这海滩边的新婚之夜。这既是那代人的叙事方式,也是他们理解情爱的方式。然而,新婚之夜并非情节的终点而是一个"陡转",这对新人发现自己仍然在竭力拖延事情的发生,同时又意识到必须有所推进,由此陷入前所未有的尴尬。小白让我们看到,一方面,男女主角不断尝试、靠近,享受恋爱过程本身的乐趣;另一方面,男人在女人身体上的每一次摸索推进,又都会造成这对情侣在情感发展上的停顿或倒退。其中平衡,万难维持。不仅如此,小白指出,麦克尤恩有意将心理分析推向前台。在他所描绘的时代,心理分析已成显学,人们用这个"商"那个"商"来衡量自己,视之跟身高体重一样实在。正是由于这些心理分析的术语甚至解剖学的词汇到处播撒,情欲之事才格外成为"亟待解决的问题"。小说中的男女意识到自己必须"做好",竭尽全力去"做好",事情却变得越来越糟,以至于女主人公笑中带泪地说,"也许我应该接受心理分析,也许我真正想要的是杀掉母亲嫁给父亲。"以小白来看,这是麦克尤恩运用他擅长的反讽技巧,检讨那个心理分析学派在整整一代人身上造成的挫败感。也就是说,这代人已经没办法听任欲望驱遣自己了,因为欲望本身就是作为待分析之物出场的,不论是作为俗滥的套路,还是作为神秘的无意识,都已经失去了原发性的动力。由此带来的结果是,相爱双方在彼此眼里总是带着一抹含讥带讽的微笑,不断靠近,却又不断远离。这本是色情叙事的经典套路,却已被怀疑掏空。小白相信,在这部写于2007年的小说里,麦克尤恩不仅再一次戏仿了这种20世纪50年代的(本身已不免带有戏仿意味的)叙事方式,还戏仿了它所代表的智性和美学。换句话说,他戏仿了对欲望的戏仿,不仅戏仿了天真,也戏仿了感伤。

问题只是,那个戏仿感伤的人,本身是天真的还是感伤的?也就是说,他是认为一切问题的根源都是现代人日渐衰弱的欲望,而试图通过怀疑和反省实现对欲望的控制,本身只是欲望衰弱的表征;抑或,他认为欲望正如色情,永远都在表演与窥视的冲突之中发生,正如当事人总是同时是说事人,叙述者同时是被叙述者,所以问题不在于分裂,而在于分裂是否成功?

四

事情有可能是这样:那个写随笔的学者小白虽然眼光犀利,却是天真的人性观察者,而写小说的小白则不免感伤——惟其感伤,他才能与现代人达成和解。让我们从一个叙事学要素入手进行考察。不难注意到,从《局点》到《租界》,从《特工徐向璧》到《封锁》,小白小说中的叙述者或者作为叙事焦点的主人公无一不是拥有多重身份的人,甚至就是多重间谍。《局点》是典型的局中局,“我”同“我”的朋友以及他的女朋友合伙骗另一个朋友,“我”的朋友同他的女朋友合伙骗我,我同他的女朋友合伙骗他。《租界》中的记者小薛,不仅同时服务于英国人和重庆方面,还一边帮特蕾莎刺探冷小曼这边的情报,一边帮冷小曼这边刺探特蕾莎的情报,而这两个人又都以为是“我”唯一的情人。他周旋于所有这些人中间,虽然多有磕碰损伤,却总算苟全性命。《封锁》中的“我”既配合日本人做事,也配合重庆方面,既是汉奸,又被认为是锄奸者的帮手。他被怀疑和拷问,却又很快成为各个方面的盟友。这类设计在《特工徐向壁》达到极致。这是一个希区柯克式的悬念故事,中学总务处的小职员徐向北发现一笔黑社会隐藏的横财并据为己有,为了掩饰钱的来源,他编造出一个阔气的孪生弟弟徐向壁(其实是特工),然后一人分饰两角,让徐向壁去勾引他的妻子孟悠,于是他与孟悠既是夫妻关系,又是偷情关系。妻子要跟丈夫的两个分身周旋,而丈夫同样要面对一个女人的两副面孔。小白将悬念一直保持到结尾,哪怕徐向壁消失,徐向北与孟悠过上了平静而富足的生活——徐向北到底有没有孪生弟弟仍然是个谜,只是孟悠已经失去了探究的勇气。

这类处理几乎可以视为小白在叙事上的标签,而之所以如此,显然是因为小白还不能接受一个完全置身于某个故事中的人作为叙述者,他更愿意让那些游走于多个故事之间的人担任此一角色,因为这样的人是一边看故事一边演故事的。小白为这个人准备了另外一个空间,这个空间的实在性,从一个极富心思的细节可以体现出来,即叙述者的相关角色总是能空手套白狼地捞到一笔不小的财富。《局点》中是在重重骗局中骗得一百万,《特工徐向壁》是在沙堆里捡到黑社会藏着的巨款,《租界》中是小薛作为中间人私藏了向特蕾莎买武器的七千块大洋的支票。这些好处的获得都有些不可思议,仿佛一张森严的大网突然出现异常的拉扯,漏掉了一条绝对不可能逃脱的大鱼。这是特别献给既在故事之内又在故事之外的人的礼物,小白偏爱这样的人如同偏爱自己一样深刻,必须是窥视者,才能成为他的表演者,而表演与窥视合在一起,才是叙事,才是小说。

《封锁》中的"我"同样是个幸运儿,他虽然没有得到钱,却以不可思议的方式逃出困境。这个与张爱玲名作同题的小说,其叙述开始于一次成功的锄奸行动，一个身份显赫的汉奸被带进公寓楼的炸弹炸死(我们大可以异想天开，猜测正是这一事件引发的戒严让吴翠远和吕宗桢所乘的电车停在半路)。负责调查暗杀事件的日本宪兵林少佐在对公寓楼进行了长时间的封锁和调查后，一个写三流通俗小说的嫌疑人鲍天啸浮出水面。鲍天啸在酷刑的折磨和美食的诱惑下，开始胡编乱造，虽然勉强自圆其说，却很难让深沉多疑的林少佐信服。后者专门研读了鲍天啸的作品，还在审讯现场与鲍天啸讨论起来：

> “芥川龙之介先生说，不可能写出真实历史，能写得煞有其事，我就十分满足了。我赞同芥川龙之介先生，也是一个怀疑论者呢。”
>
> 他伸出手，……“头脑中一次爆炸。一部小说诞生了，完全是想象力在起作用。就好像故事有个开关，引爆器，完全是想象力在起作用。就好像故事有个开关，引爆器，只要抬头一看，人物命运就展现在小说家面前。他可能要去杀人，他也可能被杀，但除了小说家本人，谁都看不见后来将要在此人身上发生的一切。”
>
> “你们擅长欺骗，对不对？小说家都是骗子。”

之所以取鲍天啸这个名字，并非只是小白顺手同通俗小说界的前辈大师包天笑先生开个玩笑，更因为鲍天啸原本就是作为戏仿者出场的。他模仿以前的通俗小说，炮制出一堆无聊作品，作为一种聊以糊口而无伤大雅的游戏。而当他以这种胡编乱造的本领应对审讯时，便有点像玩火自焚。他在故事中虚构出一个神秘的女人，俨然是将炸弹带进公寓楼的关键人物，但是这个女人形象越清晰，细节越丰满，便越是让人怀疑——但此怀疑仅仅是因为对圆满的叙述本身的警惕,听故事的人并没有任何可靠的依据去分辨真假。鲍天啸向日本宪兵描述那个神秘女人种种情状,有一种强烈的白日梦甚至性幻想的气息,而这一描述又与鲍天啸自己小说的情节杂糅一起,以至于整个审讯仿佛是午后阅读中打的一个盹,梦境离奇,却人畜无害。

然而,每当戏仿和反讽让叙述有些轻飘时,小白就会让痛苦与恐怖出场。他像懂得色情一样懂得折磨,在小说中他所描述的拷打方式与我们习见的相比更为残忍和变态,其基本做法是在突如其来的巨大的羞辱感中将受刑者身体的疼痛几何式地放大,却又完全剥夺其言说痛苦的可能性,由此陡然沦为纯粹的物。他深谙这一诀窍:暴行是一种表演,其目的是让人惊恐,而非单纯的肉体痛苦。但是这种惊恐并不是要将所有人——包括小说中的人物和作为读者的我们——从游戏的氛围拉回现实,而恰恰是借助节奏的变化加强代入感,进一步模糊现实与虚构的边界。用不了多久,折磨就会变成叙事性的,它仍然触目惊心,让人产生恐惧与哀怜的情绪,但读者会习惯它,就像酷刑的承受者似乎也会习惯它一样。此时,用来破坏虚构的折磨与痛苦,便成为新的刺激,将虚构步步推进。很快,无论是讲故事的人还是听故事的人,对故事的进展都已失去控制:“如果说先前鲍天啸有某种幻想,觉得自己总可以退到某条底线,承认自己欺骗了他们。觉得这样就能过关,那他现在也应该清醒认识到,没有。根本就没有底线。对于林少佐,杀人十分容易。而对于他,故事必须继续往下讲,直到它完整无缺。”就像一个性爱的过程最后必须要完成(“finish”在英文中既是“结束”,也可暗指“高潮”)一样,一个故事也要在不断自我推迟中迎来最后的圆满。

这样一种终极的圆满本应是一种终极的反讽,但是鲍天啸环环相扣的胡编乱造,竟然引出一个无可逃避的结论:炸弹是通过暖水瓶带进来的。在鲍天啸的叙述中,为使这一细节圆满,必须准备两个暖水瓶以确保任务的万无一失。第一个热水瓶已经爆炸,第二个呢?此时——这个完全以小说逻辑推出的结论突然像撞针一样猛烈地顶进真实世界,第二个暖水瓶就在面前,鲍天啸引爆了它,与林少佐同归于尽。林少佐以为小说最多制造出头脑中的爆炸,而鲍天啸让他看到,当小说的叙述到达最后的爆点时,其火光与声响是可以冲出小说本身的。用小白在《小说的抵抗》一文中的说法,胡说八道的鲍天啸面对着一场真正的人性考验,恰是他自己写的"艳俗、老套、哗众取宠的小说",悖论般地让鲍天啸选择去当一名英雄。小白认为,这在某种意义上正是小说的胜利,生活模仿故事,而且常常模仿滥俗的故事,然而,即便最滥俗的小说,也有可能让人们"越过封锁,摆脱宿命无聊的日常生活时间线,发动他们个人的、勇敢的进攻,制造他们个人的、却属于人类历史的传奇事件"。小白再次引用了齐泽克——"事件是超越其原因的结果"(齐泽克)——小说的情节跳跃同样攥紧因果论的长杆,但是一种本质上是戏仿的叙述形式却有可能猛然跳出自身。这种跳出并非能够改变世界作为叙事的本性,而只是实现了这种叙事的潜能,即当叙事本身得以呈现之时,我们就总有可能等到一种变化,而正是这个变化使我们明白,叙事并非仅仅是叙事而已。

在此要紧处,齐泽克对拉康"实在界"概念的解说,的确能够为小白提供支持。齐泽克认为,"实在界"建立在这样一个悖论基础上,一个实存物并不存在,但它具有一系列的特性——它能展示某种结构因果性(structural causality),能在主体的符号性现实(symbolic reality of subjects)中创造一系列的效应,以某种被扭曲、被置换的方式显现自身。[1] 也就是说,我们不可能在叙述之外找到真实,真实不过是能在叙述中产生效果的东西而已。在《封锁》中,叙事者“我”以小白讨论齐泽克讨论实在界的逻辑,讨论了鲍天啸虚构的那个女人:“只有一件事情我可以确定,不管有没有她,她是一个真正的活人也好,她是完全向壁虚造的小说中人也罢,哪怕她紧紧诞生于鲍天啸一念之间,一旦从他嘴里脱口而出,她就真正存在过。因为他为她着迷,为她感动,甚至为她杀了人。”到最后,鲍天啸究竟是不是英雄,他究竟是精心安排了这场暗杀,抑或只是误打误撞闯进了一场暗杀行动并奇迹般地完成了它,并没有人能说得清楚(虽然各派势力都急不可耐地进行解释)。而“我”因为鲍天啸提前警告而避开死亡区域,只是被爆炸的气浪重重地推向墙壁,在那一刻,“我”虽陡然明白了鲍天啸的用心,却并不明白他的善意:究竟是因为对“我”的善意的回报,还是因为想让“我”把他的事写成小说?这些困惑无从求解,却已无足轻重。重要的是此处有一个巨大的真实感,其形成的冲击波足以将“我”——作为讲述者的局内人——重重地撞到墙上,而这种真实感不是来自于所谓现实,而是来自于虚构之内。《租界》中的冷小曼为保护小薛而以身体挡住子弹,临终前“她不停地说着,有一刻,小薛觉得他能听懂她的话,他甚至觉得她说得比平时要真切得多得多,要真切一万倍。他觉得这一刻,她一点都不像是在演戏。她的神态变得越来越疲倦……”这实际上是相当套路化的安排,而且小说中一连安排了两个女人为她们的爱人挡子

[1] 齐泽克:《意识形态的崇高客体》,季广茂译,中央编译出版社 2014 年版,第 205—206 页。

弹，完全是大鸣大放的戏仿，然而所谓真实恰恰在于，如果小曼的整个人生都是在演戏，那么总有一次演出会不同寻常，比任何平时都要“真切一万倍”。没有人可以丢掉故事回到绝对的真实，而且也没有人需要这样做。作为反讽主义小说家的小白已经拥有另一种真实观：真实并非是在叙事之外的真实，而是叙事与叙事的碰撞所产生的震动与闪光。

五

小白对侦探小说有着深刻的爱好，他喜欢抽丝剥茧式地缓慢推进，喜欢将小说写得像侦探的笔记本，耐心地搜集证据，谨慎地跟从证据，却总是让读者因证据而歧路亡羊；而且，与侦探小说最后总是让一切水落石出不同，他只在读者不再信任甚至不再期待真相时，才大方地给出谜底。就此而言，他真正致敬的不是阿加莎·克里斯蒂（甚至不是雷蒙德·钱德勒），而是博尔赫斯。这当然显出学者型作家的本色，但究其根底，不是学者转为作家，而是作家本来就是学者，其写作在某种意义上都是向前辈致敬。只不过，当值得戏仿或者致敬的各类叙事发生碰撞，由此产生波动、弯曲、跳脱种种从而出现创新的可能性时，作家必须为自己做出选择。我的一个有可能并非紧要的关切是，小白的写作能否为上海书写开辟更多的可能性？

我所看到的是，虽然像王安忆那样，小白更愿意拉开一个距离去审视生活，但他并不打算去揭示或者说解释浮华之下的安稳，而更愿意让浮华与升华形成交错，这并非因为他对生活的本质另有理解，而是因为他似乎并不打算认真地探究生活的本质。作为反讽主义的理论家,这种探究或许太本质主义了;而作为小说家,他的强项是以侦探的工作方式,将各路人物从各自的生活世界中唤出,使之在情节的因果中显隐离合,至于正面而全面地描摹上海的世俗人情,暂时非他所长。但这并不妨碍小白在创作上的成功,甚至在某种程度上,它正好促成小白成为独树一帜的上海书写者。小白所写的既不是摩登上海,也不是市井上海,不是革命的上海,当然也不是腐朽的上海,而是一个汇聚了且仍在汇聚着无量数的虚构与想象的魔都。虽然小白对上海的风花雪月有着金宇澄一般的强大的记忆和描述能力,但是当金宇澄在《繁花》中放进一幅幅有关老上海人情风物的手绘时,他有意召唤出一种从未被真正命名的过去,以解析当代上海的一个精神岩层;而当小白同样在《租界》中放进手绘,认真考证每条街道、每间店铺的名称,并且在小说最后一本正经地研究档案时,却并非是要发掘一个真正的上海或者上海的一个真实的维度,而是在做一种"视觉考古学",即考察我们投向上海的眼光本身,是在何处出现了天真与感伤的区分,却又马上模糊了它。对小白来说,并不存在虚构如何表现现实的问题,因为虚构早已占领了现实。他看待城市的眼光,如同看待这个永远在衍生之中的现代文化,无数的故事纵横交错,而车水马龙穿行其间。人们在城市中隐藏自己,不是躲进内室,而是躲进故事;或者说,他们那神秘的内室,都建造于故事之中。一个小说家对实在之物的迷恋,那种试图以手掌在物上轻轻摩挲的冲动,就像弗洛伊德分析的那样,指示着不在场却又可以被指示的东西。德里达说"文本之外无物存在",而小白借萨尔扎少校的口说,"真相就是这一大堆文件",但是文件又并非"只是"文本。精确到分的时间、进退有据的空间、极具史实感的素材以及各类真实的人名(如影视明星)或品牌名,并不仅仅是在渲染一种既熟悉又陌生的现场感,同时也是在挑战我们的真实观。我们越是满意于小说的现场感,越是能感觉到一个全息的、立体的、复调的历史正在当下展开,便越是不能执着于真实与虚构的边界。

档案即拼图。每一片拼图都既在又不在它所参与营造的幻象中,或许租界本身是对此最好的比喻:现实就是文学的租界,它没有主权,但也并不属于任何现成的主权。它是有待揭示的,但这只是因为它为揭示而演出自身,然而当它是一种演出时,它又总是可以被揭示的了。就在此处,所谓“上海文学”与“文学上海”叠合在一起。我想说的是,在《封锁》和《租界》中若隐若现的张爱玲小说的风味——用张爱玲自己的比喻是蓝大褂下闪现的红色内里——并非不值一提,它是一种戏仿,但戏仿者却是认真的,或者说,小白从张爱玲那里同时继承了对陈套的轻蔑与尊重,即“许多留到现在的伟大作品,原来的主题往往不再被读者注意,因为事过境迁之后,原来的主题早已不使我们感觉兴趣,倒是随时从故事本身发见了新的启示,使那作品成为永生的”。(张爱玲《自己的文章》)这种眼光就是感伤的,因为眼前发生的一切都遵循某种古老的程式,仿佛只是在讲一个已被讲过无数次的故事;但是这种眼光又是天真的,因为在那郑重其事的亲密行为中,仍然有快乐、真诚的东西,仍然有不可预测的东西。小说家以性学家看待色情的眼光看待现实,上海的书写者也以同样的眼光看待上海,但是,在中立、审美和反讽之外,还有一种悲悯与爱:这个城市就是古今中外无数陈词滥调的杂糅,如此冲突,又如此丰饶,如此做作,又如此真切,如此肤浅皮相,又如此生气勃勃,怎能不让人投身其中?说到底,这种眼光不是立场问题,而是能力问题,它要求作家既能够看出世界中的神话,也能够在神话中看世界,或者说,它是在将世界散文化的同时发现世界的诗。这或许就是桑塔格所说的“新感受力”:“一种新的、更开放的看待我们这个世界以及世界中的万物的方式”。[1]

这种新感受力需要我们能够同时应对批判的诱惑与温情的诱惑。早在那篇才华横溢的随笔《好色的哈姆雷特》中,小白就曾引导我们看到哈姆雷特如何一再延宕报仇的行动,却以色情的双关语无休止地戏弄甚至侮辱无辜的奥菲利亚,一场情与欲的搏斗几乎被改写为不同欲望主体之间的厮杀;但是在文章结尾处,一直高高在上的人性观察者郑重地给出这一判断:“这种激烈矛盾的说话方式恰恰证实:他的确仍然深深爱她。”这话并无绝对的道理,甚至有“政治不正确”的风险,却让我对小白多了一分亲切;而现在回头看去,它又分明于情感的顿挫之间,透露出作者即将转向小说创作的讯息。

---

〔1〕 苏珊·桑塔格:《反对阐释》,第352页。

“虎妈”、教育政治学与中国现实主义

——有关《虎妈猫爸》的札记[1]

一

在近些年高收视率的国产电视剧中，《虎妈猫爸》在观众中的口碑不俗，但在知识界影响不大。它选取的是教育这个敏感题材，却未展示如《潜伏》《悬崖》《我的团长我的团》那般富有挑战性的思想内容；它的人物有足够的代表性，但很难成为石光荣、李云龙、许三多那样可以行之四海的文化符号；它虽以强势的女人为中心，却显然无法比拟《甄

〔1〕 本文原刊于《戏剧与影视评论》2015年第5期。

嬛传》的叙事格局，可以将女人间的权力斗争演绎到可怕而迷人的程度；它虽以普通百姓为视角，但它用作醒世晨钟的那句“所有的中国父母都已陷入了一种集体的癫狂”，也远不如《蜗居》中那声叹息“这就是我活在这个城市的成本”来得贴身入骨。与那些知识界的宠儿相比，《虎妈猫爸》只是一部典型的“轻”喜剧，没有留下多少让人难以承受或不忍放下的东西。它容易让人喜欢，也容易被忘记。

但至少有一点是会流传得较久一些的，那就是“虎妈猫爸”这个短语。“虎妈”（以及“狼爸”或者“鹰爸”）是现成的热词，“虎妈猫爸”则是这部剧的匠心独造。敏感的知识人会欢迎这一表达：“虎爸猫妈”是女性的悲剧，“虎爸虎妈”是教育的悲剧，只有“虎妈猫爸”政治正确，谑而不虐，皆大欢喜。

然而更敏感的知识人会敌视它，将其视为这部剧“失重”的症结：它将教育这样一个沉重的话题，以“二人转”式的嬉笑吵闹，轻轻打发掉了。

二

我们来尝试沉重地讨论这个全世界人民都喜欢讨论的教育问题。比方说，我们可以把讨论教育问题看作一种“身份认同”的努力。

认同首先关乎群体，讨论教育，就是讨论“我们”和“他们”。作为家长，基本的行为逻辑是从众，当赵薇扮演的毕胜男因为送同事小孩去小学面试而亲身感受到家长们的“集体癫狂”时，她理智上虽然难以接受，极力想置身事外，那汹涌的潮流还是一下子就吞没了她。她可以拒绝做随波逐流的女人，却无法拒绝做随波逐流的母亲，因为她的女儿就是作为一个无限大的群体中无差别的一分子而接受教育的。当她专注于做这样的母亲时，甚至懒得打扮自己了，那疲惫的素颜正是战斗的母亲的标准容貌。只有当丈夫的旧情人高调出场时，她才如梦方醒。

认同的另一面关乎自我。“我们”可以是被耽误、被摧残的，但“我”若能察知这种境遇，便可成黑暗王国的一线光明。赵薇所扮演的毕胜男一直在父亲设定的“向上走”的轨道中行进，最后幡然醒悟，对父亲哭诉说：我不要这样的人生，我一点都不快乐！这是一个能反思、能反抗，能作自由选择的“我”终于长大成人，宣布与将其培养成现在这个样子的教育制度决裂。

这种决裂所凭借的不是思想，也不是兴趣爱好，而是创伤，当胜男终于能够正视应试教育(或者说“成功教育”)带给她的创伤时，她获得了一种属于自己的声音。这种声音在青春偶像剧中常常听闻，它出现在那些表面冷酷、内心荒凉的高材生最脆弱的时刻，但在以中年男女为主体的国产剧中，这种声音极少出场。胜男是 20 世纪 70 年代生人(假如我们以赵薇本人的年龄为参照)，在他们之后才出现了被整体命名的“80 后”一代，如果说后者的标签是独生子女那种虚妄的自我中心主义，那么对前者来说，应试教育的残酷以及那种劫后余生的不安感，的确是他们稍嫌模糊的面目中相对清晰的东西。

只不过，这个站出来的“我”与那个跳进洪流的“我们”之间的斗争，没有那么容易分出胜负。即便意识到自己身上的创伤，新一代的父母仍然带着孩子奔波于各个培训班之间，因为他们还要使仍在懵懂中的下一代取得成功。用剧中裘大妈的话说就是，“比老公的时代已经过去了，现在最流行的就是比孩子”。这是一条无限延长的战线，比孩子比赢了，才算自己赢了，因为比孩子仍然是比自己。虎妈的话掷地有声：“我可以看见茜茜比别人笨，没有别人有出息，但我不能让茜茜因为我的不努力而有任何的不开心。我可以放纵孩子，但不能放纵自己。”

教育专家唐琳(董洁饰)从美国学成归来，约前男友罗素也就是猫爸(佟大为饰)叙旧。表面上宣讲教育理论，细听则“弦外有音”，其中一句“在国外，姻缘关系要大于亲缘关系”，意思是夫妻关系大于父母与子女的关系，让一直抱怨受冷落的罗素有醍醐灌顶之感。他回家传经送宝，却被胜男好一通怒骂，吓得冷汗直流。事实上，他不是被妻子吓到，而是被自己说出那样糊涂的话吓到了。

为了孩子，我们没有做“我”的权力。这不仅仅是奉献，在特殊情况下，还意味着为了子女的成功放弃父母本人的判断力、生活方式和道德原则。父母身份伦理的核心是一种彻底的功利主义，不给个人道德的纠结留出空间。一贯光明磊落的虎妈，为了让孩子进重点小学，一度陷入狂热状态，不仅姿态可以低到土里，各种奇谋巧计更是无所不用其极。在“一切为了孩子”面前没有更高的原则，这件事本身有其神圣性，它是以激情的方式运作的。

仅仅粗略想想已经够沉重了：当我们在讨论自己子女的教育问题时，其实只是想“再教育”自己——按照自己当年讨厌的样子。

三

什么样的教育能保证培养出快乐的人呢？什么样的也不能。好，让我们换一个问题：什么样的人才是快乐的？

手边的答案是:猫爸罗素。身为网络游戏工程师的他,生就一副顽童模样,想象力发达,又有天赋的表演才能,能随时自嗨或者自黑,最适合做孩子王以及有“惧内”之名却有自己活跃的小心思的暖男丈夫(佟大为将这一形象带到了与姚笛合作的新剧《我的宝贝》中)。罗素这个名字,显然与那位英伦大哲有关,后者写过一本叫做《幸福之路》的书,其中有言:

> 典型的不幸福的人是这样一些人,他们在青年时期被剥夺了一些正常的满足,于是便把这种满足看得比任何一种其他方面的满足更为重要,一生只朝着这一方面苦心寻求:他仅仅对成功、而不是对那些与此相关的活动本身,给予足够多的、不恰当的重视。

这段有关“为什么不幸福”的分析几乎写定了全剧的核心矛盾和情节走向,尤其解释了大彻大悟之后的毕胜男那句“我要换一种活法”——不再只是追求成功,更是享受追求成功的过程本身。

“胜男”和“罗素”这两个名字放在一起,与“虎妈猫爸”恰成对应:一个是工作狂,信奉的是“天下没有干不好的事,只有干不好事的人”;另一个是知足常乐,只想过安稳小日子。罗素的工作就是游戏,他在家里玩游戏时,也常常理直气壮地说自己在工作,让胜男恨得咬牙切齿。游戏的真谛是把成功当作必要的环节而非最后目的,正与罗素的幸福观相同。如此一来,虎妈与猫爸的平衡随时有可能打破,老虎看来处处强势,但是猫掌握了幸福的钥匙。

“胜男”?或许笑到最后的终究是韬光养晦、大智若愚的男人。这个潜在的“男性中心主义”,惊醒了一种尖锐的政治学。

让我们把这政治学的批判锋芒打磨得更尖锐一些。前面哲人罗素的话有个附带的判断,穷人不容易幸福,因为穷人往往只看结果,只懂亏欠与补偿;富人更懂过程,知道享受生活。而没法不注意到的是,胜男生在县城,一步一步奋斗成北京公司的高级白领;罗素则是如假包换的北京市民,而且出生于高层次的文化人家庭(从罗三省、孙雅娴、罗素、罗丹这四个名字即可见一斑)。是的,他赢在了起跑线。

胜男经常出差,女儿茜茜交给爷爷奶奶带,夫妻之间尚有交流空间,且时有小别胜新婚的甜蜜。但是某一天,小夫妻带着茜茜随男方父母去乡下看望母亲的小伙伴。这乡下老太家的小女孩文武全才,而茜茜虽然在爷爷奶奶的溺爱下做着公主梦,相形之下却近乎弱智,甚至缺乏公平竞赛的道德。城里老太恼羞成怒,与乡下老太恶语相向;胜男亦深受震动,“仿佛撕裂乌云骤见长空”——以采风的心情下乡访友,看到的居然是农村孩子咄咄逼人的气势。胜男自己是“农村包围城市”的典型,眼看兵临城下,岂可安之若(罗)素。一旦有此意识,整个人立即高速运转起来,虎妈的蜕变正式开始。正值“七年之痒”的小夫妻的生活节奏被打乱,矛盾步步加深,自不待言。

公平地说,胜男虽称虎妈,教育内容并不荒腔走板,要求也并不变态,较之动辄要小孩子重做100遍作业的狼爸杜峰相去甚远。她让人紧张之处只在于她本人那种由内而外的焦虑感,不管是督促女儿学习,还是失业期间疯狂的节约。正是这种焦虑感让罗家上下十分不满,他们能够理解学习成绩的重要性,对一些具体的举措亦表支持(比方让茜茜上重点小学),但无法理解——或更准确地说,无法感同身受——那种不顾一切的偏执与激情。他们不知此时的胜男,仿佛牵着女儿第一次来到陌生的城市,她那深藏的自卑心再度成为巨大的黑洞。此事关乎成长的创伤,没有人能够帮助她。

罗家人最不能容忍的是毕胜男的父亲毕大千。作为老一辈“狼爸”,毕大千有40年从教资历,还曾为县中心小学校长,罗母孙娴雅却总是讥之为“小地方”来的。毕大千自认对外孙女的教育负有义不容辞的责任,每每于茜茜成绩下滑时进城挽救局势,而他每次趾高气扬地进城(让人禁不住想象他是骑驴而来),便是一场轩然大波。

这场“由一次下乡引发的闹剧”的结局是,胜男厌倦了大公司的尔虞我诈,辞掉令人羡慕的工作,去郊区开办生态农场,绕了一大圈又回到起点。此农场的象征意义不言自明,对成年人来说是“双手劳动,慰藉心灵”(海子的诗句),对小孩子则是回归自然童真的伊甸园。但如果一种锋利的政治学将其解读为让农村来的奋斗者回归农村,让他们的起点也成为终点,他们的目的成为过程本身,然后成就其幸福,由此城市与农村各美其美,又当如何?

四

有没有一种比较柔软的政治学?可以有。

这种政治学不否定任何一组矛盾,也不再说哪一组更根本,无论是男女、城乡的身份自觉,抑或成功与幸福的人生哲学。它们并不需要以本质与表象的逻辑组成一个观念的有机体,而只是在生活中相互掩映,你中有我,却又各行其是。它们同样召唤批判,却并不是非黑即白。

这话说得抽象,又颇似老生常谈,所以我必须赶紧说,这种柔软的政治学,需要毕胜男这样的角色和赵薇这样的演员。

请来赵薇做主演是《虎妈猫爸》的大亮点,赵薇未必是国内最出色的演员,而且个人生活毁誉参半,却绝对是最具知名度的演员之一,当她出现在久违的电视荧屏上时,即便是挑剔的观众也会觉得奢侈。更妙的是,观众马上会想起那个划时代的角色小燕子,那是一个"反应试教育"的英雄,两相对照,煞是过瘾。

较之当年,这个赵薇显然更为成熟却又并未面目全非。荧幕内外修炼出的大姐大的气势,以一种家常的方式呈现出来,契合于胜男这个角色。罗母对儿媳的酷评是"没内涵的样子遮都遮不住",但是胜男若刻意打扮,也可以一秒钟变成都市丽人。她的整体气质就是"可以很男人的女人"以及"可以很洋气的村姑"。

《还珠格格》时代的赵薇曾被讥讽为只会"睁大眼睛做本色演出",而作为虎妈,她保持了夸张的表情,大大的黑眼圈足以传达出角色内心的压力,紧锁的眉头和紧绷的面容不怒自威。但她还有一种乖乖女呆萌而雀跃的气质,比方胜男和狼爸杜峰一起出差,谈判取得突破时两人情不自禁地抱在一起,这一抱之后,在杜峰面前总是一本正经的胜男,很自然地有一个撒娇的动作和甜美的笑容。

这个动作和笑容不仅仅是角色的,更是赵薇自己的。在这部剧中,赵薇最动人的演技往往呈现于紧张之后放松的瞬间,有时是一种天真,有时是一种亲切,有时是纯粹的出神。其他人的言行都反映了角色真实的想法,我们会同情其立场,却未必喜欢其表现;而胜男或者说赵薇带给观众的感受则更为复杂,不管她如何大吵大闹,我们的心都是平静的,仿佛她在竭力表演一个更"合理"——更功利、更实际、更多成年人的傲慢与焦虑——的自己,而体内还有另一个自己在捣乱,随时有可能释放那一团孩子气,让她回归小燕子的模样。

一个醒目的对比是,同样是霸道,狼爸杜峰的霸道往往令人不快,他那跋扈甚至粗鲁的言行中有一种扭曲的东西,单身父亲的挫折感损害了他表达爱的能力;而虎妈胜男的霸道则像公婆一家所感叹的那样,是一种真的"虎气",能够奋不顾身地保护她所在乎的人。罗丹的丈夫要跟妻子离婚,胜男作为弟媳妇本是极力劝和,但是这位大款姐夫出言不逊,辱及罗丹人格及罗家人的脸面,罗丹只知流泪哀求,长辈们羞愧难当,呆若木鸡,幸有胜男拎着手提袋冲上去,将其打得落荒而逃。这一野蛮行为有一种小燕子为保护紫薇跟皇后拼命的帅气,此时的她,正像个孩子似的保护着这一大家子人。

我愿意说,胜男的野蛮是一种本能,但不是生理性的,而是家庭伦理中内蕴的情感冲动,是"先进于礼乐"的那部分。她无论是做母亲、妻子还是媳妇,都坦坦荡荡而又兴头十足。而作为姐姐,她臭骂甚至暴揍不靠谱的弟弟毕然的样子,有一种韩剧似的"暴力温情"洋溢而出。

虽然这个小家庭经历了一场暴风骤雨,但是罗素最终没有背叛妻子,胜男也捐弃前嫌,两人重归于好。推动情节陡转的是一张机票,那是大学时胜男用做家教挣的钱买给罗素,好让自己暗恋的男孩去找回他那志在四方的女友。罗素没有使用这张机票,却将其保存至今。胜男误以为罗素与唐琳旧情未了,最后才明白丈夫感念的其实是当年的自己。这种桥段虽然青涩,却有着别样的熨帖,因为胜男身上确实有一种从未变老的善良:明亮的,清澈的。一度心猿意马的罗素真正回到胜男身边时,未必只是丈夫重新意识到自己的责任,更是一个男人在一个女人身上重新看到那种令他尊敬也令他心动的东西。

某种意义上,整部剧的成功都押在这一微妙的平衡上:这个压力山大的虎妈充分演绎了中国父母的盲从与粗暴,以及那种不是源于个人主义而是源于集体记忆的竞争意识,并由此撬动有关阶层、性别、城乡的种种热门话题,但她的灵魂中有一种纯净的东西能够化解那种负面的东西。即便一度为小孩入学费尽心机,甚至用上了不那么光明正大的手段,她的人格却不是一个阴谋,与在职场中不择手段的90后黄俐有天壤之别,后者年纪轻轻,却满脸怨毒,显然是被一种锋利的敌意划伤了自己。

我们无须说赵薇的表演已经炉火纯青,事实上不难看出,相比于扮演婆婆的老牌女星潘虹,赵薇不够收放自如,情绪转换常显生硬,但这无关大体,何况,这样的表现其实更像赵薇本人。像我这等怀着偏爱的人甚至还可以说,赵薇比其他人更好地演绎出了一种常态的"我们"。这个我们不是有着更稳定的本质、更鲜明的特点,更一以贯之的"人设",而是众多不能彼此化约的行为的集合,一如不能被某个目的写定的生活。

五

现在我们被带入一个令人尴尬的境况:无论我们如何赞同胜男与旧的教育制度决裂,都必须承认,应试教育并没有毁掉她的灵魂,她在艰难的成长中学会了何谓责任,并保持住了最初的真挚与热忱(这种品质似乎已经影响到了女儿茜茜)。而我们并不能确定,那些成长于快乐之中、习惯了享有"自己的世界"的人能够更轻易地做到这一点。再回到关于幸福的问题,较之罗素或者唐琳,这"虎妈"的人生是否真的就要贫瘠许多呢?

或许，对于那些有关教育制度的宏大观念，我们还是太紧张了些。

胜男当然也会有这种紧张，但她无暇做太多思考，她必须赶紧将自己生活的线团重新理顺。她发现有一个结解不开，她坚信夫妻之间是不应该有秘密的，却意识到自己越来越不了解丈夫的动向，更看不透丈夫的心思。而更令她抓狂的是，丈夫教唆女儿准备两个日记本，一本是交给妈妈检查的假日记，一本是锁起来谁也不许看的真日记，还顺带教给女儿一个成语：明修栈道，暗度陈仓。

罗素的信念是，无论一个家庭多么和谐亲密，都应该保留私人的空间，此空间神圣不可侵犯；而对于胜男这样要强的妻子来说，秘密是一件可怕的事情，因为秘密在义务之外，是任何辛劳都不能交换或者收买的东西。

罗素的想法当然是更现代的，也正在为越来越多的家庭所践行。然而有意思的是，女儿茜茜虽然不想写假大空的日记，却非常愿意父母知道她在私密的日记里写些什么。事实上，她一再恳求爸爸看一看她的日记，但是罗素坚持说他不该看。这让我们像胜男一样抓狂，好在他最后还是看了。

夫妻之间究竟是否应该保有秘密？罗素的姐姐罗丹劝胜男不要太执着，男人是绝不会把所有事情都告诉妻子的。话虽说得恳切，但是罗丹自己是一个雇私家侦探跟踪丈夫的妻子，提此建议毫无底气。罗丹的母亲孙雅娴与老公罗三省大吵了一架，因为发现后者有私房钱，还瞒着她寄钱给旧情人。雅娴悲愤地说：我是你的妻子，你不应该有任何事情瞒着我！但是当罗三省把当年的通信交给她时，她没有拆开看，而是烧了它们。她也憎恨秘密，却又敬畏它们。

回头来看罗素。罗素倔强地保留了处置自己隐私的权利（哪怕有些隐私其实是光明正大的),但是最终,他自觉自愿地将所有的秘密向妻子和盘托出。我们不禁要问,有关秘密,《虎妈猫爸》这部剧到底持什么立场?

这立场就是没有立场,或者说是这个:没有观念反思的生活或许不是生活,但是生活绝不只是"清坚决绝"的观念。

六

至少对我而言,唐琳这个人之所以令人生厌,不仅因为她想做第三者,也不仅因为她人格中有一种虚假的东西,更因为她是标准的观念主义者。她的出场就像是教育学本身的出场,总是带来大量有关如何教育、如何爱的观念,似乎所有人都是听从本能,只有她会冷冷地问:你们这算"幸福"吗?

这种苏格拉底式的冲击力,震撼了很多人,甚至满怀妒意的胜男,都一度跑去请教育儿知识。唐琳所办的培训班,一年学费好几万,听者仍趋之若鹜。但她的理论未必能征服人心。看透其言行的毕胜男刻薄地骂道:"你是一个连自己的问题都解决不了的伪专家!"之所以有此一骂,是因为唐琳甚至不愿意公开女儿的存在,她每天为人做咨询,不仅有理论,还反复强调自己帮助过多少孩子,却处理不好一段真实的母子关系,令人怀疑教育专家是否不能有自己的子女。

这一骂当然十分刻薄,却能骂到痛处。毕胜男是一个强悍的反观念主义者,罗丹相信,只有她才治得了唐琳这种貌似无懈可击的人,因为后者之所以无懈可击,就是因为靠观念的保护罩来保护自己。胜男的炮弹并非只是对情敌发射,女儿茜茜的班主任赵佳乐是个极其单纯的女孩，被毕然忽悠，将其当英雄般崇拜，开口就是豪迈的爱情宣言。毕然为其纯洁所感动，向姐姐发誓要改过自新；胜男则很不客气地说：饱经风霜之后才说纯洁，未经世事只是简单。

赵佳乐的简单，并不在于年轻，而在于她也是观念中人，她会为自己的教育观念据理力争，却没有能力理解一个真实的家长。而那些家长也在犯同样的错误，他们热衷于听讲座，看教育学的书，在微信上转发关于教育的文章，他们把越来越多的时间花在讨论如何教育孩子上，以至于越来越没有时间教育孩子了。

七

教育是一个太容易滋生观念主义的领域，而应对观念主义的最好方式，是让观念以漫画的方式将自身凸现出来。

一种有着强烈情景喜剧色彩的戏仿手法，在《虎妈猫爸》中运用得十分娴熟。每当某个角色理念上头，开始发表他对某个问题的伟大见解时(不管是"保守"的还是"先进"的)，都会瞬间变身为《我爱我家》中文兴宇扮演的傅老爷子，语调高亢，摇头晃脑，自我陶醉，不知今夕何夕；而周围听众表情尴尬，开始互相挤眉弄眼。罗素的父亲"国学大师"罗三省，"大忽悠"毕然，两位狼爸杜峰和毕大千，都有制造戏仿效果的天赋。杜峰每次阐述他的育儿理念，总仿佛韩剧中的霸道总裁的男一号初次出场，酷到极致，却令人莞尔；而毕大千每次高谈阔论，她那农村味十足的老伴儿总是既紧张又嫌弃地看着他，观众仿佛在重温赵本山和高秀敏的小品。

电视剧当然不只是夸张的戏仿，更多的时候，其力量来自于微妙的反讽。比方剧中数次出现这样的场景：唐琳这样仪态万方的女人，在一个华丽时尚的酒吧，优雅地端着红酒杯，在内心忐忑的旧情人罗素面前大谈欧美教育观念。美丽的女人与美丽的场所是观众都能领会的欲望对象，也是生活固有的浮华的向度，但是这个时髦女人与现代观念之间的转喻关系，却像是太过强烈的照明效果，似乎在给观念加分，却又恰好遮蔽或者说消解了观念本身的光晕。观众为唐琳居高临下的姿态所恼，却不必以某种更正确或更务实的中国式观念与之争辩，他们所熟悉的国产电视剧那种那吵吵闹闹然而扎实、温暖的生活质感，会自行反衬出眼下场景的虚幻性。

此种虚幻性并不只是在消费水准上远离普通百姓，更重要的是，一种平衡被打破了。恰如罗丹所开的酒庄，本是洋气的高消费场所，却总是罗丹和胜男两个家常味十足的人坐在酒窖里品红酒聊八卦，喝出一种窑洞感，那是一种富于喜感的装模作样，借用张爱玲的话说：那是穷人想象中的富贵，空气特别清新。唐琳以老同学身份拜访，气氛立即紧张，这不仅因为“小三进击”的压力，更因为唐琳与此地气场不合。而吊诡之处在于，这恰恰是因为她太像一瓶货真价实的高档红酒了。

此种平衡殊难把握。以我来看，《虎妈猫爸》的主创人员对唐琳的教育理念是看重的，他们希望借此为这部剧增加一点思想价值，可惜处理时往往“举重若重”，甚至概念图解，一不留神就败给了观念主义。事实上，《虎妈猫爸》中直接涉及教育观念、教学手段的内容往往可笑。最典型的例子是，重点小学一年级的学生利用课余时间放个风筝摘个水果都会被家长和老教师们抵制，因为“影响学习”，这是拍脑袋想出来的应试教育。

故事的最后，毕大千从女儿和外孙女那儿领受到深刻的教训，放弃了四十多年的教育哲学，转而信奉“每一个孩子都是一个独立的世界”，并苦口婆心地劝说茜茜的新班主任、以严厉著称的关老师转变观念。毕大千语重心长，循循善诱；关老师半信半疑，若有所思。两人从家中客厅一直聊到农场白杨小路，仿佛一部教育学博导给博士生上课的纪录片。这种卒章显志，是全剧最可笑的地方，只是因为已到结尾，才会被善良的、怀着不舍心情的观众原谅。

除非，这仍旧是戏仿？

八

教育问题从来不只是教育学问题。作为一部教育题材的电视剧，《虎妈猫爸》将生活中的冲突与教育问题编织到一起，后者因为前者变得更为复杂，反过来也是一样。但事情的另一面是，要解决那些让教育专家头痛的难题，不妨参考真实的日常。

仍然是第一集那场风波，城里老太与乡下老太因为比拼孙辈吵得动了真气，眼看多年友情毁于一旦，但是当罗素打电话替母亲赔不是时，对方不但已消了气，还一再自我检讨。这种安排对推动剧情发展毫无必要性，但是添此一笔，却提示我们注意整部剧解决生活中的矛盾的方式。比方说，罗母雅娴自恃高冷，瞧不上身材矮胖、好管闲事的街坊裴大妈，两人常常吵架，说话十分难听，但是吵完照样日日见面，一副闺蜜状；又比方说，黄俐三番五次陷害胜男，被胜男找到她非法交易的证据，胜男上门去惩恶扬善，一见黄俐怀孕，立即鸣金收兵。

这种解决方式反复使用，不免让人觉得幼稚和草率，仿佛从矛盾的刀尖上轻轻飞过。确实,《虎妈猫爸》之所以不能算是一部精品之作,重要缺陷就在于它太过随意地处理了很多貌似不需要较真的细节(比方胜男居然能找到私家侦探都找不到的出轨的证据,硬逼得罗丹的前夫把赔偿金从100万提高到1000万,一下子解决了无一技之长的罗丹的生活问题)。但是它这种大大咧咧的作风,又似乎不全是创作态度马虎。有一些幼稚与草率,原本就是用来应对家庭生活中那些最棘手的矛盾的。幸福生活需要一些额外的运气,要解决那些矛盾,没有绝对可行的方案,它们诚然都有道理可讲(甚至是非常锋利的道理),但是仅凭有关道理的论辩却不能消除它们。

前面说到罗素父母的那次“感情危机”。雅娴烧掉了罗三省保存多年的信件,罗三省又惊又恼。雅娴做了饭,罗三省翻着白眼,只吃白饭,不肯吃菜。雅娴双目炯炯:难道你想跟我离婚?你要是敢离婚,我就有本事让你净身出户,你信不信?罗三省回瞪她,却忽然泄了气,一笑泯恩仇。罗三省的旧爱来京治病,雅娴全程殷勤接待,之后又率一家老小到火车站送其回东北。站台上,与丈夫仍在冷战状态的胜男深受震动而又悲从心来,对罗素说:“你爸妈真幸福,夫妻俩能修到这个分上,怎么都值。”罗素无言以对。

检讨此事的经验教训,只能说,这是生活以无理由甚至无厘头的方式修补了自身的裂缝,有一种放松,有一种幸运。没有任何可靠的理由为这种放松辩护,这是中国式戏剧冲突的一种解决方式,它甚至可以只是一个叙事的套路,却偶然成了传统。当这种放松不是以观点而是以画面的方式呈现时,正可敲打仍在苦苦追问因果缘由、是非对错,不免有些走火入魔的胜男与罗素。

如果我们更进一步,那么可以说,这种对生活整体的耐心而非对观念的执着,才是《虎妈猫爸》作为一部电视剧所揭示的教育学,这种教育学可以与作为一门现代学科的教育学并行不悖(唐琳挖苦前来咨询的胜男,说后者其实是来给她上课的)。它想要表明的是,教育既不是功利主义的,也不是快乐主义的,它不是任何主义,而是具体的生活本身,是参差多态,阴阳相生,往而能返。

九

由此,便有所谓国产剧的"中国现实主义"。

这种现实主义不是以某种社会主义初级阶段的"中国现实",发展出一套民族主义或功利主义的说辞,而是要以有质感的、生气勃勃的生活,安置由急剧变动的现实所触发或搅动的观念。它葆有对新事物的关切和对进步的向往,与此同时,继续打磨那在中国人的日常生活中锻造出的智慧。它愿意向一切"先进"观念敞开自身,却不必去彼存此,也不急于调和古今中西的观念以形成新的观念,而是要将种种观念编织进世事人情密实的纹理之中,在生活的内部期待生活的更新。这种现实、观念与生活的辩证法,本是现实主义的题中之义,优秀的国产电视剧有望推进和深化它。

十

每天都有那么多秉持先进的教育理念、满怀理想主义的精神且有丰富的实践经验的专家,等着告诉中国家长应该如何教育孩子。他们不理解为什么家长们一口咬定他们的理念华而不实,不适合中国国情,他们只能感慨中国家长"太现实"。而一部出色的电视剧可以教给教育专家的东西,就是虎妈胜男最好的那一面所教给唐琳的东西:真诚而谦卑地投入生活,让生活的全体教育自身。

而这,也是一种柔软的政治学有可能教给一种锋利的政治学的东西。

后记

相识已久但平日较少交集的复旦大学中文系金理教授，忽然在微信上联系我，邀我加入“微光文丛”第三辑的出版计划。这是上海文艺出版社推出的一套批评家文丛，在我模糊的印象中，这套丛书关注的焦点是20世纪中国文学，而我的专业是文艺学，主要研究美学与文艺理论，很少从事文学批评以及中国文学研究方面的工作，受此邀请，不免受宠若惊。虽然预感到会拉低这套丛书的水准，而且担心相关文章存量不够，难以敷衍成书，但虚荣心——或许还有好奇心——压倒了理性，当下答应了下来。

正如大部分剧本所描述的那样，答应之后就后悔了。我意识到自己接下了一个非常危险的工作，有谁要看一个文艺学专业出身的人所写的研究中国现当代文学的文章呢?

凡事有果必有因。之所以做出这样不理智的决定,还要从1998年进入上海大学中文系读研算起。我读的专业就是中国现当代文学,只是因为导师当时的兴趣在美学,所以选择了宗白华美学思想作为毕业论文的研究对象,但硕士期间的各项课程及学术训练,皆依照中国现当代文学专业的常规进行。当时,“人文精神大讨论”已告消歇,福柯的“知识考古学”以及各种后现代意识形态理论步上前台,中国现当代文学研究的“史论”范式方兴未艾,尤其随着王晓明教授主编的四大册《二十世纪中国文学史论》(后来重编为上下两册)陆续推出,青年学者云集而景从,不仅深刻而且迅速地改变了学术研究的格局,也直接影响了研究生教育。当时系里专门为此开了一门课,上课的老师对我们的勉励是:等到把这套书的书角读到卷起来了,你们就会写文章了。

我还远未来得及让书角卷起来,便考博来到了华东师范大学中文系读文艺学。彼时文艺学专业也在发生一场轰轰烈烈的变革。以文学性尤其是审美性为中心的文艺理论受到挑战,“日常生活审美化”代替“审美自律”成为焦点话题,曾经引发数次热潮的美学研究已显得保守,“文学扩容”“文艺学扩容”的呼声日益响亮,文化研究开始走上前台。从文学研究到文化研究所发生的变化,与“史论”的兴起所带来的变化一致,都是当代理论强有力地介入,促成研究范式的转变。即便是在一贯强调悟性、灵气甚至十分鼓励创作的华东师大中文系,一个理论的时代也已经到来。

然而,专门从事理论研究的人,并未从此变革中分得多少荣耀。文艺学的年轻学子们很快发现,真正做文化研究的主要不是文艺学专业的人,而是现当代文学专业的人。文艺学能做的,不过是为做实际研究的人整理概念工具,甚或只是开列几本(未)必读的书。学文艺学的人常给人机敏善辩的印象,他们并非无所不知,却什么都能谈,但他们的高论总显得空疏,他们的深刻也有些生硬。他们有一种特别的严肃,在过于松散的讨论中,他们那颇具力道的思辨是很好的调节,却未必真的受到重视。他们自认为拥有开阔的心胸,对其他专业的研究者熟练地操持理论行话表示欢迎,但是当他们自己试图在文学批评或者文学史研究中有所作为时,却举步维艰。他们被理所当然地认为是理论先行且不接地气的,而当他们以同样的刻薄抨击那些大胆借用理论的人并不真懂理论时,却没有同样的理直气壮。原因很简单,研究文学的可以宣称自己根本不在乎理论,无所谓真懂假懂,研究理论的却不能宣称自己可以不在乎文学。

好在这些都只是宣称而已。对立虽然令人遗憾,但对立本身也可以是一种对话。事实就是,一方面,几乎所有的文学研究者都比过去更在乎理论,他们各有自己运用自如的理论资源,并且不惮于与世界接轨,对话的平台一天天变大;而另一方面,理论研究者仍然有足够的机会面对具有挑战性的文学现象,果真能够有的放矢,他们可以一点一点地为自己争取信任。

专研理论的人有自己的长处。他必须有较好的哲学训练,对主要理论学说的来龙去脉、基本观念和概念术语胸有成竹,他必须有耐心去做概念辨析的烦琐工作,去读大量有趣却十分艰涩的著作,并力争自己也写出一些。但是所有这些并不足以让他故步自封。要做一个理论人,他必须同时是一个文学人,这不只是用文学材料佐证理论命题,更是要以文学将理论真正激活。他要投入某个有着足够的深度与广度的文学领域,积累足够多的知识和见解,并及时吸纳具有突破性的观念与方法；他要乐于从事文学实践，敢于暴露自己趣味的偏好，让自己的判断力经受更有权威的人的挑剔；他要不断刺激自己的同理心与想象力，让自己能够理解并且尊重一段真实历史的全部的复杂性；当他试图在理论上有所建树时，他要敢于挑动体验与反思、启示与知性、普遍性与特殊性这类古老的冲突，不惜将自身拖入具体的困境，直面切己的难题。当他坚持这样做时，就不会再有理论与文学两个泾渭分明的阵营，而只有同一论域中两种视点的交替与融会。

这样理想的境界，与我的实际当然相去甚远。庆幸且荣幸的是，由于硕士时专业背景的渊源，又得到很多满怀善意的同事及外校师友的接纳和帮助，我参加了不少现当代文学专业的学术活动甚至教学活动。在这些活动中我当然有机会参与讨论，但首要的目的是倾听。我乐于倾听他人的发言，辨识其研究思路的理论来源，领会研究者对理论的活用与改造。更多的时候，我倾听的是对话。二十余年的世故，再加上罗蒂式新实用主义的熏染，我倾向于认为很多转向未必真的重要，很多终结几近于无事，理论时代开启时所提供的承诺，大部分都不会兑现，但是只要对话能够继续，我们总不至于两手空空。对我而言，最有意思的理论活动并不出现在以某种因果关系强有力地解释某类现象的操作中，而是出现在不同的话语逻辑既相互抗拒又相互吸引的动态过程之中。我喜欢看到“学理论”的同事与“学文学”的同事相互调侃，这种调侃中同时包含着怀疑与好奇；而当这种怀疑与好奇并不消弭于一团和气或者流于意气之争，而是在针锋相对中彼此接近，直到所谓本质性的对立在共同的关切中涣然冰释，新语汇、新思路的火花隐约闪现，我作为旁观者的喜悦也就越发强烈。理论必然是跨界的，不是因为它放之四海而皆准，而是因为只有跨界我们才需要理论，此时所谓理论,不过是一种自识与反省、沟通与调试、守成与更新的智慧。我虽不具备这样的智慧,却见贤思齐,心向往之。

我希望将这本小书献给我的老师们。我的三位导师,硕士时期的导师邓牛顿教授,博士时期的导师吴炫教授,博士后时期的导师王纪人教授,皆能在文学与理论之间往来自如。邓牛顿教授以美学史研究蜚声学界,同时也是中国现当代文学研究的专家,还是笔耕不辍的散文作者;吴炫教授自创否定主义美学和文艺学的理论体系,又是知名的文学批评家,撰写了大量文艺批评;王纪人教授作为前上海市作家协会副主席,理论、评论与创作兼擅,至今活跃于文坛。虽然我与老师们功力相差甚远,发展路径也不尽相同,但总能在潜移默化之中得到启示。当然,更有鞭策。

收入本书中的文章此前均已发表,文后已一一注明出处,在此要向相关学术期刊及出版社深深致谢。收入文集前我尽可能地修改了一些不够晓畅之处,并增补了少量材料,总体而言维持原貌。我曾经想过对每一篇文章都做大幅度的修改,以体现自己最新的思考,但不出意料的,这是一件不可能完成的任务。所谓对同一问题的“更好”的回答,有可能都只是在回答另一个问题,我不如顺其自然。

感谢家人们毫无保留的支持,尤其感谢汤芷然小朋友。她坚持认为自己应该尽可能多地出现在我的书的后记中,作为常怀愧疚的父亲,我找不到反对的理由。也感谢我的学生们。我发现从教以来,我其实一直在给各类学生讲《二十世纪中国文学史论》上的文章,虽然我至今也没有领悟到写文章的门道,那有些泛黄的书角,却是逐渐卷起来了。

最后还要特别感谢我的批评家朋友们给我的诸多帮助,尤其是金理、黄平、项静、李跃力、翟月琴、李音、刘奎等仍然十分年轻的才俊。他们令人惊叹和艳羡，倒不仅仅因为才华横溢，成果丰硕，更因为他们念兹在兹于“什么是有效的写作”这一问题，将饱满的热情奉献于所信之事，却又始终保持着独立和自省的精神，每当才华绽放之际，会有一种清澈的骄傲与同样清澈的谦卑。作为资质愚钝的学长，我将时时留心他们的步履，以辨认理论的踪迹。

汤拥华

华东师范大学闵行校区文史哲楼，2019年8月

图书在版编目（CIP）数据

理论的踪迹：20世纪中国文学研究中的历史与美学/汤拥华著.
-- 上海：上海文艺出版社，2021
（微光·青年批评家集丛. 第三辑）
ISBN 978-7-5321-7865-0
Ⅰ.①理… Ⅱ.①汤… Ⅲ.①中国文学—文学研究—20世纪 Ⅳ.①I206.6
中国版本图书馆CIP数据核字(2020)第254645号

发 行 人：毕　胜
策 划 人：金　理
责任编辑：胡艳秋
封面设计：胡斌工作室

书　　名：理论的踪迹：20世纪中国文学研究中的历史与美学
作　　者：汤拥华
出　　版：上海世纪出版集团　上海文艺出版社
地　　址：上海市绍兴路7号　200020
发　　行：上海文艺出版社发行中心
　　　　　上海市绍兴路50号　200020　www.ewen.co
印　　刷：崇明裕安印刷厂
开　　本：890×1240　1/32
印　　张：11.875
插　　页：2
字　　数：264,000
印　　次：2021年6月第1版　2021年6月第1次印刷
I S B N：978-7-5321-7865-0/I · 6237
定　　价：56.00元